갑의 품격 II

갑의 품격 II

초판 1쇄 발행 2020년 11월 30일

지은이 | 김나든

발행인 | 김성룡
기획, 편집 | (주)스마트빅(쉼표)
교정 | 김은희
표지디자인 | 우물
출판등록 | 제2014-000017호 (2011년 6월 30일)

펴낸곳 | 도서출판 가연
주 소 | 서울시마포구 월드컵북로 4길 77, 3층 (동교동 ANT빌딩)
전 화 | 02-858-2217
팩 스 | 02-858-2219
ISBN | 978-89-6897-082-5 03810

갑의 품격

II

김나든 장편소설

차 례

12. 아빠의 권위

‘제닌코스메틱’

아시아권을 넘어 인도 쪽으로 시장을 확대하려는 탓에 요즘의 소민은 몸이 열 개라도 모자랄 정도로 정신없었다. 덕분에 집에 들어가는 날도 점점 줄어들었다. 고단함에 눈 밑에 눈 그늘이 턱까지 내려와도 과언이 아닐 것이다. 영화 속에 나오는 좀비 같은 몰골.

“사장님이 웬일이세요?”

소민은 비틀거리며 허리를 푹 숙였다 그대로 소파에 쓰러져 누왔다.

"대충 앉으세요."

그 앞으로 도훈이 자리해 앉았다.

"괜찮냐. 너? 밥은 먹었고."

"어어. 아뇨, 아뇨. 그냥 잠을 못 자서 그래요."

소민은 제가 무슨 말을 하는지 모를 것이다. 그저 멍한 정신으로 중얼거렸다.

"피곤한 거 같으니까 본론만 말할게."

"아 네네, 그러시든지요."

"곧 화장품 브랜드 하나 만들 거야."

"네네. 파이팅 하십쇼."

"너희 회사 꽤 탄탄하더라. 특허도 많이 내고."

"네네. 그렇죠."

"연구원 몇 명만 파견해줘."

"네네…… 네?"

건성건성 답하던 소민은 제 귀를 후벼 팠다. 잘못 들은 건가 싶은 마음에 몸까지 벌떡 일으켜 세웠다.

"지금 뭐라고 하셨어요?"

"곧 브랜드 하나 만들 거니까 괜찮은 직원 몇 명만 파견 보내라고."

"이야…… 사장님 미쳤다, 미쳤다 하니까 정말 아주 제대로 미치셨네요. 장난하세요? 지금도 바빠 죽겠는데 직원을 파견, 뭐요?"

발끈한 소민이 다다다 쏘아붙였다. 파견이고 자시고, 브랜드라니. 이제 갓 출근한 주제에 뭔 헛소리를 하는 건지.

"지급할게. 원하는 만큼."

"지금 돈이 중요한 게 아니거든요?"

소민의 반응을 예상했던 듯 그는 차분히 제 이야기를 이어갔다. 이미 제닌에 관한 이력은 빠삭하게 다 파악한 상태이다.

"인도 쪽으로 사업 확장한다며."

제닌의 시장이 지금 어떻게 움직이는지.

"그런……데요?"

지금 은소민에게 가장 필요한 것이 무엇인지.

"참고로 내가 그쪽에 인맥이 좀 많아."

도훈은 별다른 말은 덧붙이지 않았다. 그럼에도 충분했다. '좀 많다.'라는 말속엔 '어마무시하다.'라는 자신감이 내포되어 있었다. 소민의 눈매가 의심쩍게 좁아졌다.

"어느 정도 밀어줄 수 있으신데요?"

강도훈의 인맥. 그건 소민에겐 가장 필요한 사업자본이었다.

"난 원래 중간이 없어. 모 아니면 도."

오만한 그의 태도에도 불구하고, 소민은 귀를 쫑긋거렸다.

"전 도보다 모가 좋은데요."

도훈은 문제없다는 듯 어깨를 으쓱거렸다.

"원하신다면."

흐리멍덩했던 소민의 눈동자에 생기가 돌았다.

"크흠, 연구원은 몇 명이나 필요하신데요?"

"자세한 내용은 김 비서 보낼게."

그는 자리에서 일어나 풀어 두었던 슈트의 단추를 잠갔다. 본론을 끝냈으니 시간을 끌 필요는 없다.

"네 조건도 김 비서한테 전달해놔. 최대한 다 맞춰줄게."

'최대한'이란 말을 강도훈식 언어로 다시 번역하자면 '무조건'이
될 것이다. 그를 오래 보아온 소민은 굳이 토를 달지 않았다. 강도
훈이 이런 식으로 나올 땐 아마 그의 재산 반을 떼어 달라고 해도
뚝. 떼어줄 것이란 뜻이었으니.

"감사해요. 사장님."

도훈은 눈썹을 치켜뜨며 피식 웃었다.

"별말씀을."

김 비서는 아침부터 못 볼 꼴을 보고 있었다.

"응. 아저씨도 지운이 너무너무 보고 싶어. 응응."

– 아저씨 지운이 수영장 가고 시퍼요!

"그래? 우리 지운이 아저씨랑 여름에 바다 가알까?"

애교스러운 목소리에 눈살이 절로 찌푸려졌다. 대체 강도훈은
인격이 몇 개가 있는 걸까. 강도훈을 주제로 한 논문을 써도 부
족함은 없을 것이다.

– 아저씨 저 숙제해야 대요!

"응응 알았어. 지운이 안녀엉."

소파에 길게 늘어진 그는 끊어진 핸드폰의 액정 위로 제 입술을
촉 하고 맞췄다. 김 비서는 얼굴로 욕을 하며 그를 보았다.

"그 대표님 곧 전사 회의 있습니다만."

"압니다, 김은구 비서님."

"예. 그럼 좀 일어나세요. 준비도 하시고요."

"준비는 다 했는데요."

콧노래를 흥얼거리며 도훈은 제 책상 위의 기획안을 가리켰다. 제닌에 다녀온 후 도훈은 은소민의 도움으로 몇 직원들과 함께 브랜드 론칭 프레젠테이션을 완성했다.

"정말 이 사업을 시작하실 겁니까?"

"당연하지. 이름도 정했는데?"

"에. 벌써요? 저도 봐도 됩니까?"

"예예. 보세요."

건성으로 답하며 도훈은 소파 테이블 위로 다리를 엑스자로 걸쳤다. 편한 자세를 취한 도훈은 실시간에 떠 있는 예일의 기사를 확인했다.

"크흐흠."

김 비서는 그와 제닌의 직원들이 준비한 자료를 슥 들어 보였다. 노란 장미가 포인트인 로고 [D.A.Y.] 넘겨본 자료들은 그럴듯했다. 아니 일주일 만에 준비한 자료치고는 완벽했다. 광고 마케팅까지 철저하게 준비된 기획안. 호오. 탄성과 함께 기획안을 보던 김 비서는 고개를 흘긋 돌려 도훈에게 물었다.

"근데 대표님 왜 DAY가 아니라. D.A.Y.입니까?"

"이과 나온 김 비서가 잘 생각해 봐."

이과랑 이게 뭔 상관이라고 그는 구시렁거리며 머리를 굴렸다. 도저히 뭐가 나오진 않았다.

"아 뭡니까. 그냥 알려 주십시오."

"숙젭니다. 보상은 연봉 50프로 인상."

"헉. 진짜요?"

도훈은 답 대신 눈썹을 올리며 휙 휘파람을 불었다. 그러곤 자리에서 일어나 벗어 놓은 슈트를 갖춰 입었다.

"그거 다 들고 이따 노친네들 나눠 줘."

막 나서는 걸음은 한없이 가벼워 보였다. 김 비서 역시 기획안들을 품에 안아 들었다.

"뭐여 이게."

김 비서의 시야 안으로 종이의 한가운데 쓰인 필기체가 들어왔다.

"Definition, youth……."

아하. 그는 고개를 끄덕이며 시선을 돌렸다. 그는 보지 못했다.

['D'ohun 'A'nd 'Y'eil]

한구석에 쓰인 D.A.Y.의 진짜 의미를.

대한그룹 대회의장.

그가 대한그룹에 출근하고 나서 첫 전사적 회의가 열렸다. 신애란 회장을 중심으로 그녀의 수족인 부사장과 전무가 자리해 앉았다. 줄지어 각 계열사의 임원들부터 그 아래 팀장들이 자리했다. 오후 1시 회의실의 초침이 12를 가리키는 순간 회의장의 문이 열렸다.

"늦어서 죄송합니다."

마지막 참석자 강도훈 전무. 허리를 굽힌 도훈은 다시 꼿꼿이 세워 제 자리를 찾기 위해 두리번거렸다. 그가 빈자리로 향하는 동안 꽤 소란했던 장내는 쥐죽은 듯 조용했다. 의자를 끄는 소리가 나고, 옷이 부스럭거리며 자리에 앉는 소리가 났다. 분위기를 이렇게 만든 당사자가 본인인 걸 알면서도 도훈은 왜 그러냐는 듯 천연스레 임원진들을 둘러보았다.

분기에 한 번 열리는 그룹 전사 회의. 시기가 아님에도 그룹사 회의는 순전히 도훈의 고집으로 인해서였다. 그건 확실히 월권이었다. 하나 신 회장은 그에 손을 쓸 수 없었다. 도훈이 대한그룹에 발을 들여놓고 난 후로는 제 뜻대로 휘두르던 모든 게 무너졌다.

출근 이틀날. 도훈은 전 계열사의 인사개편을 새로이 했다. 인사개편을 통해 신 회장 라인의 반절은 나가떨어졌을 것이다. 강도훈을 감시하러 보낸 비서실장 역시 그녀를 무시하고 강도훈 편에 섰다. 무조건적 제 편이었던 현명한 비서실장마저도 요즘 따라 묘하게 거슬리기 시작했다. 하나 티를 낼 순 없었다. 조금의 틈이라도 보였다간 분명 저 호랑이 새끼에게 잡아먹힐 테니.

도훈은 입을 꾹 다문 채 침묵을 유지했다. 신 회장은 그런 도훈이 같잖은 듯 비웃음을 흘렸다. 호랑이 새끼라고 해봐야 새끼는 새끼일 뿐이다. 경영의 '경' 자도 모르는 게 어디 비집고 들어와서 저길 앉아 있는 건지. 신 회장이 마이크를 잡았다. 시선의 중심이 신 회장에게 옮겨졌다. 이목이 집중되는 걸 확인한 그녀는 연설을 시작했다.

"애플의 창업주 스티브 잡스는 이렇게 말했죠. 미래를 예측하는 최선의 방법은 미래를 창조하는 것이다."

나름의 준비한 연설이 죽 이어졌다. 어디 명언집 펴놓고 명언들

을 죽 긁어 온 건지. 되지도 않는 사탕발림 같은 연설에 하품이
나올 지경이었다. 그는 지루한 얼굴로 신 회장을 똑바로 바라보
았다. 강호진 회장이 아마 저딴 연설을 들었다면 목덜미를 잡고
쓰러졌을지도 모른다.

"늙은이가 말이 참 많죠?"

말을 마친 신 회장이 넉살스레 웃었다. 그를 따라 몇몇 임원진들
이 따라 웃었다. 날이 섰던 분위기가 조금은 유해졌다. 쩍쩍. 무
거운 박수 소리가 이곳저곳에서 울렸다. 그사이 누군가 큭 하고
웃음을 터뜨렸다.

"대단하다. 대단해."

지극히 혼잣말인 듯 중얼거렸지만.

"생각보다 더 개판이네. 이거."

확실히 눈앞의 신 회장을 비꼬고 있었다.

"끝났습니까?"

마이크 스위치를 켠 도훈이 첫 발언을 했다.

"끝나셨냐고 지금 제가 물었지 않습니까?"

그의 한쪽 눈썹이 치켜 올라갔다.

"끝났습니다. 강도훈 본부장. 말하세요."

신 회장은 해보란 듯 제 마이크의 스위치를 껐다.

"한 가지만 묻겠습니다. 신 회장님. 여기 있는 분들의 연봉이 얼
마인 줄 아십니까?"

쓸데없는 질문에 신 회장의 미간이 기울어졌다.

"적게는 1억부터 많게는 수십억까지. 대한민국 평균 기업 연봉
의 몇 배가 되는 큰 금액이죠. 근데 지금 그런 분들의 시간이 신

회장님의 쓸데없는 연설로 인해 최소 30분이 소비되었습니다."

답할 기회조차 주지 않은 채 도훈은 제 말을 쏟아냈다.

"회장님은 본인의 연설에 그 정도의 가치가 있다고 생각하십니까?"

신 회장은 눈매를 잔뜩 구겼지만 별다른 반박은 없었다.

"그럼 지루한 연설 같은 건 집어치우고 본론부터 들어가겠습니다."

도훈은 첫 출근 당시 제가 받은 10년간의 기업실적과 오늘 올라온 사업실적 등 각 취합된 자료 중 몇 개를 집어 들었다.

"자 첫 번째. 9년 전에 시작한 호텔 '하이마리' 평균 객실 점유율이 5%. 성수기 객실 점유율 10% 말이 되는 수치라고 생각하십니까?"

하이마리. 그건 신애란이 회장 자리에 앉고 난 후 제일 처음 뛰어든 호텔사업이었다.

"두 번째 '하이트릭존' 무리하게 100호점까지 내놓았는데, 남은 건 열 개 매장도 안 되네요? 그마저도 매출은 바닥을 치고."

하이트릭존. 그녀가 시작한 두 번째 쇼핑사업.

"이번엔 '하이란' 굉장히 하이를 좋아하시나 봅니다. 근데 이게 안녕할 때 그 하이입니까, 아니면 High Society의 하이입니까?"

아마 후자일 것이다. 상류층의 삶을 내내 꿈꾸며 지금의 자리에 앉은 신 회장이었으니.

"이름에 걸맞게 잘 좀 하시지. 적자 규모가 연간 6,000억을 넘어갔고. 준비해서 내는 족족 망한 게 대체 몇 갭니까."

다리를 척 하고 꼰 그는 결재판을 하나하나 바닥으로 툭, 툭 던

져 냈다. 그렇게 회의장의 가운데로 떨어진 결재판이 열 개가 넘
어섰다.

"있는 거나 잘 유지하지. 이딴 쓰레기 같은 경영으로 그 자리 잘
지키고 계셨네요."

"……."

"그래서 제가 이음 미술관 가시라 기회를 드린 건데."

입술을 잘근 씹던 신애란은 올라가지 않는 입꼬리를 억지로 끌
어 올렸다. 계속해 보라는 듯이. 도훈은 픽 웃었다. 그리고 남은
하나의 결재판을 쥐어 들어 펼쳤다.

"오늘 나온 새로운 사업. 봅시다. '하이 美' 화장품 브랜드인데
이게 뭐야. 친숙한 이미지?"

그는 와하하 큰 소리로 웃음을 터뜨렸다. 더 볼 필요도 없다는
듯 그는 마지막 결재판을 툭 던졌다.

"신 회장님."

주먹 쥔 손 위로 손바닥이 지그시 눌러졌다. 두둑, 관절이 엇박
자로 부딪쳤다.

"회사가 애새끼들 소꿉장난이나 하는 덴 줄 아십니까."

가시가 잔뜩 돋친 목소리를 끝으로 회의장은 그야말로 암전이었
다. 그는 답을 기다린다는 듯 고개를 비스듬히 틀었다.

'회사가 애새끼들 소꿉장난이나 하는 덴 줄 아십니까.'

현명한 실장 역시 언젠가 그녀에게 했던 말이었다.

"……"

신 회장의 안면근육은 육안으로 보일 만큼 크게 떨렸다.

"기존 사업들 삼 개월 안에 싹 다 정리하시고, '하이 美' 역시 엎으세요."

"그, 그렇지만 전무님!"

눈치를 보던 브랜드개발팀 팀장이 손을 들어 발언했다. 임원들에 비하면 까마득히 아래 있는 직원.

"이미 마케팅 단계까지 다 들어간 상태입니다. 지금 여기서 엎으시면……"

"대신 이걸로 가세요. 김 비서."

도훈은 멀찍이 떨어진 곳에 뒷짐을 지고 있는 제 비서를 불렀다.

"나눠드려."

비장한 표정으로 김 비서는 도훈이 준비했던 새 브랜드의 기획안을 각 임원들 앞에 놓았다.

[완벽한 젊음을 다시 정의하다. 당신을 위한 단 하나의 D.A.Y.]

"검토할 시간은 딱 하루 드립니다. 내일 다시 이 시간에 여기서 뵙죠."

싱긋이 웃은 그는 자리에서 일어났다. 종이 자락을 넘기는 소리들이 여기저기 난잡하게 울렸다. 신 회장은 제 앞에 놓인 기획안을 노려보며 주먹을 꽈악 내리 쥔 채 바들거리고 있었다. 여유로운 걸음이 신 회장에게로 다가섰다.

"신 회장님?"

어수선한 장내엔 잠시 정적이 찾아왔다. 신 회장의 고개가 천천히 올라왔다. 마주한 두 사람의 시선이 허공에서 불편하게 오갔다.

"The best way to predict the future is to invent it."

유창한 영어 발음이 중저음의 목소리에 얹어졌다.

"미래를 예측하는 최선의 방법은 미래를 창조하는 것이다."

그녀가 연설을 시작할 당시 했던 명언.

"애플 창업자가 아닌 컴퓨터 과학자 앨런 케이가 한 말입니다. 아시겠습니까?"

"뭐, 라고요?"

픽 웃은 도훈은 그대로 등을 돌렸다. 김 비서 역시 그림자처럼 곧바로 도훈의 뒤로 붙어 섰다.

"하."

신 회장은 붉으락푸르락해진 얼굴로 기획안을 구겨 쥘 뿐이었다.

N 영어유치원.

유아 시절부터 이미 초등학교 중학교 고등학교까지의 코스가 정해진 아이들. 개중에서도 특출하게 눈에 띄는 무리는 존재했다. 입학 초기부터 S반으로 정해진 아이들. 부모부터 조부모까지 의사 변호사 같은 전문직부터 기업경영인. 다양한 직업 중에서도 상위계층에 있는. 그 사이에서 지운은 단연 겉돌 수밖에 없었다. 아직 한국말이 정확지 못한 것도 있었지만 가장 큰 문제는 부모의 부재였다. 지도 교사들이 몇 번이나 아이들을 타일러 보았지만 아이들의 짓궂음은 잦아들긴커녕 더 커져만 갔다.

"우리 엄마 진짜 주예일이거든!"

"에에 그럼 우리 엄마는 오소영이다! 아빠도 없는 게 거짓말은."

"거짓말 아니야! 그리고 지운이도 아빠 곧 생겨. 아저씨가 아빠 한대써!"

"그게 무슨 아빠야! 지운이는 아빠 없대요!"

눈물을 억지로 참던 지운은 또래 아이의 가슴팍을 팍 밀었다.

"아빠가 없는 건 부끄러운 게 아냐! 친구 놀리는 너희가 부끄러운 거지!"

"이 씨이……. 너 나 밀었어어?"

아이들 사이에 싸움이 일어났다. 다급히 달려온 지도 교사들이 분위기를 수습해 보려 했지만 아이들의 울음은 그치지 않았다. 결국 하원 시간 아이를 픽업하러 온 아이의 엄마들은 원장과 지운을 세워 놓고 닦달을 했다.

"어머 세상에 우리 하늉이. 세상에 얼굴 좀 봐. 당신들 뭐 하고 있는 거야, 우리 애가 이렇게 될 동안!"

"원장이란 사람이 뭐 하고 있던 거야? 애초부터 이딴 애를 왜 우리 애들하고 어울리게 하는 거냐고!"

원장은 안절부절못하며 아이 엄마들의 등쌀에 밀려 지운을 억지로 사과하게끔 만들었다. 지운은 목을 뻣뻣이 세우며 버텼다.

"쟤들이 먼저 놀렸단 말이애요!"

"지운아. 그래도 친구를 때리는 건……."

"무슨 일이에요?"

원장의 말이 끊겼다. 지운을 막 데리러 온 설은미 감독은 당장 아이의 손을 잡아 제 뒤로 숨겼다.

"무슨 일이기에 이러시는 거죠?"

"어어. 그래 당신이야? 당신이 얘 보호자야?"

"예. 제가 지운이 할머니입니다. 말씀하세요."

원장과 담임교사가 설은미 감독에게 원에서 있었던 일을 설명했다. 이야기를 듣는 내내 설은미 감독은 꽉 잡은 지운의 손을 놓지 않았다. 괜찮다는 듯.

"하. 그러니까 이 아이들이 저희 지운이에게."

설 감독은 말문이 막혀왔다. 어이가 없어 쓸쓸한 웃음까지 배어 나왔다. 이 어린아이들이 뭘 안다고. 다 부모 잘못이겠지 싶으면서도 화가 나는 건 어쩔 수 없었다. 곧 강도훈 대표가 원 앞으로 온다고 했는데, 시끄러운 일에 말려봤자 좋을 건 없을 것이다.

"일단 제가 사과드리는 거로 하고,"

최대한 제 선에서 끝을 내기 위해 설은미 감독은 고개를 숙였다. 그 찰나 끼익, 검은색 세단이 원과 멀지 않은 곳에 세워졌다. 삼지창이 그려진 엠블럼. 운전석에서 내린 젊은 남자. 성큼성큼 걸어온 도훈은 설은미를 향해 허리를 정중히 굽혔다.

"안녕하십니까, 감독님."

"아…… 도훈 군."

"지운이는 어디…… 아."

도훈은 뒤늦게야 설 감독 뒤에 숨어 훌쩍이는 지운을 발견했다. 당장 무릎을 굽힌 도훈은 아이의 눈가에 걸린 눈물을 닦아주었다.

"무슨 일이니. 지운아."

벌게진 눈꼬리에 입이 바싹 타왔다.

"아저씨한테 말해봐. 응?"

"쟤네, 가 나 아빠, 흑, 없다고, 흑, 놀려써요."

"……."

지운은 손을 들어 저와 싸운 아이들을 가리켰다. 설 감독은 한 숨을 쉬며 고개를 돌렸다.

"누가, 그랬다고?"

그의 눈살이 보기 좋게 구겨졌다.

"김하농이랑……."

"그럼 네가 아빠 없는 거 맞지. 아니니?"

"이보세요. 하농 어머니!"

기어코 설 감독은 목소리를 높였다. 원장과 선생들은 이러지도 저러지도 못한 채 눈치만 보며 서 있었다.

"어린 게 아주 진짜. 그렇다고 애를 이렇게 때려? 깡패야? 응? 네 애비 깡패니?"

"말 가려서 하세요. 아이들이 다 듣습니다!"

"어디서 저딴 걸 우리 원에 들여서는. 수준 떨어지게."

도훈은 헛웃음을 터뜨렸다. 지금 누구 앞에서 수준 운운하는 거지.

"……."

울고 있는 제 아이와 제 아이를 낮잡아 보는 학부모들. 서서히 뒷골이 당겨오는 게 욕설이 입 안을 뭉근히 떠돌았다. 간신히 화를 욱여 삼킨 그는 지운이 가리킨 아이의 앞으로 가 쭈그려 앉았다.

"어머! 왜 이래요?"

아이의 엄마가 아이를 제 뒤로 숨겼다. 도훈은 고개를 슬쩍 빼 아이와 눈을 마주했다. 없는 인내심을 끌어 올리며 그는 아이에게 물었다.

"그래. 우리 하농이는 아버지가 뭐 하시니?"

"어머. 애한테 그런 걸 왜 물어요?

딱딱거리는 목소리에 짜증이 목 끝까지 차올랐다.

"우리 아빠 리엔 건설 사장인데요? 왜요?"

빼꼼 고개를 내민 아이가 답했다.

"리엔 건설."

아랫입술을 씹으며 그는 침착하게 생각했다. 머릿속에 입력된 정보들이 뒤죽박죽 엉키는가 싶더니 이내 곧 몇 가지의 정보가 떠올랐다.

리엔 건설. 얼마 전 재개발에 들어간 모 지역의 건축 현장. 대한 건설의 협력업체 중 하나. 2군과 3군 사이의 하도급업체. 끊길 듯 당겨지던 이성이 서서히 느슨해졌다. 눈꺼풀을 느릿하게 감았다 뜬 도훈이 자리에서 일어났다. 그는 다른 불필요한 말 대신 지갑에서 제 명함을 꺼내어 원장에게 건넸다.

[대한그룹 강 도 훈 전무]

명함을 건네받은 원장은 소스라치게 놀라며 제 입을 틀어막았다. 이런 데엔 누구보다 빠삭한 사람이었던지라 곧바로 그가 누구인지를 아는 듯했다. 그러고 보니 얼굴이 낯익은 것이 뉴스 기사에서 몇 번 본 얼굴이었다.

"저희 지운이가 잘못한 것은 없어 보입니다. 그렇지 않습니까, 원장님."

"아, 그…… 예. 그렇……죠?"

원장의 수긍에 도훈은 고개를 끄덕였다.

"뭐? 그렇죠? 이봐요, 원장님!"

하농의 엄마를 포함한 다른 엄마들의 반발이 심해졌다.

"어머님들 잠시만 진정하시고요!"

소란스러운 상황을 뒤로한 도훈은 잔뜩 겁먹은 지운을 안아 들었다.

"지운아. 아저씨랑 놀러 갈까?"

"어디를요?"

"음. 지운이 아저씨가 바다에 가자고 했잖아. 지금 갈까?"

"바다……요?"

시무룩한 아이의 표정이 서서히 풀려갔다.

"저흰 그만 가 봐도 되겠습니까? 원장님."

"아…… 예. 예. 그럼요! 당연히! 그…… 절대! 다시는 이런 일이 없도록……."

"네. 그럼."

원장의 말이 끝나지 않았음에도 도훈은 고개를 까닥이며 뒤를 돌았다.

저기요! 바락바락 지르는 타 학부모들의 고함이 퍽 듣기 싫었다. 어금니를 굳게 씹어 문 그는 자신을 다스리기 위해 무던히 노력해야만 했다.

"괜찮나요. 도훈 군?"

"아. 예. 죄송합니다. 아, 감독님. 오늘 일은."

"안 할게요. 예일이가 알아봤자 속상해 하겠죠."

설은미는 도훈이 무엇을 걱정하는지 알았다.

"아이랑…… 가까운 바다라도 다녀와도……."

"물론이죠."

그녀는 자상한 얼굴로 답했다. 그러곤 아직 울먹이는 아이의 솜털 같은 뺨을 쓰다듬었다.

"지운이 아저씨랑 재밌게 놀고 와."

이처럼 속상한 일이 또 어디 있을까. 설은미는 저 역시 민형을 혼자 기르며 받았던 손가락질들을 떠올리며 쓴 눈물을 삼켰다.

급한 대로 카시트를 구입해 설치한 도훈은, 지운을 태우고 가까운 서해안으로 향했다. 휴게소에 들러 아이가 좋아하는 우동도 먹였다. 작은 입이 오물거리며 먹는 게 그렇게 예쁠 수가 없었다. 그렇게 도착한 바다. 바닷바람이 꽤 센 탓에 아이가 추워 보였다. 제 코트를 억지로 입혀 주었더니 그게 또 영 귀여웠다.

"지운이 이제 기분은 좀 어때?"

"조아요. 아저씨 바다 조아요!"

"그래. 지운이가 좋다니까 아저씨도 좋다."

한결 나아진 아이의 표정을 보니 그 역시도 얼굴이 편해졌다.

[지운이랑 바다 왔는데 혹시 영상통화 가능해?]

예일에게 문자를 보내 봤지만 답은 없었다. 아마 촬영 중일 것이다.

'개봉 일자를 무리하게 압박하지 말걸.'

뒤늦게야 그것이 후회가 됐다.

[지운이 오늘 내가 데리고 자고, 내일 설은미 감독님 댁에 데려 다줄게. 걱정하지 말고 촬영 잘해.]

늦은 밤이 되도록 예일은 답장이 없었다. 그녀의 매니저 역시 전화를 받지 않는 걸 보아하니 스케줄이 빡빡하지 싶다. 피곤해 칭얼거리는 아이를 안은 도훈은 계열사의 호텔을 찾았다. 다행히 비성수기라 괜찮은 룸이 남아있었다. 지배인에게 아이가 편하게 입을 옷과 내일 제가 출근할 옷 몇 벌을 지시한 도훈은 키를 받아 들고 룸으로 올라갔다. 아이를 씻기고 침대에 눕고 나니 시간은 벌써 9시를 가리켰다.

"지운이 많이 힘들었지. 오늘?"

"아니요. 아니요. 짱 재밌었어요."

아이가 까르륵 해맑게 웃었다. 따라 미소 지은 도훈은 아이의 덜 마른 앞 머리칼을 털어 주었다.

"지운아. 친구들이 놀리는 거. 왜 지금까지 말…… 안 했어?"

"할머니가 마음 아야 하니까요. 엄마도 마음 아야 해요."

하. 그는 낮은 한숨을 흘렸다.

"그렇지 않아. 앞으로는 무슨 일이든 다 할머니, 아니 아저씨한테 다 말해 줄래?"

"네에. 그럴게요. 아저씨. 근데요."

"응."

"지운이 엄마 주예일 맞지요? 친구들이 믿지 않아요."

"……."

"애들이 지운이 눈 이상하다고 놀려요. 근데 아저씨도 지운이랑 눈이 같아요. 지운이 아저씨가 아빠면 좋게써요. 아저씨가 지운이 아빠 한다고 그래짜나요."

조물조물거리며 제 할 말은 똑바르게 하는 게 예쁘면서도 그게 안타까웠다. 그는 고개를 숙여 아이의 이마에 입맞춤을 해주었다.

"아저씨가 아빠 해도 될까. 정말……?"

조심스러운 질문.

"네에……."

아이는 수줍게 고개를 끄덕거렸다. 도훈은 말없이 아이를 따뜻하게 안아주었다.

"지운이 엄마는 주예일 맞아. 그리고 아저씨가 지운이 아빠 할 거고."

아빠를 한다, 제 아들에게 이런 말을 하는 것 역시 그의 입장에선 역시 마음이 쓰린 일이었다.

"아저씨가 미안해. 지운아."

아이에게 어떻게 설명을 해야 상처받지 않을까. 그는 그것이 너무 두려웠다.

대한그룹 계열사인 THE KOREA HOTEL.

아침이 되고, 호텔 지배인은 어제 도훈이 지시한 것들을 챙겨 직접 룸을 찾았다. 변변치 않지만 급하게 구해온 것치고는 나쁘지 않았다. 감사하다는 말을 전한 도훈은 아이가 깰세라 조심히 문을 닫고 침실과 먼 드레스 룸으로 들어갔다. 대충 옷을 챙겨 입자 조용했던 핸드폰이 부르르 울렸다. 예일인가 싶었지만 아쉽게도 김 비서였다.

- 대표님, 아니 전무님. 출근 안 하십니까?

"어. 나 지금 인천이야."

- 예?

귀청 떨어지는 소리에 도훈은 전화기를 살짝 떨어뜨렸다. 핸드폰을 내려놓은 그는 스피커 전환 키를 눌렀다.

- 아이 거긴 또 왜 가셨어요. 대체? 오늘 브랜드회의 있는 거 잊으셨습니까? 예? 전무님이 직접 지시하신!

"회의 시작하기 전까지는 가. 그리고 김 비서."

- 예.

"그……,"

도훈은 말끝을 흐렸다. 당장이라도 아이가 있다는 기자회견을 할까, 고민을 하던 그는 결국 고개를 저었다. 먼저 예일이 자리를 잡아야 그녀를 향한 시선도, 아이에 대한 시선 역시 누그러질 것이다.

- 말씀하세요, 전무님.

"아니, 됐어."

씁쓸한 미소를 거둔 그는 거울을 보며 셔츠의 단추를 잠갔다.

"아. 지금 하곡지구 건축 현장 연락해서, 아니. 대한건설에 연락넣어. 리엔 건설과 한 모든 계약 다 끊으라고 해."

- 예? 리엔 건설이요?

와이셔츠 위로 넥타이를 목에 건 그는 무심히 입을 열었다.

"어. 그리고 시장에 나온 리엔 건설 주식 전부 사. 한 주도 남김 없이."

뜬금없는 지시에 김 비서의 머릿속에 수많은 물음표가 **뿅뿅** 터졌다. 의문이 들었지만 그는 반박하지 않았다. 그가 하는 일에 왜, 라는 단어를 담을 수 있는 건 아마 대한그룹 전 직원을 통틀어 단한 명도 없을 테니.

"그리고 그다음은."

– 예, 전무님.

"어떻게 해야겠어."

본인이 지시해놓고 어떻게 할 거냐니? 김 비서는 고민에 휩싸였다. 또 얼 까고 있네. 그는 낮게 중얼거렸다.

"김 비서 잘 들어. 그 집 사모가 어제 내 아이한테 소리를 지르더라고. 아빠도 없는 게, 라면서."

– 네……? 지운이 말씀하시는 겁니까? 아니 그 어린 애한테. 무슨 그런 말을.

"그럼. 지금부터 김 비서는 뭘 하셔야 되겠습니까?"

넥타이의 매듭을 지은 그는 말을 끊었다. 그러곤 어젯밤 풀어 놓은 시계를 손목에 채워 넣었다.

– 예. 전무님! 제가 알아서 잘 해결해 놓겠습니다. 이번 주 안으로 제가 싹 다 정리…….

"아니. 이틀 안으로."

– 이틀…… 아. 바로 지시하도록 하겠습니다.

김 비서는 결의에 찬 목소리로 전화를 끊었다. 이딴 유치한 보복 같은 건 영 그의 타입이 아니었다. 차라리 얼굴을 보고 지랄을 하면 했지. 그럼에도 쉽게 나설 수 없는 건 역시 지운 때문이었다.

　리엔 건설의 사장 내외가 설은미 감독네 집을 찾아, 무릎을 꿇고 몇 시간을 죄송하다 고개를 숙였다는 이야기가 도훈의 귀에 들어온 건, 그날로부터 딱 이틀 후의 일이었다.

　청춘 로맨스 촬영 현장.

　이어지는 강행군, 밤샘 촬영이 있었음에도 청춘 로맨스 촬영 현장은 파이팅이 넘쳤다.

　"자, 조금만 더 힘냅시다!"

　그들을 이끄는 설민형 감독은 확실히 리더십이 있는 인물이었다. 주연배우인 이채와 예일, 그들과 함께하는 타 배우들 역시 모난 곳 없이 평판이 좋은 사람들이었다. 감독과 배우들이 좋은 사람들이었으니 함께 일하는 스태프들 역시 편한 분위기 속에 일을 진행할 수 있었다.

　"많이 피곤하시죠! 이것 좀 드시면서 하세요!"

　예일의 로드 매니저인 동식이 배우와 스태프들에게 간단한 요깃거리와 비타민 음료를 돌렸다. 고맙다는 인사가 여기저기 울렸다. 푹 꺼진 눈가를 매만진 예일은 뒤늦게야 보람이 건네는 제 전화기를 확인했다.

　"헐. 나 강 대표한테 전화 왔었네? 무슨 일 있나?"

　그러네. 정말 무슨 일이 있었나. 예일은 잔뜩 와있는 부재중 전화와 문자들을 확인했다.

[지운이 오늘 내가 데리고 자고, 내일 설은미 감독님 댁에 데려 다줄게. 걱정하지 말고 촬영 잘해.]

'지운이랑 바다를 갔어?'

차에서 통화 좀 하고 오겠다며 양해를 구한 예일은 차 안으로 들어섰다.

– 엄마야아!

전화를 걸기 무섭게 곧바로 반대편에서 신이 난 목소리가 흘러 나왔다.

– 나 아저씨랑 바다 봐써. 지금 아저씨랑 할머니네 가구 이써.

쫑알쫑알거리는 목소리가 수화기 너머에서 건너왔다. 입가에 빙 그레 미소가 걸렸다.

"지운아. 아저씨는 지금 뭐 해?"

– 아저씨 빠방 운전하구 이써!

"그래? 음⋯⋯."

– 잠깐만 엄먀!

아이와 도훈의 대화 소리가 오갔다. 부스럭거리는 소음을 듣자 하니 블루투스 이어폰을 연결하는 듯싶었다.

– 어, 나야.

"강도훈 너 지금 제정신이야?"

– 아 왜 또 타박이야.

장난스러운 웃음소리가 들려왔다. 예일은 한숨을 푹 내리쉬었 다. 그가 굳이 블루투스 이어폰으로 연결해 전화를 받은 덴 그만 한 이유가 있을 것이다.

"그러다 너에 대한 기사라도 나면 어쩌려고 그래. 너도 이제 회사에······."

- 나 가십거리 몇 개 터진다고 타격 안 입어. 걱정 마, 걱정 마.

"미친다. 내가 진짜."

어쩐지 머리가 지끈거렸다. 기자들도 걸렸고, 신 회장도 걸리고······. 이래저래 걱정되는 게 한두 가지가 아니었다.

"너 정말 괜찮은 거 맞아?"

- 예일아.

"응."

- ·······.

도훈의 한숨 소리가 고르게 퍼졌다.

"왜 그래. 무슨 일 있었어?"

- 아니.

한 템포 느린 답. 예일은 습관처럼 손톱 끝을 물었다. 또 무슨 일이 있는 건가 싶은 마음에 심장이 두근거려왔다.

"뭔데. 말해. 무슨 일이야. 응?"

- 진짜 아니야. 나 운전 중이니까 이따 서울 가서 다시 전화할게.

"강도훈!"

뚝. 전화가 그대로 끊겼다. 다시 통화를 누르려는데 똑똑 누군가 밴을 두드렸다. 매니저 보람이었다. 촬영 시작을 말하는 듯 검지를 까닥거리는 것에 전화기를 내려놓을 수밖에 없었다.

"······."

도훈 역시 끊긴 전화를 보며 고민했다. 괜스레 핸들을 두드리며 그는 시트에 등을 푹 기댔다. 어제의 일을 말한다면 분명 속상해하겠지. 그래. 굳이 이 이야기를 알릴 필요는 없을 것이다.

설은미 감독의 집에 지운을 내려준 도훈은 서둘러 회사로 향했다. 그녀에게 듣기론 어제저녁 유치원 원장이 직접 찾아와 사과를 전했다고 한다. 그 아이들을 다른 반으로 보낼 테니 아이는 계속 원에 보내 달라는 사정과 함께. 기가 막히지. 왜 그럼 지금까지 방관만 하고 있었던 건지.

'지운이는 내가 데리고 있을게요. 애초에 원에 보내지 말았어야 했을 것을. 또래 친구들하고 어울리게 해주고 싶었던 건데 아이한테 상처만 줬네요.'

고맙게도 설은미는 그리 말을 해줬다.

'죄송합니다, 감독님.'

'그런 말 말아요. 도훈 군. 예일이는 나한테 딸이나 마찬가지인 아이니까.'

온전히 아이를 맡기는 입장. 그는 죄송스러움에 고개를 들 수 없었다.

대한그룹 서초사옥 대회의장.

리스크 관리팀, 심사팀, 재무팀. 브랜드개발팀. 마케팅팀. 각 다섯 개의 팀의 담당자들이 모였다. 어제 도훈이 뿌린 기획안을 포함해 자세한 계획안을 다시 한 번 각 팀의 담당자들이 꼼꼼하게 읽어 내렸다. 수익성, 시장성, 각 방안을 회의하며 컨퍼런스 룸이 시끌벅적했다. 그들의 의견은 하나같이 부정적이었다. 흥해도 망해도 대한그룹의 이미지에 좋을 건 하나 없는 사업.

"늦어서 죄송합니다."

도훈이 자리에 앉기 무섭게 김 비서가 심사 팀에서 올린 서류를 건넸다. 팔꿈치를 테이블에 괸 도훈은 성의 없이 서류를 넘겼다.

"참 그 여자. 쓸데없는 곳에 시간 소비하게 하는 데 재간이 있어. 그렇지 않아, 김 비서?"

도훈은 피식이며 중얼거렸다. 어색하게 웃은 김 비서는 그의 뒤에 자리했다.

임원들은 하나같이 싹 빠진 자리. 그 자리를 대신한 각 팀 담당자들의 얼굴. 이건 제대로 절차를 밟고 사업을 진행하라는 신애란의 태클이었다. 별 꼴같잖게 제 일을 이런 식으로 방해를 한다. 차라리 어제처럼 이 자리에 저와 면대면 하고 앉아 상대하면 기꺼이 응수해 줄 수 있을 텐데 겁이 나서 숨어있는 건지.

"말씀들 해보세요."

시작하라는 듯 그가 손을 들었다. 대표로 마이크를 쥔 심사팀장은 미래성이 부족하다는 의견과 이미 레드오션인 화장품 시장에 대한 설명을 시작했다.

"특히나 저희 대한그룹 같은 경우 반도체의 이미지가 강해 경쟁성 또한 떨어집니다."

어느 정도 그의 말은 일리가 있었다. 화장품 시장은 이미 산업의 경계가 뚜렷했다. 경쟁사의 수도 수없이 많았다. 같은 목표와 같은 고객을 가지고 경쟁해야 하는데, 대한그룹의 이미지상 경쟁성에선 확연히 떨어졌다. 쉽게 살아남을 수 없는 조건. 그럼에도 '하이 美'는 되고 제 기획은 안 된다? 이건 대놓고 강도훈을 신애란 밑에 두겠다는 발언이었다.

"지금 심사 팀 평균 연봉이 어떻게 됩니까."

마이크 스위치를 켠 도훈이 물었다.

"구, 구천오백 정도 됩니다."

뜬금없는 질문에 심사팀장은 떨떠름히 답했다.

"근데. 왜 생각은 구천 오백만큼의 가치를 못 하는 거지?"

"아……."

"묻지 않습니까."

심사팀장은 고개를 숙였다.

도훈은 손목의 시계를 풀어 테이블 위에 놓았다. 그러곤 손가락을 까닥이며 김 비서의 손목을 끌었다. 김 비서의 시계를 푼 도훈은 제 시계 옆에 가지런히 그것을 놓았다. 비슷한 디자인의 시계. 차이가 있었다면 하나는 억대를 호가하는 파텍필립, 하나는 몇십만 원대의 저가 브랜드.

"차이점. 아시겠습니까."

회의장은 조용했다.

브랜드의 차이, 혹은 가격의 차이겠지. 당연한 걸 왜 묻는 거지? 담당자들의 머리통 위로 물음표가 떠올랐다.

"재무팀 팀장님이 말씀해 보세요."

"아, 예."

재무팀 팀장은 긴장하며 목을 축였다. 당연한 답을 바라는 건 아닐 텐데. 어떤 답을 해야 할까 고민하는 사이 도훈의 낯빛은 점점 굳어갔다.

"지금 여기 계신 분들 연봉이 다 합치면 얼마나 되십니까?"

"아, 예. 이것저것 수당 포함하지 않고……."

"아니. 제가 묻는 건 그게 아닌데요."

"예?"

재무팀장은 멍청하게 되물었다.

"왜 돈을 그만큼씩들 받으면서 머리를 못 굴리냐고 돌려 묻는 겁니다."

그는 제 머리를 톡톡 치며 인상을 구겼다. 마른침을 꿀꺽 삼킨 재무팀장은 죄송합니다, 말하며 고개를 숙였다.

"확실히 화장품 시장은 레드오션 맞습니다. 지금과 마찬가지로 시장에 접근한다는 가정하에, 생각해봅시다. 매종드. 만약 그 브랜드의 가격이 지금보다 현저히 떨어진다면 사람들이 열광할 것인지."

매종드. 유명 모 해외브랜드 신발. 가난을 상품화한다는 비난을 받으면서도 많은 사랑을 받는 제품.

"낡고, 헤지고, 더럽고, 어떤 디자인은 이게 쓰레기인지 구분도 안 갈 정도로 형편없습니다. 그럼에도 매종드에 수요자들이 환장하는 건 그들의 니즈를 정확히 파악하고 있기 때문입니다. 누군가는 가난을 돈으로 산다며 브랜드를 폄하할지 모르지만, 확실한 건 이런 차별성이 시장에 먹혔다는 겁니다."

도훈은 나란히 둔 제 시계와 김 비서의 시계를 손가락으로 죽

그었다.

"가격의 차별화. 만약 매종드가 가격 책정을 새로이 해 만 원 혹은 이만 원. 누구나 접근할 수 있는 가격에 팔린다면 지금의 매종드는 그 가치마저 같이 떨어질 겁니다."

신뢰감을 주는 차분한 목소리에 과반수의 담당자가 고개를 끄덕였다.

"마찬가지죠. 제품의 질 중요합니다, 물론. 근데 우리가 목표로 삼은 수요자들이 원하는 건 친숙한 이미지. 손쉽게 구할 수 있는 그런 게 아니잖아?"

제 이마 끝을 툭툭 친 도훈은 익살스럽게 콧잔등을 구겼다.

"아무리 질 좋은 제품을 저가에 내놓고 광고를 해도, 결국 외국계 브랜드에 밀려나는 이유가 그겁니다. 해외브랜드들이 바닥 독점하고 있는 거. 자존심 상하지 않습니까?"

적당한 높낮이의 목소리 톤, 차분하게 끊어지는 호흡. 대본을 읽어 내리듯 술술 나오는 언변. 그 모든 것이 설득을 당할 수밖에 없는 분위기를 자아냈다.

"제품을 판다 생각하지 말고 브랜드의 가치를 판다고 생각하세요."

도훈이 제 시계를 쥐어 들었다. 철컥, 하고 감기는 소음이 장내에 울렸다. 자리에 모인 담당자들은 서로의 눈치를 보며 조용히 의견을 주고받았다. 기존의 레드오션에서 발상의 전환을 통해 새로운 가치의 시장을 만든다. 그가 말하는 전략은 퍼플오션이었다. 새로운 블루오션을 찾는 데 따르는 리스크와 비용을 최소화하며, 타 경쟁사와 차별화를 한다. 과연 누가 저렇게 대놓고 노블레스적인 사고를 떠들 거라고 예상했을까.

"올해 12월 25일 크리스마스. 브랜드 론칭 날짜입니다. 수준에 맞게 준비하세요."

브랜드개발팀의 담당자는 제 손가락을 접어 수를 세었다. 8개월 정도 되는 기간. 브랜드 하나를 만들어 내는 데 걸리는 통상기간을 생각하면 말도 안 되는 기간이었다. 제품을 생산하는 공장 라인부터 디자인, 광고, 홍보. 하다못해 론칭할 장소를 정하고, 도훈이 말하는 '수준에 맞게'를 준비하는 것만 해도 반년은 갈 거다. 아무리 대한그룹의 자본력이 받쳐준다고 하여도 무리한 사업. 웅성거리는 소음이 꽤 커져 갔다.

"브랜드가 하나 나오기까진 많은 시간이 걸립니다. 가장 마지막 단계에 제품을 뽑는 데까지 시간이 촉박합니다. 제품 없이 무리한 브랜드 론칭은 있을 수 없습니다, 전무님."

총 마케팅팀 팀장 박종훈. 신애란 라인 중의 한 인물.

"당장 제품을 완벽하게 공급할 필요가 있습니까?"

"전무님. 그건 당연한……."

"Hunger market."

도훈이 그의 말을 끊었다. Hunger market. 의식적으로 잠재 고객을 배고픔 상태로 만드는 마케팅 전술로 소비자의 수요 심리를 이용한 시장 조절 방식.

"리미티드 에디션. 수량은 적을수록 좋겠지. 한정된 제품, 한정된 수량. 새로 론칭된 고가의 명품브랜드."

그는 비죽 웃으며 말을 이어갔다.

"사람들이 환장할 만한 조건은 다 갖추고 있지 않습니까."

말을 마친 도훈은 마이크를 툭 쳤다. 삑 하는 소음이 장내에 경고음처럼 울렸다 꺼졌다.

"까라면 까고, 하라면 하는 겁니다. 무조건."

여유 있는 그 목소리는 오만해 보이기까지 했다. 자리에서 일어난 도훈이 걸음을 옮겼다. 무거운 분위기에 압도된 담당자들은 알게 모르게 숨을 크게 들이 내쉬었다.

"박종훈 팀장님."

줄곧 불편한 얼굴로 앉은 남자의 앞으로 간 도훈은 그의 앞에 양 손바닥을 짚으며 상체를 숙였다.

"앞으로 제 말에 토 달지 마세요."

"……."

"회사 생활 힘들어집니다."

도훈은 대놓고 그를 압박했다. 그의 손가락이 박종훈 팀장의 타이 핀을 살갑게 툭 건드렸다.

"대답, 하셔야죠."

"……."

답 대신 얼굴을 찡그리는 걸로 박종훈 팀장은 제 의사를 내비치었다.

'나름 의리는 있네.'

도훈은 입매를 슬쩍 말아 올리며 뒤를 돌았다.

"론칭일은 12월 25일 크리스마스입니다. 참고로 그날 제 결혼 발표도 할 예정이니. 준비 잘들 하세요."

천천히 회의장을 나서는 걸음 바로 뒤로 김 비서가 따라붙었다. 가벼운 발걸음이 컨퍼런스장을 나선 후에야 담당자들은 참은 숨을 몰아쉬었다. 심사팀장이 손을 들어 박종훈 팀장의 등을 두드렸다.

"아휴 박 팀장. 왜 그랬어. 어쩌려고 이 양반아."

7개월. 예일이 한국에 돌아온 지 또 복귀한 지 7개월이란 시간이 흘렀다. 바닥에 쌓여있던 눈이 녹고, 봄의 새싹이 돋고, 무더운 여름이 찾아왔다. 10월 개봉 예정이었던 〈청춘 로맨스〉는 9월 개봉으로 일정이 앞당겨졌다. 많은 스태프들의 도움으로 이룰 수 있었던 성과였다.

영화 촬영이 끝나고 러브콜이 이곳저곳에서 쏟아졌다. 이온 음료부터 커피, 통신사, 화장품, 액세서리까지.

'티브이만 틀면 주예일이 나오네.'

예일은 활동 당시와 같은 나날을 보냈다. 내년 방송 예정인 의학 드라마 〈코드블루〉까지. 영화 촬영이 끝나면 한숨 돌릴 줄 알았더니 어찌 된 게 한참 활동할 당시보다 더 바빠진 것 같다.

서울 광진구 이에스 홀.

웬만한 중소 아이돌의 콘서트가 이루어지기도 하는 이에스 홀 앞 광장. 평일임에도 불구하고 티켓을 교환하고 굿즈를 사는 행렬로 인해 인파가 가득했다.

주예일 복귀 후 첫 팬미팅. 입장 시간이 아직 4시간이나 남았음에도 도떼기시장이 따로 없었다. 이에스 홀 대기실. 메이크업을 다 받은 예일은 긴장한 듯 아아, 목을 풀며 자리에서 서성였다.

"예일아, 밖에 팬들 장난 아니야 진짜."

"많이 오셨어?"

"어. 이번 팬미팅 1초 컷 매진이었다니까? 왜 이렇게 긴장해. 응?"

분위기를 풀어 보려 보람이 그녀의 손을 잡고 방방 흔들어 보았지만 좀처럼 긴장이 가시지 않았다. 5년 만에 처음으로 팬들 앞에 선다고 생각하니 만감이 교차했다.

"주예일 선배니임."

"선배님, 안녕하세요."

대기실 안으로 EK엔터테인먼트 소속 아이돌그룹이 찾아왔다.

"흐흐. 선배님 저희 이거 받았어요."

[5년의 기다림, 반가워 예일아]

흰색 바탕에 검은 글씨. 깔끔한 디자인의 슬로건.

"무대 끝나고, 저희도 이따 내려가서 응원할게요, 선배님!"

"선배님 파이팅!"

얼마 전 데뷔한 신인 여아이돌 '소녀즈'였다. 팬미팅을 위해 준비한 무대에 도움을 줄 게스트기도 한. 다섯 명의 아이들 중엔 월말평가 참관 날 예일에게 사진을 찍어 달라 했던 병아리 학생도 있었다.

"선배니임. 오늘도 되게 예쁘세요."

"고마워. 아! 노래 잘 듣고 있어, 예린아."

예일의 칭찬에 예린은 몸을 배배 꼬며 얼굴을 붉혔다.

한편 이에스 홀 2층의 가장 앞 좌석. 도훈 역시 김 비서와 함께 예일의 팬미팅에 참석했다. 아마 두 사람이 이 자리에 왔을 거라 예일은 상상치도 못할 것이다.

"와. 이러니 1초 컷 매진이지. 평일인데도 그냥 꽉 채웠네요, 전무님."

김 비서는 입을 떡 벌린 채 빼곡히 채운 1층의 관람석을 내려 봤다. 아마 EK엔터테인먼트에서 따로 빼놓은 초대권이 없었더라면 암표를 사야 했을지도 모른다.

"전무님. 저희 딱 한 시간 뒤엔 일어나야 합니다?"

"어."

"또 막 안 지키시면, 예? 저 이번엔 정말 사표 씁니다. 아셨죠?"

"예. 알겠습니다, 김 비서님."

김 비서의 엄포에 도훈은 눈썹을 올려 딱딱하게 답했다.

"그, 망원경 쓰실래요?"

"됐습니다."

손을 휘휘 저은 도훈은 팔짱을 낀 채 1층의 무대를 내려 보았다. 기획사 소속 엠씨가 마이크를 쥔 채 뭐라고 하는데 뭐라는진 모르겠고 얼른 주예일이나 나왔으면 좋겠다는 생각뿐이었다. 어찌된 게 5년 전보다 더 바빠진 거 같은지, 괜히 다시 복귀하는 것을 도왔다. 후회만 밀려온다.

"와 이거 준비하는 데 꽤 많이 들었겠네. 장난 아니다. 저 이런 팬미팅 같은 거 처음 와 봅니다."

오두방정을 떨며 김 비서는 꽤 흥분한 듯 다다다 수다를 떨었다.

"아 맞다. 전무님 아세요? 주예일 씨 팬미팅 수익금 다 기부한다는 거."

모를 리가 있나. 주예일에 관한 건데.

"알아."

그는 성의 없이 고개를 끄덕였다.

"주예일 씬 버는 건 그냥 다 쏟아붓나 봐요. 좋은 일 하는 거긴 한데 그래도 좀 아깝지 않을까요."

그는 피식 웃었다. 언젠가 저도 예일에게 했던 말이었다. 한참 왕성한 활동을 하던 그 시기. 예일이 번 돈은 거의 다 기부금으로 빠졌다고 해도 과언이 아닐 것이다. 그는 그게 참 불만이었다. 그렇게 개고생을 하면서 왜 그걸 남 좋은 일에 가져다 바치는 건지.

'아니 그래 기부 좋아, 좋은데 적당히 해야지. 아주 번 돈은 다 꼬라박을래?'

'먹고 죽지 않을 만큼만 벌면 되는 거야.'

'하. 내 머리론 도저히 이해가 안 되거든?'

그때 예일은 처음으로 제게 과거의 이야기를 꺼냈다. 태어나자마자 버려져 보육원을 전전할 수밖에 없었던, 배가 곯았던 그 밑바닥. 따뜻한 밥 한 공기조차 사치였던 그때의 주예일을.

'네 머리론 이해가 안 된다고 했지. 맞아, 너 같은 도련님이 쉽게 이해를 하면 안 돼.'

그때의 도훈은 한마디도 할 수 없었다. 제 생각 이상으로 그녀의 삶이 너무나 기구했었기에.

'있잖아. 가난은 절대 머리로 이해할 수 없는 거야.'

새로운 의미의 충격이었다. 가난을 머리로 이해하지 말라 하던
그 말은 아직도 가슴에 박혀있다.

"……."

지금의 네 삶은 어떨까. 문득 그는 궁금해졌다. 최소한 밥 한 공
기가 네게 사치는 아니었으면 좋겠다. 의미 없는 생각과 함께 그
는 제 손목의 시계를 확인했다.

"왜 시작을 안 하지."

옆에 앉은 김 비서 역시 호들갑을 떨며 핸드폰 시계를 확인하려
는 찰나였다. 객석과 무대의 모든 불빛이 꺼졌다. 무대 한가운데
를 밝히는 원형의 스포트라이트. 원형의 불빛 아래 천천히 모습
을 드러내는 한 인영.

"헉!"

무대 위의 예일을 본 김 비서는 입을 틀어막았다. 김 비서뿐만
아니라 팬들 역시도 꿀 먹은 벙어리가 된 채 무대 위 예일을 보았
다. 도훈은 자리에서 벌떡 일어나기까지 했다. 뒤에 앉은 팬들의
야유에 그는 간신히 자리에 털썩 앉았다.

마이크를 쥔 채 무대의 가운데로 선 주예일. 그녀의 트레이드마
크와도 같았던 긴 생머리가 뚝 잘려있었다. 밝은 갈색의 단발은
조명을 한껏 받아 빛나고,

－ I will not make.

귀에 익은 반주 위로 뇌쇄 짙은 목소리가 얹어졌다. 미 팝가수
켈리 클락슨의 Because Of You.

'머리는 언제 자른 거지. 어제 통화할 때까지만 해도 그런 얘긴
없었는데.'

도훈은 코 밑에 손가락 등을 댄 채 불만인 듯 밀어 쓸었다. 한동안 못 봤다고 주예일이 벌써 다른 사람이 된 거 같다.

– I Because of you I never stray too far from the sidewalk

높은 고음을 무리 없이 소화하는 얼굴 역시 낯설었다.

"……."

가끔 흥얼거리는 걸 듣긴 했다만 제대로 부르는 걸 본 적이 없었으니.

Because of you I find it hard to trust not only me, but everyone around me Because of you I am afraid

시원하게 뽑아내는 고음에 김 비서는 아예 양손을 합장한 채 입을 벌렸다. 도훈은 턱을 괸 채 무대 위 예일을 뚫어져라 응시했다. 이상했다. 어딘가 모르게 느껴지는 이질감과 거리감은 아마 제가 모르던 모습을 보았기 때문일 것이다. 지금 제가 앉아 있는 어두운 팬의 자리도. 무대 위 온 세상의 주인공이 된 것 같은 주예일의 자리도.

많은 이가 숨을 죽이고 제 사람의 목소리를 경청하고 있다. 손끝이 절로 말려 들어갔다. 짜릿한 흥분감엔 머리털까지 비죽 서는 것만 같다.

노래가 끝난 지 한참이 지났음에도 객석은 조용했다. 무대의 조명이 제대로 켜지고 난 후에도. 쩍, 쩍, 쩍. 팬 미팅 진행 엠씨만이 박수를 칠 뿐이었다.

"음. 안녕하세요. 배우 주예일입니다."

어색한 첫인사가 전해졌다. 관객은 여전히 암전이었다. 흰 꽃으로 장식된 화관과, 흰 원피스가 유난히 그 갈색의 단발과 어울렸다.

"제 머리 때문에…… 많이 놀라셨나 봐요. 음. 제가 데뷔 때부터 지금까지 스타일의 거의 비슷했잖아요? 영화도 끝난 김에 좀 잘라봤는데."

짧게 잘린 머리칼 끝을 만지작거리며 예일은 부자연스럽게 웃었다.

"많이 어색한가 봐요. 하하."

아직도 방금 전의 음색이 귓가에 맴도는 것만 같다. 아마 주예일은 모를 것이다. 현재의 침묵이 그녀의 헤어스타일 변화 때문이 아니란 걸.

"와. 정말 많이 이상한가 보다. 다시 기를까요?"

긴장감 섞인 목소리가 장내에 흘렀다.

– 아니요! 예뻐요! 안 이상해요! 언니 보고 싶었어요!

뒤늦게야 팬들은 그녀의 멘트에 환호를 보냈다. 그제야 예일의 긴장 서린 표정이 풀어졌다.

"저도 보고 싶었어요. 아 정말 많이 오셨네요. 잘 지냈어요?"

– 네에!

"어. 음…… 아. 눈물이 나지 왜."

– 아아아아!

"잘 지냈죠? 아픈 데 없이?"

– 아니요, 아팠어요!

"아니. 어디가. 어디가 아팠어요."

– 마음이요!

구호라도 짜 맞춘 듯한 목소리로 내는 팬들의 목소리. 뭐야 그게. 맑은 웃음소리가 마이크를 통해 들려왔다.

"와. 전무님 이렇게 보니까 주예일 씨 되게 멋있네요. 다른 사람 같습니다."

"그러게."

턱을 괸 채 도훈은 그 모습을 흐뭇하게 내려 보았다.

"정말 멋있네. 내 애인."

이토록 빛나는 널 난 마땅히 칭송할 것이다.

[주배우 팬미팅 신경 써서 제대로 준비했습니다. 대표님^^ 기대하셔도 좋습니다!]

오는 아침 홍 실장에게 온 문자.

'정말 신경 많이 썼네.'

홍 실장의 말대로 예일의 팬 미팅은 확실히 많이 준비한 티가 났다. 대관 규모부터 시작해 음향 연출까지 마땅히 꼬집을 곳 없이 완벽했다. 그는 손목의 시계를 내려 보았다. 곧 가야 할 시간. 오래 회사의 자리를 비울 순 없다. 아쉽지만 일어나야 했다.

"자 그럼 이번 순서는, 다들 기다려 오신! 주예일 씨의 내 귀에 캔디!"

막 일어나려던 도훈은 다시 자리에 앉았다.

"팬 미팅에서 보고 싶은 주예일! 공식 카페에서 진행된 투표에서 압도적인 표수를 자랑하며 내 귀에 캔디가 1위를 차지했는데요. 배우님 준비는 되셨나요?"

"아 준비랄 건 없었고요."

예일은 민망한 듯 손으로 입을 막고 눈웃음을 지었다.

내 귀에 캔디.

그녀가 갓 데뷔했을 당시 중소기획사 연습생일 적 선배 가수와 찍었던 영상이 유출되어 한동안 난리가 났던 기억이 스쳐 지나 갔다.

"제가 정말 이 결과를 보고 경악을 했어요. 이걸 내가 어떻게, 진짜 해야 하나. 그렇잖아요. 아마 인터넷에서 여러분들이 보셨던 영상이 10년도 더 넘은 걸 거예요. 그것도 제가 그때 장난으로 그냥 찍었던 거라……."

― 아아아아아아.

"잠시만요. 그래서 제가 안 하겠다는 게 아니고."

하지 마. 하지 마. 하지 마. 도훈은 중얼거렸다.

"팬분들하고 약속했으니까, 그쵸. 약속은 지키라고 있는 거니까."

― 네에에에에에에!

아니 지키지 마. 안 지켜도 돼. 턱을 괸 채 그는 예일이 듣지 못할 말을 계속 중얼거렸다.

"네에. 근데 이게 저 혼자서는 안 되는 무대잖아요? 그래서 제가 지원군을 불렀어요."

― 꺄아아!

반듯한 눈썹을 보기 좋게 구겨졌다.

"지원군……?"

곧 예일이 준비를 위해 들어가고, 김 비서는 그에게 일어나야 한다 재촉했다.

"있어 봐. 이것만 보고 가게."

그는 괜스레 짜증이 실어 왔다. 단순히 댄스 타임이라면 몰라도 지원군이라면. 분명 제 기억 속의 이 노래는 남녀가 붙어 진하게 스킨십을 하는……

"하 씨."

아랫입술이 절로 물렸다. 그는 금세 땀이 서린 손바닥을 허벅지 위로 짜증스럽게 문댔다. 곧 준비가 끝난 건지 세련된 비트와 함께 음악이 홀에 쩡 울렸다.

"힐 소녀즈다! 전무님. 저 친구들이 제 소꿉친구가 맡았던 친구들이에요."

얼마 전 EK엔터에서 데뷔한 신인 여아이돌 그룹. 김 비서는 뿌듯한 듯 가슴을 우쭐 내밀었다.

"와 주예일 씨……."

김 비서는 곧 입을 벌리고 탄성을 흘렸다. 대충 추는 거 같은데도 확실히 타고난 춤 선이 다르다. 누가 흉내 낸다고 해서 절대 나오지 않는.

"주예일은 배우가 아니라 아이돌로 빠졌어도 잘됐을 거야. 하긴 내 새끼가 못 하는 게 없긴 해."

전주의 독무를 보며 도훈은 중얼거렸다. 이어 랩 파트타임이 시작되고, 구릿빛 피부에 큰 키. 선글라스를 끼고 빨간 넥타이를 포인트로 단 남자가 등장했다.

"대박 서준영! 꺄아악!"

서준영. EK엔터테인먼트 소속 아이돌그룹의 리더. 도훈의 바로 뒷자리 여학생들이 비명 같은 소리를 질렀다.

"미치겠네."

이딴 기획은 누가 한 건지. 홍 실장을 칭찬했던 마음이 그대로 사그라들었다. 주예일을 신경 쓰라 한 게 이런 걸 뜻하는 건 아니었는데. 인상이 구겨지는 동시에 예일과 준영이 가까워졌다. 잠시 진하게 붙어 춤을 추는 구간에 그는 아 씨, 결국 짜증을 터뜨렸다.

"꺄아아아아악!"

귀청 떨어지는 비명에 골이 다 울려왔다.

"이야. 주예일 씨 서준영이랑 케미 장난 아니네요?"

속도 모르고 마음도 모르고, 눈치 없는 김 비서가 속삭였다. 입술을 문 그는 눈을 가늘게 좁혔다. 제 가슴골을 쓰는 퍼포먼스를 하는 서준영을 보며 그는 헛웃음을 터뜨렸다. 지금 누구 앞에서 끼를 처부리는 건지. 그 와중에 신난 듯 들썩거리는 김 비서를 보며 그는 어금니를 아드득 갈았다.

'아쭈. 아주 신나셨네.'

아무래도 오늘은 이대로 퇴근을 하지 싶다.

세 시간가량 이루어진 팬미팅은 성공적이었다. 팬미팅이 마무리될 즈음.

– 지치고 힘들 땐 내게 기대 언제나 네 곁에 서 있을게

– 혼자라는 생각이 들지 않게 내가 너의 손 잡아 줄게

무대와 온 객석의 불빛이 다 꺼지고, 핸드폰 플래시를 흔들며 촛불 하나를 부르는 팬들의 떼창. 무대 위 예일은 눈물을 펑펑

터뜨렸다. 눈부신 저 빛이 그간의 모든 설움을 위로해 주는 것
만 같아서.

"강도훈……?"

주차장에 대기하고 있는 밴 문을 연 예일은 눈을 몇 차례나 비
벼야만 했다. 피곤해서 제가 헛것을 보는 건가. 끔벅이는 시야 안
에 보이는 건 건방지게 다리를 꼰 채 불만을 가득 품고 있는 제
연인이었다.

"뭐야. 너?"

그녀는 싱겁게 물었다. 핸드폰 시계를 보니 회사에 있을 시간이
다. 자신 만큼이나 바쁠 강도훈이 여기에 있을 거란 생각은 전혀
못 했다. 게다가 연락조차 없이.

"진짜 강도훈 맞아?"

"가짜 강도훈이겠어?"

아랫입술을 지그시 물어 씹던 그는 말을 툭 내뱉었다. 또 왜 저
래. 예일은 고개를 살랑 저었다.

"왜 내 차에 있어? 회사는?"

"아주 즐거워 보이더라."

"뭔 소리…… 너 혹시 내 팬미팅 봤니?"

"봤으면."

질린다는 듯 그녀는 몸서리를 쳤다. 그러곤 누가 볼세라 얼른 밴
에 올라탔다. 있어야 할 보람과 동식은 간데없고, 차 안엔 그뿐

이었다.

"아주 서준영이랑 사귀지. 왜."

"왜 또 삐딱선이야."

"딱 말해. 서준영이랑 뭔 사이야?"

대체 뭘 의심하는 건지.

"무슨 사이긴, 선후배지."

"얼씨구. 이 바닥에서 친구예요. 선후배예요. 했다가 열애 인정한 애새끼들 한둘 본 줄 알아, 내가?"

"너 나 못 믿니."

"걔를 못 믿어."

"그래서 어쩌라는 건데. 나 피곤해."

정말 피곤했던 듯 예일은 시트에 등을 기댄 채 눈을 내리감았다.

"와 진짜⋯⋯!"

그는 제 머리칼을 마구 털었다. 케미가 좋다던 김 비서의 목소리가 뇌리를 스쳐 갔다. 설마 그새 딴마음이 생긴 건가. 눈물이 다나올 지경이다.

"주예일. 지금 우리 얼마 만에 보는 건진 알아?"

목소리에 서운함이 가득 실렸다.

"알아. 2주 하고 3일 됐지. 정확히는 17일."

"그래. 정확하⋯⋯."

말을 하다 말고 그는 고개를 갸웃거렸다. 그녀가 말하는 17일이란 숫자가 정말 정확해서.

"아픈 덴 없었고?"

눈을 거슴츠레 뜬 예일은 피식이며 물었다.

"그건 남자가 할 말 같은데."

"남자 여자가 어디 있어. 어디 보자, 강도훈."

흐흐 웃은 예일은 몸을 틀어 도훈의 뺨을 쥐어 들었다.

"여전히 잘생겼네."

"왜 이래, 갑자기. 심장 터지게."

"언제 온 거야. 여긴."

"처음부터."

"연락하고 오지."

"네가 못 오게 할까 봐."

그런가. 하긴. 아까의 그 모습들을 다 강도훈이 봤다고 생각하니 어쩐지 발끝이 오그라들었다. 창피하기도 하고 민망하기도 하고.

"나 보고 싶었어, 강도훈?"

"진짜 뭐지. 주예일 지금."

"나 보고 싶었냐니까."

"보고 싶었으니까 왔지."

"그래? 나도 보고 싶었어."

하얀 치아를 내보이며 싱긋이 웃는 얼굴에 목이 타왔다.

"……."

그는 혀를 내어 입술을 축였다. 분명 이성은 안 돼, 라고 하고 있는데 몸은 뇌의 지배를 벗어나고 있었다. 꺅 소리와 함께 예일의 몸이 살짝 떴다. 개조된 시트를 확 젖히자 두 사람이 누워도 적당한 소파 베드가 되었다. 예일의 위로 올라탄 도훈은 그녀의 짧아진 머리칼을 쥐어 잡았다.

"아, 뭐 해. 강도훈."

꺄르르 웃은 예일은 장난스럽게 그의 어깻죽지를 쳤다. 반달로 곱게 접힌 눈꼬리 위로 그의 입술이 가볍게 닿았다.

"머리는 언제 자른 거야."

손아귀 틈으로 금세 빠져나가는 머리칼이 아쉽다.

"응?"

가까이 전해지는 진한 스킨 향은 눈물이 날 만큼 그리웠을 것이다. 보름이 넘게 못 본 얼굴은 그사이 꽤 상해있었다.

"회사 일, 안 바빠?"

"바빠."

"바쁜데 왜 여기 있어."

"알면서 왜 자꾸 묻는 건데."

그는 투정 같은 짜증을 쏟았다. 피식 웃은 예일이 눈매를 내리깔았다. 허벅지 어딘가쯤 단단한 것이 자꾸 닿았다. 그의 입술 선을 따라 손가락을 그리며 예일은 속삭였다.

"언제부터 이랬어."

"너 차에 탈 때부터?"

미친다, 진짜. 젓는 고개를 따라 짧은 머리칼이 살랑거렸다. 공기에 꿀이라도 발랐나. 왜 이렇게 단 건지.

"너 나만 보면 이제 그 생각밖에 안 하지."

"설마."

대충 답하며 그는 예일의 원피스 안으로 손을 집어넣었다. 골반 근처까지 올라온 손가락이 그 위를 농밀하게 매만졌다.

"그 새끼가 여기 만졌지."

거친 듯 부드러운 저음이 공기의 흐름 위에 얹어졌다.

"손은 안 닿았어."

"짜증 나."

반듯한 미간이 구겨졌다. 골반을 거쳐 간 손가락이 납작한 배까지 쓸어 올려 밀었다. 흐응 하는 탄성과 함께 예일의 시선이 풀렸다. 사람 시험하는 것도 아니고……. 뭘 한 것도 아니건만 벌써 머릿속이 딴생각으로 가득 찼다.

"그거 알아?"

"뭘."

"주차장 입구 다 막아놓은 거."

"뭐?"

낮게 웃은 그는 거추장스러운 제 셔츠의 단추를 끌러 내렸다. 이미 달아오를 대로 오른 몸 덕에 마음은 급해져만 갔다. 한 손에 만져지는 여린 살을 얼른 탐미하고 싶은 마음뿐이었다.

"아 비켜. 나 피곤하다니까……."

그녀는 나름 부질없는 반항을 했다. 잔망은. 예뻐 가지고. 제 밑에 바르작거리는 몸을 꾸욱 누르며 도훈은 속삭였다.

굽혀진 무릎이 다리 사이로 다급하게 파고들었다. 동시에 입술이 짙게 맞물렸다. 반항의 종착지는 여전히 부질없을 뿐이다.

이에스 홀 지하 주차장 2층 한구석의 흰색 밴 한 대. 진한 선팅으로 내부를 볼 수 없는 밴 안은 아직 열기가 가득했다. 창문에 잔뜩 찍힌 제 손바닥 자국을 보며 예일은 생각했다. 보람이 알기 전에 저 자국은 무조건 지워야겠다고.

"처음부터 이럴 생각이었지."

도훈의 머리칼 사이로 손을 집어넣으며 예일은 물었다.

"아닐 리가."

그녀의 품에 몸을 눕힌 채 그는 피식였다.

"누구 왔으면 어쩔 뻔했어."

"막아 놓으라 했다니까."

언제 또 그렇게 준비한 걸까. 제 매니저와 로드매니저는 또 어디서 헤매고 있을까 생각하니 골이 아파 왔다.

"참고로 둘 다 퇴근시켰어. 차는 김 비서가 알아서 회사로 갖다 놓을 거야."

철저한 뒷마무리까지. 강도훈답다 싶다.

"찝찝해."

"데려다줄까."

그는 내키지 않은 듯 물었다. 회사도 제치고 2주 만에 마주하는 얼굴이 아쉽다만.

"아니, 데이트나 하자. 또 언제 시간 날 줄 알고."

"어?"

도훈이 고개를 확 치켜들었다.

"근처에 너희 호텔 있지."

"응?"

한껏 커진 눈동자를 보며 예일은 피식 웃었다.

"왜. 싫어?"

"아니. 싫을 수가 없는데."

그는 넋을 놓고 중얼거렸다. 싫을 리가 있나. 하루 24시간을 봐도 모자랄 텐데. 그의 가슴팍을 살짝 밀며 일어난 예일이 시트에 벗어놓은 제 속옷을 집어 들었다.

"옷 편한 거 좀 준비해서 룸으로 보내 놔. 아, 모자도."

"뭔 소리야?"

"그냥 씻을 거야. 미리 말하지만 방 따로 잡아."

"뭐 하러 따로 잡아. 같이 씻으면…… 아!"

맨살 위로 손바닥이 매섭게 닿았다. 정말 맞는 소리만 하기 싫다.

"이제 너도 조심해. 스캔들 나면 어쩌려고 그래."

"나면 나는 거지, 뭐."

눈치를 보며 중얼거리는 것에 한숨만 나올 뿐이었다.

이에스 홀 근처 THE KOREA 호텔.

먼저 샤워를 하고 나온 도훈은 저 역시도 편한 차림으로 옷을 갈아입고 차에서 예일을 기다렸다. G사의 노멀한 화이트셔츠에, 무릎까지 오는 바지. 불편한 렌즈를 뺀 그는 선글라스를 콧등에 걸친 채 시트에 등을 편히 기댔다. 한쪽 무릎을 핸들에 올려 걸친 그는 핸드폰을 집어 들었다. 습관적으로 들어간 포털사이트.

[주예일 헤어. 주예일 단발. 주예일 서준영.]

벌써 실시간이 난리였다. 검색어를 타고 들어가자 벌써 팬미팅의 직캠이 돌아다녔다. 서준영. 예일의 이름 옆에 같이 따라붙은 이름 석 자에 적잖은 짜증이 일었다.

우우우웅. 진동과 함께 김 비서의 잔소리 같은 문자가 도착했다. 가볍게 무시한 도훈은 전화기를 끄고 입구를 향해 시선을 옮겼다. 주예일이 데이트하자는데 회사가 문제인가.

"나올 때가 됐는데."

입술 밑에 손가락을 둔 그는 중얼거렸다. 양반은 못 된다고 막 나오는 인영이 보였다. 두리번거리는 모양새에 클랙슨을 빵! 하고 울리자 시선이 고정됐다. 청바지에 흰색 실크 코튼 반소매 티. 모자를 푹 눌러쓴 예일이 조수석에 올라탔다. 덜 마른 머리칼에 사이프러스한 향이 배어있다.

"오래 기다렸어?"

벨트를 잡아당기며 예일이 물었다.

"아니 별로."

장난스러운 목소리와 함께 도훈이 고개를 양옆으로 까닥거렸다.

"갈까. 데이트하러."

대한그룹 45층 회장실.

"알아서 다 한다며!"

이른 아침부터 제 어미를 찾은 미연은 한껏 히스테릭을 부렸다. 아예 자리에 주저앉은 미연은 장난감을 사달라 떼를 부리는 아이처럼 빽빽 소리를 질러댔다.

"강도훈하고 결혼시켜 준다며!"

"찾아오지 말라고 했잖니, 여긴."

"강도훈이 어제 뭘 했는지 알아? 주예일 팬미팅까지 찾아갔어. 두 사람 완전히 붙었다고. 이제 난 완전 끈 떨어진 거라고. 알아?"

편두통이 찾아온 듯 신애란은 제 양 관자놀이에 엄지손가락을 얹고 꾹꾹 눌렀다.

"하 교수랑 공 교수도 이제 포기했다고. 나보고 선이나 보래. 이제 어쩔 거야."

"하."

"어쩔 거냐고 엄마!"

"엄마라고 부르지 말라 했지!"

기어코 신 회장의 입에서 큰 호통이 터져 나왔다.

"지금 내 자리가 흔들리게 생겼는데 그깟 네 결혼이 문제야?"

악에 받친 목소리에 미연은 울음을 뚝 그쳤다. 히끅. 딸꾹질까지 일어왔다.

"엄마. 지금 나한테 소리 지른 거야?"

"하. 그러니까. 제발. 제발. 제발. 입 좀 다물고 있어!"

그녀는 그 말만 한 채 눈을 내리감았다. 그간 상대할 적수가 없던 평온했던 일상 위로 강도훈이란 돌멩이가 하나가 던져졌다. 작게 일었던 물결은 점점 거세지더니 지금까지 누구도 위협한 적 없던 제 자리를 삼킬 듯이 커져 갔다. 승승장구 잘나가는 주예일에, 지운을 제 자식처럼 감싸고 도는 설은미 감독. 점점 제 목을 졸라오는 강도훈까지. 하루가 무섭게 좁아지는 제 입지를 신 회장이 모를 리가 없었다.

"제발. 기다리고 있어. 곧 기회를 볼 테니까."

한숨과 같은 목소리가 흘렀다.

미연은 손등으로 눈물을 마구 훔쳤다. 원망스러운 눈빛이 신 회장을 향했으나 더 이상의 소란은 내지 못했다. 똑똑. 노크 소리와 함께 비서의 목소리가 들려왔다.

"회장님. 김준현 전무입니다."

"아. 들어오라 해요."

간신히 표정 관리를 마친 신 회장은 막 들어온 김 전무를 맞이했다. 김 전무의 의아한 시선이 바닥에 앉아 울고 있는 미연에게 향했다.

"미연 양. 아직도 배가 많이 아픈가요?"

소름 끼칠 정도의 나긋한 목소리에 미연은 눈살을 구겼다.

"미안해서 어쩌지요? 내가 일이 있어서 지금…… 아. 현 비서에게 말해 놓을 테니 같이 병원에 가보도록 해요."

"아. 네. 회장님."

제 어미임에도 이 순간만큼은 그녀가 참으로 소름 끼쳤다.

13. 엔딩 크레딧

주예일 역조공.

팬미팅 이후 가장 핫한 주제는 바로 역조공이었다. 직접 만든 향수와 모델로 있는 모 브랜드의 미니 백, 티셔츠, 카디건, 위안부 할머님들을 후원하는 업체에 대량 주문한 팔찌까지. 역대급 조공이라 불리며 SNS에선 #주예일역조공이란 태그를 달고 여기저기 인증샷이 올라왔다.

"엔스타 난리네, 난리야. 너 팬미팅 때 '연예다중계'도 왔다 갔잖아? 방송 뜨고 더 난리 났어. 아, 근데 역조공한 거 중고카페에도 올라온 거 알아? 진짜 못됐어, 사람들."

　고마운 마음으로 준비한 선물이 재판매가 되는 게 씁쓸했지만, 그렇다고 하나하나 찾아가 따지고 들 수도 없는 노릇이다.

"언니. 코드블루 크랭크인 언제지?"

　컵 꽂이에 놓인 테이크아웃 잔을 들며 예일은 물었다. 피곤할 땐 역시 커피 수혈만큼 좋은 게 없다.

"다음 주 화요일."

"또 정신없어지겠네."

　스트로를 씹으며 중얼거렸다.

"그 전에 우리 화보 하나 더 들어가는 거 알지?"

"아, 어."

　피곤한 눈을 끔벅이며 예일은 고개를 끄덕거렸다. 그나저나 드라마 이채 선배랑 같이 들어가는 거 알면 또 강도훈 난리 날 텐데. 벌써 머리가 지끈거렸다.

　〈코드블루〉 SBC에서 제작하는 메디컬 드라마. 이미 주연배우 네 명의 캐스팅이 확정됐었으나. 예일의 복귀 소식과 함께 이채와 예일이 그 자리에 들어가게 됐다. 나머지 두 주연배우는 혜리와 예일의 절친 조아라. 딱히 연기 구멍이라 할 사람도 없으니 촬영은 순조롭게 진행될 것이다. 그래, 촬영에 문제는 없으나 딱 한 가지의 문제는 강도훈이었다.

"강도훈 아직 이채 선배랑 나 같이 드라마 들어가는 거 모르겠지?"

"모르니까 나한테 연락이 안 왔겠지, 뭐. 근데 일인데 어떻해. SBC에서 이번 거 완전 민다더라. 너 혹시라도 딴생각 갖지 마. 안

방극장 황금타임 그냥 오는 기회 아니다, 너?"

보람의 말이 맞다. 기회라는 건 쉽게 오지 않는다. 2년간의 연습 생활을 겪은 그녀가 모를 리가.

"……."

암 레스트에 팔꿈치를 괸 예일은 며칠 전 도훈과의 데이트를 떠올렸다. 부러 서울을 떠나 먼 곳까지 갔음에도 절 알아보는 사람들이 꽤 많았다. 확실히 다시 여기저기 노출이 되고 나니 얼굴을 가려도 알아보는 사람들이 부쩍 늘었다. 사인과 사진을 원하며 몰려드는 인파. 그리고 조심히 물러나 저와 모르는 사이인 척하던 도훈.

그렇게 스캔들을 내자 말했음에도 도훈은 최대한 자신에게 피해를 주지 않기 위해 배려를 했다. 멀찍이 떨어져 싱긋이 웃는 얼굴은 이내 제게 등을 보였었다. 그때의 감정은 말로 표현할 수 없을 것이다. 숨겨야만 하는 제 아이도, 제 사람도. 그 순간엔 쓰린 가슴이 감당되지 않아 눈물까지 고였다.

"하."

"왜 한숨이야. 내 배우. 응?"

"언니."

"응."

"나 강도훈이랑 만나는 거 지금 공개할까."

"뭐? 미쳤어, 너? 지금? 곧 무대 인사 돌 텐데?"

새하얗게 질린 얼굴로 보람은 다다다 잔소리를 쏟아냈다.

"절대 안 된다, 너? 공개하려면 개봉하고 성적 어느 정도 나오면 해. 아니 그것도 안 돼. 지금 한참 다시 주가 올라가고 있는 거 몰라? 그리고 강 대표 약혼녀랑 파혼한 지 이제 반년 지났어. 근데 너랑 공개 열애 떠 봐. 무슨 얘기 들으려고 그래, 너?"

잔뜩 흥분한 보람은 양 주먹까지 말아 쥐었다. 반박할 말이 하나도 없다. 틀린 말이 없기에. 시무룩한 예일을 보며 보람은 고개를 저었다.

"너 위해서 하는 말이야, 예일아. 아무도 너네 서사 같은 거 관심 없다? 너랑 강 대표가 어떻게 만났는지 진짜 연애를 했는지 아닌지. 그냥 눈에 보이는 것만 보고 욕할걸? 그 사람들이 돌을 던지는 게 누구겠어?"

주예일이겠지. 예일은 속으로 답했다.

"내 배우 상처받는 거 싫어, 난."

보람은 꽤 진지하게 말했다. 아마 정말 진심일 것이다. 과거에도 그랬다. 강도훈과 제 사이를 입 다물어 주면서도 걱정을 하던 건 저뿐이었으니.

"제발. 예일아. 네가 더 잘 알잖아. 이 바닥 인기라고 하는 거 다 모래성이야. 한순간에 무너진다고. 응?"

"응, 알아. 언니."

"기분 나쁜 거 아니지?"

"나쁠 게 어디 있어. 미안해, 언니. 괜한 말 해서. 언니 걱정 안 시킬게."

예일은 부러 입을 찢어 히죽이 웃어 보였다. 뺨 위로 보람의 집게손가락이 아프지 않게 잡아 당겨졌다.

"네 마음 알아. 나도 기회 계속 주시해볼게."

"응."

흐흐 웃은 예일은 테이크아웃 잔의 뚜껑을 열어 마지막 남은 얼음을 털어 넣었다.

"하나 더 사다 줄까?"

"아니, 괜찮아."

얼음을 입 안에 굴리며 예일은 발을 쭉 뻗었다. 보람이 잽싸게 예일의 목덜미에 베개를 받쳐줬다.

"인터뷰 세 시간 뒤니까 눈 좀 붙여."

"응. 고마워."

예일은 눈을 감았다. 보람 역시 몸을 편히 기대고 핸드폰을 집어 들었다. 그러곤 자연스레 예일의 SNS 계정에 접속했다. 잘 모르는 예일을 위해 대신 관리해주는 계정.

"웁스."

탄성과 함께 보람의 인상이 구겨졌다.

"이 새끼 또 왔네. 이쯤 되면 각설이 인정한다."

나직이 중얼거리는 목소리에 예일이 한쪽 눈을 치켜떴다.

"왜. 뭔데?"

"너 사진 업로드할 때마다 이상하게 주접 떠는 놈 있어. 이젠 팬들도 좋아요 눌러 줘서 맨날 상위에 있다니까?"

뭔 소리지. 호기심에 고개가 갸웃이 틀어졌다.

"볼래?"

예일의 손에 보람의 핸드폰이 들렸다. 액정에 뜬 엔스타 계정. 제 사진 밑에 가장 먼저 보이는 댓글 하나.

[*gnsehrkd* 뷰티풀, 원더풀, 주예일. 당신의 매력은 컬러풀^^]

무난하다. 이 정도는 뭐. 예일은 무심히 손가락으로 스크롤을 내렸다.

[***gnsehrkd*** 기억 나니 예일아. 우리 같이 루브르 박물관 털다가 네가 조각상인 척해서 나만 잡혀갔잖아…….]

"음."

[***gnsehrkd*** 나는 정전이 되면 주예일의 사진을 걸어 놔. 왜? 빛이 나니까]

깨끗한 미간에 옅은 실금이 생겼다.

[***gnsehrkd*** 심폐소생술 할 줄 알아요. 주예일 씨? 당신을 보면 내 심장이 멈춰 자꾸!]

온 사진마다 어마무시한 좋아요와 함께 맨 위에 달린 댓글들.

[***gnsehrkd*** 주예일님 혹시 혼혈이신가요? 한국과…… 천국.^^*]

"천국?"

이번 사진이 업로드되기 무섭게 달린 마지막 댓글을 보며 예일은 기겁했다. 볼드체의 아이디를 꾸욱 눌렀지만 비공개계정이었다.

아이디 gnsehrkd.

"지, 엔. 에스……?"

그녀는 낮게 중얼거렸다.

한편 대한그룹 경영기획 본부장실.

도훈의 뒤에 선 김 비서는 핸드폰을 쥐어 든 채 무엇인가에 집중하며 어깨를 들썩거렸다. 업무를 보다만 도훈은 기어코 만년필을 던지며 의자를 확 돌렸다.

"뭘 그렇게 킥킥거려?"

신경 쓰이게.

"예? 아 잠시만요, 전무님."

김 비서는 빠르게 키패드를 눌렀다.

[gnsehrkd 인생은 멀리서 보면 희극이고, 가까이서 보면 비극. 주예일 얼굴을 보면 성은이 망극*^^*]

입은 한껏 찢어진 채 손가락을 놀리는 걸 보아하니 연애라도 하나 싶다. 무심한 시선이 김 비서를 향했다.

"뭔데 그렇게 신이 났어?"

"있습니다. 제가 다 전무님 위해서, 예? 사랑의 큐피드! 아주 제대로 하고 있다고요."

핸드폰을 손에서 놓지 않은 채 김 비서는 자신감 있게 답했다.

"사랑의 큐피드?"

고개가 비스듬히 틀어졌다.

"예. 저만 믿으십시오! 나중에 주예일 씨가 알면 아주 감동의 도가니. 아주 크으!"

걸쭉한 탄성과 함께 김 비서는 핸드폰을 주머니 속으로 집어넣었다. 그러다 제가 생각해도 뿌듯한 건지 주먹을 말아 쥐어 입 위에 두고 키득이는 것이었다.

"쯔쯔."

한심한 듯 그는 혀끝을 가볍게 찼다. 큐피드고 나발이고 하는 일이나 제대로 하지. 도훈은 굳이 입 밖으로 말을 꺼내지 않았다. 도훈은 모를 것이다. gnsehrkd. 한영타를 변환한 뒤 뒤집으면 강도훈. 김 비서가 제 이름을 단 아이디로 주접을 떨고 있을 것이

66

라고는.

[*aldbaldb* 주예일은 불륜녀다]

그때였다. 예일의 SNS에 새 댓글이 달린 것은.

동부이촌동, 도훈의 집. 높은 층고의 시원한 뷰를 자랑하는 타운하우스. 큰 집에 홀로 서 있는 건 언제 느껴도 적응이 되지 않는다. 그는 곧바로 다이닝 룸으로 향했다.

오픈형 냉장고를 연 그는 맥주 한 캔을 쥐어 들어 곧바로 거실로 향했다. 피곤한데 잠은 오지 않고, 신경 쓸 일이 많아 그런가 불면증이라도 온 것 같다. 이럴 때 주예일 안고 있으면 금방 잠들 텐데. 생각하며 그는 티브이를 켰다. 모 케이블의 프로그램 '기자들의 뒷이야기'의 오늘 날짜 방영분이 재방송되고 있었다.

"……."

시선을 거둔 그는 맥주 캔을 따며 오른손으론 핸드폰을 쥐어 들었다. 뒤늦게 확인한 통화 내역엔 웬일로 EK엔터테인먼트의 직원들 번호가 꽤 찍혀있었다. 배우관리팀의 홍 실장을 포함하여.

"뭔 일이지."

다시 전화를 걸기엔 늦은 시각.

'주예일한테 무슨 일이라도 있나.'

전화를 하려다 말고 그는 손가락을 멈췄다. 늦은 시각에 굳이 전화해서 깨울 필요는 없을 것이다. 안일한 생각과 함께 전화기가 소파 옆에 놓였다. 편히 등을 기댄 채 그는 맥주를 넘겼다. 목을 옥죄는 넥타이를 푼 그는 의미 없이 브라운관을 보았다.

 – 얼마 전에 모 여배우 SNS에 '불륜녀'라는 댓글이 달렸는데요. 이게 완전히 없는 소리는 아니거든요.

 – 아 그분 말씀하시는 거죠? 최근 복귀해 아주 잘나가시는.

저딴 프로그램은 왜 안 망하고 아직도 있는 건지. 짜증과 함께 그는 끄른 넥타이를 소파 테이블에 던졌다.

 – 네, 맞아요. 다시 광고를 휩쓸고 다니시는 그분이요. 예. 하하. 이분이 원래 데뷔 때부터 모 엔터 업계 대표랑 염문설이 있었단 말이죠?

다시금 캔을 쥔 그는 잠시 멈칫했다. 구겨진 눈썹이 브라운관 속 기자들을 뚫어져라 응시했다.

 – 아마 이쪽 업계에 있었다면 다들 아실 거예요.

 – 저도 예전에 한 번 뵈었는데 아주 미남이죠.

 – 그렇죠. 잘생기고 능력도 좋고……. 그 소속사 대표와 이 배우의 소문이 아주 지저분했던 건 다들 쉬쉬하면서도 알고 있었단 말이죠?

그의 낯빛이 점점 어둡게 물들어 갔다. 어쩐지 브라운관 속 저들이 말하는 주체는 누가 보아도 주예일과 강도훈을 가리키고 있는 것 같았다.

 – 최근에 한 기자는, 두 사람 사이에 혼외자식이 있다는 말을 하기도 했었는데요. 사실인지 아닌지는 당사자인 두 사람만 알겠죠.

맥주 캔을 쥔 왼손에 힘이 들어갔다. 캔이 구겨지며 맥주가 흘러나와 그의 손가락을 적셨다. 뚝, 뚝. 일정한 박자와 함께 맥주가 바닥에 떨어졌다.

'저게 뭘까.'

생각이 드는 동시에 조용했던 핸드폰이 우웅 울렸다. [홍지영 실장] 액정 위 다섯 글자.

"어. 나야, 홍 실장."

그는 의외로 침착한 목소리로 전화를 받았다.

– 대표님. 늦은 시간에 죄송합니다. 그…… 하. 어떻게 설명드려야 할지…….

"어. 알아. 지금 방송 보고 있어."

– 죄송합니다. 정말.

눈을 질끈 내리감은 그는 아랫입술을 씹어 물었다.

"기사 났어. 혹시?"

– 아직은 아니긴 한데…….

'아직은' 아니라면 '언제라도' 나올 가능성이 있다는 소리. 하. 낮은 숨과 함께 그는 눈을 치켜떴다.

"만약 기사 뜨면 바로 반박 기사 내. 전 소속사 대표 혼자 주예 일한테 목맸던 거라고."

– 네. 알겠습니다.

"배우 보호 똑바로 해. 두 번 말 안 해."

– 네. 죄송합니다, 대표님.

신경질적으로 전화를 끊은 그는 브라운관 속 기자의 얼굴을 각인시켰다. M모 케이블. 대한그룹의 계열사이기도 한. 그렇다면 이런 짓을 할 사람은 단 한 명뿐이다. 어떤 피디도, 기자도 감히 저를 두고 저딴 찌라시를 방송에서 뿌릴 용기는 없을 테니. 그간 조용히 숨죽이고 있기에 두었더니, 아무래도 시기를 앞당기는 게 좋을 듯싶다. 구긴 캔을 그는 무심히 뒤로 던졌다. 퉁, 털그럭. 빈 버 킷 안으로 캔이 정확히 들어갔다.

기업 블라*드 애플리케이션.

강도훈 전무가 대한그룹의 경영기획본부 본부장으로 취임 후 블라*드 대한그룹의 게시판은 매일같이 이슈들로 가득 덮였다.

[호텔 하이마리. 명성으로 완전 넘어감]

[넘어간 게 아니라 판 거라던데? 명성 장녀가 헐값에 샀다더라]

[이렇게 현 회장이 시작했던 사업이 다 접혔네]

[지금 회장 라인 누구누구 남았지?]

[강 전무 라인으로 거의 돌아서지 않았음? 이번 주총 때 임기 종 료되는 거로 아는데]

[ㅇㅇ임기 종료. 연임 실패 각 이미 선 듯? 감사팀에 끌려갈까 봐 1분 평한다]

이러한 이슈들은 신 회장에게 고스란히 보고됐다. 기업의 이미 지에 타격을 줄 수 있는 익명 게시판을 관리하는 대한 감사팀조차 도 이 블라*드는 건드릴 수 없었다. 간신히 화를 누른 신 회장은 인터폰을 집어 들었다. 가느다란 손가락이 익숙한 번호를 눌렀다.

– 경영기획본부 비서실입니다.

건너 전해져 오는 카랑한 목소리.

"신애란입니다."

– 안녕하십니까, 회장님.

"강도훈 전무. 지금 자리에 있나요."

- 아직 출근 전이십니다.

신애란은 회장실의 벽면에 걸린 자명종 시계를 보았다. 시침은 정확히 10의 숫자를 가리키고 있었다.

"시간이 몇 시인데 아직 출근을 안 한 거지요? 평소에도 강 전무 출근 시간이 이렇게 늦나요."

- 예. 평소에도 늦게 출근하십니다.

뭐가 이렇게 당당한 건지 신애란은 헛웃음을 터뜨렸다.

"강 전무 도착하면 내 방으로 연락하세요."

- 네. 알겠습니다, 회장님.

제가 수화기를 내려놓기도 전에 전화가 뚝 끊겼다. 그녀는 차마 수화기를 내려놓지 못한 채 손을 바들바들 떨었다.

"강도훈!"

의미 없는 비명소리가 회장실을 가득 메울 뿐이었다.

대한그룹 서초사옥.

대한에서 론칭하는 새 브랜드 광고모델의 사전 미팅. 예일과 로드매니저인 동식은 늦은 아침 대한그룹을 찾았다. 주차장과 연결된 엘리베이터는 1층까지만 운행했다.

"김보경 대리님 되십니까? 예. 예. 로비에 도착했습니다."

잔뜩 긴장한 동식이 담당 엠디에게 전화를 걸었다. 보통 이런 자리엔 매니저인 보람과 동행하곤 했다. 다만 오늘은 몸살이 난 보람 대신 동식이 그녀의 자리를 대신했다. 회사 측에선 홍 실장이 직접 나온다 했지만 사전 미팅에 굳이 그럴 필요는 없을 것이다.

예일은 로비의 조형 장식물에 비치는 머리칼을 만지작거렸다. 머리를 자른 지 꽤 되었음에도 여전히 적응되지 않는다. 십 년이 넘게 한 스타일을 고집했었으니.

"한여름엔 개도 감기에 안 걸린다는데. 보람 누나는 개인가 봐요, 누나."

긴장했던 탓인지 동식은 헛소리를 했다. 여름도 다 지나갔는데 이마에 송골송골 맺힌 땀방울까지. 그냥 홍 실장님한테 부탁할걸 그랬나. 하지만 여기까지 온 이상 어쩔 수 없지 싶다.

"누나 근데 그 방송 있잖아요. 기자들의 뒷이야기……. 괜찮으세요?"

"안 괜찮을 게 뭐 있어. 구설 휘말리는 거 한두 번도 아니고."

그녀는 무심히 답했다.

"그래도…… 아 진짜. 뭐 그딴 놈들이 다 있어요, 누나? 제가 가서 손 한번 봐줄까요? 제가 실은 중학교 때 유도부였거든요."

침까지 튀기며 열변을 토하는 것에 예일은 와하하 웃었다. 사실 뭐 그렇게 영향력이 큰 방송도 아니라 크게 상관은 없었다. 증권가에 도는 찌라시 정도의 수준.

"신경 쓰지 마. 괜찮아, 난."

예일은 정말 아무렇지 않은 듯 싱긋이 웃어 보였다. 동식은 낮게 침음했다. 얼마나 많은 일을 겪었으면 이렇게 태연자약할 수 있을까. 그는 등을 돌려 시큰한 눈가를 훔쳤다.

"아. 죄송합니다! 안녕하세요, 배우님. 김보경 대리입니다."

막 출입 게이트를 나온 여자가 두 사람에게 꾸벅 인사를 했다. 여자는 예일과 동식에게 각각의 방문카드키를 건넸다.

"죄송합니다. 오래 기다리셨어요?"

"아니요. 방금 왔습니다."

여자의 안내에 예일과 동식은 출입 게이트를 지나쳐 엘리베이터가 있는 곳으로 걸음을 옮겼다.

"와. 근데. 배우님 화면발 정말 안 받으시네요. 실물이 아주……와우."

"그쵸. 대리님. 우리 누난 진짜 카메라 회사 고소해야 해요."

언제 긴장했었냐는 듯 동식은 특유의 넉살로 금세 담당자와 가벼운 대화를 주고받았다. 어색한 웃음과 함께 예일은 엘리베이터를 기다렸다. 습관처럼 운동화 코를 바닥에 툭툭 치는데, 시끌벅적한 무리가 세 사람 쪽으로 가까워지는 게 느껴졌다. 의미 없이 돌아간 고개 안으로 반가운 얼굴이 들어왔다.

"헉. 강 대표님?"

동식이 먼저 그를 발견했다. 세 사람을 발견치 못한 건지 도훈은 그들과 꽤 떨어진 엘리베이터 앞에 섰다. 임원진으로 보이는 몇몇 사람들이 도훈의 뒤로 붙어 섰다. 도훈과 예일의 관계를 익히 알고 있는 동식은 코를 훌쩍이며 예일에게 귓속말을 전했다.

"강 대표님. 남자가 봐도 되게 멋있네요, 누나. 피지컬이 되니까 슈트발이 장난 아니다. 그쵸."

"응. 쉿, 쉿."

제스처를 취하며 예일은 슬쩍 고개를 빼 도훈을 보았다. 네이비 톤의 더블 브레스티드 슈트. 적갈색의 랩 타이. 피지컬도 피지컬이지만 확실히 강도훈은 옷을 깔끔하게 잘 매치해 입는다.

'이렇게 보니까 또 다르네.'

임원진들과 함께 이야기를 주고받는 얼굴이 꽤 진지했다. 강도훈이 일을 하는 모습은 처음 보는 거였으니. 이렇게 보니 확실히 저와는 다른 세상 사람인 것만 같았다. 게다가 이렇게 큰 회사의 전무라니. 알고는 있었다만 머리로 생각하는 것과 눈앞에서 직접 보는 것과는 하늘과 땅의 차이만큼 크다.

"되게 잘생기셨죠?"

도훈에게서 눈을 못 떼는 예일을 보며 김보경 대리는 물었다.

"저분이 전무님이시거든요? 아! 배우님도 아시겠구나. 그 EK엔터테인먼트 대표셨잖아요?"

"아, 네. 대표님……이셨죠. 하하…….."

"어 근데 잘 모르시나 봐요? 여튼 이번에 배우님이 모델 하시는 그 브랜드도 전무님이 기획하신 거예요."

"아아. 대단하시네요."

알고 있었음에도 예일은 그녀의 말에 맞장구를 쳐주었다.

"그리고 이건 비밀인데요."

여자는 목소리를 낮추며 예일에게 가까이 다가섰다.

"저분이 회장님 아들이에요."

엄청난 비밀을 건넨 것처럼 그는 한쪽 눈을 감았다 떴다. 이걸 어떻게 반응해야 하는 걸까. 사실 저 사람이 내 애인이다! 이런 반응을 할 순 없는 노릇 아닌가.

"아하. 네, 대충 들었던 기억이 있네요."

목 언저리를 긁적이며 예일은 고개를 끄덕거렸다.

"인사를 드려야 하나."

김보경 대리는 눈치를 봤다. 그냥 모르는 척하는 게 좋을 거 같은데. 괜스레 민망한 마음에 예일은 동식의 뒤로 몸을 웅크리며 숨었다. 눈치 없는 김보경 대리가 막 도훈에게 인사를 하기 위해 다가서려는 찰나였다. 다행스럽게 엘리베이터가 열렸다.

"아. 탈 자리가 없네."

그리고 불행히도 엘리베이터 안은 만원이었다. 예일은 얼굴을 구기며 몸을 더욱 숨겼다.

"주예일 씨."

그 순간이었다. 정확히 제 이름을 콕 집어 부르는 목소리.

"언제까지 모르는 척할 겁니까?"

고개만 슬쩍 뒤로 뺀 그는 불만스럽게 예일을 보았다.

"서운하게."

코를 찡그리는 제 연인의 얼굴에 말문이 막혀왔다. 동식의 덩치에 몸을 숨겼던 예일은 어색하게 몸을 돌려 고개를 까닥거렸다.

"예. 안녕하세요, 대표님."

예일과 도훈을 번갈아 보던 김보경 대리는 눈을 커다랗게 떴다.

"아……! 아시는 사이였구나! 안녕하십니까, 강도훈 전무님! 광고마케팅팀 대리 김보경입니다!"

"안녕하십니까, 대표님. 아, 아니 이제 전무님. 배우님 로드매니저 박동식입니다."

이어지는 인사에 도훈은 예, 제 고개를 가볍게 내렸다 올렸다. 그러곤 손짓을 했다.

"이쪽으로 타시죠."

막 도착한 엘리베이터 안으로 그는 먼저 걸음을 옮겼다.

"앗……! 감사합니다, 전무님!"

김보경 대리가 먼저 탑승하고, 그 뒤로 예일과 동식이 엘리베이터 안으로 들어섰다.

"다음 거 타세요."

도훈은 임원진을 향해 지시했다. 고개를 숙인 임원진이 닫히는 엘리베이터 문 사이로 사라져 갔다. 일반사원은 탈 수 없는 임원진 전용 엘리베이터. 클래식까지 흘러나오는 고급스러운 내부에 김보경 대리는 눈을 굴리기에 바빠 보였다.

"무슨 일입니까, 주예일 씨가? 날 만나러 온 건 아닐 테고."

"당연히 아! 니죠, 대표님."

도훈은 피식 웃음을 머금었다.

"광고 때문에 온 겁니까?"

"예, 전무님. 오늘 사전 미팅이 있어서. 아 전무님 이번 광고는……."

김보경 대리는 간단한 설명과 보고를 전했다. 말을 경청하며 도훈은 묘한 표정으로 예일을 보았다. 저와 눈을 마주치지 않으려 부러 딴청을 하는 것에 웃음이 터졌다.

"……."

시선을 부러 딴 데로 돌렸던 예일은 흘긋 그를 훔쳐보았다. 평소 까불거리는 모습만 봐 와서 그런가. 이런 식으로 강도훈과 마주치니 굉장히 색다른 느낌이었다. 정말 쟤가 전무는 전무구나. 신기하기도 하고. 빤히 바라보는 시선에 도훈이 식 미소를 머금었다.

'왜.'

부드럽게 그려지는 입 모양에 예일은 고개를 돌렸다. 큭큭 웃은 도훈은 동식을 불렀다.

"주예일 씨. 미팅 끝나고 스케줄 있습니까?"

"예? 아. 저녁 늦게 화보 촬영 하나 있습니다."

"그래요? 김보경 대리. 미팅은 얼마나 걸립니까?"

"한 시간 정도면 될 것 같습니다."

"한 시간이라."

도훈은 제 컬렉션 중 하나인 바셰론 콘스탄틴을 만지작거렸다. 톡톡. 두어 번 손가락이 닿는가 싶더니 이내 떨어졌다.

"주예일 씨 점심 같이할까요."

"예?"

"잘 부탁드린다는 의미로 맛있는 거 좀 사주고 싶은데."

저게 미쳤어, 진짜. 예일은 어금니를 악물었다.

"안 됩니까?"

"아, 안 되기는요. 우리 누나 오늘 결혼식이 있어도 됩니다!"

예일을 대신해 동식이 답했다.

동식 씨! 눈치를 줬지만 동식은 뿌듯한 얼굴로 도훈을 향해 생글거리고 있었다. 예일은 이마를 턱 짚었다. 그러는 사이 세 사람이 가야 하는 25층에 엘리베이터가 멈추어 섰다.

"그럼 전무님 먼저 가보겠습니다."

"대표님. 아, 아니 전무님 다음에 뵙겠습니다."

김보경 대리와 동식이 먼저 내리고 그에게 허리를 굽혔다. 두 사람이 짧은 대화를 하며 앞서 걸었다. 그를 한 번 흘긴 예일 역시 엘리베이터 밖으로 걸음 했다.

"주예일."

문이 닫히지 않도록 한 손으로 문을 막은 도훈이 그녀를 불렀다. 그러곤 오른손을 뻗어 예일의 손목을 탁 잡아끌었다. 순식간에 일어난 일. 반항도 못 한 채 예일은 그에게 잡혀 이끌렸다.

"미팅 끝나고 50층으로 와."

낮게 속삭인 그는 상체를 숙여 그녀의 뺨에 촉, 짧은 입맞춤을 했다.

"야 강도……!"

크게 터진 목소리에 동식과 김보경 대리가 뒤를 돌아보았다.

"……훈 전무님. 강도훈 전무님. 올라가세요."

와하하 배를 잡고 숨죽여 웃은 도훈은, 손을 흔들며 엘리베이터 닫힘 버튼을 눌렀다.

"아하하. 놀라셨죠. 죄송해요."

남은 예일만 어색한 상황에 등 뒤로 땀을 흘릴 뿐이었다.

강호진 회장이 있던 사옥의 50층.

'강도훈 전무님 출근하셨습니다.'

연락을 받기 무섭게 신애란은 도훈이 있는 본부장실을 찾았다. 단 한 번도 찾지 않았던.

"오셨습니까, 회장님. 전무님께 말씀드리……."

비서진을 그대로 무시한 신 회장은 문을 부서져라 열고 들어섰다.

"강 전무."

책상 위에 양다리를 교차로 올린 채 고개만 돌린 도훈은 눈인사를 전했다. 그러곤 제 입술 위로 손가락을 가져다 대며 쉿 하라는 제스처를 취했다. 건방진 그 행동에 간신히 끌어 올리던 입꼬리가 굳었다.

"응. 지운이 그럼 할머니 말씀 잘 듣고, 아저씨가 곧 보러 갈게."

지운, 지운. 아마 주예일의 아이를 말하는 것일 테지. 표독스러운 눈동자 아래 눈매가 깊이 있게 떨렸다.

"무슨 일이십니까?"

통화를 마친 도훈은 여전히 다리를 올린 채 의자를 양옆으로 깔짝거리며 그녀를 대했다. 제가 그렇게나 원했던 강호진의 자리. 그 자리에 앉은 새끼 호랑이는 여전히 당돌하고 본데가 없다. 화기에 손끝까지 저렸다. 신 회장은 제 입속의 혀를 씹었다. 도훈은 능청스러운 미소를 지었다.

"신 회장님."

다리를 내린 그는 의자를 빙글 돌려 전면의 유리창을 향해 손을 뻗었다.

"손바닥으로 하늘을 가리면 말입니다."

"……."

"그게 가려질까요?"

때아닌 질문과 함께 그는 의자를 돌려 다시 신 회장과 마주했다. 그러곤 허공에 손가락을 맞부딪쳐 딱 소리를 냈다.

"앉으세요. 다리 아프게 뭘 그렇게 서 계십니까?"

"어미가 왔는데 차 한 잔 내줄 여유도 없나요, 강도훈 전무?"

애써 여유로운 미소로 신 회장은 먼저 상석에 자리했다. 꼴에 끝까지 자존심을 지키려는 행동에 그는 와하하 웃었다.

"차 따위나 드시려고 온 건 아니지 않습니까?"

"그래요. 본론만 말하죠. 지나친 월권 아닌가요."

지나친 월권이라. 아마 신 회장의 사업 '하이마리'에 관한 이야기일 것이다.

"아…… 그거요."

그는 손가락으로 입술을 쓸어 문질렀다.

"어릴 때부터 친한 누나가 가볍게 호텔 사업 좀 시작해 보겠다는데, 마침 우리 회사엔 천둥벌거숭이 같은 사업 하나가 자금을 까먹고 있고……."

"……."

"해서 좀 도와준 건데, 월권이라니요."

비릿한 미소가 그의 입가에 걸렸다.

"무슨 그런 섭섭한 말씀을 하십니까? 대한이나 명성이나 서로 이보다 원윈일 수는 없을 텐데요."

도훈은 하이마리를 인수한 명성그룹 장녀의 이름이나 직급 대신 굳이 '친한 누나'라는 단어를 썼다. 어릴 때부터라는 불필요한 수식어까지 붙인 것 역시 의도적이었다. 신 회장에게는 있을 수 없는 인맥의 과시.

"친분으로 인한 기업경영이라…… 재미있군요."

비아냥이 가득 실린 목소리가 도훈을 향했다.

"강 전무. 내게 회사는 애새끼들 소꿉장난하는 곳이 아니라고 했지 않았나요?"

도훈의 도발에도 불구하고 신 회장은 차분하게 그의 허를 찔렀다.

"걱정 마세요. 회장님처럼 말아먹지는 않을 테니."

그게 씨알도 안 먹힌다는 게 문제였지만.

"그래도 호텔 서비스 쪽은 대한보다 명성그룹 역사가 더 길지 않습니까."

그는 씩 웃었다. 언뜻 들으면 대놓고 제 회사를 낮잡아 보는 발언. 하나 조금만 생각해도 그건 신 회장을 완벽히 무시하는 말이었다.

"하?"

신 회장은 탄식과도 같은 헛웃음을 뱉었다. 그사이 도훈은 앞서랍을 열어 제가 오랫동안 묵혀둔 서류 봉투를 꺼내 들었다. 상석의 오른쪽 소파에 자리한 도훈은 그녀에게 봉투를 툭 던졌다.

"제가 얼마 전에 재밌는 프로그램을 하나 봤는데 말입니다."

"그런가요. 그래서요?"

"이 자료가 들어가면 더 재밌어지지 않을까 싶어서 제보를 할까 하는데."

신 회장은 코웃음을 쳤다. 그가 내민 서류는 안 봐도 뻔했다. 과거 허찬형 상무가 주예일을 산부인과에 끌고 가려 했던 그 영상과 자료들이겠지. 그깟 걸로 제게 해를 입힐 수는 없다. 저 영상이 공개된다면 어차피 돌을 맞게 되는 건 주예일이다.

"한번 보시겠어요?"

"이런. 전 이런 데에 관심이 없는지라."

"회장님 본인 일이신데 관심이 없으시다뇨."

도훈은 능청스럽게 어깨를 으쓱거렸다. 순간 사느래진 눈살에 신 회장은 제게 던져진 봉투를 내려 보았다. 그녀는 천천히 봉투 안의 서류를 집어 들었다. 다섯 장의 서류는 친자검사 결과지였다.

"흐음. 설마 아이를 공개하겠다는 심산인가요?"

"설마 그 샘플이 제 것이라 생각하시는 겁니까?"

"그럼 누구……."

말을 하다 만 신 회장의 동공이 눈에 띄게 확장됐다.

"……."

설마 하는 마음에 넘겨진 마지막 장.

[추정 샘플1과 샘플2의 친자관계 확률은 99.9653%로 생물학적 친자관계가 성립합니다.]

"하."

가슴을 내리 쓸며 그녀는 낮은 숨을 흘렸다. 반응을 즐기며 도훈은 혀로 똑 소리를 냈다.

"왜. 거기에 신애란과 하미연이라도 박혀 있을까 봐 놀라셨습니까?"

"강 전무. 장난이 지나치군요."

"장난은 당신이 한 짓거리고. 어디서 친딸하고 호적상 아들을 결혼시키려고 해?"

"말조심하세요, 강도훈 전무."

"방금 내가 말하지 않았나? 손바닥은 하늘을 가릴 수 없다고."

"강도훈 전무!"

높아진 언성에 도훈은 푸하하 호쾌한 웃음을 터뜨렸다.

'어떻게 저 자식이 알게 된 거지? 어떻게……'

서류를 쥔 신 회장의 손끝이 사시나무처럼 바들바들 떨렸다.

"걱정 마세요, 회장님. 당장은 터뜨릴 생각이 없으니. 그래도 기업 이미지가 있는데. 안 그렇습니까?"

"대체 무슨 말을 하는지 정말 모르겠네요."

"뭐 그러세요. 그나저나…… 회장님. 정기 주총이 이제 두 달 정도 남았지 않습니까?"

"그래서 하고 싶은 말이 무엇이지요."

"권불십년 화무십일홍이라 했습니다."

열흘 넘기는 꽃은 없으며, 10년 가는 권세 없다. 딱 십 년. 신 회장이 강호진 회장을 대리해서 그 권세를 누렸던 시간.

"남아있는 시간 동안 그만 나대고 정리하라는 말입니다."

"뭐, 뭐……."

"대리인 주제에 지금까지 진짜인 척 잘 누려왔잖아? 이제 내려와야지."

장난기 섞인 얼굴이 콧잔등을 찡그렸다.

"그동안 참 주제넘으셨습니다, 신 회장님."

"네, 네, 네가 지금."

거의 눈을 까뒤집기 직전의 얼굴이 볼만했다. 나와 상대가 된다고 생각을 했던 걸까. 그것이 참으로 안타까웠다. 똑똑. 가벼운 노크 소리와 함께 누군가 본부장실 안으로 들어섰다. 적당한 보폭의 걸음이 신애란에게 향하는 듯싶더니 도훈의 뒤에서 멈추었다.

"정기 주총 준비 어느 정도 됐어."

"대충. 한 달 안에는 다 끝날 거 같다."

"수고 많네, 형."

"별말씀을."

호흡이 척척 맞는 대화. 눈을 가늘게 뜬 신 회장이 두 사람을 번갈아 보았다. 지금 제 눈앞에 있는 자가 누구인지 믿기지 않는 듯싶었다. 신 회장은 주먹을 크게 말아 쥐었다. 자신의 라인에 섰던 가장 큰 세력 중 하나.

"현 실장. 이게 대체 무슨 상황이지?"

현명한 총 비서실장.

비서실 출신이나 그 세력으로 따지자면 과거의 권순향 전무와 맞먹을 정도의 실세인 인물. 제가 가장 믿고 있었던 심복이기도 한. 오늘 아침까지만 해도 제 뒤를 지키던 현명한이 어째서.

"말해, 현 실장. 지금 이게 무슨 상황인지."

"보시는 그대로입니다."

현명한은 망설임 없이 답했다.

"하…… 하…… 하."

넋을 잃은 웃음이 허공을 타고 흘렀다. 도훈은 세 달 전. 현명한이 제집으로 찾아왔던 그날을 머릿속에 그렸다. 만약 그가 제 아버지인 '현지욱 실장'과 같이 오지 않았었더라면 자리에서 주먹을 날렸을지도 모를 일이다.

'도훈아. 화 많이 났냐.'

장난스럽게 웃던 그 얼굴은, 제가 어릴 적부터 따르던 그 현명한이었다. 현지욱 실장의 지시로 인해, 신 회장의 곁에 붙어있었다는 이야기를 들었을 땐 정말이지 뒷골이 확 당겨왔었다.

'적을 속이려면 아군부터 속이라는 말도 있잖아?'

철두철미한 신 회장의 의심을 피하려면 어쩔 수 없었다는 변명이 따라왔을 땐 그 역시 허탈한 웃음을 터뜨려야만 했다.

"형 그동안 연기 잘하더라?"

"그러게. 배우나 해볼까 진지하게 고려중이다."

"어떻게 EK쪽으로 말 좀 해줘?"

와하하 도훈은 크게 웃었다. 그러곤 아직 넋을 놓고 있는 신 회장에게 시선을 옮겼다.

"우리 현 실장. 그래도 회장님과 10년 가까이 함께 일하던 사람이었는데. 사람 마음이란 게 참 이렇게 쉬워요?"

안타까움을 가득 담아 그는 고개를 저었다.

"기어코 네깟 새끼가 감히!"

자리를 박차고 일어난 신 회장이 소리를 내질렀다. 그런 신 회장을 도훈은 흔들림 없이 올려 보았다.

"신 회장. 내가 분명 말했을 거야."

천천히 자리에서 일어난 도훈은 한참 작아진 신 회장을 내려 보았다.

"다시 나와 독대하게 될 거라고."

씩 말려 올라가는 입매는 협박 그 이상의 것을 담고 있었다.

'몸 잘 사리고 계세요. 이곳에서 다시 독대해 드릴 때까지.'

반년 전, 임시주총에서의 그 목소리가 귓가에 날카롭게 파고들어 왔다. 그때의 그 말은 최후통첩이나 마찬가지였을 것이라. 핑도는 어지러움에 신애란은 제 머리를 움켜쥐었다.

"곧 손님이 올 거라. 그만 가보세요."

손목의 시계를 돌리며 그는 중얼거렸다.

"가시죠, 회장님."

말쑥한 웃음을 지으며 현명한 실장은 신 회장의 옆에 섰다. 김 비서 역시 도훈의 손짓에 신애란 곁에 섰다.

"강 전무. 분명 후회할 겁니다."

"후회는 그쪽이나 많이 하시고."

그는 귀찮다는 듯 허공에 손을 대충 휘저었다. 이를 간 신 회장은 현 실장을 노렸다.

"현명한······."

"걱정 마세요. 전 아직 회장님 비서입니다."

현명한은 능청스레 웃었다. 또각거리는 소리와 함께 신애란이 먼저 나서고 현명한 실장 역시 그 뒤를 따라나섰다.

"김 비서도 나가 봐. 점심 먹고 오고."

"예, 대표님!"

과거의 강호진 회장실. 현재의 강도훈 전무의 본부장실. 육중한 문이 열렸다. 문 앞에 선 신 회장은 눈을 질끈 내리감고 차분하게 심호흡을 했다.

"······."

눈을 뜬 신애란은 또다시 머리가 지끈거림을 느껴야만 했다. 제게는 강도훈만큼이나 성가신 인물.

"안녕하세요, 회장님."

주예일. 여유 있는 얼굴이 신애란을 향해 고개를 까닥거렸다.

"그럼."

어깨가 슥 맞닿았다 떨어졌다. 문이 닫히고 신애란은 참을 수 없는 화에 몸을 부르르 떨었다.

"가시죠, 회장님."

현명한은 그런 신 회장을 보좌하는 척 굴었다. 그녀는 더 이상
시간이 없음을 직감했다.

"그래요. 가지요."

간신히 내뱉은 목소리는 무척이나 비이상적으로 떨릴 뿐이었다.

본부장실의 문이 닫히고 나서야 예일은 참은 숨을 터뜨렸다. 아
무렇지 않은 척 신애란에게 인사를 하긴 했으나, 역시 아직까지
신 회장은 예일에게 있어 어려운 사람이었다.

"왔어?"

소파에 앉은 도훈은 고개를 돌려 예일에게 손을 흔들었다.

"이리 와. 앉아."

"……."

"주예일?"

자신을 부름에도 예일은 꼼짝달싹 못 한 채 자리에 섰다. 왜 신
회장이 도훈과 같이 있었던 거지? 또 무슨 일인 거지.

"신애란 회장 왔던데. 무슨 일이야?"

혹시나 하는 불안한 마음에 예일은 물었다. 와하하 도훈은 웃
었다.

"별일 아니야."

"뭔데."

걱정이 얼굴 가득 끼었다. 도훈은 고개를 저었다. 자리에서 일

어난 그는 곧바로 예일에게 걸었다. 잔뜩 굳어 긴장한 얼굴에 마음이 쓰려왔다.

"주예일."

"어."

"넌 아직도 내가 저 여자한테 당할 거 같아 보여?"

"그럼 뭔데."

"별일 아니라고 했잖아."

본부장실 문을 걸어 잠근 그는, 곧바로 돌아 예일의 어깨를 쥐어 잡았다. 안심시키듯 도닥이는 손길에 예일의 고개가 천천히 올라왔다.

"별일 아닌 게 뭐냐고."

"예일아."

"또, 무슨 일인데."

"하."

예일의 양어깨를 쥐어 잡은 그는 상체를 숙여 그녀와 시선을 한데 마주했다.

"네가 걱정하는 그런 일 아니야."

"……."

"내가 말했지. 다신 저 여자가 너랑 지운이 못 건드리게 할 거라고."

"……."

"나 못 믿어, 응?"

"……."

"주예일."

느릿하게 내려온 고개. 이마 위에 말랑한 입술이 부딪쳤다 떨어졌다. 그의 손가락이 축 처진 눈꼬리 위로 가볍게 닿았다.

"얼굴 좀 풀어. 응? 오빠 속상하게 자꾸 이럴래."

"하."

안심의 뜻인 건지, 뒤늦게야 허탈한 숨이 허공으로 고르게 퍼졌다. 씩 웃은 그는 예일을 한 품에 끌어당겨 안았다.

"우리 주예일은 뭐가 그렇게 매일 불안할까. 내가 그렇게 못 미더운 남자는 아닌데."

"말은 잘하지. 한없이 가벼워 가지고."

"가볍다니. 무슨 말을 그렇게 해."

"아까 누가 봤으면 어쩔 뻔했어. 어?"

"아까?"

그건 또 무슨 말이지. 그는 고민하는 듯 미간을 좁혔다. 금세 그의 미간이 풀렸다. 아마 엘리베이터 앞에서 뺨에 입맞춤을 한 걸 뜻하지 싶다.

"보면 보는 거지 뭐."

"진짜 대책 없다, 너. 이러면서 뭘 못 믿냐고 해."

"아 왜 또 화를 내. 예뻐 가지고."

칭얼거리는 입술 위로 짧게 입술이 붙었다 떨어졌다.

"나와. 누구 들어와."

"문 잠갔잖아, 그래서?"

"미쳤지. 진짜."

"응."

그는 웃으며 예일의 입술을 머금었다. 벗어나기 위해 가슴팍을 밀어 보았지만, 뒷덜미를 잡아챈 손길 때문에 그러지도 못했다. 아랫입술을 부드럽게 머금는가 싶던 입술이 급히 파고들어 왔다. 그는 생각했다. 혹시 제가 마약을 하는 건 아닌가 하는. 그저 입을 맞추고 있는 것뿐인데도 도파민의 수치가 미친 듯이 올라가는 느낌이다. 고개를 돌리며 다급히 몰아붙이던 숨결이 잠시 멀어졌다. 아쉬운 듯 다시 한 번 붙은 입술이 진득하게 따라붙었다. 밀어야 하는데 뒷머리를 쓰다듬는 손길에 몸이 나른하게 풀려왔다.

천천히 뒤로 밀려나던 걸음이 벽에 붙었다. 살짝 힘겹다는 생각이 들면 다리 사이로 그의 무릎이 들어와 자신을 지탱한다. 다급하다 싶을 만큼 깊게 몰아치는 것에 숨이 막혀왔다. 감겨있던 눈꺼풀을 살짝 떴다. 팬 도훈의 미간이 보였다. 오롯이 입맞춤에만 집중한 듯한 얼굴에 아까의 감정은 이미 사라진 지 오래였다. 입술을 살짝 떨어뜨린 예일은 그의 목덜미를 쥐었다 풀었다. 도훈의 어깨에 팔을 올린 채 그에게 매달렸다. 포식자 앞에 선 초식동물처럼 예일은 어깨를 바르작 떨었다.

"숨 막혀. 천천히."

나른하게 풀린 동공, 한껏 달뜬 목소리에 그는 마른침을 삼켰다.

"그렇게 보면 못 참는데, 나."

결국 사냥감은, 포식자에게 잡아먹힐 수밖에 없는 것이었다.

한국대학병원 VIP 병동.

늦은 시각 VIP 병실 중 가장 끝에 위치한 강호진의 병실. 치익,

가습기가 공기 중에 수분을 뿌렸다. 신애란은 한 시간을 넘게 자리에 앉아 죽은 듯 누워있는 강호진을 응시했다.

비서진들의 차가운 시선, 현명한의 배신, 강도훈의 도발, 회사 내에서의 제 위치. 옥죄어 오는 모든 것들에 블라우스의 깃마저 답답했다. 고작 반년 정도 시간이 지났음에도 벌써 세상 모든 것이 제게 등을 돌리는 것만 같았다. 신 회장은 직감하고 있었다. 제게 남은 시간이 얼마 남지 않았음을.

"김 변호사님. 신애란입니다. 우리 회장님 유언장 좀 고쳐야겠습니다."

강호진 회장의 전담 변호사. 신 회장은 짧은 통화를 마친 후 강 회장의 이마 위로 손가락을 올렸다. 주름진 이마 위로 그녀의 손가락이 쓸어 밀어졌다.

"이렇게까지 하고 싶진 않았는데…… 강호진 씨. 이제 편히 쉬게 해줄게요. 그동안 고생 많았어요."

말쑥한 웃음과 함께 신 회장의 차디찬 손가락이 떨어졌다. 강호진 회장은 여전히 답을 할 수 없었다.

삐-삐-삐-삐-. 그의 생명줄과도 같은 단조로운 기계음만이 울릴 뿐이었다.

"잘 있어요, 강호진 씨."

신 회장이 병실을 나서고 적막한 병실 안 강 회장은 천천히 눈을 떴다. 어렴풋이 남은 눈앞의 잔상에 그는 눈물을 툭 흘렸다.

"연희야."

까슬한 목소리가 한숨처럼 흘러나왔다.

'여보…….'

무거운 눈꺼풀이 까무룩 다시 감겼다.

✳

경기도의 추모공원.

왕의 자리라 불리는 명당 중 명당에 자리 잡은 납골당. 대리석과 금으로 장식된 실내는 척 보기에도 값이 나가 보였다.

2층 고급실. 개중에서도 가장 명당자리 중심에 로퍼가 멈추어 섰다. 원 버튼의 클래식한 블랙 슈트. 화이트 무지 셔츠에 진블랙의 사선 타이. 깔끔한 차림을 한 남성의 얼굴은 인생의 회한을 가득 담고 있었다.

"……."

대한그룹의 강호진 회장. 세월의 풍파를 이기지 못한 강 회장의 얼굴은 늙고 잔잔한 주름이 가득했다. 검은색 눈동자가 투명한 유리 너머 비치된 제 조강지처의 사진에 하염없이 머물렀다.

[유 연 희]

강호진의 본 처, 이름만큼이나 곱고 아름다웠던 사람.

"연희야……."

입술을 벌린 그는 힘없이 사진 속의 제 아내를 불렀다. 조강지처는 그저 말간 웃음으로 절 볼 뿐이었다. 이미 지나간 일을 이제 와 되새기는 것이 무슨 의미일까. 지난 8년간 복수와 증오로만 살아온 그는 이제 자신이 무엇을 원하는지조차 알 수 없어 가마득했다.

"……."

강호진은 제 손바닥을 펴보았다. 원한을 품는 것은 다른 사람에게 던지려고 뜨거운 석탄을 손에 쥐고 있는 것과 마찬가지다. 화상을 입는 것은 결국 자기 자신이라는 부처의 말씀이 있다. 아무것도 잡히지 않는 깨끗한 손바닥. 그는 주먹을 말아 쥐며 생각했다. 이 보잘것없는 몸 모두 불에 타 사라진다 하더라도 모든 것을 제자리로 돌려놔야 함이 맞을 것이라.

이 이야기의 시작은 강호진 회장이 대학교에 다닌 시절로 거슬러 올라간다. 군대를 전역하고 밟은 캠퍼스. 강호진의 옆엔 오랜 연인이자, 아내가 될 유연희가 있었다. 집안끼리 이미 이야기가 다 오고 간 정략결혼. 두 사람은 타 연인들과 다를 바 없이 미래를 약속하며 함께 미래를 꿈꿨다.

유연희. 도훈의 모. 재벌가의 고명딸로 태어난 그녀는 험한 말 한번 듣지 않고 곱게 자라온, 참으로 여리고 착했던 사람이었다.

'안녕하세요.'

그런 유연희의 대학 동기 신애란. 가난한 환경에도 불구하고, 전형적인 캔디형의 씩씩하고 밝은 사람. 강호진에게 신애란은 안쓰럽고 딱한 제 연인의 친구일 뿐이었다. 그랬어야만 했다. 사건의 시작은 개강총회가 있던 날.

'호진 선배는 제가 택시 태워 보내 드릴게요.'

술에 잔뜩 취한 강호진은 인사불성이 되어 신애란의 자취방에서 하루를 보내게 된다. 다음 날 울고 있는 신애란을 보며 실수

를 했음을 알게 된다. 그는 유연희만큼이나 심성이 유약하고 무
른 사람이었다. 처음이라며 울고 있는 신애란을 매몰차게 외면할
만큼 그는 단호하지 못했다. 오랜 연인인 유연희와 하룻밤의 실
수를 하게 된 신애란 사이에서 그는 고민에 잠겼다. 결국 이를 알
게 된 대한그룹의 안주인, 강호진의 어미는 신애란을 찾아가 돈
봉투를 건넨다.

'네가 우리 아이 돈을 보고 접근한 건 알고 있다. 그래 얼마를
원하는 거지?'

'주실 수 있는 만큼의 최대치요.'

그녀는 당돌하게 큰돈을 얻어냈다. 애초의 목적 역시 그것이었
기에.

갑작스러운 신애란의 자퇴. 그녀는 철저히 사라졌다. 차라리 다
행인 걸까. 강호진은 하룻밤의 일을 묻고 유연희와 함께 유학을
가게 된다. 과거에 한 번의 실수가 있었기에, 그 죄책감으로 강호
진은 더욱이 유연희에게 잘했다. 두 사람 사이엔 축복과 같은 아
이도 생겼다.

강호진과 신애란. 두 사람의 연은 그렇게 끝날 것이라 생각했다.

'임신이시네요.'

신애란은 아비가 누구인지 짐작도 가지 않는 아이를 갖게 된다.
어미라고 제 아이를 지우고 싶지는 않았다. 그렇다고 아이를 혼
자 낳아 키울 수도 없을 터. 피 말리는 하루하루를 보내던 그녀에
게 기적과 같은 소식이 들려왔다. 강호진의 부모인 강 회장 내외
가 사고로 인해 유명을 달리했다는 기사.

'……'

그렇게 신애란은 강원도 산골의 한 의료원에서 혼자 아이를 낳고, 또 아이를 바꿨다. 그리고 남의 아이를 버렸다. 그녀는 그 길로 강호진을 찾아갔다.

'오랜만이에요. 선배.'

유약한 강호진의 마음 틈 사이를 비집고 들어간 신애란은 그의 어미가 제게 돈 봉투를 줬던 이야기와 그의 동정심을 살 만한 이야기를 거짓으로 꾸몄다.

'그때 실은 선배 아이를 임신했어요. 임신 사실을 알고 선배 어머니가 찾아왔어요. 아이를 지우라는 압박에 도망칠 수밖에 없었죠. 선배가 미국에 갔을 때 혼자 아이를 낳았어요. 조용히 혼자 키우려고 했는데…….아이가 많이 아팠어요. 그리고 아이는…….'

자신도 몰랐던 또 원치 않았던 하룻밤으로 생긴 치부.

'안타깝지만. 지금 내가 해줄 수 있는 건 없어.'

그는 잠시 흔들렸지만, 제 아내와 아들을 두고 딴생각을 할 수 없었다. 아마 그때까지도 강호진은 몰랐을 것이다. 그 하룻밤이라던 날, 관계는 없었다는 걸.

'원한다면 보상은 얼마든지 해줄게. 다신 날 찾지 말아줬음 좋겠어.'

'선배.'

강호진은 매몰차게 돌아섰다. 저도 모르는 아이가 있었다는 사실에 가슴이 찢어져 왔지만 그렇다고 이제 와 신애란과 무얼 할까. 결국 신애란은 마지막 선택을 했다. 이렇게까지 해야 할까. 스스로도 잠시 의문을 가졌다. 찢어지게 가난했던 어린 날의 기억은 그녀를 다시 독하게 만들었다.

　[선배를 사랑할 수 있어 행복했어요.]

　문자 한 통. 그리고 장문의 유서를 쓴 채 신애란은 수면제를 다량 복용 후 쓰러졌다. 그건 그녀에게도 모험이었다. 그녀가 남긴 장문의 유서를 보며 강호진은 이루 말할 수 없는 죄책감에 오열했다. 하룻밤의 실수로 인해 한 여자가 제 아이를 낳았고, 품에 한 번 안아보지 못한 제 씨앗은 싸늘하게 죽어갔다. 한 여자의 인생이 통째로 망가졌다. 그럼에도 자신은 매몰차게 뒤를 돌아섰고, 그 여자는 결국 자살 시도까지 했다. 그 모든 게 거짓임을 하나도 모른 채.

　'안녕하세요, 사모님. 신애란입니다.'

　그렇게 신애란은 비서라는 이름으로 강호진의 옆에 당당하게 섰다.

　강호진의 처 유연희는 바보 같을 정도로 심성이 여리고 착한 여자였다. 어린 도훈을 끌어안고 몰래 눈물을 흘릴지언정 두 사람을 원망하지 않았다. 유연희는 죽었다는 핏덩이의 넋이라도 제대로 위로해 주고자, 신애란이 낳았다는 아이의 기록을 찾기 시작했다.

　세상에 완벽한 거짓은 없다. 유연희는 모든 일의 전모를 알게 됐다. 남편과 관계를 맺었다는 그 옛날의 대학 시절에 임신 사실은 없으며, 그녀가 임신을 한 건 단 일 년 전. 죽었다고 했던 그 아이는 멀쩡히 잘 크고 있으며. 잠시 돈에 눈이 멀었던 간호사가 아이를 뒤바꾸어 주었다는 것까지.

'여보 할 이야기가 있어요. 애란이에 관한 거예요.'

'제발 그만해. 나 때문에 내 아이까지 잃은 여자야. 나만 아니었으면. 우리 부모님만 아니었으면!'

당시 이미 반쯤 미쳐 있었던 강호진의 귀에 처의 목소리가 들릴 리 없었다.

'불쌍한 여자야, 연희야. 우린 그저 좋은 집에서 태어나 운 좋게 부족함 없이 사는 사람들이고, 그 여자는 애초에 아무것도 없던 사람이야. 내가 나쁜 놈인 거 알아. 근데 연희야. 혼자 아이를 낳았어. 그리고 혼자 아이를 키우다 아이까지 잃었어. 목숨까지 버리려 했고. 나만 아니었다면, 내 아이가, 내 아이가……'

'여보. 제발 진정하고 내 말 좀 들어요. 그 죽었다는 아이는, 당신 아이가……'

'그만, 그만, 그만!'

강 회장은 발악하듯 소리를 내질렀다. 겁먹은 아내를 보면서도 그는 아무런 감정 없는 사람처럼 처를 지나쳤다.

'회장님. 한국대병원으로 빨리 오셔야 할 것 같습니다.'

사고는 그날 오후.

'죄송합니다. 사망하셨습니다.'

술에 취한 운전자에 의한 음주운전 사고. 어린 나이에 핏덩이 같은 도훈을 홀로 남겨두고 그렇게 유연희는 세상을 떴다.

'아빠. 엄마 어디 있어요? 엄마…… 엄마 보고 싶어요.'

여섯 살 난 도훈은 엄마를 찾으며 울었다.

유연희가 세상을 떠난 이후 강호진은 백팔십 도로 다른 사람이 되었다. 경영권에 뛰어든 그는 형제들을 몰아내고 대한의 왕좌에 앉았다. 그리고 제 모든 것을 신애란에게 조금씩 넘기기 시작했다. 신애란은 빠르게 대한의 안주인 자리를 차지했다. 신애란을 두고 협박하는 형제들은 전부 회사에 발도 들이지 못하도록 짓밟았다. 그렇게 그는 신애란의 자리를 굳건히 지켜주었다. 두 번 다시 누구도 잃을 수 없다는 듯 그는 미친 사람처럼 신애란에게 집착했다. 홀로 제 아이를 가지고 혼자 아이를 낳아, 또 아이를 잃은 여자. 제 치부임과 동시에 죄책감의 산물. 강호진에게 있어 신애란은 완전한 아킬레스건이었다.

제 자리에 대한 회의감이 느껴질 무렵. 그는 뒤늦게야 유연희의 유품을 정리했다. 수면 아래의 진실은 언젠가 떠오르기 마련이다. 유품을 정리하던 그가 마지막으로 발견한 봉투 하나. 유연희가 그에게 주려 했던 신애란의 대한 모든 정보들. 죽었다던 자기 아이는 애초에 존재하지 않았다.

'현 실장. 신애란의 그간 행적 하나도 빠짐없이 다 조사해 봐.'

뒤늦게야 강호진은 신애란의 뒷조사를 시작했다. 그에게 보고된 자료들은 연희가 알아낸 것과 정확히 일치했다. 한없이 상처받은 얼굴로 울부짖던 불쌍한 여자는 가면 뒤로 이토록 추악함을 숨기고 있었다. 그것이 딱 십 년 전의 일이었다. 충격으로 쓰러졌던 그가 기적적으로 눈을 뜬 건 그로부터, 2년 후.

'연희야. 여보.'

호흡기를 찬 채 눈을 뜬 그는 다시 눈을 내리감았다.

꽃 모양 장식

　2년의 식물인간. 간신히 다시 정신을 차리고 났을 땐 또 3년이 흐른 후였다. 5년이란 시간을 병상에서 지내고, 그때 이미 신애란은 대리인이라는 명목하에 회사의 많은 판도를 바꿔놓은 후였다. 제 수족과도 마찬가지였던 회사의 굵직한 인물들은 작은 계열사들로 뿔뿔이 흩어졌다. 그건 유배나 마찬가지였다. 강호진이 나설 자리는 없었다. 그렇게 5년간 강호진은 현지욱 실장을 제외한 모두를 속이며 병실에 식물인간인 척 누워 연기했다. 그리고 모든 걸 되돌릴 수 있도록 차근차근 철저하게 준비를 해왔다. 제 손으로 키운 괴물이 확실히 무너질 수 있도록.

　"연희야."

　납골당 앞에 선 강호진은 지난 과거를 다시금 되새기며 제 가슴을 마구 내리쳤다. 뒤늦은 후회는 불필요할 뿐이다.

　"미안하다. 연희야. 미안해."

　강호진의 무릎이 그대로 바닥에 처박혔다. 대리석 바닥 위 갈린 무릎에서 아릿한 고통이 스며들었다. 소리 없는 눈물이 마구잡이로 흘러내렸다. 끅끅이는 숨소리와 함께 강호진의 눈물이 바닥으로 후드득 떨어졌다.

　"미안해. 여보. 미안해."

　사과를 전하면서도 그는 알고 있을지 모르겠다. 그 어떤 거로도 조강지처 마음에 대못을 박은 죄는 씻을 수 없음을.

　"미안하다. 연희야."

　제 유약했던 성정과 어리석은 행동들은 그 무엇으로도 용서받

을 수 없을 것이다. 그럼에도 용서를 구했다. 햇살과도 같은 미소
는 언제나 제게 괜찮다 말해주는 것만 같아 그게 더욱이 서글펐
다. 이 모든 걸 제자리로 돌려놓은 후엔 평생 사죄하며 살아갈 것
이다. 죽어서도 골백번의 윤회를 거치게 된다 하더라도 제 하나뿐
인 조강지처에겐 용서받을 길이 없을 것이다.

마지막 눈물이 바닥에 툭, 떨어졌다. 강호진 회장은 비틀거리며
자리에서 간신히 일어섰다. 납골당을 나서면 그의 수족과 마찬가
지인 현지욱 실장이 있다. 아내가 살아있었을 당시, 그녀의 편에
서 제게 쓴소리를 하던 유일한 인물.

"현 실장."

강 회장은 조용히 그를 불렀다.

"준비는 다 되었나."

현지욱 실장은 고개를 깊이 숙였다.

"예, 회장님. 말씀만 내려 주십시오."

"그래."

강 회장은 하늘을 향해 고개를 젖혀 들었다. 유난히 눈을 찌르
는 햇살이 제 죄를 심판하는 것 같은 착각이 일었다.

"……."

이 긴 여정의 마침표를 찍을 때가 이제야 온 것이다.

검은 바탕의 화면 위로 금반지가 핑그르르 돌았다. 눈 깜짝하는
사이 눈부시게 흰 화면 위로 예일의 얼굴이 클로즈업됐다. 가늘

고 하얀 손가락이 머리칼을 쓸어 넘긴다.

[완벽함의 상식을 다시 쓴다]

곧 전환된 화면. 투명한 피부 위로 매끄러운 머리칼이 흘러내린다.

[나의 완벽한 머릿결은 SERA에서 나온다]

화면을 보는 검은색의 눈동자가 닫히고, 광고가 끝남과 동시에 퍼어억! 유리잔이 브라운관 위를 가격했다. 떨어진 잔의 파편이 이리저리 대리석 바닥 위를 나뒹굴었다.

"주예일, 주예일, 주예일!"

머리칼이 아프게 쥐어 잡혔다.

'대한그룹 네 것으로 만들어줄게.'

신 회장의 말대로 대한그룹은 제 것이어야만 했다. 강도훈 역시도. 다 알아서 해주겠다던 어미의 말을 굳게 믿고 있었다. 한데 어느 날부터인가 연락이 닿지 않는 친어미. 눈엣가시와도 같은 주예일은 날개라도 단 듯 승승장구하며 잘나가고, 강도훈과 저는 완전히 남이 되어 버렸다.

"다 뺏겼어. 내 것을 다 뺏겼다고."

무릎을 끌어당겨 안은 미연은 몸을 바르르 떨었다.

"미연아. 무슨 소리니……. 하."

소리를 듣고 달려온 공희영 교수는 눈을 질끈 내리감았다.

"여사님. 아이 다치지 않게 치워줘요."

"네, 사모님. 아휴 세상에."

공 교수와 같이 온 가사도우미는 익숙하다는 듯 깨진 유리 파편을 치우기 위해 주저앉았다. 혀를 낮게 차는 소리에 하미연이 눈을 치켜떴다.

"아줌마."

"예?"

"내가 우스워요?"

"예?"

"내가 우습냐고. 왜 혀를 차?"

"그게 아니라……."

"내가 우습냐고 했잖아!"

빽 질러지는 비명에 가사도우미는 엉덩방아를 찧었다. 그 옆으로 핏물이 서서히 흘렀다. 넘어지면서 바닥에 댄 손바닥에 유리가 박힌 듯싶었다.

"여사님!"

놀란 공 교수가 얼른 앉아 가사도우미의 손목을 쥐어 잡았다.

"아. 괜찮습니다, 사모님……."

"어서. 어서 병원에 가보세요, 여사님."

"이, 이건 치우고 가야지요."

"아니요. 여사님. 어서."

"치우고 꺼지라 그래, 엄마."

"미연아."

공 교수는 믿기지 않는 듯 제 딸아이를 보았다.

"치우고 꺼져. 그리고 아줌마 다신 내 집에 발 들이지 마."

"미연아!"

공 교수 역시 참지 못하고 소리를 내질렀다.

"너, 너 대체 왜 이러는 거야. 왜, 왜!"

공 교수는 참지 못하고 악을 질러댔다. 평소의 점잖았던 공희영 교수의 모습에 놀란 건 미연뿐만이 아니었다. 가사도우미 역시 공 교수를 말리기 위해 사모님! 그녀를 불렀다.

"엄마. 지금 나한테 소리 지른 거야?"

"그만해, 제발. 네 인연이 아닌 걸 어떻게, 어떻게 해. 응?"

공 교수는 다 포기한 심정으로 자리에 주저앉았다.

"인연? 인연이라 그랬어, 엄마? 구질구질해. 정말 구질구질해. 엄마도. 아빠도. 다 구질구질해! 아아아악!"

딸자식의 악다구니에 공 교수는 가슴을 내리치며 피눈물을 터뜨릴 뿐이었다.

한편 대한그룹 사옥은 얼마 전 미팅을 다녀간 주예일의 이야기로 여전히 떠들썩했다.

"완전 케미 미쳤었다니까?"

김보경 대리는 오늘도 그날의 일을 타 팀의 직원에게 전하는 데 열을 올렸다.

"주예일 씨. 나 모르는 척할 겁니까? 서운하게."

목소리를 낮게 깐 그녀는 도훈의 흉내를 내며 타 팀 직원의 손목을 잡아챘다.

"박력 있게 따악! 잡고 임원용 엘리베이터에 타더라니까?"

"와우네."

"둘이 무슨 사이래?"

"그건 모르겠고. 여하튼 뭔가 텐션이 있긴 했어."

광고마케팅팀 김보경 대리의 입에서 나온 이야기는 직원들의 입과 입으로 전해져 전 직원으로 퍼졌다. 문제는 거기서 나타났다. 원래 말이란 것이 구전되면 될수록 부풀려진다.

"그거 들으셨어요? 그 주예일이랑 강도훈 전무 만나고 있대요."

"그럼 정말 불륜이야? 뭐야, 어떻게 된 거야."

"왜. 그 주예일 복귀 시기랑. 파혼 기사 낸 거랑 비슷했잖아."

사실은 크게 부풀려졌다. 남 이야기 떠드는 걸 좋아하는 건 어디를 가도 별반 다를 바가 없다. 톱배우, 그룹의 후계자, 스폰서, 불륜. 몇 가지 키워드는 이들에게 충분히 흥밋거리였다.

"그거 기억 안 나? 왜 옛날에 주예일 갓 데뷔했을 때 소속사 대표가 스폰서라는 찌라시 돌았잖아."

"그럼 그때 스폰서였던 게 지금 강 전무!"

한입 건너 한입 돌던 소문은 결국, 주예일과 강도훈은 스폰 관계였다, 라는 것으로 종지부를 찍었다.

"미치겠구먼."

비상계단의 아래층, 경영기획 비서실장 김상준은 이 모든 것을 듣고 있었다.

경영기획본부장실.

김상준 비서실장은 이마에 흐르는 땀을 연신 닦아 내렸다. 등줄기에 솟아나는 소름은 옵션이었다. 강도훈을 두고 회사 내에서 떠돌고 있는 말도 안 되는 소문. 단연 보고를 해야 함이 맞았다. 자신은 분명 잘못이 없다. 그럼에도 이렇게 그가 안절부절못하며 서 있는 건.

"……."

모든 이야기를 다 듣고 나서도 침묵을 유지하는 강도훈 전무 때문이었다. 그는 무서울 만큼 침착하게 비서실장의 보고를 들었다. 하하. 기가 찬 웃음을 흘리기도 하고, 입술을 쓸기도 했으며, 넥타이를 느슨히 잡아 빼기도 했다.

"그…… 스폰 관계라고……."

마지막 그가 스폰이란 단어를 내뱉을 땐 아랫입술을 나직이 물 뿐이었다. 차라리 화를 낸다거나 무어라 지시를 한다면 마음이라도 편할 텐데. 저리 가만히 있는 걸 보아하니 그게 더 공포였다.

말은 없었지만 도훈은 분명 상당히 화가 나 있었다. 숨을 정돈하기 위해 꽤 애를 쓰는 것처럼 보였지만 목 부근에 바싹 선 핏줄은 수그러들 생각을 하지 않았다. 도훈은 화를 다스리기 위해 스스로 무던히 애를 써야만 했다.

"어떻게 생각하십니까, 비서실장님은."

지옥과도 같았던 몇 분의 시간이 지나가고, 애써 침착하고자 노력하는 도훈의 목소리가 들려왔다.

"예?"

"그 소문이란 거 말입니다."

"아, 당연히 말도 안 되는…… 죄송합니다. 전무님."

헛헛한 웃음과 함께 도훈은 다시금 입을 굳게 다물었다. 김상준은 흘긋 그의 눈치를 보았다. 도훈은 어떻게 이 일을 처리할 것인지 고민을 하는 듯 보였다. 아마 인사개편이 다시 한 번 이루어질 것이라 그는 지레짐작했다.

"어이가 없으려니까."

천박하기 그지없는 욕설이 튀어나왔다. 강도훈 전무에겐 어울리지 않는 상스러운 욕설. 김상준에게 그런 도훈의 모습은 상당히 생소했다. 육 개월의 시간 동안 그를 보좌해 왔지만, 그가 욕을 하는 일은 없었다. 아니 상스러운 말조차 담은 적이 없었다. 그런 강도훈이 저리 흐트러진 모습을 보인다는 건 모르긴 몰라도 엄청나게 화가 나 있다는 반증일 것이다.

"김 실장님?"

"예, 전무님."

"당장 소문 정정하세요. 강도훈 혼자 일방적으로 좋아하는 거라고."

"아. 예?"

멍청한 김상준의 되물음에 그는 눈썹을 치켜세웠다.

"못 들으셨습니까?"

그 지랄 맞은 스폰서. 텍스트만 들어도 짜증이 밀려 왔다. 아예 온 세상에 있는 단어 자체를 다 지워버리든가 해야지.

"주예일 씨를."

그는 습관적으로 만년필을 손 위로 빙글 돌렸다.

"강도훈 전무가."

핑그르르 돈 만년필이 손바닥에 착하고 감겼다.

"혼자 좋아해서 삽질하는 중이라고."

✳

이틀 뒤 대한그룹. 대대적인 인사관리가 시작된다는 공고가 사내 인트라넷에 떴다.

"웬 인사관리? 지금 와서?"

대한그룹의 인사평가는 대개 4분기 끝 무렵에 이루어졌기에 다들 혼란스러워했다. 갑작스러운 고과 관리에 들어가기 위해 저마다 분주히 실적을 정리하기 시작했다. 이번 고과에 무엇이 가장 많이 반영되는 것인지. 만나기만 하면 다들 그 이야기로 떠들어 대기 시작했다. 덕분에 예일과 도훈을 둘러싼 소문은 삽시간에 잠잠해졌다.

"어휴. 대표님, 참 사람들이 못됐어요? 아주 남 말 하기만 좋아하고."

물론 이번 소란을 잠재우는 데엔, 강도훈 대표의 충실한 심복 김은구 비서가 한몫을 충실하게 했다. EK엔터테인먼트에서부터 그를 모셔온 비서. 타고난 친화력으로 벌써 대한그룹 내 많은 직원과 관계를 쌓은 김 비서는 소문을 잘 정리했다. 하미연과 강도훈 전무는 애초에 제대로 된 관계도 아니었으며 신 회장이 억지로 밀어붙였던 약혼 관계였다는 것을 시작으로 예일에 관한 뜬소문 역시 정정했다.

"당분간 조심 좀 하셔야겠습니다, 대표님."

그는 이마를 손등으로 훔치며 중얼거렸다.

"조심은 무슨."

도훈은 짜증스레 의자를 흔들며 고민했다. 기왕 이렇게 된 김에 확 터뜨릴까 했다만 그간 잘 참아온 시간이 아깝지 않나. 어차피 프러포즈는 브랜드 론칭일에 할 것이다. 이제 두 달도 채 남지 않았는데 굳이 일을 그르칠 필요는 없겠지.

"설은미 감독님 댁에 차 보내놨어?"

"물론이죠, 대표님."

김 비서는 제 가슴 위로 주먹을 탁탁 두드려 보였다. 두 시간 뒤에 있는 〈청춘 로맨스〉 VIP 시사회. 영화를 대중에게 공개하기 전 시험적으로 상영하기 위한 모임.

"꽃 한 다발 준비할까요, 대표님?"

"어. 노란 장미로."

"옙. 구십구 송이로 준비해놓겠습니다!"

흐음. 그는 콧잔등을 구겼다.

"왜 구십구 송이야?"

"어휴. 이렇게 뭘 모르셔서 우리 전무님."

김 비서는 검지만 편 채 그의 앞에 흔들었다. 그러곤 무언가를 속닥였다.

"그게 뭐야."

도훈은 미간을 한껏 좁혔다.

HAN BOX. 월드타워점.

설민형 감독의 〈청춘 로맨스〉 그 명성에 걸맞게 시사회는 문전성시를 이뤘다. 일반인 관객 외에도 이름 날리는 유명 배우부터 연예계 관계자까지 많은 관객이 시사회를 찾았다.

"아이고. 설 감독님, 안녕하십니까."

초대받은 관객 중에서도 설은미는 가장 유명인사였다. 많은 업계의 관계자들이 그녀에게 허리를 굽실거렸다. 확실히 독립영화계의 거장다운 면모였다.

"아저씨이."

지운은 도훈에게 곧바로 안겨들었다.

"잘 지냈어, 지운이?"

"네에!"

아이가 퍽 사랑스러운 듯 도훈은 콧방울 끝에 제 코끝을 비볐다. 김 비서의 안내로 도훈과 지운은 영화관 안으로 입장했다.

설민형. 박이채. 주예일. 세 사람의 이름이 관객석 여기저기서 거론됐다. 이 조합만으로 벌써 천만 관객 찍은 거 아니냐는 우스갯소리가 나돌았다. 피식 웃음 지은 도훈은 곧 제 연인이 올라설 무대를 보았다. 팬미팅 때 가졌던 그 감정이 고스란히 전해져 왔다. 얼마 있지 않아 설민형 감독을 포함한 박이채, 주예일이 모습을 보였다.

"안녕하세요. 청춘 로맨스에서 박동훈 역을 맡은 박이채입니다."

"안녕하세요. 청춘 로맨스 신이수 역을 맡은 주예일입니다."

간단한 인사가 이어졌다. 이어 영화가 시작되려는 듯 관 내에 암전이 찾아왔다. 그렇게 시작된 영화. 도훈은 꽤 날카로운 눈매로 영화를 관람했다. 주관적인 평가를 모두 빼고 사업가로서 바라봤을 때 단연 영화는 최고였다. 진부한 고전 로맨스임에도 불구하고 상업성은 확실했다. 설 감독 특유의 감성이 녹진히 잘 녹아든 영상에 박이채와 주예일의 연기력까지 더해지니 더 말할 것도 없었다. 누군가는 주예일과 박이채 얼굴이 다 한 영화라고 할지 모르겠다. 딱히 반박할 거린 없다만 그건 설 감독의 능력을 폄하하는 말일 것이다. 배우의 매력을 최대한 끌어내면서도 제가 풀어내고자 하는 이야기는 정확하게 전한다. 확실히 설민형은 천재 감독 소리 들을 만한 인물이었다. 한참 감성에 젖을 때쯤 그의 핸드폰 진동이 울렸다. 꺼 놓는다는 것을 깜박 잊었다.

[도련님 한번 뵐 수 있겠습니까]

핸드폰을 끄기 전 보이는 문자. 현지욱 실장이었다. 갸웃거리던 그는 이내 꺼진 화면을 주머니 속에 밀어 넣었다. 영화가 끝나고 박수 소리와 함께 엔딩 크레딧이 올라갔다.

[신이수 역 주예일]

스크린에 뜨는 제 연인의 이름 석 자에 그는 심장이 뭉클해져 오는 것을 느껴야만 했다. 만약 제 마지막 눈감는 날의 엔딩크레딧엔 주예일 단 하나만 올라갈 거라 그는 생각했다.

"아저씨!"

영화가 상영되는 내내 조용히 있던 지운이 벌떡 일어나 도훈의 귀를 잡아당겼다.

"엄먀 세상애서 제일 예뻐."

재잘거려지는 목소리에 도훈은 와하하 웃었다. 아이의 머리통 위에 듬직한 손바닥이 닿았다.

"그러게."

아까의 말을 번복해야 할 것이다. 엔딩크레딧의 주인공은 아마 두 명이겠지. 하나뿐인 연인 주예일과.

"정말 예쁘네."

제 하나뿐인 아들, 강지운.

14. 파국의 시작

인천 송도 THE KOREA HAN CITY. 한국관광공사 인증 5성급 호텔. 약 만 평 규모 부지에 위치한 복합 리조트 하니 시티로, 대한그룹의 계열사 중 하나. 설은미 감독과 설민형 감독, 그리고 은소민 배우, 조아라, 도훈과 지운까지. 시사회가 끝난 후 여섯 사람은 송도의 THE KOREA HAN CITY를 찾았다. 이들의 뒤늦은 여름휴가였다.

"미쳤다 진짜."

"장난 아니네."

차를 타고 들어가는 내내 소민과 아라는 떡 벌린 입을 다물지 못했다. 리조트 자체가 하나의 거대한 미술관을 보는 것 같았다. 시선이 닿는 곳마다 유명작가의 작품들이 즐비했다. 총 삼천오백 여 점의 작품이 있다고 하니 리조트가 아니라 정말 하나의 미술관이라도 될 것이다.

"와우."

호텔의 로비에 들어서기 무섭게 소민은 탄성을 절로 쏟았다. 온 세상의 럭셔리를 다 여기에 박았다고 해도 과언이 아닐 것이다. 미술작품 모으는 게 취미인 설민형 감독 역시 감탄을 하며 로비에 걸린 작품들을 구경했다.

호텔의 모든 동선은 갤러리나 마찬가지였다. 데미안 허스트의 작품 앞에 선 민형은 팔짱을 꼈다. 그 옆으로 소민과 아라가 나란히 섰다.

"여기 예약 되게 어려운데."

"그러게."

설 감독은 고개를 끄덕였다. THE KOREA HAN CITY. 성수기, 비성수기를 따지지 않고 항상 객실 점유율 90%를 자랑하는 호텔.

"어떻게 여기 방을 잡았대. 강 대표 힘 좀 썼겠네."

"맞아. 방 뺀다고 애 좀 먹었어."

아라의 중얼거림에 도훈이 맞받아쳤다. 언제 온 건지 지운을 한 팔로 안은 채 도훈은 데미안 허스트의 작품을 내려 보고 있었다.

"마음에 드십니까? 가장 수고하신 설 감독님을 위한 선물입니다."

설 감독은 고개를 돌렸다. 어느 정도는 진심일 것이다. 자신들
만큼 바쁠 그가 부러 시간을 내어 서울이 아닌 인천까지 온 이유
에는 자신도 있겠지.

"고맙습니다. 강도훈 대표님."

선글라스를 내린 도훈은 씩 미소 지었다.

"별말씀을."

THE KOREA HAN CITY가 가장 자랑하는 수영장. 9월의 쌀
쌀한 날씨임에도 불구하고 풀엔 많은 사람이 있었다. 뒤늦게 도착
한 예일과 매니저 보람, 동식까지 수영장을 찾았다.

"대표님. 감사합니다."

"잘 놀게요, 대표님!"

어린아이처럼 신이 난 두 사람이 풀에 뛰어들었다. 민형과 소민,
아라 역시 그들과 함께 어울렸다. 설은미 감독과 지운은 날씨가
추워 키즈 존에 간다며 자리를 뜨고 선베드에 남은 건 도훈과 예
일뿐이었다. 주변인들의 시선이 의식되었다만 소민과 아라가 함
께 있었던 터라 크게 문제 될 건 없었다.

"아라 언니한텐 언제 연락해놓은 거야."

"왜. 감동 좀 받았어?"

"응."

"다행이네."

그는 흡족한 미소를 머금었다.

"다음 주부터 무대 인사 돌지?"

"아마도."

"근데 생각보다 일찍 크랭크업 했네."

"응. 생각보다 금방 끝났어."

강행군도 강행군이었지만 성인으로 다시 재회하는 씬만 남아 있었으니 시간상으로 크게 쫓기는 신세는 아니었다. 예일은 모히토가 든 칵테일 잔을 쥐었다. 맑은 초록색의 칵테일이 흔들렸다.

"영화는 어땠어?"

그녀는 물었다. 아무리 제 눈에 철부지인 강도훈이라지만 업계에서 10년 이상을 굴러먹은 강도훈의 보는 눈은 정확할 것이다.

"영화? 글쎄."

고민하는 척 그는 입술을 손가락으로 밀어 쓸었다. 긴장한 예일을 보며 도훈은 피식 웃었다. 흠을 굳이 잡으려 해도 흠잡을 곳이 하나 없었다.

"올해 가기 전에 천만 찍을 거 같던데."

"설마. 그 정도는 안 될 거야."

천만 관객. 말이 쉽지. 그렇게 쉽게 달성할 수 있는 기록이 아니다.

"내기할래?"

"내기는 무슨."

예일은 싱거운 웃음을 터뜨렸다.

"근데 어떻게 키스 신 잘 봤네."

"잘 봤겠어?"

도훈은 인상을 크게 구겼다.

"갑자기 나와서 지운이 눈 가려준다고 얼마나 놀랐는지 알아?"

사실상 말이 키스지 가벼운 입맞춤 정도였지만…… 그래도 싫은
건 싫은 거다. 생각하기도 짜증 나 머릿속에서 완전히 지워버렸는
데 이렇게 돌직구로 물어올 줄이야.

"다음부턴 네 앞으로 오는 시놉 내가 미리 다 봐야겠어."

"얼씨구. 연기잖아?"

"그래. 머리론 알고 있는데 눈으로 직접 보는 거랑 다르잖아. 입
안이 다 텁텁해지더라. 불안해지기도 하고."

"뭐가 불안해. 그냥 연기야, 연기."

배우라는 직업의 특수성을 분명 이해해야 한다. 예일에게 있어
배우라는 직업 또한 존중해 줘야 하는 게 당연하다. 하나 어찌 사
람이 이성적으로만 살아갈 수 있겠나.

"불안하지 않게 결혼이라도 빨리 해주든가."

그는 낮게 투덜거렸다. 예일은 파하하 그저 웃음을 터뜨릴 뿐
이었다.

"어머님 품에서 완전 잠들었어. 피곤했나 봐, 지운이도."

아침부터 시사회니 호텔이니 이리저리 끌려다녀 힘들었던 건지
지운은 일찍 잠들었다. 문제는 그게 설은미 감독 품에서 잠이 들
었다는 거였다. 살짝 들어가 데려갈까 했다만 소민이 극구 말려
왔다.

"그냥 둬, 언니. 맨날 어머님하고 같이 자는데 뭐. 언니도 좀 편

히 쉬고. 응?”

내키진 않았지만 그렇다고 설은미 감독 방에 함부로 들어갈 수도 없었다.

“우리 내려가서 술 한잔 더 할 건데 언니도 갈래?”

“아니. 난 됐어.”

예일은 손을 저었다. 도훈이라도 있으면 모를까. 회사에 급한 일이 생겨 간 도훈 덕분에 왠지 혼자 남겨진 느낌이었다.

“누나, 심심하면 내려와요!”

“그래 예일이! 우리 오늘 밤새울 거니까 언제든 콜 해!”

아라와 보람, 동식 그리고 설 감독과 소민까지 언제 그렇게 친해진 건지. 좋은 사람과 좋은 사람들의 만남은 언제나 즐겁다. 제 사람들을 배웅한 예일은 객실로 들어섰다.

오성급 호텔이라 그런지 룸 컨디션이 수준급이다. 언제 이런 걸 다 신경 쓴 건지. 도훈은 모두에게 스위트 룸 객실을 제공했다. 모르는 사이에 제 지인들을 초대한 것도 고마웠고, 여러모로 여전히 받기만 하는 자신이 미안했다.

지운도 도훈도 없는 객실은 지나치게 쓸쓸했다. 씻을까 욕실로 들어간 예일은 다시 한 번 놀랐다. 호텔 어매니티 역시 수준급이다. 웬만한 호텔은 다 다녀봤는데 이 정도의 수준은 처음인 것 같다. 과거에도 도훈이 여러 번 이곳에 오자 넌지시 말을 꺼냈었다. 그때 한번 말을 들어줄 걸 하는 후회감이 밀려왔다. 왜 조금 더 젊은 날의 시간을 허비했는지.

“하.”

세수하기 위해 물을 트는데 객실의 벨이 울렸다. 따로 룸서비스를 시킨 건 없는데. 고개를 갸웃거리며 예일은 객실의 문을 열었다.

"……."

뭐지. 회사에 갔다더니 왜 강도훈이 여기 있는 거지.

"너 왜. 여기 있어?"

멋쩍은 듯 큼 하고 목을 가다듬은 그는 등 뒤에 있는 꽃다발을 예일에게 전했다. 노란 장미가 가득한 꽃다발.

"그, 구십구 송이야."

"응?"

"왜 백 송이가 아니고 구십구 송이냐면……."

내키지 않는 듯 그는 잠시 말 사이에 틈을 만들었다.

"한 송이는 나라고?"

대신 예일이 답했다. 무신경한 시선이 도훈을 올려 보았다.

"어?"

입을 벌린 예일은 진심으로 질겁한 표정을 지어 보였다.

"맙소사. 정말 그 멘트 하려고 했던 거야?"

원했던 반응이 아닌 듯 도훈의 눈동자가 크게 흔들렸다. 그의 눈썹이 삐뚜름히 치켜 올라갔다.

"아 뭐지. 이게 아닌가."

"세상에. 진심이었니 진짜?"

떨떠름한 얼굴을 한 채 예일은 고개를 저었다.

"아니. 김 비서가 요즘 이런 게 먹힌다고 진짜. 나는 이런 거 안 하려고 했는…… 아니. 하. 씨."

결국 말을 끝까지 못 한 그는 한 손으로 얼굴을 마구 쓸어내렸다. 귀 끝까지 붉게 물든 그는 혼잣말을 중얼거렸다.

"김 비서 이 개……."

뒤로 삼킨 말은 아마 욕설일 것이다. 예일은 뒤늦게야 헛웃음을 터뜨렸다. 그러곤 뭐가 그렇게 웃긴 건지 나중엔 배까지 잡고 깔깔 웃었다.

"나도 이런 거 하기 싫었거든 진짜."

"줘 봐. 나 주려고 산 거잖아."

"어? 어."

장미 다발을 빼앗아 든 예일은 향을 음미하듯 눈을 꼬옥 내리감았다.

"아. 향 좋다."

"……."

"고마워. 강도훈."

도훈 역시 뒤늦게 눈매를 얇게 접어 웃었다.

✳

도훈이 EK엔터테인먼트에서 해임이 되던 그날. 한강 위 요트에서처럼 두 사람 사이에 많은 이야기가 오갔다. 서로가 바쁜 시간을 보냈으니 이리 마음을 터놓고 대화할 시간이 필요했을 것이다. 어느새 다 비워진 와인 한 병.

"한 병 더 가져올까."

"……."

예일은 답을 하지 못했다. 팔짱을 낀 채 고개를 꾸벅거리며 졸고 있는 모습에 그는 피식 웃었다.

"예일아."

자리를 옮겨 옆에 앉아 어깨를 건드리자 쓰러지듯 어깨에 기대어 왔다. 조금 더 편히 기댈 수 있도록 어깨를 내린 도훈은 리모컨을 집어 들었다. 시끄러웠던 볼륨 소리를 줄인 그는 채널을 돌렸다. 의미 없이 돌아가던 채널이 영화 전문 채널에 멈추었다.

"The Great Gatsby."

리모컨을 내려놓은 그는 목을 편히 뒤로 기댔다.

위대한 개츠비. 지고지순한 한 남자의 러브스토리. 번역이 각기 다르다는 이유로 그의 서재 책장의 한 줄은 개츠비로 꽉 채워져 있을 정도로 그는 이 스토리를 좋아했다.

화려하게 그려지는 파티의 모습들이 지나가고, 개츠비와 데이지가 그의 집에서 노니는 장면이 나왔다. 두 주인공 위로 영화의 OST가 깔렸다. 적당한 간격으로 색색이는 숨소리와 음악 소리가 녹아들 듯 어우러졌다.

- Will you still love me When I got nothing but my aching soul.

그는 잠든 예일을 내려 보았다. 조용한 숨소리. 어깨에 기대 잠이 든 너.

- Hot summer nights, mid July
- When you and I were forever wild
- The crazy days, city lights

숨결이 나오는 코끝에 그의 손가락이 닿았다. 그 끝을 터치하자 콧잔등을 일그러뜨린 예일이 머리통을 비벼왔다. 감성에 젖기 충분할 만한 모든 상황 속. 그녀의 머리통 위에 뺨을 기댄 그는 눈을 내리감았다. 한 여름날의 라스베이거스를 떠올리며.

'한 달 동안 미국 가, 나.'

촬영 차 한 달간이나 떨어져야 했던 상황. 하루만 못 봐도 애가 타던 그 시절. 도훈은 예일을 따라 결국 '출장'이라는 명목하에 미국까지 따라나섰다. 빡빡한 스케줄을 전부 따라다니던 그에게 입국 전, 단 하루의 시간이 주어졌다.

촬영의 마지막 일정은 라스베이거스. 한 달 동안 미국까지 와 졸졸 따라다닌 것이 불쌍해서였는지. 예일은 마지막 하루의 시간만큼은 도훈과 함께했다. 분위기 좋은 레스토랑에서 밥을 먹고, 카지노에 갔으며, 또 유명한 놀이기구를 같이 타며 한국에선 편히 하지 못했던 데이트. 랜드마크로 유명한 호텔에 체크인한 후 두 사람은 자연스레 마지막 밤에 와인 잔을 부딪쳤다. 그때도 예일은 와인 몇 잔에 정신을 놓고 잠이 들었었다. 무리한 스케줄로 인해 상한 얼굴이 그토록 속상했었던 것 같다. 괜히 데뷔를 시켜줬나. 같은 생각도 들었다. 그날도 아마 틀어놓았던 티브이 안에서 The Great Gatsby가 나오고 있었을 것이다.

– Hot summer nights, mid July
뜨거운 여름밤, 7월의 중순.

– When you and I were forever wild
당신과 내가 한없이 자유로웠던.

– The crazy days, city lights
그 광란의 날들, 도시의 불빛.

뜨거운 여름밤. 7월의 그 어느 날. 너와 내가 한없이 자유로웠던 그날. 라스베이거스의 야경이 한눈에 내려다보이는 호텔의 룸. 그 위에서 한 손에 와인을 쥔 채로 황홀할 정도로 아름다운 너를 보았다. 도시의 불빛조차 방해가 되는 광경에 난 무엇을 상상했을까.

─ Will you still love me When I got nothing but my aching soul.

아픈 영혼 말고는 가진 게 없어도 날 사랑해 줄래.

흘러나오는 가사를 따라 읊으며 그는 그녀에게 묻고 싶었을지도 모르겠다. 몇 번이고, 가장 화려한 그 도시의 밤 위에서 그는 잠든 예일을 보았다. 그리고 끊임없이 물었다.

─ Will you still love me When I got nothing but my aching soul……

미친놈이 아닐까 싶을 정도로.

EK엔터테인먼트 대표이사직에서 해임되었던 그날에 왠지 모르게 그는 묻고 싶었다.

'이제 난 가진 게 없어. 가진 게 아무것도 없어.'

거짓말을 하면서도 두려웠다. 아무것도 없는 나를 그래도 너는 괜찮다 말해줄까.

'너처럼 돈 많이 못 벌어, 난.'

주예일은 펑펑 울었다. 아이처럼 울면서 저를 끌어안고 도닥였다. 따뜻했던 그 품이 왜 그렇게 안심이 되었던 건지. 아직도 모르겠다.

지난날의 회상을 접어둔 그는 과거의 예일이 아닌, 현재의 예일을 보았다.

'올해 가기 전에 공개할 생각이야, 지운이. 그 전에 네 허락도 맡
으려고. 넌 괜찮겠어?'

잠들기 전 그녀가 제게 했던 질문. 뭐가 괜찮냐는 건지 도통 그
말을 이해할 수 없었다.

'너한테도 분명 타격이 있을 텐데. 괜찮겠냐고 묻는 거야.'

어딘가 불안한 얼굴에 마음이 또 쓰려왔다. 고개를 내린 그는 예
일의 뺨을 조심스레 쥐어 잡았다. 코끝에 입술을 맞춘 그는, 조금
더 고개를 내려 보드라운 입술 위로 제 입술을 포갰다. 그러곤 생
각했다. 만약 제 몸이 세상 사람들에게 뜯겨 너덜너덜해진다고 해
도, 그 모든 게 널 위해서라면 기꺼이 감수할 것이라고.

전면의 유리창에서 내리쬐는 햇빛이 도훈의 얼굴에 닿았다. 한
껏 미간을 찌푸린 그는 손을 뻗어 제 옆자리를 더듬었다. 아무것
도 잡히지 않는 빈 공간.

"하."

분명 어제 침대에 옮겨놓고 같이 잠들었는데, 또 어딜 간 거지.
눈을 번쩍 뜨는 순간이었다.

"아저씨 일어나."

묵직한 몸이 그의 가슴팍으로 뛰어 들어왔다.

"일어나 아저씨."

참새같이 짹짹이는 목소리. 아기 병아리같이 뽀송뽀송한 얼굴.
언제 온 거지. 도훈은 지운을 확 끌어안아 옆으로 누웠다.

"지운이 언제 왔어."

까슬까슬한 목소리가 영 듣기 안 좋았다. 큼큼, 목을 가다듬은 그는 아이의 머리통 위에 입술을 가볍게 맞췄다.

"아저씨 숨 막혀요! 일어나. 밥 먹으러 가!"

"일어나라잖아. 내려가서 밥 먹자. 다들 기다리고 있어."

아이의 목소리 뒤로 예일의 목소리가 얹어져 왔다. 고개를 슬쩍 돌리자 준비를 다 마친 예일이 손가락을 까닥이고 있었다.

'꿈이라도 꾸는 건가.'

제 아이의 목소리에서 잠을 깨고, 잠에서 깨면 제 여자의 얼굴이 보인다. 꿈만 같은 상황에 목 언저리가 칼칼해져 왔다. 살며 이렇게 행복한 적이 또 있었을까.

"아저씨이. 숨 막히는데."

"강도훈. 애 숨 막히다잖아!"

잔소리마저도 듣기 좋다고. 이 마음을 그대로 주예일에게 꺼내 보인다면 또 개소리하지 말라며 타박을 할 것이다. 상상만으로도 행복해질 수 있다는 건 정말 미친 것일 수도 있겠다.

"알았어. 일어날게."

이 행복을 위해서라면, 몸이 부서지는 그 날에도 미소 지으며 눈 감을 수 있을 것이라.

늦은 여름휴가를 보낸 아홉 사람은 각자의 일상으로 다시 돌아갔다. 끝끝내 아쉬워하던 설민형 감독과 은소민을 위해 도훈은 언제든 객실을 잡을 수 있도록 제 멤버십카드를 건넸다.

'언제든 제 이름으로 예약 잡고 이용하세요.'

이런 건 받을 수 없다며 극구 사양했지만 설 감독은 도훈의 고집을 꺾을 수 없었다. 할 수만 있다면 도훈은 그에게 재산의 절반이라도 떼 줄 기세였다. 제가 없는 시간 동안 제 연인을 지켜준 사람들. 지금 역시도 제 사람들을 지탱해 주고 있는 그들에게 못 해 줄 것은 단연 없을 것이다.

그렇게 청춘 로맨스의 개봉일이 다가왔다.

['청춘 로맨스'평점 10점 개봉 첫날부터 역대급 후기]

[주예일-박이채 '청춘 로맨스'개봉 첫날 박스오피스 1위]

['청춘 로맨스'개봉 5일째 500만 돌파, 천만 영화가 눈앞에!]

전국 영화관에 청춘 로맨스가 동시 개봉되었다. 도훈의 예상대로 하루걸러 하루 신기록을 세우며 청춘 로맨스는 흥행 질주를 이어갔다.

[개봉 일주일 750만 돌파, 청춘 로맨스 또 기록!]

기어코 개봉 일주일째에는 750만 관객을 끌어 올리며 천만 관객을 눈앞에 두었다. 덕분에 여유 있게 잡았던 무대 인사 일정도 다시 빡빡하게 전환되었다. 모든 게 완벽했다, 라고 도훈은 안일하게 생각했다.

"현 실장님. 강도훈입니다. 제가 연락을 너무 늦게 드렸습니다."

도훈은 많은 시간이 지나고 나서야 현지욱 실장에게 연락을 했다. 무대 인사와 드라마로 일정이 빡빡한 예일 만큼이나 도훈 역시 회사 일로 정신이 없었다. 새 브랜드 론칭을 얼마 안 남기고 있는 상황. 그간 신 회장이 벌여놓은 사업들을 정리하고 기업 안정

화를 위해 갖가지 개편들에, 주주들과 임원진을 만나고 다닌다고 하루가 48시간이라 해도 부족했다.

강 회장이 있는 한국대학병원 1층 커피숍.

"잘 지내셨어요, 현 실장님."

"그럼요. 도련님은요."

"저도 뭐. 그럭저럭요."

현명한과 함께 만난 것이 거의 석 달이 다 되어갔으니 꽤 오랜만이었다.

"근데 도련님. 얼굴이 많이 상하셨네요."

도훈은 까칠해진 제 피부를 매만졌다. 하긴 요즘은 더욱이 일에만 매달렸으니……. 주예일은 무대 인사 잘하고 있으려나. 괜한 걱정을 하며 그는 커피잔을 쥐어 들었다.

"근데 제게 하실 말씀이란 게."

도훈은 이미 알고 있는 질문을 던졌다. 들으나 마나 뻔할 것이다. 신애란에 관한 것이겠지.

"음. 일단 죄송하다는 말씀 먼저 드리겠습니다."

난데없는 사과에 도훈은 눈썹을 올렸다.

"그게 무슨."

"오늘 전 회장님 대신 이 자리에 있는 겁니다, 도련님."

회장님 대신……?

"병원 사람들 눈이 있어, 이리 말씀 전해드리는 점 미리 양해 부탁드립니다."

"현 실장님. 지금 무슨 말씀을 하시는 건지 제가 잘."

아리송한 표정을 지으며 도훈은 물었다. 현지욱의 가슴이 크게 부풀어 올랐다 내려앉았다.

"도련님. 제가 앞으로 드릴 말씀에 도련님이 많이 무너지지 않으셨으면 좋겠습니다."

"왜 이러세요, 현 실장님. 저 겁나게."

"일단 이것부터 말씀드려야겠군요."

"말씀하세요."

"K는 권순향 전무가 아닙니다."

"예?"

"K는 강호진 회장님이십니다."

"……."

"미리 말씀 못 드려 죄송합니다."

"……."

입을 굳게 다문 도훈은 가만히 현지욱을 보았다. 아무런 동요도 없는 눈동자가 이내 짓궂게 휘었다.

"현 실장님. 뭐 하시는 거예요, 지금."

"도련님."

그는 제 핸드폰을 집어 들었다. 백문이 불여일견이라 했다. 곧 익숙한 번호로 전화를 건 현 실장은 입을 열었다.

"회장님, 접니다."

이 상황이 이해가 안 간다는 듯 도훈은 제 이마를 매만졌다. 십년간 누워있는 아버지가 K라니. 이 무슨 황당한 이야기란 말인가.

"지금 도련님과 함께 있습니다. 예. 말씀드렸습니다. 예. 알겠습니다."

현지욱 실장은 그에게 제 전화기를 건넸다. 도훈은 건네받지 않앗다. 그저 현지욱 실장을 뚫어져라 볼 뿐. 그는 적나라한 시선으로 현지욱의 얼굴을 찬찬히 뜯었다. 거짓을 말하는 얼굴은 아니었다. 그의 인품 역시 제가 존경하고 따랐을 정도로 정직한 사람이었다. 제 아버지에게 유일하게 쓴소리도 마다하지 않던 사람.

"……."

도훈은 떨리는 손을 감추며 전화기를 받아 들었다. 수화기를 귀에 가져다 댄 도훈은 눈을 내리감았다. 차마 떨어지지 않는 입술은 그 어떤 말도 담지 않았다.

– 도훈이냐.

수화기 건너편에서 먼저 말문을 열었다.

"……."

– 도훈아.

"……."

지난 십 년간 듣지 못한 아버지의 목소리. 이쯤 되면 다 잊힐 줄 알았던 목소리에 심장이 빠르게 뛰기 시작했다.

"아버지, 세요."

입술이 간신히 달싹거렸다.

– 그래. 도훈아.

그는 눈을 내리감았다. 동시에 툭 떨어진 전화기가 바닥 위에 나뒹굴었다.

현지욱 실장은 그간 신애란의 뒷조사를 하며 알아낸 모든 자료를 취합해 도훈에게 건넸다. 그리고 긴 이야기를 꺼냈다. 과거 신애란이 어떻게 강호진을 압박했었는지. 거짓으로 꾸며낸 신애란의 일상과 진실을 알리려 했던 가엾은 제 어미와 유약했던 강호진의 성정 그리고 그녀가 지금까지 해온 모든 악행까지. 당연히 그 긴 흑막의 이야기 속에는 그의 연인인 주예일 역시 포함되어 있었다.

"이게 대체 다 뭡니까, 현 실장님."

의외로 담담하게 도훈은 물었다. 믿기지 않는 건지. 믿을 수 없다는 건지. 뭐가 됐든 태연해 보였지만 그는 전혀 태연해 보이지 않았다.

"보시는 그대로입니다."

"그러니까 지금 이 사진들이요. 하 교수님 댁의 딸이 주예일이고, 하미연은…… 하. 잠시만요."

그는 생각을 정리하려는 듯 눈을 내리감았다. 신애란이 하미연의 친모인 건 애초에 친자검사결과를 통해 확인했다. 어떻게, 어떤 경로로 하미연이 하 교수네 집의 자식으로 길러졌는지 또 신애란은 어떻게 제 의료기록을 지울 수 있었는지 따위는 제 알 바가 아니라 생각했다.

도훈은 다시금 현 실장이 건넨 서류와 사진들을 뒤적거렸다. 20살의 주예일. 절 만나기 전 18살의 주예일. 14살의, 또 10살의, 또 한 살배기의. 어떤 경로로 구한 건지 그냥 보기에도 낡고 헤진 사진을 쥐어 든 그는 황당한 웃음을 터뜨렸다.

"이게. 지금. 말이 된다고. 생각하세요?"

말의 한 마디 한 마디가 천천히 끊겼다.

"예. 저도 알아내면서 말이 안 된다고 생각했습니다."

현 실장은 진심이었다. 처음엔 그저 신애란이 낳았다는 아이의 행방을 캐려 했을 뿐이었다. 그다음엔 병원에서 아이를 바꿨다는 간호사의 이야기를 듣게 되었고, 그다음엔 하 교수와 신애란의 행적을 함께 쫓았다. 하 교수는 신애란의 아이가 제 아이라 철석같이 믿고 살았으며, 신애란이 버린 아이의 행방은 알 수 없었다. 하 교수 친딸의 행방 같은 건 그들에게 중요한 게 아니었다.

시간이 아주 많이 흐르고 난 후 강 회장은 교수 부부의 아이를 찾도록 지시했다. 모른 체했어도 될 임에도 불구하고. 그 모든 일의 원흉이 저 때문에 일어났다는 죄책감 때문이었을까. 당시 신애란의 거주지 주변으로 버려진 아이들을 이 잡듯 뒤지고, 수소문한 끝에 결국엔 찾아냈다. 진짜 교수 부부의 아이를.

'이름은 주예일. 많이 딱하게 살아왔다더군요. 하성훈 교수와 유전자가 정확히 일치합니다. 그리고 회장님, 도련님과⋯⋯.'

그리고 그 아인 도훈의 연인이 되어 있었다. 이 무슨 운명의 장난이었을까. 이야기를 듣는 내내 떫은 감을 입 안에 물고 있는 것만 같았다. 텁텁한 입 안에 마른침이 돌았다.

"아버지⋯⋯ 병실에 계시죠."

그는 간신히 입을 열어 물었다.

"예, 도련님."

"지금 올라가 봐도 됩니까."

"예. 아마 기다리고 계실 겁니다."

자리에서 일어난 도훈은 곧바로 다리에 힘이 풀려 주저앉았다. 현지욱 실장이 벌떡 일어났으나 도훈은 손을 들어 제지했다. 곧 손바닥에 힘을 준 그는 테이블을 짚고 일어났다.

"제가 가져가도 되겠습니까."

현 실장은 어질러진 자료를 다시 봉투에 잘 넣어 도훈에게 건넸
다. 비틀거리는 걸음이 병원의 로비로 향했다. 카페를 나와 로비
를 지나쳐 엘리베이터를 타고 VIP 병동까지 오는 길. 짧은 그 시
간 동안 도훈은 무수히 많은 질문들을 정리했다. 어디서부터 물
어야 하는 건지. 어떤 질문을 해야 하는 건지. 병실 문을 열고 들
어서자 기다리고 있었다는 듯 강호진이 자리에 앉아있었다.

"……."

문을 잠근 그는 보통 때처럼 침착하게 제 아버지의 앞으로 걸
음 했다.

"왔구나."

십 년 만에 보는 아버지의 눈 뜬 모습. 반가워해야 하는 건지.
배신감을 가져야 하는 건지 그 단순한 생각조차 오류가 난 듯 버
벅거렸다.

"이거. 다 사실입니까?"

"그래."

십 년 만에 나눈 첫 대화가 그렇게 끝났다.

"엄마 말 듣지 그러셨어요."

"그래서 후회한다."

두 번째 대화가 끝이 났다.

"만약 엄마 말 들으셨다면 엄마, 돌아가시지 않았을지도 모르
겠네요."

"그랬을 수도 있겠지."

"예일이가 더 빨리 자기 자리를 찾았을 테고요."

"그랬겠지."

"그럼…… 그 애가 그렇게 힘들게 살아오지 않았겠네요."

"그래. 안타깝게 생각한다."

얼굴빛 하나 변함없이 이렇게 혼연할 수 있을까. 진정 도훈은 그의 아비가 역해졌다.

"이제 와 후회한다고 하셨습니까."

"……."

"전 용서 안 할 겁니다."

"……."

"평생 불행하십시오. 평생 어머니한테, 그 아이한테 사죄하며 살아가세요."

음의 높낮이 없이 일정한 목소리가 끊임없이 이어졌다.

"왜 대답 안 하십니까."

"……."

"왜."

도훈은 맞지 않게 와하하 웃었다. 하나 말아 쥔 주먹 위로는 힘줄이 한껏 돋아나 있었다. 강 회장은 천천히 고개를 돌려 제 아들을 보았다. 지금의 도훈보다 더 비참하게 구겨진 얼굴. 그는 답을 하지 않은 게 아니었다.

"그래. 평생. 그러마. 평생."

눈물 젖은 목소리에 도훈은 그제야 무너져 내렸다. 자리에 무릎을 꿇고 앉은 그는 주체할 수 없을 만큼 몸을 떨었다. 거짓이길 바랐다. 차라리 거짓이기를. 신애란은 그저 저 빌어먹을 아버지란

작자가 한눈을 팔았던 인물이었기를. 딱 그 정도였기를 바랐다. 현실은 지옥보다 더한 지옥이었다.

"어머니, 어머니가."

오장육부가 뒤틀렸다. 온몸은 미친 듯이 떨려오고, 숨 쉬는 것조차 고통이 되어왔다. 그의 이마가 바닥에 처박혔다.

"아아아아악!"

바닥에 머리를 처박으며 그는 오열하고 또 오열했다. 자신조차 감당이 되지 않는 이 현실을 어떻게 할까. 이 역겨운 현실을 난 또 네게 어떻게 전해줘야 하는 걸까. 예일아.

[언니 지운이랑 같이 무대 인사 보러 갈게. 이따 봐. 파이팅 주예일!]

무대 인사에 오르기 전. 예일은 때아닌 긴장을 했다.

며칠간 도훈에게 연락이 없어서였을까. 이제 곧 아이가 있다는 사실을 밝힐 거란 생각 때문이었을까. 아직 아무런 일도 일어나지 않았건만 자꾸만 몸이 떨렸다. 가장 두려워했던 신애란이 힘을 내지 못하고 있으니 이제 무서울 건 없을 것이다. 한데도 무언가 자꾸 찝찝한 기분이 들었다. 특히나 오늘이 그랬다.

영화 시작 전 무대 인사에 오른 예일은 이채의 옆에 바싹 붙어서 몸을 달달 떨었다. 평일 오전임에도 관객석은 가득 차 있었다.

"주예일 예쁘다아!"

무대와 멀지 않은 곳. 소민과 함께 플래카드를 들고 있는 매니

저 보람과 동식이 보였다. 억지로 웃음을 지어 보인 예일은 숨을
고르게 내쉬었다.

"왜 그래, 주예일."

"아뇨. 선배님, 저 그냥……."

"어디 아파?"

자신의 이마에 손을 올린 이채는, 예일의 이마에 손등을 가져
다 댔다.

"너 열 있는데."

"아, 아니. 괜찮아요."

"괜찮은 게 아닌데. 예일아 너."

"선배님. 괜찮아요, 정말."

입술을 꼭 깨문 예일은 고개를 저었다. 두 사람의 행동을 본 관
객석에서 환호성이 터져 나왔다. 관객의 시선에선 충분히 오해
할 수 있는 분위기. 설 감독은 급히 눈치를 주며 짓궂게 웃었다.

"아니, 감독이 말을 하는데. 우리 이수와 동훈이가 뭘 하는 건
가요."

그는 부러 호쾌하게 웃으며 예일에게 마이크를 건넸다.

"안녕하세요. 신이수 역을 맡은 배우 주예일입니다."

마이크를 건네받은 예일은 다른 때와 다를 바 없이 관객들을 향
해 인사를 전했다. 고개를 숙였다 올리는 그 잠깐의 순간 모든 것
이 슬로모션처럼 그려졌다. 참으로 이상하게도.

"아……."

가장 앞줄에 앉은 관객에게 시선을 고정한 채. 예일은 탄성을
터뜨렸다. 뒷걸음질을 치는 예일과 무대 위로 올라서는 한 관객.

"어디서 순진한 척이야."

설 감독도 익히 알고 있는 얼굴.

"불륜녀 주제에."

도훈의 전 약혼녀, 하미연.

"……"

갑작스러운 상황에 무대 위고 관객석이고 침묵만 흘렀다. 아연실색이 된 낯빛의 예일은, 툭. 마이크를 바닥에 떨어뜨렸다. 짜악! 예일의 고개가 돌아간 것은 한순간이었다. 관객석 여기저기 헉 소리가 터지고, 찰칵찰칵. 카메라 플래시가 번쩍거렸다.

"……"

동영상이 촬영되는 기계음이 난잡하게 울렸다. 예일의 머릿속은 새하얗게 번져갔다.

"스폰이나 받던 사람이, 누구 앤지도 모르는 애새끼까지 싸지르고 이제 와선 남의 약혼자에 손을 대?"

하미연은 마지막 발악처럼 소리쳤다. 뒤늦게야 정신을 차린 스태프들이 하미연의 양팔을 잡고 무대 아래로 억지로 끌고 내려갔다.

"평생 낙인 한번 찍혀서 살아 봐! 평생 괴로워하며 살아 보라고!"

끝까지 목청껏 저주하며 끌려나가는 미연에게서 예일은 시선을 떼지 못했다.

"언니야!"

"예일아!"

관객석에 있던 소민과 보람이 예일을 향해 달려 내려오고 있었다.

"미쳤나 봐. 주예일 애 있다고?"

"그럼 그때 그 기사도, 사실이었어?"

"불륜녀? 뭐야. 어떻게 된 거야."

"아까 그 여자. 그 피아니스트 아니야? 하미연이었나?"

질려버린 머릿속으론 아무런 생각도 들지 않았다. 곧 공개를 하려 했지만 이런 식은 아니었다.

"야 영상 찍었어? 올려. 올려."

쏟아지는 플래시 세례, 제 이름과 함께 거론되는 아이에 대한 이야기. 관객들은 제가 보고 들은 것만 믿고 돌을 던졌다. 맞는 개구리가 죽어가는 줄도 모르고.

"지금 뭐 하는 겁니까!"

설민형 감독은 영화관의 책임자를 부르며 목에 핏대를 세웠고, 겁먹은 예일은 뒷걸음질을 쳤다. 큰 덩치의 동식이 예일을 가로막고 양팔을 크게 벌렸다.

"찍지 마세요!"

아수라장이 되어버린 무대 인사장. 그 누구도 제정신인 사람이 없었다.

"……."

그녀의 앞으로 큰 그림자가 드리워졌다.

"주예일. 나 봐."

"……."

"나 봐. 괜찮으니까."

"선, 배님."

그는 예일의 두 귀를 양손으로 막아주었다.

'아무것도 듣지 마.'

아득하게 꺼져가는 정신 속, 예일이 마지막으로 본 건 그의 입 모양이었다.

난장판이 따로 없었다. 이채의 품 안에 쓰러진 예일과 무대로 뛰어 올라간 소민. 소리를 지르는 설 감독과 스태프들, 웅성거리는 관객들.

그리고,

"엄마아."

지운의 공허한 메아리.

"구급차 좀 불러 주세요. 빨리!"

소민은 울부짖으며 소리쳤다. 안 되겠다 싶은 이채는 예일을 안아 들고 관을 뛰쳐나갔다. 그 뒤를 설 감독과 소민이 정신없이 따랐다.

"안내 말씀드리겠습니다."

영화관 관계자들은 영화 상영 불가를 안내하며 환불 조치를 하기 위해 관내로 들어섰다. 떠밀려 나가는 관객들 사이로 어린 지운 역시 휩쓸렸다.

"엄마아. 엄마아."

어린아이는 훌쩍거리며 눈가를 비볐다. 영화관을 나온 지운은 하염없이 걸었다. 예일도, 민형도, 소민도 없는 영화관의 한가운데 지운은 멀뚱히 서 주변을 두리번거렸다.

"어머. 애야, 너 왜 울어. 엄마 잃어버렸니?"

지나가던 대학생 무리가 지운에게 다가왔다. 그냥 보아도 엄마를 잃어버린 것 같은 아이.

"엄마가 아파요."

"응? 엄마가 아프시다고?"

"엄마가 아파서. 이모가 갔어요. 삼촌도 갔어요."

"어머 얘 어떻게 해. 야, 미아보호소 어디지? 데려다주고 가자."

어린아이를 달래며 여자는 아이의 손을 잡았다. 한편 모든 걸 다 잃은 듯 바닥에 주저앉아있던 미연은, 누군가의 손에 끌려가는 지운을 발견했다. 망연자실한 눈동자가 어린 지운을 담았다. 누가 봐도 강도훈과 똑같은 얼굴.

"애기야. 너 이름은 뭐야?"

"지운…… 지운이요."

"엄마 성함은 어떻게 되셔?"

"주예일이요."

주예일. 미연의 고개가 비스듬히 틀어졌다.

"응? 주, 뭐라고?"

"저기요."

미연은 대학생 무리를 불렀다. 자리에서 천천히 일어난 미연은 그들에게 다가섰다. 눈물로 엉망이 된 얼굴이 입술을 간신히 달싹거렸다.

"이 아이. 제 아들이에요."

"네?"

"제 아들이라구요."

"아. 정말요? 죄송해요. 저희는 그냥 아이가 혼자 있길래."

허둥지둥거리며 대학생 무리는 울고 있는 아이를 미연에게 슥 밀었다.

"야. 아닌 거 같은데. 애한테 확인해 보자."

"근데 좀 미친 여자 같아."

숙덕거림에 미연은 눈을 끔벅거렸다. 이내 괜히 곤란한 일에 말려들고 싶지 않다는 듯. 그들은 자리를 떴다.

"아줌마. 누구세요?"

"나. 네 엄마 될 사람."

텅 빈 눈동자로 미연은 중얼거렸다.

"나랑 가자, 너."

아이의 손을 꽉 잡은 미연은 영화관을 빠져나갔다.

구급차가 도착하기도 전. 이채는 제 차에 예일을 태우고 가까운 대학병원으로 갔다. 소민 역시 제 차를 타고 두 사람을 따랐다. 응급실의 간이침대에 눕혀진 예일의 낯빛은 창백하다 못해 하얗게 질려 있었다.

"언니야. 언니야!"

펑펑 울며 소민은 예일의 손을 쥐어 잡았다.

"언니야. 제발."

"나와 주세요. 환자분 상태 좀 볼게요."

응급실 간호사와 의사가 달려 나와 여러 응급조치를 취했다. 밀려난 소민은 양손을 맞잡으며 자리에 주저앉았다.

"이채 씨!"

뒤늦게 도착한 설 감독은 이채와 간단한 대화를 주고받았다. 예일의 상태에 대해 묻는 것 같았다.

"소민아."

그러곤 울고 있는 제 아내를 일으켰다.

"오빠. 사람이 어떻게 그래. 하미연 그거 내가 죽여 버릴 거야. 진짜 매장시켜 버릴 거야."

"하. 일단. 소민아. 진정하고."

소민의 작은 몸을 끌어안으며 설 감독은 눈을 내리감았다. 앞으로의 영화성적 그딴 건 머릿속에서 지워진 지 오래였다. 영화관에서 예일을 찍던 무수히 많은 카메라 세례들. 분명 지금쯤 엔스타를 포함한 온 SNS에 예일에 관한 사진과 글, 혹은 동영상이 떠돌 것이다. 또 어떻게 버티지. 쟤가. 가슴이 마구 답답해져 왔다.

"……."

소민을 토닥이던 그는 문득, 무언가를 잊고 있다는 생각이 들었다.

"소민아."

"어 오빠."

"너 근데 지운이랑 같이 온다고 하지 않았어?"

"어?"

고개를 든 소민의 눈동자가 탁하게 바랬다. 바르르 떨리는 입술을 보며 민형은 크게 소리쳤다.

"지운이 어딨어!"

✳

아이를 억지로 제 차에 태운 미연은 집으로 향했다. 후에 사실을 알게 될 도훈이 무슨 짓을 할지. 제가 어떻게 될지. 그런 생각 따위도 이제 그녀에겐 사치였다.

"아줌마 진짜 누구세요."

"네 엄마 될 사람이라고 했잖아."

그녀의 턱 근육이 잘게 갈렸다. 처음부터 태어나선 안 될 아이였다. 네까짓 게 태어나서는 안 됐다. 왜 방해가 되는 거지. 성가시게.

"앞으로 내가 네 엄마 할 거야."

"아니야. 우리 엄만 주예일이야."

"아니. 네 엄마는 나야. 네 아빠는 강도훈이고."

스스로 다짐이라도 하는 듯 미연은 집으로 가는 내내 그 말을 되뇌고 되뇌었다.

평창동, 하 교수네. 자신의 집에 도착한 미연은 아이의 손을 잡고 무작정 내렸다. 커다란 대문을 열고 마당을 지나 또다시 현관 문을 열 때까지 지운은 울부짖으며 예일을 찾았다.

"흐으아앙. 지우니 엄마한테 갈래."

"시끄러워. 계속 울면 내다 버릴 거야, 너."

꽉 잡은 손이 집 안에 들어서고 나서야 풀어졌다. 바닥에 내팽개치듯 넘어진 지운은 다시금 흐아앙 울음을 터뜨렸다. 울음소리를 듣고 달려온 공희영 교수는 얼른 아이를 안아 들었다.

"세상에. 아가. 넌 누구니."

"흐으아아앙. 엄마한테 보내주새요."

"아가야. 울지 말고. 응?"

"엄마한태 갈래애."

지운을 제 품에 안고 등을 도닥이며, 공 교수는 제 딸을 향해 물었다.

"미연아. 이 아이 누구니, 응?"

허허공공하다 못해 탁해진 눈동자가 공 교수를 보았다.

"내가 키우려고, 엄마."

"하, 무슨 말이니. 응? 미연아. 대체 이 아이는 어디서."

"도훈 오빠 아들이야."

"뭐?"

"그러니까 내가 키우려고."

"……."

"애만 있으면 강도훈도 나한테 오겠지."

어질해져 오는 머리에 공 교수는 비틀거렸다. 아이를 떨어뜨릴 것만 같아 그녀는 간신히 중심을 잡고 섰다. 울고 있는 아이를 달래는 게 먼저인지. 아니면 미쳐가는 제 딸을 달래는 게 먼저인지. 그 간단한 일의 순서조차도 정리가 안 될 만큼 머리가 아팠다. 아이를 소파에 데려다 놓은 공 교수는 얼른 주스를 가져와 놀란 아이를 달랬다.

"아가. 엄마한테 데려다줄게. 잠깐만 여기 앉아 있자."

간신히 아이를 달랜 공 교수는 숨을 차분히 내쉬었다. 힘들게 얻은 딸이었다. 늦은 나이에 간신히 얻은 귀한 딸이었다. 큰 소리 한번 내지 않고, 만지면 부서질까 그렇게 고이고이 길러온 딸자식이었다.

"엄마가 지금. 지금 너무 당황스러워서 어떻게 말해야 할지 모르겠는데. 미연아. 너 지금 그럼…… 아이를 유괴라도 했다는 말이니."

한 글자 한 글자 목소리의 떨림이 여실히 전해졌다.

"왜. 그럼 안 돼?"

"뭐……?"

"그럼 안 되……."

짜악!

큰 마찰음이 울렸다. 미연은 말을 잇지 못했다. 그저 내리쳐진 제 뺨을 쥐어 들 뿐. 믿기지 않는 듯 미연의 눈동자가 크게 흔들렸다.

"엄마……."

뒤늦게야 제가 뭔 짓을 한 건지 깨달은 듯 뒷걸음질을 쳤다.

"나 지금, 뭘 한 거야? 내가 지금, 내가. 아이를."

공 교수 역시 제 손바닥을 집요하게 보았다. 처음 자식에게 손을 올린 것이 믿기지 않는 듯 그녀는 미친 듯이 몸을 떨기 시작했다.

"하미연."

아이를 낳은 것에 있어 오늘만큼이나 이리 후회가 된 날이 없을 것이다.

"당장 강도훈 대표한테 연락해."

이리도.

15. 진실을 직면하다

도훈은 며칠째 상념에 빠져 있었다.

'신애란이 얼마 전 회장님 유언장에 손을 댔습니다.'

그 말은 누워있는 아버지를 해하겠다는 속셈일 것이다. 인간이 어떻게 밑바닥까지 보여줄 수 있는지 도훈은 생중계로 그것을 보고 있는 것만 같았다.

예일에게 역시 사실을 전해야 하는데 현실은 녹록지 않았다. 네 부모님이 살아 계셔. 버려진 게 아니었어. 내 계모란 여자가 너와 자기 친딸을 병원에서 바꿨대. 그리고 널 버렸대. 내 전 약혼녀의 부모가 사실 널 낳아주신 부모님이래. 이 끔찍하고 역겨운 이야기를 넌 믿을까. 아니 그 전에 이 이야기를 꺼낼 수나 있을까.

"하……."

한 손으로 얼굴을 마구 쓸었다. 얼마 남지 않은 브랜드 론칭을 위한 회의. 집중은커녕 인상을 한껏 쓴 채 한숨만 토해내는 도훈을 보며 많은 임직원은 눈치만 보았다. 또 무슨 개지랄을 떨까, 하는 긴장감.

"……."

종이 자락을 구기어 쥔 손이 이내 팍! 하고 테이블 위를 신경질적으로 내리쳤다. 움찔거리는 직원들은 그저 눈알만 하염없이 굴렸다. 경직된 분위기 속에서 도훈만이 제 감정을 마구 풀었다. 저조차 벅찬 이 이야기들을 어찌 전할까. 지금만큼은 주예일에게 제가 죄인이라도 된 것 같았다.

"가, 강 전무님!"

콰앙! 문을 열고 김 비서가 헐레벌떡 회의장 안으로 들어왔다. 뻣뻣한 목 근육을 매만지며 도훈이 고개를 돌렸다.

"뭐야."

"그……."

"회의 중인 거 안 보여? 나가."

그는 성가신 듯 인상을 내리썼다. 김 비서는 발을 동동 구르며 제 입 주변을 마구 쓸어 문질렀다.

"나가라고."

"그, 쓰러지셨답니다!"

눈을 꽈악 감은 채 김 비서는 소리쳤다. '누가'라는 주어는 없었다. 그럼에도 불구하고 도훈은 벌떡 일어났다. 미친 사람처럼 컨 퍼런스 룸을 뛰쳐나가는 도훈과 그의 비서를 보며 임직원들은 저 마다 한숨을 내쉬었다.

✳

차를 타고 병원으로 이동하는 길. 도훈은 김 비서가 건네는 태 블릿 PC를 받아 들었다. 이어지는 김 비서의 상황 보고에 그는 몇 번이고 느슨해진 넥타이를 붙잡아 비틀었다.

"……"

그의 눈동자가 인터넷을 장악하고 있는 한 영상을 담았다. 청춘 로맨스 무대 인사.

"내가 지금 굉장히 당황스러운데 홍 실장님은 어떻게 생각하 세요."

소속사 배우 전담 실장과 통화를 이어 가며 그는 영상을 터치했 다. 한참 무대 인사가 이어질 무렵 즈음, 관객석에서 뛰어나온 하 미연이 뭐라 악을 고래고래 질러대는데 제대로 들리지도 않았다. 예일의 뺨을 내려치는 장면에서 그는 화면을 정지시켰다. 뻐근해 지는 목덜미를 주무른 그는 다시 입을 열었다.

"홍 실장님. 하실 말씀 없으십니까."

— 정말. 죄송합니다, 대표님.

"내가 분명 배우 보호 똑바로 하라고 했을 텐데요."

— 그게, 무대 인사는 저희가 어떻게 통제를……

"통제를. 계속 말씀하세요."

- 죄송합니다, 대표님.

그렇지 않아도 머리가 터질 거 같았다. 빌어먹을 신애란부터 제 아버지까지 뭐 하나 그에게 힘겹지 않은 게 없었다. 조금만 더 참자. 참자. 없는 인내심까지 끌어모으며 버티고 있건만 기어코 누구 하나 죽자고 일을 친다.

"영상 얼마나 퍼진 겁니까."

- 그게…….

홍 실장은 말꼬리를 흐렸다.

"최초 유포자는 찾았습니까."

- 그것도 아직……. 죄송합니다. 바로 의뢰했으니 금방, 하. 죄송합니다.

"명예훼손이든 모욕이든 때려 박을 수 있는 건 다 때려 박고, 대대적으로 고소장 접수한다고 기사 내세요. 선처는 절대 없을 겁니다. 똑바로 들으세요. 두 번 말 안 합니다."

- 예. 지시하신 대로 하겠습니다.

전화를 신경질적으로 끊은 그는 주먹을 한껏 말아 쥐었다. 막히는 도로 위의 차들마저도 답답해져 왔다. 눈으로 보지 않았음에도 벌게진 눈꼬리가 생각나 머리가 터질 지경이었다. 보는 것도 아까워 애가 닳는 것을.

벌써 두 번째다.

"……."

입 밖으로 터져 나오려는 욕설을 간신히 삼킨 도훈은 영상을 다시 재생했다. 한마디 반박도 못 한 채 벌벌 떨던 예일을 가리는 박이채. 그 품에 그대로 쓰러지는 예일과 무대 위로 뛰어 올라가는 소민. 입이 바싹 타오고 속이 울렁거렸다. 영상 속. 상처받은 제 연인의 모습에 당장이라도 달려가 안아 달래고 싶은 마음뿐이다. 이를 세워 문 입술에 피가 송글송글 맺혔다.

우우웅. 던져 놓은 전화기에 진동이 울렸다. [공희영 교수] 액정 위로 뜨는 글자에 그는 까무룩 한 눈꺼풀을 느릿하게 감았다 떴다.

"네. 강도훈입니다."

얼음장같이 차가운 목소리가 흘러나왔다.

– 도훈 군. 나예요, 미연이 엄마.

"말씀하세요."

– 우리가 지운……이란 아이를 데리고 있어요.

그는 심장이 멈추어 버리는 것만 같은 기분을 느껴야만 했다.

"미안해. 아가. 금방 아빠 오실 거야. 알았지?"

"지우니 아빠 업써요."

"하……."

공희영은 뜨거워진 제 이마를 짚으며 침음했다. 입을 꾹 다문 채 기가 죽은 듯 어깨를 늘어뜨리고 있는 모습이. 마치 예전 예일을 만났을 때를 보는 것만 같았다.

"……."

그때의 예일 또한 이렇게 기가 죽은 채 바르작 떨고 있었다. 지난날 수치스럽고 부끄러웠던 기억이 떠오르자 입술이 물려왔다.

"미안하다. 할머니가 미안해."

"……."

"미안해. 아가야."

공희영은 자식 귀한 줄 누구보다 뼈저리게 잘 아는 사람이었다.

"하……."

그건 하성훈 교수 역시 마찬가지였다. 자신들 역시 어렵게 낳은 아이가 있었기에.

"여보. 우리 미연이 안 되겠어. 다시 유학을 보내든지 해야지. 나 저렇게 우리 딸 망가져 가는 거 못 봐요. 당신도 그만 도훈 군 포기하고……."

하 교수는 세게 물었던 제 입술을 풀었다. 자식 이기는 부모 없다고 하던가. 아니 이번엔 제 자식의 고집을 꺾어야 했다. 대한 그룹의 장인. 하 교수 역시 욕심나고 탐나는 자리임은 맞았지만 이렇게까지 제 자식이 망가져 가는데 혼사를 추진할 이유는 없었다.

"이름이 지운이라고 했니."

하 교수는 아이의 앞에 무릎을 꿇고 앉았다. 지운이 힘없이 고개를 끄덕거렸다.

"그래. 괜찮아. 겁먹지 말고."

도훈과 많이 닮아 있는 얼굴. 자신과 전혀 관계가 없는 어린아이일 뿐인데 이상하게도 마음이 쓰였다. 잔살 잡힌 손등이 아이의 뺨 위에 슬쩍 닿았다. 화들짝 놀라는 어깨에 하 교수의 손바닥이 쥐어 잡혔다.

"……."

뜻 모를 감정이 비죽이 터져 나오려 했다. 붉어진 눈시울의 의미 조차 알 수 없었다.

"아가."

하 교수의 말문이 열리기 무섭게 초인종이 울렸다. 공희영은 재 빨리 가서 인터폰을 잡았다. 곧 문이 열리는 소리가 들리고 얼마 있지 않아 도훈이 하 교수의 집으로 들어섰다.

"지운아."

그는 곧바로 소파에 앉은 지운을 향해 다가갔다. 아이를 품에 안은 그는 눈꺼풀을 내리 닫았다.

"아저씨⋯⋯."

안도의 숨이 고르게 흘러나왔다.

"그래. 아저씨 왔어."

쿵쾅거리던 심장이 한참이 지나서야 진정이 되었다. 도훈의 품 에서 떨어져 나온 지운은 마구 울상을 지었다. 금방이라도 눈물 을 톡톡 떨어드릴 것만 같은 얼굴에 마음이 아려왔다.

"엄마가⋯⋯ 엄마가 아파써요."

"지운아."

"엄마 주거요, 아저씨?"

마른침이 목울대를 타고 넘어갔다. 도훈은 느긋이 아이와 시 선을 한곳에 맞추었다. 자상한 미소와 함께 도훈은 입을 열었다.

"아니. 엄마가 감기에 심하게 걸려서 그래."

"감기요?"

"응. 지운이 아저씨랑 엄마 보러 갈까."

"이모야가 밖에서 엄마라고 하면 안 된대써요. 엄마 불러도 안 되고…… 엄마한테 가도 안 된대써요."

"하……."

그는 탄식했다. 아이를 세상에 떳떳하게 공개하기 위해 복귀했건만, 그것이 아이를 더 고립시키고 있었다.

"가도 돼. 괜찮아, 지운아."

"정말이요?"

"그럼. 아저씨랑 같이 가자."

그는 고민 없이 아이를 안아 들었다.

"도훈 군."

공희영은 간신히 그를 불렀다. 뒤늦게야 고개를 돌린 도훈은 죄인처럼 서 있는 하 교수 내외를 훑어보았다.

"하미연은 어딨습니까."

고개를 두리번거리며 도훈은 이 말도 안 되는 일을 벌인 주체를 찾았다.

"미연인, 미연인. 잠시 내가 내보냈어요."

"장난하십니까, 지금?"

그는 헛웃음을 터뜨렸다. 제 자식새끼라고 감싸고 싶은 건지.

"도훈 군. 우리 미연이가 지금. 너무 마음이 아픈 상태예요. 이번 일은 정말. 정말 내가 미안해요."

"이게 단순한 사과로 넘어갈 문제가 아닌 걸 아실 텐데요."

"내가, 내가 이렇게 빌게요. 자식 교육 제대로 못 한 내 잘못이에요."

공 교수는 도훈의 앞에 그대로 무릎을 꿇었다.

"정말 미안하게 됐네, 강 대표."

무릎을 꿇은 건 공 교수뿐만이 아니었다. 대쪽같이 뻣뻣한 그 하 교수마저도 도훈의 앞에 무릎을 꿇어왔다.

"하……."

짧은 숨을 터뜨린 도훈은 고개를 돌려 버렸다.

"일어나세요. 두 분 다."

양 손바닥을 붙인 채로 공 교수는 고개를 도리도리 저었다.

"정말, 정말 내가 이렇게 대신 빌게요. 원한다면 주예일 씨에게 가서도 이렇게 빌게요. 우리 잘못이에요. 우리가 아이를 너무 오냐오냐 키워서……. 너무 힘들 게 얻은 자식이라, 그래서 아이가 사리 분별을 못 하고 잘못된 생각을 한 거예요. 제발. 제발."

"한 번만 눈 감아 주게, 강 대표."

노년의 부부가 무릎을 꿇고 제게 사정을 하는 상황. 그에게 이보다 더 곤란한 상황은 없을 것이다. 화가 났다. 만약 이 자리에 하미연이 있었더라면 도훈은 처음으로 여자에게 손을 올렸을지도 모르겠다. 그들에게 역시 잘잘못을 따져 묻고 싶었다. 당신들 딸 어디 있냐 캐물어 당장 경찰서에 데려가도 모자랄 일이었다.

"제발……. 제발 부탁입니다."

제 바지를 잡은 채 눈물 바람을 흘리는 공희영을 보며 그는 입술을 달싹거렸다.

"교수님. 이 아이가."

누구 아이인지 아십니까. 그는 끝말을 쓰게 삼켰다.

이 아이가 당신들의 손자라고. 이 아이의 엄마인 주예일이 당신들이 힘들게 낳은 그 딸자식이라고. 목 안이 칼칼해져 왔다.

"미안하네, 강 대표. 정말 미안하네. 다신 강 대표 눈앞에 띄는 일 없도록 하겠네."

목멘 하 교수의 목소리에 그는 진정으로 가슴이 터질 것 같았다. 제가 사랑하는 사람을 세상에 있게 한 진짜 부모.

'네 어머니라서. 널 낳아준 분이라서.'

언젠가 한강의 요트 위에서 예일은 그랬다. 절 왜 떠났냐는 물음에 그녀는 답했다.

'만약 신 회장이 네 친어머니가 아니었다면 떠나지 않았을 거야. 그땐 몰랐어. 그래서 그랬어. 널 세상에 있게 해준 어머니를 다치게 하고 싶지 않아서.'

전혀 이해가 가지 않았던 그 말이 이제야 어렴풋이 이해가 되었다. 아마 지금의 제 마음과 비슷했을 테지.

"제게 이러셔도 저는 드릴 말씀이 없습니다. 두 분 다 일어나세요. 용서는 아이 엄마가 하는 겁니다."

도훈은 가까스로 제 목소리를 전했다.

"일단 오늘은 가겠습니다."

짧게 고개를 숙인 도훈은 그들을 지나쳐 현관을 나섰다. 남은 노부부는 가슴을 치며 오열했다. 용서받을 수 없는 짓이란 걸. 그들은 너무나도 잘 알고 있었다.

서운대학병원 VIP 병동.

병원으로 오는 길. 도훈은 김 비서에게 전화를 걸어 대한그룹 사내 유치원에 자리를 하나 비우라 지시했다.

– 예? 갑자기요? 힘들 텐데요.

"지운이가 다닐 거야."

– 아? 예. 어떻게든 자리 만들어 보겠습니다!

예일이 먼저 공개를 하기 전까진 조심하려 했건만 이런 일까지 일어난 이상 아이를 더 방치할 수 없었다. 물론 설은미 감독은 좋은 사람이었다. 그렇기에 저 역시 안심하고 믿어 맡긴 거였고…….하나 확실히 그건 민폐였다.

"지운아. 오늘부터 아저씨랑 같이 살까?"

무엇보다 그는 불안했다.

"아저씨랑요?"

"응. 어때?"

하루 24시간. 직접 아이를 지켜봐야지. 그렇지 않고서야 제 아들을 다른 이의 손에 맡기는 건 도저히 불안해서 안 되겠다 싶었다. 아니 애초에 처음부터 그랬어야 했던 일이었다.

"왜……요?"

아이는 내키지 않는 듯 고개를 갸웃거렸다. 뜻밖의 답에 그는 당황했다. 그간 관계를 잘 쌓아왔다 생각했다. 아이의 마음도 제게 열렸을 거라 생각했다.

"지운이는 아저씨가 싫으니? 응?"

아이가 도리질을 쳤다.

"그건 아닌데…… 그럼 엄마는요?"

"엄마도 같이 살면 되지?"

"진짜요?"

"그럼. 엄마도 오라 그러자."

"조아요 그럼. 지우니 조아!"

까르륵 웃은 아이가 도훈의 어깨에 매달렸다. 차에 태워 병원에 오는 길까지만 해도 시무룩해 있어 걱정했건만.

두 사람이 병동에 들어서기 무섭게 소민이 벌떡 일어났다.

"지운아!"

달려온 소민은 도훈에게서 아이를 건네받았다.

"미안해. 지운아. 미안해, 이모가."

아이를 껴안은 소민은 미안하다, 아이에게 연신 사과를 전했다. 눈물이 범벅 된 얼굴을 보아하니 꽤 걱정했지 싶다.

"죄송하게 됐습니다, 강 대표님."

"괜찮습니다. 아이도 괜찮고."

"하. 죄송합니다."

설 감독은 모든 게 제 잘못인 것처럼 그에게 고개를 숙였다. 도훈은 불편한 얼굴로 고개를 저었다. 탓하려는 마음은 없다. 그건 진심이었다. 설 감독은 물론이고, 은소민 역시 경황이 없었을 테 니까.

"이모야. 엄마 마니 아파."

"아니, 엄마 괜찮아. 미안해 지운아."

"괜차나. 지운이 착한 할머니랑 놀아써."

"할머니?"

소민이 도훈을 흘긋 보았다.

"……."

그는 말하기 곤란한 듯 미간을 문댔다. 하미연이 아이를 데려갔었다, 제 전 약혼녀의 집에 아이가 있었다. 이 불편한 일련의 상황을 어찌해야 할까 싶었다.

"나중에 얘기하자. 예일이는?"

"아…… 병실 1507호예요. 사장님."

"그래. 아이 줘."

도훈은 손을 뻗었다. 소민은 슬쩍 걸음을 물렸다.

"제가 좀만 데리고 있을게요."

"……?"

의아한 시선이 소민의 손끝에 닿았다. 아직 파들거리는 손가락을 보아하니 은소민 역시 꽤 놀랐던 듯싶다.

"제가 잘 데리고 있을게요, 사장님. 언니도 아직 몸 안 좋고……
그러니까. 저는."

하긴, 미국에 있었을 때 서로 종종 만났던 사이라고 하니. 자신만큼이나 제 아들과는 각별한 사이일 것이다.

"그래. 부탁할게."

도훈은 부러 다정한 미소를 보였다. 슈트 바지에 손을 넣은 도훈은 무거운 걸음으로 병실 앞에 섰다. 오늘의 너는 또 얼마나 상처를 받았을까. 가슴께가 묵직해져 왔다.

"……."

병실 문을 열고 들어서자 침대에 누워있는 제 여자가 보였다. 대충 이야기를 들은 바로는 피로 누적이라 했다. 피곤할 만했다. 5년 동안 쉬었던 사람이 갑자기 엄청난 스케줄을 소화해야만 했으니. 게다가 그간의 스트레스도 말이 아니었을 거다. 저 역시 몇 번 몸살이 날 정도였으니. 주예일은 더하면 더했지 덜하진 않았겠지.

"미안해. 주예일."

보호자석에 앉은 그는 예일의 손목을 쥐어 들었다. 앙상한 뼈 같은 손목이 손바닥에 감겼다. 예전에도 그렇게 살찌워 주려 노력했는데. 어째 갈수록 더 말라가는 거 같다.

"진짜 미안해."

이런 네게 난 어떻게 말을 해줘야 하는 걸까. 가슴이 답답해져 왔다.

"알면 잘해."

힘없는 목소리가 귓전에 닿았다.

"언제 일어났어?"

"방금."

눈가를 찌푸린 예일은 일어나기 위해 손바닥을 침상에 짚었다. 도훈은 얼른 일어나 예일이 편히 앉을 수 있도록 도왔다. 그리고 이어진 침묵. 죄인같이 고개를 숙인 채 있는 꼴에 예일은 쓴웃음을 지었다.

"진짜 네 전 약혼녀 대단하더라."

"……."

"나 벌써 두 번이나 맞았어."

애써 생각하지 않으려 했던 영상이 도훈의 머릿속에 재생됐다. 다시 생각해도 눈이 돌 지경이었다. 그냥 보기도 아까운 걸. 그의 주먹이 느릿하게 쥐어졌다.

'저 아까운 걸.'

느직이 올라온 시선이 예일의 파리한 혈색에 닿았다.

"무슨 내가 동네북인가 봐."

부러 짓궂게 말하는 것에 도훈은 한숨을 내쉬었다.

"기사는 다 막았는데. SNS에 동영상이 올라왔어."

"그렇겠지. 그 좋은 가십거리를."

"하. 경찰에 의뢰해 놨고, 일단."

고개를 끄덕이며 예일은 링거의 선을 정리했다.

"어. 다 고소장 박아."

"……."

"선처 안 한다고 언플 때리고."

도훈의 눈살이 옅게 구겨졌다. 예일이 말리더라도 그렇게 할 생각이었고, 이미 그렇게 진행 중이었다. 원래의 주예일이라면 일 크게 만들지 마, 라며 절 말렸을 것이다. 그렇다고 해도 주예일의 말을 들어 줄 생각은 없었지만.

"왜 그렇게 봐."

아주 작은 의아함이 들었다.

"왜. 일 크게 만들지 말라고 말려야 하는데 이상해?"

"어?"

정곡을 찔린 듯 그는 입을 굳게 다물었다. 정확했다. 제가 방금 했던 생각에 한 글자의 토씨도 틀리지 않고.

"내가 어떻게 해명해도 사람들은 믿고 싶은 것만 믿을 텐데. 별수 있어? 귀를 닫겠다면 이쪽에선 입막음이라도 해야지."

예일의 말이 맞다. 어차피 자신들이 편할 대로 생각하고, 멋대로 판단할 것이다. 지금 상황에선 입막음이라도 시키는 것이 최선이었다.

"그래. 맞아."

그는 간신히 답했다. 그러곤 한참 손가락을 매만지며 고민했다. 컨디션도 좋지 않은 지금의 네게 이런 말을 하는 게 맞는 건지. 고민은 길게 가지 않았다. 친부모에 관한 이야기는 조금 미루더라도, 지운이에 대한 일은 알아야 했다. 제 아들이기 전에, 5년간 홀로 지켜온 그녀의 아들이기에.

"주예일."

"응. 말해."

지운이.

아이의 이름을 시작으로 도훈은 오늘의 일을 예일에게 가감 없이 전했다. 다른 이들이 아이를 신경 쓰지 못한 사이, 지운이 영화관에서 길을 잃은 일. 하미연이 아이를 데리고 자신의 집에 데려간 일. 제가 지운을 찾아, 병원까지 오게 된 이야기까지. 하 교수 부부가 제게 빌었다는 이야기만 빼고. 그녀가 모르는 진짜 부모가 가짜 딸을 위해 무릎을 꿇었다는 이야기까지는 차마 입에 담을 수 없어.

"그래서 말인데. 지운이 이제 내가 데리고 있을 생각이야. 사내 유치원에 보내려고. 김 비서도 있고, 나도 나름 여유 있으니까 자주 들여다볼 거고."

긴 이야기를 듣는 내내 예일의 표정은 아무런 변화가 없었다. 이제 화를 내는 것도 지친 듯.

"지운이는 괜찮아?"

"응."

"소민이는."

"놀란 거 같긴 한데. 괜찮아."

다행이네. 한숨과도 같은 말이 흘러나왔다.

"너는,"

"……."

"넌, 괜찮아? 너도 놀랐을 텐데."

가장 괜찮지 않을 네가 물었다.

"또 난 내 아이를 잃을 뻔했네."

힘없이 중얼거리는 것에 마음이 반으로 갈라지는 것만 같았다.

"영화관 CCTV에 아이 데리고 가는 영상까지 확인했고, 신고하기 전에 너한테도 말은 해야 할 거 같아서."

"신고라……."

애써 침착한 척을 해보아도 자꾸만 정신이 아득해졌다. 억지로 정신 줄을 붙잡은 예일은 피가 차갑게 식는 것 같은 느낌을 가져야만 했다. 왜 내가 이런 일까지 당해야 하느냐고, 왜 내 아이가. 울분이 터졌지만 감정을 토해봤자 남는 건 없을 것이다.

"그 영상 네가 가지고 있어?"

간신히 마음을 억누른 예일은 입을 열었다.

"응."

"일단…… 경찰서는 가지 마."

"그냥 이 일 묻겠다고?"

이해가 안 간다는 듯 인상을 쓰는 도훈을 보며 그녀는 생각했다. 지금 시끄럽게 굴어봐야 좋을 건 없다. 동정의 여론은 이미 하미연의 편일 텐데. 여기서 아이 유괴라는 떡밥을 던져 봤자. 손가락질은 고스란히 저와 아이가 받게 될 것이다. 굳이 불난 집에 기름 부을 필요가 있을까. 누군가 주예일에게 등신이라며 욕을 한다 하더라도 지금은 아니었다.

"영상은 나한테 주고 입조심 시켜. 둘 다 사회에서 재기 못 하도록 완전히 밟아 버릴 거야."

제가 가장 정상에 올라섰을 때 파국을 맞이하는 건 그 사람들일 것이다.

"……."

무슨 생각을 하고 있는 걸까. 궁금했지만 도훈은 굳이 묻지 않았다.

"앞으로 힘들어질 텐데. 활동은 좀 쉬도록 해."

"아니. 숨어버리면 보란 듯이 더 뜯을 게 뻔해."

"그래도……."

"괜찮아. 네 생각보다 나 멘탈 세니까 걱정 마."

"예일아."

왜 저보다 안절부절못하는 건 강도훈인 건지.

"당하기 싫으면 갑이 되라며."

억지로 입꼬리를 올린 예일은 괜찮다는 미소를 보였다.

"네가 해준 말이잖아."

[EK엔터테인먼트 측 "배우 주예일 악성루머 고소. 합의 없다"]
[주예일 소속사 고소 '허위사실 유포 혐의']

[EK엔터테인먼트 "동영상 유포에 강력한 법적 대응"]

그날이 있고 난 후, EK엔터테인먼트에선 곧바로 대대적으로 기사를 냈다. 대한그룹 측의 압박이 들어가니 언론사는 반박 기사 외에 주예일에 대한 그 어떤 기사도 내지 못했다.

기사는 막았지만 온라인상에 웃도는 찌라시와 루머는 어쩔 수 없었다. 공식 입장문과 기사를 내고, 전 직원이 실시간으로 모니터링을 한다 한들, 방대한 인터넷 시장에서 게시물 하나하나를 완벽하게 통제할 순 없었으니.

손가락 사이로 빠져나가는 모래처럼 예일을 둘러싼 각종 루머는 그렇게 퍼져만 갔다. 그럼에도 그녀가 출연한 〈청춘 로맨스〉는 연일 흥행을 이어가며 천만 관객을 기어코 넘어섰다. 새로이 들어가는 드라마 〈코드블루〉 역시 무리 없이 촬영이 진행되었다.

예일의 SNS엔 응원 댓글과 악성 댓글이 항시 넘쳐났다. 그럴수록 그녀는 더 당당하게 많은 이들에게 얼굴을 보였다. 남은 무대인사 일정 역시 무리 없이 소화했다.

드라마 〈코드블루〉 촬영 현장.

"참. 주예일. 대단하다, 대단해."

뭇 스태프들은 오늘도 당당하게 현장에 나온 예일을 보며 혀를 쯔쯔 찼다. 불륜녀나 혼외자식 외에도, 예일은 이채와의 스캔들과 그 외 말도 안 되는 루머들이 따라다녔다.

"주예일 립, 주예일 코트, 얼레? 주예일 폰 케이스는 또 뭐야. 참나."

그럼에도 아이러니 한 건 그녀는 여전히 많은 이들의 워너비이자, 롤모델 또 뮤즈로 거론이 되고 있다는 거였다.

"그 난리가 나도 이렇게 떡상을 하네."

"그러게 빽이 대단해서 그런가?"

확실한 비아냥거림이었다.

"신경 쓰지 마, 예일아."

"그래요. 누나 듣지 마요. 뭐하면 제가 가서 한 대씩 손봐주고 올까요?"

동식은 제 가슴을 퉁퉁 소리 나게 치며 부러 오버했다. 됐어. 괜찮아, 나. 입버릇 같은 말을 뱉으며 예일은 거울을 확인했다. 괜찮다. 말은 했지만 역시 불편한 건 어쩔 수 없지 싶다.

"아주 대단하네. 경호원까지 달고 촬영장에 오고."

스태프 무리 사이에서 큰 소리가 나왔다. 반응이 없는 예일을 더 자극하려는 듯.

"촬영장에 극빈이라도 납신 줄 알겠어?"

"극빈이지. 불륜 상대가 그 대한그룹 후계자라는데."

그들은 예일을 보호하기 위해 도훈이 붙인 사설 경호원을 보며 손가락질을 했다.

"아…… 그, 그러게요. 대, 대단하네."

예일과 좋은 관계를 유지했던 몇몇 스태프들 역시 한마디씩 거들었다.

"주예일 씨 진짜 이미지메이킹, 옛날부터 좀 그랬어요."

완벽한 침묵의 나선 이론을 보여주는 양상이었다. 아 저 사람들을 그냥 진짜……. 참다못한 보람이 막 한 소리 하려는 찰나였다.

"아니, 별 같잖은 것들이 뭘 안다고 존나 시끄럽게 구네?"

촬영장 한쪽에서 거침없는 욕설이 터져 나왔다.

"······."

예일과 함께 〈코드블루〉의 주연 4인방 중 하나인 이혜리. 촬영 중간 메이크업 수정을 하고 있던 혜리는 척척 걸어가 스태프들 앞에 섰다. 그녀의 손가락이 망설임 없이 스태프의 이마에 닿았다.

"이건 뭐 머리카락 기르는 화분인가? 배우한테 그게 할 소리세요?"

"헤, 혜리 씨."

"조또 모르는 것들이 꼭 이렇게 나댄다니까? 얻다 대고 불륜이래. 아주 구멍만 뚫렸다고 다 주둥인 줄 알고 말 막 내뱉지. 짜증 나게."

다다다 말을 쏟은 혜리는 등을 돌려 정적에 휩싸인 현장의 스태프들을 둘러보았다. 그녀의 지랄 맞은 성격을 잘 아는 스태프들은 눈을 내리깐 채 서로의 눈치만 살폈다.

"여기 모르는 사람 있어? 몇 년 굴렀으면 다 알 거 아냐. 강도훈 대표 원래 주예일한테 꽂혀서 졸졸 따라다녔던 거. 정말 몰랐으면 본인이 등신인 거고."

"······."

"왜 갑자기 꿀 먹은 벙어리들이 되셨어? 사람 하나 죽이려고 깔 땐 잘 깠잖아?"

마치 제 일인 것처럼 혜리는 몸을 부들부들 떨었다. 그녀 역시도 여배우로서 걸어온 이 길이 순탄치는 않았을 것이다.

"야, 혜리야. 넌 또 왜 애가 지랄이냐. 엉?"

보다 못한 감독이 나섰다.

"감독님!"

쨍 하고 외쳐지는 비명에 감독의 어깨가 움찔거렸다.

"배우 이딴 식으로 취급하는 현장에서 나 일 못 해요?"

"모, 못 하면. 어?"

"됐어. 오늘 촬영 나 접어요. 기분 잡쳐서 못 해 먹겠으니까."

"아, 야야. 혜리야!"

감독의 말을 무시한 채 혜리는 척척 걸어와 바보같이 넋 놓은 예일의 앞에 섰다.

"왜 그러셨어요, 선배님. 저 괜찮은데."

"괜찮다고. 너?"

"네. 괜찮⋯⋯은데."

무너질 거 같았는데 나름 버틸 만하다고 생각했다.

"하. 얘 환장하는 소리 하고 있네. 시끄럽고, 일어나."

"네?"

"술이나 먹으러 가자."

"술이요?"

"어. 촬영 엎었잖아, 너 때문에 내가!"

머리칼을 쓸어 넘긴 혜리는 짜증을 마구 씹었다. 예일은 의미 없이 시간을 확인했다. 오후 한 시. 술을 먹기엔 이른 시간. 그보다 앞으로 다음 촬영이 있기나 할까.

"일어나라고. 선배가 말하는데 안 듣니, 너?"

이 선배는 어떻게 이렇게 인생이 직진일까. 정말 인생 노빠꾸가 있다면 딱 이혜리를 말하는 걸 거라 예일은 생각했다.

"이 시간에 문 연 데나 있⋯⋯고요?"

"없으면 너희 집 가든지."

헛웃음이 지어졌다.

"하."

근데 왜 눈물이 나려는 건지 모르겠다. 그건 아마 제 편을 들어준 유일한 사람이라 그럴 것이다. 눈가 가득 눈물은 고였는데 입에선 웃음이 비실비실 나왔다.

"언니. 동식 씨. 나도 오늘 촬영 접어도 돼?"

"당연히 되지."

"그럼요. 누나!"

두 사람의 씩씩한 대답.

"잠시만요, 선배님."

예일은 세 사람을 남겨두고 안절부절못하고 있는 감독에게로 다가갔다.

"예, 예일아. 오늘 일 말이야. 그게…… 일단 내가 사과할 테니까."

"감독님."

예일은 그의 말을 툭 끊었다. 감독은 죄가 없다. 적지 않은 스태프들이 제게 손가락질을 할 때 그저 지켜본 방관자일 뿐.

"다음 촬영 때까지 스태프들 싹 다 갈아엎어 오세요."

혹시 그는 알까.

"안 그러면 저도 뒷일 감당 못 해 드려요."

방관자의 다른 말은 가해자란 것을.

한편 대한그룹 사옥. 도훈 역시 많은 이들의 눈초리를 받으며 자리를 지켰다. 동영상이 퍼진 이상 그 역시 예상한 바이기에 버틸 만했다. 저보다 더 힘든 시간을 보내고 있을 건 예일임을 알기에.

도훈은 종종 사내 유치원 대신 아이를 데리고 회사로 출근했다. 회의에 역시 같이 참여하며 타 임직원들을 당황스럽게 만들고는 했다. 덕분에 김 비서 역시 종종 아이를 맡아 놀아주었다. 굳이 그럴 필요 없다는데도 김 비서는 지운과의 시간을 많이 만들었다. 두 사람의 서사를 익히 알고 있어서인지 안쓰러운 마음에 김 비서는 지운을 지극정성으로 보살폈다.

"지운아! 우리 옥상 가서 놀까?"

"조아요, 아저씨."

김 비서는 아이와 함께 회사의 스카이라운지를 찾았다. 휴게를 위해 모여 있던 많은 직원들이 김 비서를 힐끔거렸다. 곱지 않은 시선들이었다.

"하루아침에 출세했네. 엔터 회사에 있던 사람이."

"그러니까 내 말이. 참 인생 편하다. 편해."

특히나 도훈이 본부장으로 있는 경영기획본부의 직원들은 더욱이 그랬다. 대한그룹 경영기획본부. 누구나 인정할 만한 엘리트 집단.

"엔터 계열사에서 경력 쌓고 전무 개인 비서라는 게 말이 돼?"

"착하긴 하다더라. 비서실 애들이."

"지들과 수준이 같으니까 그렇겠지."

어느 정도 친분을 유지했던 그들이 이렇게 김 비서에게 등을 돌린 이유는 단 하나였다. 김은구 비서가 받는 어마어마한 연봉이 웬만한 임원급을 웃돈다는 것.

"하는 일이 뭐가 있다고 그 돈을 받는데?"

"그러니까. 따까리나 하는 주제에 연봉이 아주 어마 무시해?"

등을 진 채 대놓고 비꼬는 대화가 오갔다.

"음. 목마르지, 지운아! 아저씨랑 음료수 먹을까?"

김 비서는 애써 안 들리는 척 자판기 앞에 섰다.

"내 것도 부탁할게요. 난 포카리."

"나는 커피요."

자신을 향한 말에 김 비서는 애써 웃었다. 한숨을 내쉰 김 비
서는 지폐를 몇 개 더 꺼내어 자판기 안으로 밀어 넣었다. 달칵
달칵. 음료와 커피를 뽑은 김 비서는 경영기획부서의 직원들에
게 건넸다.

"근데 그쪽. 대학은 어디 나왔어요?"

"예?"

"여기 있는 사람들 연봉 다 합쳐도 그쪽 연봉 안 된다면서요?
궁금해서 그래. 대체 그쪽은 어느 정도 스펙이길래 그만한 대우
를 받는 건지."

뭐 맞는 말이다. 김 비서는 스스로 수긍했다. 하는 일에 비해 말
도 안 되는 연봉을 받고 있다는 것 정도는.

"그······그냥 전."

그는 뒷머리를 긁적거렸다. 지운이 김 비서의 바짓단을 쥐어 잡
았다.

"아저씨 연봉이 모애요?"

"응? 아. 연봉은."

"푸하. 하긴 보모 노릇 하는데 스펙 같은 건 필요 없겠다."

난감했다. 이런 상황 자체를 즐기지 않는 그였던 터라.

"한국대학교 토목환경공학. 동 대학원 경영학 석사 밟았고."

불청객의 목소리가 그들의 뒤에서 들려왔다. 벌떡 자리에서 일어난 직원들이 허리를 굽혔다.

"오 과장님, 안녕하십니까."

"안녕하십니까. 오 과장님."

여자치고 큰 키에 짧은 커트. 시크한 인상을 주는 여자.

"그래. 근데 이 대리 말이 좀 그렇더라."

"예?"

"김은구. 얘가 성격이 좀 어리바리하긴 한데 그렇다고 너들한테 무시당할 짬은 아니지 않아?"

"아…… 무시가 아니라, 과장님."

경영기획부서 기획2팀 오진혜 과장.

"강도훈 본부장 개인 비서. 이게 무슨 의민지 다들 아직 파악이 안 되는 모양인가 봐?"

그리고 김은구 비서의 대학 시절 첫사랑. 강도훈 본부장 개인 비서. 뒤늦게 그들은 생각했다. 곧 회장이 될지 모르는 사람의 개인 비서. 그 권력은 정말 최소 임원급은 될 것이다. 그의 연봉만큼.

"가 봐. 찍히기 싫으면."

오진혜는 귀찮다는 듯 턱짓을 했다. 미, 미안해요. 김 비서님. 사과와 함께 합죽이가 된 남직원들이 자리를 벗어났다. 그제야 오진혜는 김 비서를 보았다.

"금 교수님은 잘 계시니?"

"어……어?"

"하긴 너도 졸업한 지 오래겠구나. 근데 넌 허우대는 멀쩡한 게 아직도 삥 뜯기고 다니니. 네가 그러니까 사람들이 너 우습게 보는 거잖아."

한심함이 가득 섞인 목소리에 김 비서는 눈알을 데구루루 굴렸다. 왠지 미안하다고 사과를 해야 할 것만 같다. 쯔쯔 혀를 짧게 찬 진혜는 무릎을 굽혀 앉아 지운과 시선을 마주했다.

"애기야. 너 초콜릿 좋아하니?"

"네에!"

"어머 귀여워라!"

빵긋빵긋 웃는 뺨 위로 오진혜의 손가락이 닿았다. 오진혜는 주머니에서 초콜릿을 꺼내 지운의 입 안에 쏙 하고 넣어 주었다.

"너무 귀엽다 정말."

머리를 비벼 준 그녀는 다시 김 비서 앞에 섰다.

"근데 너는 키가 더 큰 거 같다."

자신도 꽤 키가 큰 편임에도 올려 보아야 하는 게 영 짜증이 난 듯싶다.

"아주 전무 비서 됐다고, 나 계속 모르는 척하더라?"

"아니이…… 나는 네가 나 까먹은 줄 알고…… 아는 척하면 싫어할까 봐."

"싫어하긴 뭘 싫어해. 바보야."

그녀는 픽 웃었다.

"지네야……."

감동에 젖어 뭉그적거리는 발음이 새어 나왔다.

"야. 이름 똑바로 안 불러?"

"흐흐. 알았어. 진혜야."

김 비서의 찌질한 목소리 위로 까르르르 지운의 웃음소리가 얹어졌다.

오진혜와 김은구. 두 사람은 꽤 오랜만에 많은 대화를 했다. 옥상 공원을 뛰노는 아이를 보며 진혜는 흐뭇한 미소를 지었다.

"주예일 씨 아이 맞지? 저 아이."

무심한 듯 툭 던져진 질문에 김 비서는 어깨를 크게 떨었다.

"아닌데?"

그는 티가 날 정도로 큰 소리로 답했다.

"아니기는. 다 알아. 공식 기사만 안 났을 뿐이지."

"아닌데……. 진짜?"

"강도훈 전무하고 주예일 씨 아들 맞잖아."

"정말 아닌데. 아니야."

히끅! 그는 딸꾹질을 시작했다.

"너 여전하다. 거짓말하면 딸꾹질하는 거."

"아니. 내가 지금, 히끅! 거짓말 아니, 히끅!"

"그래. 알았어, 김은구."

그녀는 픽 웃었다. 김 비서의 얼굴이 마구 엉망으로 구겨졌다.

'아 망했다.'

강도훈이 만약 이 광경을 봤으면 분명 자신은 그대로 실직자 신세가 될 것이 뻔했다.

"진혜야, 히끅! 지금 이거."

"걱정 마. 나 남 이야기 하는 거 안 좋아해. 연예인 가십거리는 특히 관심 없고."

그녀는 다 마신 캔 커피를 구겨 쥐어 들었다.

"아이 있는 게 뭐 그렇게 큰 흠이라고. 웃기지 않아? 속사정도 모르는 사람들이 떠드는 것도 우습고, 혹시 만나면 응원하는 사람도 있다고 전해줘. 가능하면 사인 한 장도 좀 부탁해."

"어, 어?"

"난 무조건 여자 편이거든."

말간 웃음이 김 비서를 향했다.

시간이 빠르게 돌아가 처음 그녀를 만났을 때가 생각났다. 제가 좋아했던 오진혜는 그런 사람이었다. 속이 깊고 진중하고 따뜻했던 사람.

"무엇보다 너같이 착한 애가 쓰레기 같은 사람을 상사로 모시진 않을 거 아냐."

김 비서는 오진혜의 말을 곱씹었다. 많은 걸 내포한 말이 어딘가 위로가 되는 것 같았다.

"어……. 맞아."

속뜻을 알아차린 김 비서는 저 역시 눈매를 접어 미소 지었다.

"고마워, 진혜야."

청담동 모 술집. 술을 마시기엔 이른 시간임에도 불구하고 술집 문을 열고 여자 두 명이 들어섰다. 아직 영업이 시작되기 전.

"언니. 영업 시작 안 한 거 알아. 근데 나 지금부터 마셔야겠으니까 내쫓지 마."

먼저 들어선 혜리는 미리 차단하듯 말을 다다다 쏟아냈다.

"어휴. 저, 저, 망할 기지배."

이런 일이 한두 번이 아니라는 듯 술집의 주인은 고개를 저으며 두 사람에게 자리를 안내했다. 물병과 잔, 소주 같은 간단한 세팅을 하는 사장의 손이 쥐어 잡혔다.

"언니. 배 채울 만한 안주 몇 개 주고, 영업 종료 좀 해줘. 내가 오늘 이 가게 살게."

"너 또 어디서 뭘 사고 치고 왔냐? 응? 너 그러다 정말 나가리 돼, 기지배야. 아주 성격 드러워."

걸걸한 목소리의 타박이 이어졌다.

"맞아. 나 오늘 먹고 죽을 거야. 그러니까 소주 한 짝 깔아줘."

"으이그. 인간아. 정신 언제 차릴래."

"아아. 그만 잔소리해, 언니."

혜리는 자연스럽게 그녀의 허리에 팔을 두르고 매달렸다.

"나 여기 온 거 우리 매니저한테 또 이르기만 해봐."

"네가 난장만 안 피우면 네가 전화하니. 어?"

그냥 보아도 친밀해 보이는 관계였다. 어색했던 예일은 눈치를 보며 휴지의 끄트머리를 뜯었다. 사장의 고개가 예일에게 닿았다.

"여긴 너무 잘 아는 얼굴이네?"

"아. 안녕하세요. 혜리 선배님 후배 주예일입니다."

잔뜩 굳어 긴장한 목소리에 와하하 사장은 고개를 시원스레 꺾어 호쾌하게 웃었다. 대한민국에 절 모르는 사람이 누가 있으려고. 굳이 혜리 선배님 후배라고 인사하는 모습이 영 귀엽지 않나.

"그래요. 주예일 씨는 안주 뭐 좋아해?"

"저는…… 아무거나 잘 먹습니다."

"여기 아무거나라는 안주는 없어요?"

"예? 아…….."

메뉴판을 봐야 하나. 예일은 진지하게 고민했다.

"언니. 일단 그 우동 한 사발씩 말아줘. 얘 빈속에 술 먹이면 안 돼."

오케이 우동! 호쾌한 목소리와 함께 그녀가 자리를 물렀다. 마주해 앉은 예일을 보며 혜리는 기막힌 웃음을 터뜨렸다.

'내가 진짜 미쳤네. 주예일을 여기까지 데려오고.'

스스로도 이해가 가지 않아 기가 막힌 듯싶었다. 소주병을 쥔 혜리는 예일의 잔에 소주를 가득 따랐다.

"참고로 내 앞에선 꺾어 먹지 마. 재수 없으니까."

"……."

잔을 쥔 예일은 픽 웃었다. 그러곤 한입에 쓴 소주를 털어 넣었다.

"저, 술 세거든요."

"잘났다, 그래. 대낮부터 이게 뭔 일이야. 나 내일 새벽에 화보 들어가는데."

투덜거리는 목소리에 예일은 조용히 혜리의 잔을 채웠다.

"야 가득 따라, 가득."

"선배님 술 잘 드세요?"

"너보단 셀걸."

"대단하시네요."

의미 없는 대화가 이어졌음에도 마음이 어쩐지 편했다. 주변의 가까운 사람들은 안절부절못하며 제 기분만 살피니, 되려 눈치를 보게 되는 건 자신이었다. 그런 의미에서 혜리는 지금 제게 안식처와 같았다.

"야. 주예일."

"네 선배님."

"너 요즘 겁나 힘들지."

"다 아시면서 뭘 물어보세요."

"그래. 나 원래 말 돌리는 거 못 하거든? 딱 물어볼게. 너 진짜 애 있어?"

대놓고 직구로 들어오는 질문.

"네. 그때 말씀드렸잖아요."

예일 역시 직구로 답했다.

"사실이라고 그게?"

예일은 답 대신 제 잔에 소주를 채웠다. 침묵은 긍정이다. 아찔해져 오는 머리에 혜리는 제 관자놀이를 짚었다.

"나 진짜 돌아 버린다. 주예일."

그녀는 나지막이 뇌까렸다.

혜리가 주문한 우동과 그 외 안주들이 나오고 사장은 고맙게도 자리를 비웠다.

"제 얘기 궁금하시죠, 선배님도."

소주잔 끝을 매만지며 예일은 이야기의 시작을 알렸다.

긴 이야기였다.

예일은 자신이 왜 5년 전 은퇴를 해야만 했는지. 왜 도망을 갔던 건지. 지난 일들을 술술 빠짐없이 다 토했다. 무슨 생각을 하는 건지 혜리는 입을 꾹 다물고 예일의 이야기를 침착하게 들었다.

"그냥 그렇게 된 거예요."

차분하게 이어지던 음성이 멈췄다. 그렇게 한동안 두 사람 사이에 침묵이 일었다. 서로 각자의 잔에 잔을 채우고 마시고 어색한 시간이 흘렀다.

"어떻게 하려고. 이제 그래서."

"모르겠어요. 영화제 수상소감 할 때 터뜨릴까 싶기도 하고."

영화제라. 하긴 청춘 로맨스의 성적이 상당했으니 뭐 하나라도 타긴 할 거다.

"누가 너 상 준다니?"

"저 말고 받을 사람은 있고요?"

"아 얘 자신감 좀 봐."

예일은 픽 웃었다. 그러곤 제 잔에 술을 따랐다.

"아니면 기자회견을 할까 생각도 했어요."

혜리 역시 소주병을 들어 제 잔에 술을 따랐다. 혜리는 나름 고민했다. 자신 역시 예일과 같은 여배우로서의 길을 걸어왔기에 이런 일련의 상황들이 주예일에게 있어 엄청난 타격을 줄 거란 걸 알고 있다.

"야. 너 엔스타 하지."

"네."

"라이브 방송 이용해. 그 증거 자료? 같은 거 다 가지고 있다며.

영상이든 음성이든 싹 다 풀고 심경 고백해. 영화제는 너무 위험 부담이 크고, 기자회견 같은 것도 어차피 기자들 입맛대로 쓰니까 너 좋을 건 하나 없어."

그녀는 제 나름대로 최선의 조언을 전했다.

"원래 감성 팔이가 반은 먹고 들어가는 거거든. 여자라면, 아니 사람이라면 네 이야기 듣고도 너한테 돌 던질 사람은 없을 거야. 대신 하나도 숨김없이 거짓 없이 다 말해."

숨김없이라. 과연 그 엄청난 일들을 떨지 않고 다 말할 수 있을까. 고민하는 예일을 보며 혜리는 속부터 올라오는 화를 간신히 집어삼켰다.

우습다. 왜 여자에게만 이런 철저한 도덕적 잣대를 들이대는 건지. 막말로 남자배우였다면 없는 서사까지 만들어 주며 책임감 강한 아빠라 벌써 동정 여론이 쏟아졌을 것이다. 촬영장의 스태프들 역시 그렇게 예일에 대해 쉽게 떠들지 않았겠지. 여배우 죽이기도 아니고……. 사정이 뭔지 알아보려 하지도 않고 돌만 던져 대면 무슨 말을 하라는 건지. 하. 낮은 한숨이 흘렀다.

"생각해 봐. 일단 나는 네 편 들어줄 거니까."

"제…… 편을요?"

대중의 반응이 어떨지는 그 누구도 장담할 수 없다. 그럼에도 네 편이 되어준다는 말은, 후에 자신의 이미지 역시 망가질 수 있음을 다 감당하겠다는 말이었다.

"어. 네 편 들어줄 거야, 난."

그저 말뿐일지라도 지금의 주예일에게 이 만큼 힘이 되는 말은 없을 것이다.

"됐어요, 무슨. 선배님까지 욕먹어요."

부러 톡톡거리며 예일은 찡해지는 코끝을 꾹꾹 눌렀다.

"누가 날 욕해? 내 팬들이 가만 안 있을걸. 내 팔로워가 몇 명인줄 모르지, 너?"

그 마음이 너무나 고마워서.

"근데 선배님, 저 왜 이렇게 챙겨주시는 거예요? 저 엄청 싫어하셨잖아요."

"그런 걸 왜 물어. 지난 일인데."

혜리는 말없이 잔을 집어 들었다. 아무리 제 성격이 좋지 않다 해도 초면에 이유 없이 사람을 싫어할 성정은 못 됐다. 아역배우 때부터 친구이자 제 짝사랑 상대인 박이채. 그가 주예일에게 마음이 있다는 건 아주 오래전부터 알고 있었다.

'얘, 너랑 영화 들어가는 애 프로필이래. 되게 괜찮지?'

한 번도 타 배우에 대한 평가를 한 적 없는 이채였다.

'안녕하세요, 이혜리 선배님. 신인배우 주예일입니다. 잘 부탁드립니다.'

첫 리딩 때 본 얼굴이 정말 박이채의 취향을 다 때려 박은 듯한 얼굴이라, 그래서 더 못된 마음이 나왔다.

'그, 강도훈 이사 눈 밖에 나 봐야 좋을 거 없어. 너도 알잖아, 혜리야. 어?'

제가 주연에서 빠질 뻔한 상황까지 가니 예뻐하려야 예뻐할 수 없었다. 그게 예일의 잘못이 아님을 알면서도.

'똑바로 해. 주예일.'

'네. 죄송합니다.'

그렇게 괴롭혔다. 그날도 어김없이 한차례 쥐 잡듯 잡고 기어코 눈물까지 보인 예일을 두고 돌아서는 길.

'선배님!'

촬영 조명이 떨어지고, 덕분에 소품이었던 뜨거운 주전자가 엎어졌다.

'예일 씨!'

'아아아악!'

절 감싸 안은 예일은 비명을 내질렀다. 끔찍한 사고로 이어질 뻔한 일이었다. 만약 그때 주예일이 아니었다면 전 다신 배우로서 얼굴을 내보이지 못했을 것이다.

'저 선배님 대신해서 다친 거 아녜요, 정말. 누구라도 그렇게 했을 거고, 만약 그때 선배님께서 다쳤으면 그건 제 마음에 짐이 됐을걸요. 그냥 마음에 짐 만들기 싫어서 그런 거니까 신경 쓰지 마세요.'

병문안을 갔던 그날 주예일은 제게 그런 건방진 말을 했었지. 말은 그렇게 했어도 어렴풋이 알고 있었다. 제가 미안해할까 봐 부러 신경을 써줬던 거란 걸.

"여하튼 쓸데없는 거 묻지 마."

한참 옛 생각에 빠졌던 혜리는 붉어진 눈가를 꾹 눌렀다. 그렇게 대낮에 시작했던 술자리가 오후 늦게까지 이어졌다. 화를 내다가 울다가 욕하다가, 예일과 혜리는 마음을 터놓고 그간 서로의 힘들었던 이야기를 다 털어놓았다.

"아 지쨔 왜 이러케 힘든 건데요. 짜증 나. 왜 나만 힘드러."

"야 나는 아직도 연기 모탄다고. 너랑 비교대고 내가 얼마나, 얼마나, 주예일 진짜 시러.”

“모래. 진짜아…… 저도 선배님 진짜 실커든여.”

“너 내가 왜 너 첨부터 시러했는지 모르지. 박이채가 첨부터 너 딱 찌거써. 나는 걔 십몇 년 동안 조아핸는데.”

잔뜩 뭉개진 대화가 오갔다. 눈물이고 콧물이고 다 짜내며 두 사람은 펑펑 울었다. 그간 꾹꾹 참았던 감정을 다 폭발시키듯이. 손으로 눈을 막 비비자 떡 진 마스카라가 묻어 나왔다. 이씨. 그조차도 서러워 다시 울었다.

“야 짜증 나니까 한잔하쟈아!”

크응. 코를 시원하게 푼 혜리는 훌쩍이며 잔을 들었다. 잔을 채운 예일은 미끌거리는 잔을 떨어뜨렸다.

“으이 씨…… 이 아까운 술을.”

코를 훌쩍이며 혜리는 넘어진 잔을 쥐어 잡았다. 그 손목 위로 누군가의 손바닥이 포개져 왔다.

“대단하다, 진짜.”

낮은 중저음의 목소리. 고개를 들자 모자를 푹 눌러쓴 남자가 혀를 차고 있었다.

“니들 아주 촬영장 개판 만들고 왔다며?”

박이채였다.

[이채야. 가게 좀 가 봐. 혜리 또 엄청 퍼먹을 거 같다]

평소 자주 찾는 술집 사장의 연락. 대충 드라마 현장 스태프들

에게 전해 들어 알고 있다. 두 사람이 촬영장을 뒤집고 나갔다
는 것 정도는. 그리고 왜 촬영장이 난리가 났었는지 그 이유까지.

"하……."

꼭 이런 뒤치다꺼리는 왜 항상 제 몫인 건지. 이채는 한숨과 함
께 술집을 찾았다.

"어어. 이채 선배님. 안녕하십니까아."

"어이. 너 인마 새끼야. 왜 여기 인냐아."

잔뜩 혀가 꼬부라진 목소리들이 그를 반겼다. 테이블 아래 가
득 세워진 소주병에 혀를 차다가 머리를 쿵 하고 박는 혜리를 보
며 진한 한숨이 흘렀다.

"이혜리. 괜찮아? 봐, 나 좀. 이마. 어?"

"아 뭐…… 괜차나. 너 인마 아무한테나 다정하면 못 써. 나쁜
놈아……."

말꼬리가 흐려지기 무섭게 코 고는 소리가 울렸다.

"환장한다, 정말. 하……."

그는 혜리의 술잔에 조용히 술을 따라 입 안으로 털어 넣었다.

"선배님은 조아하는 사람 만아서 조캐써요."

턱 밑에 양 손바닥을 받친 채 예일은 흐흐하고 웃어 보였다.

"누가 날 좋아하는데."

"그으냥 많은 사람들."

"그래."

짧은 답과 함께 그는 술잔에 다시 소주를 채웠다. 그러곤 한입
에 다시 털어 넣었다.

"근데. 넌 아니잖아."

그는 느직이 시선을 맞췄다. 예일의 양 눈동자를 번갈아 보며 그는 제 입술을 짓눌러 물었다.

"음…… 뭐가 아닌데요?"

잔뜩 풀려버린 눈동자는 아마 무슨 말을 하고 있는지도 못 알아들었을 것이다. 정상적인 대화가 불가능한 상태지 싶다.

"혜리 선배님 모시고 드러가세여, 선배님."

"너는."

"저어는 더 머꼬 가려구요."

"하……."

얼마나 마신 건지 술 내음이 진동을 했다. 테이블에 엎어져 잠에 취한 듯 새근거리는 혜리와 혜리만큼 취한 예일. 도저히 저 혼자 해결될 상황이 아니었다. 그는 전화기를 꺼내 들어 곧바로 어딘가에 전화를 걸었다.

― 네, 강도훈입니다.

신호음은 오래가지 않았다.

"저 박이채입니다."

"뭡니까. 지금 이 상황."

박이채와 이혜리 그리고 제 여자. 한달음에 달려온 도훈은 세 사람의 조합에 잠시 당황했다.

'왜 저 세 명이.'

박이채의 연락을 받았을 때만 해도 촬영 뒤풀이 겸 회식 같은

거라 생각했는데. 잔뜩 취해 이미 정신이 반쯤 풀려 있는 예일을
보니 짜증이 솟아왔다.

"제가 먹인 거 아니니까 오해하지 마세요."

"그럼 뭡니까."

"예일이 요즘 많이 힘들 겁니다. 촬영장 분위기도 안 좋고."

촬영장 분위기라. 딱히 제가 붙여 놓은 경호원에게 전해 들은 말
은 없었다. 그는 모를 것이다. 예일이 경호원들에게 미리 입단속
을 시켜 놓았다는 걸.

"촬영장 분위기가…… 안 좋습니까?"

예일의 옆에 자리하며 도훈은 조심스레 물었다.

"당연한 걸 왜 물어보세요."

소주병을 쥔 이채는 싱겁게 웃으며 답했다.

"한잔하실래요."

예일의 잔에 술이 채워지고 도훈은 그대로 한입에 털어 넘겼다.
이채는 그간 촬영장에서의 일들을 도훈에게 가감 없이 전했다.
무대 인사에서 그녀를 향해 좋지 않은 눈초리들 역시도 제가 본
그대로 말했다. 짧지 않은 이야기가 끝난 후 이채는 혜리를 부축
하며 일어났다.

"그럼 저는 먼저 가보겠습니다."

두 사람이 자리를 뜨고 도훈은 한참 잔을 쥔 채 허공을 보았다.

'괜찮아. 그렇게 막 심하지는 않아.'

언젠가 걱정에 물었던 질문에 예일은 별일 없다는 투로 답했다.
목소리가 밝아 보여 정말 괜찮다는 그 말을 믿었더랬다. 그는 스
스로를 자책하며 입술을 아프게 씹었다.

"……."

쓴 시선이 예일을 향했다. 혹여 춥지는 않을까. 어깨에 걸쳐준 코트가 살짝 흘러내려 있었다. 잘 여미어 주기 위해 건드리자, 손길을 느낀 예일이 고개를 슬쩍 치켜들었다.

"강도훈이네."

간신히 치켜뜬 눈을 깜박거린 예일이 배시시 웃었다.

"강도후운. 엄청난 우리 애인."

지그시 물고 있던 입술이 풀렸다.

"예일아. 너."

"응."

눈가를 비비던 예일은 흐흐 한 번 웃는가 싶더니 다시 테이블 아래로 머리를 떨구었다. 만약 그보다 먼저 빠르게 행동한 도훈이 아니었다면 그대로 테이블에 이마를 박았을지도 모르겠다.제 손바닥 위에 머리를 부비며 다시 잠든 예일을 보며 도훈은 한숨을 크게 쉬었다. 조심스레 손을 뺀 그가 마른 입술을 혀로 핥았다. 대체 언제부터 마신 건지. 이렇게까지 힘들어 하고 있으면서 왜 아무 말도 하지 않았는지. 따지고 싶은 게 많은데 따질 수 없었다. 그는 한 손으로 얼굴을 거칠게 쓸어내렸다. 짙은 한숨이 서렸다. 담배를 찾는 듯 습관적으로 뒤적거리던 그는 아, 싶은 마음에 소주잔을 쥐어 들어 넘겼다.

쓴 액체가 목구멍을 타고 들어가며, 답답한 속을 더 아프게 만들었다. 한 잔. 두 잔. 세 잔. 잔을 비워 내던 그는 잠든 예일에게로 다시 시선을 보냈다. 한참 아픈 시선이 머물렀다.

"예일아."

그는 나직이 이름을 불렀다. 답 대신 새근거리는 숨소리가 귓가에 머물렀다.

"주예일. 나 어떡하지."

"……."

"너한테 어떻게 말해야 할까."

예일의 미간이 옅게 찌푸려졌다. 그녀의 이마를 간질이는 머리칼 위로 손가락이 닿았다. 조심스레 머리카락을 넘겨주며 도훈은 다시금 입을 열었다.

"너 지금도 이렇게 힘든데. 네 부모님에 대해서 난 어떻게 말해 줘야 하는 걸까."

답 없는 상대를 앞에 두고 그는 쉼 없이 물었다.

"너 힘든 거 이제 안 하게 해주려고 했는데."

"……."

"그런 거 이제 내가 다 하려고 했는데."

머리칼을 넘긴 손가락이 긴 속눈썹 위에 닿았다.

"예일아. 네 부모님. 나 누군지 알아."

가느다란 손목을 쥐어 잡은 그는, 나직이 입을 열었다.

"근데, 있지. 네 부모님은 너를 몰라."

터져 나오려는 눈물을 애써 삼킨 그는 고개를 푹 숙였다.

"다른 사람이. 자기 딸인 줄 알고 살고 계셔."

그렇게 그는 하나하나 제가 알고 있는 사실들을 잠든 예일을 앞에 두고 말했다. 마치 고해성사라도 하는 듯. 혹은 심판을 받는 죄인이라도 되는 듯. 한마디 한마디 조심스레 꺼낸 목소리가 잦아들 무렵.

"미안해. 주예일. 미안해……."

꺼져가던 음성은 멈추고, 곤히 잠들어 있던 예일의 속눈썹이 파르르 떨렸다. 천천히 눈꺼풀이 올라가고 그 안에 진한 눈동자가 도훈을 보았다. 몇 번 깜박이던 눈꺼풀이 이내 똑바로 자리 잡았다.

"강도훈."

테이블 위에 뺨을 대고 있던 예일은, 제대로 자리를 잡고 앉았다.

"주예일."

놀란 도훈을 보며 예일은 무심히 물 잔을 쥐어 들었다. 빈 잔에 물을 따른 그녀는 찬물을 머금으며 고개를 흔들었다. 정신을 차리려는 듯 아아, 목을 가다듬고 나서야 예일은 도훈을 마주 보았다.

"지금 한 말 다 뭐야, 너."

또렷해진 눈동자엔 이미 물기가 가득 고여 있었다.

"다시 말해 봐."

긴 이야기가 시작됐다.

예일은 생각보다 덤덤하게 그의 이야기를 들었다. 그 어떤 모션도 없이 그저 차분하게 귀를 기울였다. 어쩐지 얼마 전부터 그가 이상했다. 할 말이 있는 것처럼 몇 번이고 운을 뗐다가 접기를 여러 번, 한번 날을 잡고 대화를 해야겠다 생각하긴 했다. 어떤 이야기를 듣게 되든 무너질 일은 없을 거라 생각했다. 지금의 이 상황보다 더 힘든 상황은 없을 테니. 그건 너무나도 건방졌던 제 자만심이었다.

"내 엄마였구나. 그분이."

예일은 나직이 중얼거렸다. 그러곤 목이 타는지 물 잔을 입가에 가져다 댔다.

"뵌 적이. 있어?"

"응. 전에 한 번. 나 찾아와서 돈 봉투 주셨었거든."

"뭐?"

공희영 교수가 주예일을 찾아갔다? 눈 밑 살이 거세게 떨렸다. 제가 알고 있는 공 교수의 성정으로는 절대 그럴 사람이 아님을 알기에.

"널 찾아…… 가셨었다고? 언제."

"음. 글쎄. 나 병원에 기부금 전달하던 날이었나."

"왜 나한테 말 안 했어?"

"굳이 좋은 이야기 아니니까?"

그는 아찔해지는 머리에 눈을 질끈 내리감았다.

"미안해."

"네가 미안할 게 뭐가 있어."

의외로 예일은 자약한 태도를 보였다.

"나 괜찮아. 강도훈."

어떻게 괜찮을 수 있을까. 어쩌면 진실은 양날의 검일지도 모른다.

"조금 충격이긴 한데. 정말 나 괜찮아."

"……."

"괜찮아, 나."

예일은 스스로 주문을 걸 듯 괜찮다는 말을 되뇌고 또 되뇌었다.

"네가 주예일로 살았으면 너도 정말 괜찮을 거야. 나한테 이런 이벤트 정도는 정말 무덤덤해질 수밖에 없거든."

태연하게 말을 이어가면서도 예일은 손가락을 세워 제 허벅지를 괴롭혔다. 마구 긁어낸 상처 위로 피가 비치고, 손톱 사이사이로 핏물이 진득하게 스며들었다.

"……."

손끝에 잡히는 물기에 예일의 시선이 아래로 내려갔다. 언제 이렇게 낸 건지 상처를 보고 나서야 아릿한 고통이 느껴졌다. 도훈이 보지 못하도록 옷을 끌어 내린 예일은 주먹을 말아 쥐었다.

"미안해. 내가. 내가……. 우리 아버지가."

"그게 무슨 말이야. 아무도 잘못 없어."

가까스로 답하는 목소리가 서러웠다. 마구 일그러진 얼굴은 그저 슬픈 듯 보였다. 눈물을 참기 위해 붉어진 눈가는 대신 울어 주고 싶을 정도였다. 애써 마른침을 삼킨 그는 입을 열었다.

"곧 회사 정기주총이 있어. 신애란 임기도 끝나고, 그때 다 터뜨릴 생각이야. 근데 이건 내 입장이니 선택은 네가 해. 이것들도 함께 터뜨려도 되는지. 네가 원하는 대로 할게, 나는."

"……."

"예일아."

"그분들은 아시니."

"아니, 아직."

이 구질구질한 삶의 아픔은 자신 하나로 족했다. 굳이 잘 살고 있는 부모까지 제 삶에 끌어들여 구설에 오르게 할 필요는 없다.

"그럼. 하지 마."

"주예일."

"아무것도 밝히지 마, 도훈아."

감당할 수 없는 슬픔이 목을 억눌러 왔다.

"그냥, 그냥…… 아무것도 하지 마."

간신히 말을 끝낸 예일은 양손으로 얼굴을 감쌌다. 감정을 억누르지 못한 눈물이 마구잡이로 터졌다.

"그럴게……."

알았어. 그럴게. 힘없는 목소리가 눅진한 공기 위로 파고들었다. 들썩거리는 어깨 위로 팔이 둘러져 왔다. 제 쪽으로 끌어당기자 쉬이 딸려온 예일이 엉엉 눈물을 토해내기 시작했다. 눈을 질끈 감은 그는 간신히 눈물을 삼켰다. 조금 더 일찍 널 만났더라면 네가 덜 힘들었을까. 상상할 수 없는 네 삶이 너무 아프고, 가여워서. 널 동정할 수조차 없는 내가, 난 너무나도 괴롭다.

평창동. 하 교수의 집.

공희영은 좋은 엄마였다. 좋은 처였으며 사회적으로도 존경받는 교수였다. 그녀는 처음으로 귀한 자식의 몸에 손을 댔다. 뺨을 때렸으며 모진 말을 했다. 그만큼 화가 났다.

"자수하자. 죗값 다 받고 와서, 그리고 유학 가자. 엄마랑 같이 가. 가서 다 잊고 그렇게 공부 더 하고…… 돌아오자. 우리."

그럼에도 딸의 인생을 포기할 순 없었다. 어떻게 품에 안은 자식 새끼인데. 이기적이라 세상 모든 사람들이 손가락질을 한다 하더라도 어쩔 수 없는 부모 마음이었다.

[강도훈입니다. 댁에 계십니까.]

공 교수와 하 교수는 최대한 침착하게 도훈을 기다렸다. 길지 않은 시간 내에 도훈에게서 연락이 올 거란 예상은 했던 차였다. 얼마든 보상을 해줄 것이다. 어떤 식으로든 용서를 구할 것이며. 그가 무슨 말을 하더라도 다 겸허히 받아들일 것이다. 한데 그들의 예상과는 전혀 다른 이야기에 하 교수는 당황했다.

"도훈 군. 대체 이게 다 뭔가요."

떨리는 손가락이 예일의 아기일 적 사진을 쥐어 들었다.

"보시는 그대로입니다."

분명 예일은 아무것도 밝히지 말아 달라 그에게 부탁했다. 도훈은 알겠다고 했다. 하지만 그건 언론에 대해서였지, 최소한 이들은 사실을 알아야 했다. 후에 예일이 자신을 원망한다 하더라도.

"이, 이게. 나는."

"……."

공희영은 믿을 수 없다는 듯 몸을 떨었고, 하성훈은 의외로 의연한 태도였다.

"아니, 내 딸은 미연일세."

한껏 다물고 있던 입을 연 하 교수는 그리 말했다.

"자네가 왜 이런 서류까지 조작해 온 건지 이유는 모르겠다만,

우리 아이가 잘못한 죄는 내가 대신 죗값을 치르겠네. 그러니, 이만 가게."

하 교수는 먼저 자리에서 일어났다.

"하……."

도훈은 마른 숨을 흘렸다. 그는 항상 자신이 무슨 행동을 하기 전에 모든 상황을 예상하는 버릇이 있고는 했다.

"어떻게 제가 생각한 그대로의 반응을 하십니까, 하 교수님."

그리고 그가 예측한 것은 거의 백 프로에 가까울 만큼 맞고는 했다.

"가도록 하게. 얼른!"

"하 교수님!"

"내 딸은 미연이야. 하! 미! 연!"

잔뜩 상기된 얼굴을 한 채 하 교수는 소리쳤다.

"아름다울 미! 고울 연! 미! 연! 내 아내가 젖을 물리고 내 품에서 잠을 자고, 내 무릎 위에서 놀고, 내 손을 잡고 학교에 입학한 내 딸! 어렵게 얻은 내 딸이야. 다섯 번의 실패 속에 힘들게 얻은 내 딸! 하미연!"

"예. 그 딸이!"

말허리를 치고 들어간 도훈은 외쳤다.

"그 딸이 당신 친손자를 유괴했습니다. 당신들의 진짜 핏줄을!"

발악처럼 외쳐지는 고함 소리에 공 교수는 손에 쥐고 있던 사진을 떨어뜨렸다.

"당신들이 그렇게 힘들게 낳았다는 딸이 어떻게 살아왔는지나 아십니까?"

힘없이 떨어져 내린 사진이 카펫 위에 닿았다.

"낡은 교회 앞에 버려져 죽을 뻔했습니다. 목사가 아니었다면 태어난 지 일주일도 되지 않은 아이가 죽을 뻔했습니다. 그렇게 보육원에 맡겨지고 후원이 끊기자 원장은 그 작은 아이에게 폭력을 가하기 시작했죠."

"……"

공희영은 싸하게 저려 오는 가슴을 쥐어 잡았다.

"그렇게 다른 보육원으로, 또 다른 보육원으로. 천덕꾸러기처럼 떠돌다가 경찰에 신고도 했습니다. 근데 경찰은 묵인했죠. 왜. 부모가 없는 아이니까. 아무도 아이의 그늘이 되어주지 않았습니다. 그렇게 폭력에 무뎌져 가다 완전히 길거리로 쫓겨난 것이 열네 살 때입니다."

그는 결코 알고 싶지 않았던, 또 입에 담고 싶지 않았던 예일의 지옥 같은 삶을 토해냈다.

"길바닥을 전전하며 지내다 청소년 보호에서 들어가 겨우 안정을 찾았죠. 고작 보호소에 들어가서요. 간신히 학교를 다니면서 꿈을 키워 보겠다고 연습생이 되었어요. 그랬던 애가 열아홉 살에는 무슨 일을 당할 뻔했는지 아십니까. 고작 열아홉 살 된 애를 호텔로 끌고 갔습니다."

저와 처음 만났을 때의 주예일.

'도와주세요.'

열아홉과 스물의 경계선 위 아슬아슬한 삶을 영위하던 가여운 너.

"제가 그 아이를 만나기 전까지 당신 친딸의 삶은 지옥의 연속이었습니다. 부모님의 손길은커녕 누구의 보호도 없이 세상에 버려져 살아왔습니다. 따뜻한 밥 한 공기 먹는 것조차 사치였다고 했습니다. 그게 어떤 의미인지나 아십니까?"

도훈의 이야기를 들으며 공희영은 실신 직전으로 오열하기 시작했다.

"근데. 당신들이 생각하는 딸은 당신들 친딸의 뺨을 때리고 사회적으로 매장을 시키려 했습니다. 또 아이를 유괴했고, 당신 형이란 사람은 당신 딸을 제게서 떨어뜨리기 위해 스캔들까지 내려 했습니다."

"……."

"신애란은 임신한 당신들 딸을 협박했습니다. 배 속의 아이를 죽이겠다 억지로 병원에 끌고 갔고, 결국 그 아인 쫓겨나듯 한국을 떠났어요. 낯선 타국에서 혼자 아이를 낳고 5년을 키웠습니다. 그렇게 5년 만에 겨우 저와 만났어요. 그리고 공희영 교수님은."

말의 템포가 느슨해졌다. 그의 목울대가 마구 일렁거렸다. 주저앉아 오열하는 공희영을 향해 도훈은 쓴 입을 열었다.

"그런 그 아이를 찾아가, 저와 헤어지라 하셨죠. 봉투를 쥐어주면서. 당신 딸에게."

"아……. 아아."

"대체, 대체 이 모든 일들을 어떻게 용서받으려 하십니까."

오열하는 공 교수와 아직 빳빳하게 서 있는 하 교수. 도훈의 얼굴 역시 감정을 이기지 못해 터진 눈물 자국이 가득했다. 구구절절 안타까운 삶의 이야기는 그저 말로 다 설명이 안 될 것이다. 넌 네가 살지 않았어도 될, 밑바닥 삶을 누구보다 뼈저리게 겪었다.

"근데도 아무것도 밝히지 말라고 했어요. 예일이는……."

결국 그는 말을 더 잇지 못한 채 한 손으로 얼굴을 가려 버렸다.

쉴 새 없이 흘러내리는 눈물이 카펫 위로 뚝뚝 떨어졌다. 정신을 놓은 듯 울던 공희영은 도훈이 가져온 서류를 미친 듯이 헤집고 또 헤집었다. 보육원에 막 맡겨졌을 때의 제 딸의 사진. 한 살때의 제 딸. 두 살, 세 살. 얼굴에 피멍이 든 채로 울상을 짓고 있는 제 딸.

'오늘 제게 하신 무례한 행동은 잊겠습니다. 다신 저 찾아오지 말아주세요.'

한껏 상처받은 얼굴로 돌아서던 그 모습이 사진 위로 겹쳤다. 몸이 반으로 갈라지고 피가 역류하는 고통이 일어왔다.

"내, 내 딸이. 내 딸이…… 이 아이."

"내 딸은 미연이 하나야."

공희영은 다시금 흐느꼈고, 하성훈 교수는 변함없이 현실을 부정했다.

"그만 가게. 도훈 군!"

그는 이 비극을 아예 받아들이지 않기로 마음을 먹은 듯싶었다.

"하……."

도훈은 더 그들에게 전해줄 말이 없었다. 진실은 다 밝혔고 그들에게 위로 같은 걸 할 여유 따윈 없었다. 저벅이는 발걸음이 멀어져갔다. 곧 현관문이 닫히는 육중한 소리가 울렸다.

"엄마, 아빠. 무슨 일……이야? 시끄럽던데."

뒤늦게야 잠에서 깬 미연은 큰 소리에 1층으로 내려왔다.

"내 딸은 미연이야. 내 딸은 미연이. 내 딸은……."

하 교수는 앵무새처럼 단 한 문장을 내뱉었다.

"아빠?"

"내 딸은 미연이. 내 딸은……."

그는 천천히 고개를 돌려 30년 동안 믿고 있던 딸 미연을 보았다.

"내 딸은……."

"아빠."

"미연이……."

소나무와 같이 우직했던 그의 몸이 천천히 기울어져 갔다.

"내 딸은……."

"아빠아!"

주름진 눈꺼풀이 내리감기며 비명을 내지르는 미연을 눈동자에 담았다. 쿠웅, 둔탁한 소음이 흘렀다.

"여보!"

찢어질 듯한 공희영의 비명과 함께, 하성훈은 온전히 정신을 잃었다.

경기도 모 대학병원. 코드블루 촬영지.

"안녕하세요, 감독님."

"감독님 하이요!"

예일과 혜리가 촬영장을 엎어버리고 나간 뒤 꼬박 삼 일이란 시간이 지나서야 〈코드블루〉의 촬영이 재개됐다.

"어……어! 예일아! 혜리야!"

감독은 벌떡 일어나 두 배우를 반겼다. 양팔을 널찍하게 벌리며 오버하는 제스처에 혜리는 으, 인상을 구기며 피했다.

"녀석들 진짜. 잘 왔다. 응? 잘 왔어, 내 새끼들."

"어흐. 저희가 감독님 새끼들은 아니고요!"

"알았어, 인마. 까칠해서는!"

두 사람의 얼굴을 보고 나서야 감독은 심장에 얹힌 묵은 짐이 내려간 느낌이었다. 예일과 혜리가 촬영장을 엎고 나간 뒤, 이야기를 전해 들은 조아라와 박이채 역시 촬영을 거부해 왔었다. 주연 배우 4인방이 빠진 드라마는 아예 촬영이 불가했다.

감독을 제외한 전 스태프의 교체가 이루어지고 나서야 네 사람은 촬영을 수락했다. 사실상 〈코드블루〉에 들어오고자 하는 배우들은 줄 섰다. 방송사에서 대놓고 민다는 이야기가 돌았으니 그럴 만도 했다. 배우가 빠진다 해도 아쉬울 게 없는 상황임에도 감독은 눈치를 볼 수밖에 없었다. 상대는 주예일과 이혜리. 혜리는 꾸준히 연기력 논란이 있음에도 아역배우 때부터 쌓아온 팬층이 콘크리트처럼 단단한 배우였으며, 예일 역시 많은 구설수에도 화제성 탑을 자랑하는 연기파 배우였다. 두 사람이 빠지게 된다면 당연히 타격은 바로 올 것이다.

"아 스으바. 속 쓰리네."

간이의자에 털썩 앉은 혜리는 아직도 쓰린 것만 같은 제 배를 문질러댔다. 어제 역시 늦게까지 술을 퍼먹었더니 아직도 입 안에 소주를 머금고 있는 것만 같다.

"야. 쭈엘. 너 그날 기억나?"

"몰라요, 말도 마요. 아직도 속 아프니까."

"혜리 선배 언제 예일이랑 친해지신 거예요?"

아라의 물음에 혜리는 친하긴. 짜증 난다는 듯 몸서리를 쳤다.

"야. 쭈엘, 넌 근데 머리 자른 게 훨씬 낫다."

예일의 머리칼을 가지고 장난을 치던 혜리는 슥 스태프들을 둘러보더니 인상을 크게 찌푸렸다. 예일을 보며 수군거리는 스태프 두 명.

"아 저 새끼들이 또 귓속말 질을 하네."

"제발 선배님. 두세요. 촬영 또 물 말아 먹을 일 있어요?"

씩씩거리며 일어나던 혜리는 예일의 만류에 다시 자리에 앉았다. 여전히 예일을 향한 눈초리는 달갑지 않았다. 당연한 이야기였다. 대한민국을 떠들썩하게 만든 염문설의 주인공. 게다가 그 주예일의 말 한마디로 인해 촬영장의 전 스태프가 교체됐다. 누가 봐도 명백한 갑질 아니겠나.

"예일아, 오늘 촬영 뭐 불편한 거 없지. 응?"

"네. 없습니다, 감독님."

그럼에도 다들 별말을 할 수 없는 건 감독마저 절절매는 처지에 자신들이라고 힘이 있을까 싶은 마음이었다. 예일 역시 그들의 마음을 모르는 건 아니었다. 저였어도 주예일이 상당히 마음에 들지 않았을 것이다.

'영화제까지만 버티자. 도가 됐든 모가 됐든. 그때까지만.'

그래도 혜리를 비롯한 아라, 이채까지 같이 출연하는 배우들이
있어 버틸 만했다. 걱정했던 지운 역시 도훈과 잘 있으니 문제는
주예일이다. 저만 잘하면 된다. 무엇보다 그녀를 지탱하는 건, 자
신의 아이.

'지운이는 엄마를 제일 사랑해.'

지운이가 있는 한 어떤 상황에서도 무너져서는 안 되는 일이었
다.

"자자. 시간 빠듯하니까 딜레이 없이 갑시다!"

쩍쩍 치는 박수 소리에 스태프들이 분주히 움직였다.

"와 이채 선배 진짜 의사 같아. 그 나 다니던 신경과 전문의 교
수 생각나."

"그치. 조아라. 얘 은근히 얼굴이 범생이 그쪽이라니까?"

의사 가운을 입은 네 배우 사이에서 깔깔이는 웃음이 맴돌았다.
교체된 스태프들은 고개를 갸웃거리며 그들을 보았다.

"촬영장 분위기 구리다더니 분위기만 좋네."

조명감독은 구레나룻을 긁적거렸다.

"그러게."

빠듯한 스케줄을 마치고 집으로 들어서는 길, 몸이 천근만근이
었다. 마음 같아선 도훈의 집에 들러 아이의 얼굴이라도 보고 싶
건만 컨디션이 도저히 안 받쳐 주었다.

'내년엔 무리한 스케줄 잡지 말아야지.'

그때가 되면 지금보다 덜 힘들 수 있을까, 하는 나약한 마음이
들었다. 고개를 저은 예일은 다시금 마음을 굳게 다지며 엘리베이
터에서 내렸다. 어두웠던 센서 등이 환해지는 순간. 짙은 스킨 향
이 코 속으로 스며들었다.

　"하."

　고개를 올리면 너무나도 그리웠던 제 사람이 보였다.

　"뭐야, 강도훈. 왜 여기 있어."

　바람 빠진 웃음에 도훈은 불만인 듯 시계를 매만졌다.

　"몇 시야. 이게 대체?"

　정말 몇 시냐고 묻는 일차적 질문은 아닐 거다. 누가 봐도 늦은
시간이었으니.

　"촬영이 늦게 끝났어."

　"감독이 누구야? 배우 컨디션 생각 안 하고 이렇게 막 굴려도
돼?"

　눈썹을 비딱하게 세운 채로 투덜대는 것에 예일은 파하 웃었
다. 왜 들어가지 않고 기다리고 있었던 걸까. 비밀번호도 알고 있
을 텐데.

　"들어가자."

　키 판을 올려 비밀번호를 친 예일은 문고리를 잡아 열었다. 두 사
람이 들어서자 센서 등이 환해졌다. 불을 켠 예일은 자연스레 거
실의 소파로 향했다. 얼마 후 도훈의 집으로 들어갈 생각이었기
에 정리된 짐이 너저분하게 늘어져 있었다. 한쪽으로 좀 치워 놓
을 걸 그랬나 싶다.

　"왜 왔냐고 타박 안 하네."

"할 말이 있으니까 왔겠지."

피곤한 듯 예일은 목덜미를 두드렸다. 그 위로 도훈의 큰 손이 닿았다. 부드럽게 주무르는 손길에 아아 하는 탄성이 절로 나왔다.

"오늘 촬영은 어땠어. 괜찮았어?"

"뭐 그렇지. 생각보다 괜찮아."

대충 답하며 예일은 그의 손길에서 벗어났다. 강도훈이 제게 이런 시시콜콜한 안부나 묻기 위해 온 것은 아닐 테니.

"배고프지 않아? 뭐 좀 먹으면서 얘기할래."

"흐음……"

콧소리가 흘렀다. 딱히 배가 고픈 건 아니긴 한데…….

"뭐 시킬까. 지금 배달이 되려나."

핸드폰을 들자 그 위로 도훈의 손이 겹쳐져 왔다.

"내가 해줄게."

"응? 냉장고에 뭐 없을 텐데."

"걱정 마. 사 왔어."

"사 왔다고?"

"응."

그는 눈짓을 했다. 집 앞에서 기다리던 그가 들고 있던 갈색 쇼핑백. 그게 장을 봐 온 거였나.

"너…… 요리할 줄은 알아?"

그녀는 의심쩍게 물었다. 강도훈과 요리라니. 말도 안 되는 조합이었으니까.

"어느 정도?"

씩 웃은 그는 자연스레 다이닝룸으로 향했다. 그 뒷모습을 눈으로 쫓았다. 금세 따라 일어난 예일은 아일랜드 식탁의 맞은편 바 의자에 앉았다.

갈색 봉투에서 나온 건 치즈와 우유, 베이컨, 파스타면 같은 거였다. 딱 봐도 알 수 있는 메뉴선정. 제가 좋아하는 메뉴 중 하나였다. 니트를 팔목 위로 걷은 그는 개수대에서 손부터 씻었다.

"도와줄까?"

"도와주긴. 그냥 구경이나 해."

도훈은 아주 익숙하게 재료들을 꺼내어 준비를 했다. 냄비에 물을 받고 인덕션 위에 올리고 소금을 치는 것까지. 그게 참 능숙해 보여 신기했다. 저 강도훈이 요리라니.

"요리는 언제 배운 거야?"

"한참 너랑 만날 때?"

하긴. 언제부터인가 가끔 도훈은 제가 요리를 해줄까? 하는 말을 하곤 했었다. 물론 바빠서 그의 초대에 응해준 적은 없지만……. 생각하니 꽤 미안한 게 많았다.

"그런 건 왜 배운 거야."

"너 좀 먹이려고."

"……?"

"입 짧잖아, 너. 살 좀 찌우고 싶어서."

살 좀 찌우고 싶다니. 뭘 사육하는 것도 아니고. 큭큭. 예일은 어깨를 들썩거리며 싱거운 웃음을 뱉었다. 요리를 하는 모습을 구경만 하자니 피곤함에 자꾸만 몸이 늘어졌다. 아일랜드 식탁 위에 엎드린 예일은 고개를 비스듬히 틀었다. 신기하다. 강도훈이 내 집에서 날 위해 요리를 한다는 것이.

"주예일."

"응."

"밥 먹을 때 얘기하면 체할 거 같으니까 미리 말할게."

"응. 말해."

"너희 부모님 뵈었어."

"누구?"

그녀의 눈썹이 옅게 구겨졌다.

"너희 부모님."

"……."

"다 말씀드렸어. 너한테 혼날까 봐 말 안 하려고 했는데 그건 아 닌 거 같아서."

"……."

"공희영 교수님은 많이 우셨어. 하성훈 교수님은 그냥 현실을 부 정하시더라고, 워낙 그런 분이긴 해."

그는 남 이야기를 하듯 최대한 가볍게 툭 던졌다. 어떻게 보면 예 일을 최대한 배려한 행동이었다.

"그렇구나."

예일 역시 심드렁하니 별생각 없는 답을 했다.

"난 있잖아. 너 처음 만나고 네가 살아온 이야기를 들었을 때 네 삶이 정말 가여웠거든."

"그래?"

"한때는 그런 네게 난 구원이란 오만한 생각을 한 적도 있었고."

예일은 피식 웃었다. 구원이라. 뭐 틀린 말은 아니다. 강도훈은 그때 주예일에게 구원자였다.

"아니. 사실 날 구원한 건 너였더라고."

"나는 너한테 뭘 해준 게 없는데?"

"왜 없어. 나 만나줬잖아."

"그게 뭐야. 바보야."

실없는 웃음이 흘렀다. 인덕션의 불을 끈 도훈은 잠시 고개를 돌려 예일과 시선을 마주했다.

"너. 내가 사실을 알고 나서 제일 역겨웠던 게 뭔지 알아?"

"음…… 글쎄. 뭔데?"

"만약 신애란이 그날 아이를 바꾸지 않았더라면, 그래서 네가 원래의 네 삶을 살아갔다면. 우린 만나지 못했겠지."

"……."

"빌어먹게 그딴 생각이 들더라."

적당한 높이의 목소리는 차분했다. 그럼에도 스스로 자책감이 짙은 음성은 어딘가 슬펐다. 도훈이 그녀를 잘 아는 만큼 예일 역시 그를 너무나 잘 알고 있었다. 엎드려 있던 몸을 일으킨 예일은 턱을 괸 채 푸하하 부러 크게 웃었다.

"나도 그랬어."

그러곤 살짝 겁이 난 그의 눈동자와 시선을 맞추며 입을 열었다.

"원래의 내 삶을 살게 됐다면 널 못 만났겠지. 그럼 우리 지운이도 세상에 없었겠지. 그래서 다행이야."

"……."

"정말 다행이라고 생각해, 난."

은회색의 눈동자에 작은 파동이 일었다. 이내 제자리를 찾은 눈매가 살짝 접혔다.

"주예일다운 답이네."

✱

플레이트 두 개가 아일랜드 식탁 위로 놓였다. 고소한 냄새가 코 속으로 스며들었다.

"처음 해주는 거니까 다 먹어."

"당연한 말씀을."

픽 웃은 예일은 그가 건네는 포크를 집어 들었다. 사실 배가 고프지 않았다. 다 먹기엔 그 양도 많았다. 그럼에도 다 먹어야 할 것만 같았다.

'배 안 고파?'

'밥 먹으러 가자.'

도훈은 예전에도 자주 그랬다. 제게 뭔가를 먹이는 걸 강박적으로 생각할 만큼. 다시 만났을 때도, 친자확인 검사결과지를 들고 온 그는 제게 밥 먹으러 가자 했었다. 먹히지도 않는 초밥을 제 입에 꾸역꾸역 집어넣던 그가 생각났다. 강도훈이 그렇게 강박적으로 굴기 시작한 건, 아마 따뜻한 밥 한 공기가 사치였다는 말을 해주고 난 후였을 거다.

"맛있다. 너 나중에 외식사업 해도 되겠다."

실없는 농담에 그는 픽 웃었다. 두 사람 사이에 큰 대화는 없었다. 그저 포크가 플레이트에 닿는 달그락거리는 소음만 있을 뿐.

도훈은 한 번씩 흘긋 그녀를 훔쳐보았다. 금세 또 상해버린 얼굴이 속상했다. 해줄 수 있는 게 이런 것뿐이라 미안한 마음이 들었다. 그럼에도 잘 버텨주고 있는 제 여자가 고마웠다.

"잘 먹었어."

마지막 면까지 싹 비운 예일이 일어났다. 먹은 식기를 개수대에 가져다 놓으려 하자 도훈이 막았다.

"그냥 둬. 내가 치울게."

"됐어."

"내가 한다니까. 좀."

손목을 붙잡고 억지로 다시 앉히는 것에 못 이기는 척 앉았다. 반도 먹지 않은 도훈의 파스타. 입맛이 없는 건지. 하긴 생각해보면 강도훈은 밀가루 음식을 그다지 좋아하지 않았었다. 그럼에도 이 시간에 굳이 장을 봐 와 좋아하는 요리를 해주고 잘 먹지도 않을 음식을 앞에 두고 있다. 웬만한 배려로는 있을 수 없는 일이었다. 제가 다시 한국에 왔을 때, 먼지 한 톨 없던 집도. 제 취향으로 가득 채워졌던 생활용품들까지……. 평생 올 행운은 아마 눈앞의 이 남자에게 다 쏟은 건 아닐까 하는 생각이 들었다.

"강도훈. 우리 결혼할까."

"응?"

막 면을 입 안에 넣던 도훈이 눈을 크게 떴다.

"결혼하자고."

너무 놀라면 말도 나오지 않는다 했던가. 도훈은 바보같이 면을 입에 문 채 굳었다. 예일은 픽 웃었다.

"싫으면 말고."

바보같이 넋을 놓은 도훈은 눈만 끔벅이며 굳어 있었다. 예일이 자리에서 일어나고, 욕실로 걸을 때까지. 또 욕실의 문이 닫히는 소리가 귀에 들릴 때까지도. 뒤늦게야 그는 면을 간신히 삼키며 물 잔을 쥐어 들었다.

'결혼할까.'

청아했던 그 목소리가 떠오르는 순간 물 잔이 떨어졌다. 식탁 위로 엎어진 물이 흘러 그의 바지 위를 적셨다.

"아······."

그는 뒤늦게야 시뻘게진 얼굴을 마구 문질러야만 했다.

16. 가족의 정의

　서울 종로구 이음 미술관.

　평일임에도 불구하고 많은 사람들이 이음 미술관을 찾았다. 아마 유명 모 현대 미술가의 전시회 때문인 듯싶었다. 1전시관과 2전시관을 지나자 준공을 앞두고 있는 3전시관이 나왔다. 건축가 보타의 작품이라고 볼 수 있는 3전시관은 다각형 형태의 특이한 구조였다.

　"우아. 아저씨 멋이써요!"

　"그래?"

지운의 손을 잡은 도훈은 픽 웃으며 준공을 앞두고 있는 3전시관으로 들어섰다. 그 뒤를 그림자처럼 김 비서가 따라붙었다. 아직 오픈하지 않았음에도 많은 작품이 3전시관에 걸려있었다. 몇 걸음 걷던 도훈이 흰 캔버스 앞에 멈추어 섰다.

"이 그림. 김준현 전무 댁으로 보내. 아니 그 집 사모 앞으로, 내 이름 크게 박아서."

김준현 전무. 철저한 신애란의 라인으로 남은 신 회장 라인 중 가장 큰 힘을 가지고 있는 인물. 워낙 처음부터 신 회장의 뒤를 탔던 인물이었기에 회유하는 건 쉽지 않았지만, 단 하나 약점이 있었으니 그가 상당한 애처가라는 거였다.

김 전무의 아내는 취미라기엔 꽤 고가의 작품들 위주로 수집 해 왔다. 특히나 도훈이 고른 작품을 그린 화가의 전시회라면 다 따라다닐 정도로 열렬한 팬이라는 정보가 있었다.

"물론 김준현 전무 모르게 전달하고."

"예, 알겠습니다. 근데 전무님."

"말해."

뜸을 들이던 김 비서는 나름 비장한 표정으로 입을 열었다.

"이 그림…… 이십억이 넘는다고 하던데. 저도 그냥 백지장 걸어 놓으면 십억 벌 수 있는 겁니까?"

아이같이 순수하게 궁금해 하는 모습에 도훈이 피식 웃었다.

"이게 그냥 백지장으로 보여, 김 비서는?"

"아닙니까?"

"봐. 잘 보면 흰색 염료를 덧바른 거야. 세상에 있는 모든 흰색을 전부."

"예. 뭐 저도 그 정도는 할 수 있을 것 같은데요, 전무님."

그래도 이해가 가지 않는 듯 김 비서가 답했다.

"그래?"

픽 웃은 도훈은 걸음을 옮겼다. 몇 걸음 더 옮긴 곳엔 르네상스 시절에나 볼 수 있을 법한 유화가 걸려 있었다.

"이 그림은 어때."

작품 앞에 선 도훈이 물었다.

"오우! 이건 참 멋있습니다! 제가 그림 보는 안목이 없긴 한데…… 이건 정말 잘 그린 거라는 건 알 거 같습니다."

"그럼, 이건?"

그 옆, 현대미술 선 하나를 가리킨 도훈이 다시 물었다. 비밀경매에서 그가 낙찰 받았던 작품. 제가 아끼기도 하는.

"이건 역시…… 저도 그릴 수 있을 거 같은데요, 전무님."

턱 밑에 손을 말아 쥔 채 김 비서는 고개를 저었다. 그럴 줄 알았다는 듯 도훈은 와하하 웃었다.

"보통 사람들이 생각하는 게 그거야. 왜? 예술은 시각적인 쾌락을 주는 거라 생각하거든."

양팔을 겹쳐 끼워 넣은 그는 말을 이어갔다.

"왜 이렇게 그렸을까. 왜 이런 그림을 그렸을까. 본질적으로 작가의 삶과 그 안에 담긴 철학, 그 모든 것을 이해하는 과정을 생략하지."

도통 이해가 안 간다는 듯 김 비서는 귀밑을 긁었다. 아무리 보아도 제 눈엔 그냥 선 하나 찍 그은 거다. 대체 이 선에 어떤 철학이 있다는 거지.

"뭐 여튼 그러니까 이름만 날리면 선 하나를 찍 그어 버려도 수억의 가치를 할 수 있다는 말씀이시죠?"

"대충, 비슷해."

허공에 손가락을 부딪친 도훈은 고개를 끄덕거렸다.

"근데 이런 작품들이 고작 돈세탁하는 데에 쓰인다는 게 참 씁쓸하지 않아? 대체 누가 그 빌어먹을 짓거리를 시작한 건지."

혀를 찬 도훈은 김 비서를 향해 손가락을 굽혔다.

"이 작품도 같이 김 전무 댁에 갖다 드려. 관장 좀 오라 그러고."

"예. 알겠습니다, 전무님!"

김 비서가 허리를 정중하게 굽히며 자리를 떴다. 도훈은 멀찍이 그림들을 정신없이 구경하는 지운에게 향했다. 애초에 이곳의 관장은 신 회장에게 줄 생각이었다. 최소한의 배려였으나 과거의 일을 다 알게 된 이상 관장 자리도 그 여자에겐 분에 넘치는 자리지 싶다.

"지운아."

아이의 옆에선 도훈은 크흠 목소리를 가다듬으며 아이를 불렀다.

"녜. 아저씨!"

"미술관 와 본 적 있니?"

"네네! 엄마랑 미미 할머니랑 테리 할아버지랑 가 봤어요!"

미미 할머니? 잠시 떠오른 물음표는 금세 사라졌다. 옆집 사는 성격 좋은 노부부겠거니, 단순히 생각한 그는 아이의 앞에 무릎을 굽혀 앉았다.

"지운이. 그림 그리는 거 좋아하니?"

"네에!"

아이가 그림을 좋아하는 것과 소질이 있다는 것 정도는 이미 파악하고 있었다. 그는 씩 웃으며 아이의 고사리 같은 손을 잡았다.

"나중에. 아저씨가 우리 지운이 그림으로 여기 채워 줄게."

"지운이 그림이요?"

"응. 지운이의 전시회를 여는 거야. 엄마도 초대하고. 민형 삼촌도 초대하고, 소민 이모도 초대하고."

아이와 눈높이를 맞춘 도훈은 싱긋이 웃으며 어때? 아이에게 의사를 물었다.

"전시회……?"

아직 아이에겐 어려운 단어였을까. 콧잔등을 긁적이며 그는 고민했다. 이걸 어떻게 설명해야 할까. 고민하는 순간 아이가 해맑게 웃어왔다.

"전시회 조아요!"

도훈 역시 따라 미소 지으며 아이를 끌어안았다.

"현 실장님."

주말 이른 아침부터 도훈은 지운과 함께 한국대학병원 근처의 카페를 찾았다. 강호진 회장의 대리인으로서 말을 전하는 현지욱 실장.

"안녕하십니까, 도련님. 안녕하세요, 꼬마 도련님."

"안녕하새요?"

발딱 자리에서 일어난 지운이 쪼끄만 몸을 굽혀 현 실장을 향해 공손히 인사를 했다. 그것이 꽤 귀여운 듯 현 실장은 다정한 미소를 보냈다.

"앉으세요, 현 실장님."

"예. 잘 마시겠습니다."

미리 시켜 놓은 아메리카노를 든 현 실장은 씁쓸한 커피를 한 모금 넘겼다.

"회장님은 계속 안 보실 생각이세요, 도련님? 손자……분도 많이 보고 싶어 하시는데."

"……."

진실을 전해 듣게 된 그날 이후. 도훈은 의도적으로 제 아버지를 찾지 않았다. 예일에 관한 일을 억지로 지운다 하더라도, 어머니를 생각하면 도저히 아비가 용서되지 않았다.

"예. 전 아직……."

도훈은 말끝을 흐렸다.

"제가 주제넘었네요. 죄송합니다, 도련님."

"아. 아닙니다. 현 실장님. 전 그저……."

"예. 알겠습니다.

현 실장은 알겠다는 듯 인자한 미소로 그에게 화답했다. 잔을 내려놓은 현 실장은 슈트 안으로 손을 넣었다. 그러곤 각진 명함 하나를 도훈 앞으로 밀었다.

"……."

골드색의 빈 명함에 적힌 건 그저 회사 이름뿐이었다.

"브리먼. 도련님도 알고 계시죠."

도훈은 고개를 끄덕였다. 모를 리가 있나. 브리먼 코퍼레이션. 대한그룹의 8퍼센트 지분을 보유한 미국계 헤지펀드로, 한 국가마저도 디폴트(채무불이행) 상태로 만들었던 매니지먼트였다.

"명함 하나 얻기가 하늘의 별 따기라던데, 어떻게 구해 오셨네요?"

"그렇게 힘들지는 않았습니다."

현 실장은 넉살 좋은 웃음을 지었다.

"현 실장님 능력은 정말."

그 역시 눈웃음을 지었다. 하나 입꼬리는 굳어 있었다. 명함을 손에 쥔 그는 회사의 이름을 눈동자에 담았다. 신애란의 확실한 해임을 위해서는 꼭 필요한 지분 8%. 나아가 앞으로 대한그룹 왕좌에 올랐을 때도 제 편으로 두면 좋을 것이다. 브리먼 매니지먼트가 제 편에만 서 준다면 앞으로의 일은 수월할 텐데……. 접촉하는 것 자체가 불가능에 가까웠다. 우스갯소리로 명함 하나를 구하는 데만 해도 하늘의 별 따기라는 농담을 던졌으니.

"정확히는 브리먼 매니지먼트가 아닌 창립주 John Tyler가 필요할 겁니다."

도훈의 속마음을 꿰뚫은 현 실장은 차분히 말했다. John Tyler. 브리먼의 창립주. 헤지펀드 업계의 거물이자 '기업 사냥꾼'이라 불리는 악명 높은 인물. 공식 석상에 얼굴을 잘 내비치는 일이 없어 웬만한 기업들은 그 이름조차 생소할, 베일에 싸인 남자였다.

"예. 정확히 말하자면 그렇긴 하네요."

현 실장의 말이 맞다. 대한의 지분 8%는 정확히 브리먼이 아닌 'John Tyler' 개인이 가지고 있는 것이었으니.

"John Tyler가 한국에 주기적으로 오는 건 아시죠, 도련님."

"예. 알고 있습니다."

알다마다. 왜 주기적으로 한국에 방문하는 건진 모르겠지만. 저도 몇 번이고 만나려고 백방으로 수소문해 봤지만 알 수가 없어 답답했었는데. 현 실장은 사진 한 장을 그에게 건넸다.

"사진 구하는 데도 꽤 애먹었습니다."

현 실장이 건네는 사진은 아마 John Tyler가 학부생일 당시에 찍은 걸로 보이는 아주 낡은 사진이었다. 손을 뻗은 지운이 사진을 먼저 잡았다. 까르르 웃은 지운이 도훈에게 사진을 건넸다.

"고마워, 지운아."

깊은 눈매를 가진 매력적인 인상. 어딘가 낯익은 것 같은 인물……. 묘하게 기시감이 느껴졌다. 도훈은 고개를 갸웃거렸다.

"흠……."

"저희가 더 알아보겠습니다. 근데 워낙에 조심성이 많은 인물이라. 쉽지는 않을 것 같습니다."

"예. 저도 개인적으로 만날 수 있는 방법 생각해 보겠습니다."

사진을 슈트 안으로 집어넣은 그는 지운을 안아 들며 자리에서 일어났다.

"약속이 있어 먼저 일어나겠습니다."

"예. 도련님. 또 연락드리겠습니다. 꼬마 도련님, 다음에 봬요."

현 실장이 손을 흔들자 지운 역시 까르르 웃으며 손을 흔들었다.

서울 근교 경기도의 설은미의 전원주택. 도훈의 차가 주택 앞에 멈췄다.

예일이 한국에 돌아오고 나서부터 얼마 전까지 근 1년이란 시간 동안 제 아이를 스스럼없이 맡아주었던 설은미 감독. 아마 그 감사함을 전한다면 온종일 감사하다 말해도 모자랄 것이다.

사실 도훈은 봉투를 준비했었다. 하나 그건 역시나 설은미 감독에게 실례가 될 것이다. 돈이라면 그녀 역시도 부족함이 없을 테고, 중요한 건 설은미 감독은 고용인이 아니었다. 마음으로 아이를 맡아 준 은인에게 전할 수 있는 게 뭐가 있을까. 아무리 머리를 굴리고 굴려도 답이 나오지 않았다.

'필요하신 것이 있다면 무슨 수를 써서라도 구해 가겠습니다.'

결국 그는 직설적으로 설은미 감독에게 물었다.

'이 나이에 다 늙어서 필요한 게 뭐가 있겠나요, 내가. 사과나 한 박스 사 와요.'

보통 다른 이들 같았다면, 말속에 사과 한 박스에 지폐를 가득 채워오라는 사심이 들어있을 것이다.

'사과 한 박스라.'

단 10초의 고민 끝에 그는 생각했다. 설은미 감독이 말하는 사과 한 박스는 정말 '사과 한 박스'라는 것을. 결국 김 비서를 시켜 전국 팔도에서 가장 품질이 좋은 사과를 구했다. 과연 이것으로 감사함이 전해질까 싶었지만, 이 이상의 선물은 결과적으로 설은미 감독을 무시하는 것일 테지.

약소한 선물 박스를 들고 마당을 지났다. 문을 열고 들어서자 하하호호 웃음소리가 집 안 가득 울리고 있었다. 설민형 감독의 목소리도 들리는 걸 보아하니 함께 있는 듯싶었다.

"감독님. 계십니까?"

"할머니이. 지운이 와써요!"

미리 연락을 하고 왔지만 혹시 몰라 그는 들어서지 못하고 현관에서 서성거렸다.

"어. 누구 왔나 보네."

이어 설은미 감독의 목소리가 들려왔다.

"내가 나가 볼게요, 은미."

저벅이는 발걸음 소리가 들리고, 도훈이 마주한 건 낯선 외국인이었다. 각진 외모에 깊은 눈매, 파란색 눈동자를 가진.

"누구십니까?"

유창하게 나오는 한국말에 그가 짐짓 당황한 사이, 지운이 남자의 다리에 매달렸다.

"Terry!"

남자의 파란 동공이 크게 확대되어 갔다.

"Aiden? Oh, Aiden! its been a while!"

무릎을 굽힌 남자의 품 안으로 지운이 자연스럽게 안겨들었다. 지운을 번쩍 안아 든 남자는 제자리에서 한 바퀴 돌며 격한 인사를 주고받았다. 도훈은 눈살을 구기며 두 사람을 번갈아 보았다. 제 아이와 친해 보이는 남자……. 그전에 어딘가 모르게 낯익은 얼굴.

"……."

뇌리를 스치는 무언가의 기억에 급히 슈트 안에 넣어 두었던 사진을 꺼내 들었다. 학부생 시절의 John Tyler 그리고 눈앞에 있는 남자. 번갈아 보던 시선이 이내 끊겼다.

"Tyler?"

도훈은 허공에 대고 그의 이름을 중얼거렸다. 지운을 제대로 한쪽 팔에 걸친 남자는 도훈을 보며 씩 웃었다.

"예, 맞습니다. 누구십니까?"

브리먼 매니지먼트의 창립주 John Tyler였다.

"삼십 년도 더 된 이야기네요. 프랑스 몽마르트르 언덕, 그곳에서 우린 처음 만났죠. 우린 첫눈에 반했고 함께 여행을 했어요. 그녀는 정말이지 자유 그 자체였어요. 그녀가 있는 곳은 어디든 즐거운 낙원이었어요. 난 그런 그녀를 사랑했고, 헤어질 수 없었어요. 세상이 무너질 거 같았거든요. 프러포즈를 했으나 그녀는 결혼이란 제약에 얽매이고 싶지 않다 거절했어요. 그렇게 우린 헤어졌죠."

옛이야기에 피잉 눈물이 도는 눈가를 찍은 타일러는 고개를 저었다. 그를 보는 설민형의 시선은 영 못마땅해 보였다.

"하지만 이미 그녀를 너무 사랑하고 난 후였어요. 그렇게 한국을 찾았어요. 그녀의 삶을 더 깊이 이해하기 위해 한국어를 배우고, 한국 음식을 먹고, 또 이 나라의 문화를 이해하며 사랑을 키워갔어요. 아이가 생겼을 땐 온 세상을 다 가진 기분이었죠."

양팔을 널찍이 벌린 타일러는 기쁨에 들뜬 얼굴로 말을 이어갔다. 도훈은 고개를 끄덕이며 정중하게 그의 말을 경청했다.

"두 번째 프러포즈는 또다시 거절이었어요. 예상했었기에 괜찮았죠. 그녀에겐 그녀의 삶이 있었고, 결혼이란 제도가 그녀의 삶을 무너뜨리는 건 나도 원치 않았죠. 그렇게 우린 믿음 하나로 지금까지 이 관계를 유지하고 있어요."

그렇게 묻지도 않은 이야기가 꽤 오래 전해졌다.

"아아……."

John Tyler는 소문으로 듣던 것과 다르게 약간 수다쟁이 같은 면모가 있는 것 같다. 긴 이야기를 들으며 도훈이 내린 결론 중 한 가지였다. 전래동화를 말하듯이 구구절절 굳이 안 해도 될 이야기를 전하던 그는, 말하는 내내 다정한 눈빛으로 설은미 감독을 보고, 손을 만지작거리기도 했으며, 뺨을 쓸기도 하며 애정을 가감 없이 표현했다.

"그때 미미를 만나지 못했다면 난 아직도 영혼 없이 살았을 거야. 사랑해, 미미."

사랑하고 있는 남자의 모범과도 같은 모습. 그게 나쁘게 보이진 않았다.

"어후 씨. 우웁."

물론 그들의 아들인 설민형은 격하게 거부반응을 보였다.

"미안합니다, 강 대표님."

"아뇨. 보기 좋으신데요. 정말."

도훈은 픽 웃었다.

"어디까지 이야기했죠. 아, 그래서 우리는 앞으로."

"그만하세요. 아버지. 아무도 두 분 러브스토리를 궁금해 하지 않습니다."

설민형의 단호한 태도에 타일러는 울상을 지었다.

"그래. 주책 좀 그만 떨어. 내가 낯부끄러워서 원."

설은미 감독의 한마디가 더 덧붙여지고 나서야 타일러는 입을 다물었다. 투닥거리면서도 자연스러운 분위기는 누가 봐도 가족이었다. 법적으로 그들이 온전한 가족은 아니었다만…….

아이도 있는데 결혼도 하지 않고 따로 떨어져 산다? 보수적인 한국인들의 시선에선 확실히 이상한 사상이었다. 도훈 역시 잠시 그것이 의아했지만 설은미라면 충분히 그럴 수 있겠다, 납득이 되었다.

자유. 파격. 월등. 설은미 감독을 따라다니는 수식어들은 하나같이 다 그녀를 그대로 표현한 단어들이었다.

삼십여 년 전 황룡영화상. 결혼도 하지 않은 설 감독이 갑자기 배가 부른 채로 모습을 드러냈을 때. 많은 이들이 그녀를 손가락질했다. 지금에 비해 더 보수적인 성향이 강하던 시절이었으니. 그런 시절에도 홀로 아들을 낳아 잘 키우고, 그 와중에 자신의 커리어 역시 무너지지 않고, 멋지게 이어가는 걸 보면 정말 그녀는 타고난 예술인이라는 말이 아깝지 않다.

"그사이에 또 이렇게 많이 크다니. 정말 아이들은 하루가 다르게 크는 거 같아. 이건 정말 기적과도 같아. 축복이고 기적이야. 그렇지 않아, 미미?"

어색하게 자리를 해 앉은 도훈은 생각했다. 아마 타일러가 말하는 '미미'는 설은미 감독의 애칭일 거라 지레짐작했다.

"아차! Zoe는 잘 있어, 은미?"

"그럼. 잘 지내지."

"근데 왜 Zoe는 같이 안 왔어? Zoe는 바빠?"

"응, 그 애 바빠. 찾지 마."

"오우. 타일러는 슬퍼, 미미."

제 아들인 지운의 영어 이름을 알고, 아주 친밀해 보이던 타일러는 예일과도 잘 아는 사이인 듯싶었다. 그가 말하는 Zoe는 예일의 미국식 이름이었으니.

"아. 나 미국에 한 번씩 갈 때마다 예일이랑 다 같이 봤거든요."

설은미 감독은 타일러를 대신해 그의 의문들을 대신 답해주었다.

"이 사람. 한국 음식 좋아해서 예일이가 한 번씩 음식도 해주고, 또 회사에서 물러나고 나서 같이 봉사 활동도 하면서 꽤 친하게 지냈어요."

"아……."

봉사 활동이라. 그러고 보니 해임되던 날 한강에서 그런 말을 언뜻 흘렸던 것 같긴 하다.

'아는 분이랑 봉사도 하고, 그렇게 지냈어.'

아는 분이라는 게 누군지 궁금했는데, 새삼 세상이 참 좁다는 생각이 들었다.

"근데 은미. 60살에 나와 결혼해주겠다는 약속 왜 지키지 않는 거야?"

"내가 또 언제 그런 약속을 했어?"

"오 미미, 타일러는 슬퍼."

"많이 슬퍼해 그럼."

설은미 감독의 팔에 매달린 타일러는 우는 흉내를 냈다. 안달

난 타일러와 설은미 감독. 어쩐지 그 모습에서 저와 주예일이 겹쳐 보이는 것 같은 착각마저 들었다. 왜 설은미 감독이 그렇게 예일을 아꼈는지 알 것 같기도 하다.

"그래서 도훈 군. 할 말 있지 않나요?"

"예?"

"나 말고 이 사람한테."

"아."

어쩐지 도훈은 정곡을 찔린 것만 같아 민망해졌다. 초면에 일 이야기를 하는 건 예의가 아니다. 그것도 이런 식으로 만난 사람에게 일 이야기라니. 아무리 빤빤한 그라도 그 정도의 도리가 없진 않았다.

"편하게 이야기해요. 지금 아니면 내년이나 되어야 얼굴 볼 수 있을걸요? 이 사람 다음 주부터 아프리카로 봉사 활동 가거든."

"예? 아…… 그렇습니까."

그녀는 눈치가 빠른 사람이었다. 타일러를 보고 놀란 도훈과 내내 할 말이 있는 것처럼 눈치를 보던 모습. 그리고 타일러가 대한그룹에 많은 지분을 가지고 있다는 사실까지. 아마 타일러에게 도움을 요청해야 할 입장일 것이다.

"……."

도훈은 고민했다. 마른 입술을 축이며 그는 타일러를 조심스럽게 불렀다. 씩 웃은 설은미는 타일러의 옆구리를 툭 쳤다. 제대로 앉은 타일러가 눈썹을 올려 떴다. 편하게 말하라는 듯. 그는 단도직입적으로 제 상황을 그에게 먼저 말했다. 지금 회사에서의 제 위치와 또 예일과는 어떤 관계였는지. 필요한 말은 꼭 했고, 불필요한 말은 덜어내며 침착하게 말을 이어갔다.

초면에 이런 이야기를 하는 게 무례라는 건 알지만 여유를 부릴 시간은 없었다. 유한 분위기 속에 이야기가 흘러갔지만 그는 긴장했다. 제가 들은 타일러는 타고난 투자분석가였다. 저 역시 사업가였으니 알 수 있다. 타국의 기업경영권에 굳이 외국인 주주가 불편하게 끼어들고 싶진 않을 것이다. 그래, YES라는 긍정의 답을 듣는 확률은 49대 51. 아마 49에 더 가까울 것이다.

"내 상임 대리인에게 말해 놓으면 됩니까?"

라고 생각했다. 분명.

"예? 방금 뭐라고……."

뜻밖의 답에 그는 멍청한 말을 흘렸다.

"상임 대리인에게 말해 놓으면 되는 거냐고 물었습니다."

상임 대리인. 국제 증권 거래에서 외국인 등의 비거주자가 가진 권리를 대리하는 사람. 그는 넉살 좋은 웃음과 함께 고개를 까닥였다.

"Zoe를 위한 거라면. 얼마든지 돕도록 하죠."

넋을 놓은 도훈을 향해 싱긋이 미소를 보인 타일러는 다시 입을 열었다.

"Zoe는 내 친구니까요. 물론 Aiden 역시."

솜털 같은 뺨에 촉, 소리 나게 가벼운 키스를 한 그는 지운을 꽈악 끌어안았다.

"근데 내가 없어도 되나요? 원한다면 그때 다시 한국에 오는 일정 잡아줄 수 있는데."

"아닙니다. 그렇게까지는. 괜찮습니다."

"내 상임 대리인에게 연락 넣어 놓도록 하죠, 그럼."

"감사합니다. 정말."

도훈은 자리에서 일어나 제가 할 수 있는 최대한의 정중한 자세로 인사를 전했다.

"이러지 말아요. 난 당신을 돕는 게 아니라 내 친구 Zoe와 Aiden을 돕는 겁니다."

코를 찡그린 타일러는 제 아들인 민형을 불렀다.

"미눙, 미눙!"

장난스러운 목소리에 작업 중이던 설민형 감독이 인상을 한껏 쓴 채 모습을 보였다.

"미눙. 파파 우유 좀 데워 주겠어?"

"미눙 아니고 민형이요, 아버지."

"미눙!"

기업사냥꾼이라는 악명과 다르게 개구쟁이 같은 모습이 어쩐지 이질적이다. 뭔가 허탈한 것 같기도 했다. 너무 쉽게 풀리는 일들에 두려움까지 들 정도였다.

"Zoe는 정말 좋은 친구예요. 그녀는 정말 아름답죠."

"아……. 예. 맞습니다."

"외모만큼이나 아름다운 내면을 가진 사람이고요."

"예. 그렇습니다."

"난 그녀를 정말이지 사랑해요."

끄덕이며 수긍을 하던 도훈은 멈칫하며 고개를 들었다.

"아니, 사랑……은. 좀."

"원래 세상 만물을 사랑하는 사람이에요, 이 사람. 그만큼 친하다는 거고."

설은미는 깔깔 웃으며 그런 도훈을 놀렸다.

"미뇽, 우유! 파파 목말라 죽으라는 거야, 지금?"

지운을 안은 타일러가 자리에서 일어나 다이닝룸으로 향했다. 설 감독과 어색하게 남은 도훈은 입술을 축였다. 그러곤 저 감독님, 그녀를 불렀다.

"주제 넘는 질문인 거 알지만, 왜…… 아직 결혼을. 힘들지 않으셨습니까."

"아니라고 하면 거짓말이겠죠?"

그녀는 다정한 미소를 보이며 입을 열었다.

"하지만 우리에겐 각자의 삶이 있었고, 결혼을 하게 되면 둘 중 하나는 그 삶을 포기해야만 했어요. 저 사람은 내 삶을 존중해줬고, 나 역시 저 사람의 삶을 존중했죠."

"……"

"우린 같은 마음이었어요. 그렇기에 오랜 믿음으로 관계가 유지될 수 있었겠죠? 중요한 건 사회가 만들어 놓은 결혼이라는 틀이 아니라 우리의 마음이었으니까."

그녀는 한 모금 정도 남아 있는 잔을 들어 차를 입 안으로 넘겼다.

"근데 이제 함께해도 되지 않을까 해요. 저 사람 봉사 끝나고 오면 같이 크루즈 여행이나 다니며 남은 삶을 보내기로 약속했어요."

그러고 보니 설은미 감독이 곧 작품 활동을 접는다는 인터뷰를 언뜻 본 기억이 떠올랐다.

"그렇군요."

그것마저 참 설은미다운 행보였다.

"미미, 이리 좀 와 봐요. 미농이 우유를 폭발시켰어!"

"어휴. 저 인간 진짜."

이마를 짚은 은미가 자리에서 일어났다.

"또 무슨 난리야!"

"아 엄마. 우유 넣고 끓인 건데 이렇게 됐어요."

"미미. 우리 아들 너무 멍청해요!"

다이닝룸에서 들려오는 세 사람의 대화에 도훈은 피식 웃었다. 가족이란 걸 정의한다면 아마 저들을 말하는 것일지도 모른다는 생각이 들었다.

"저녁 먹고 가면 좋을 텐데 아쉽군요."

타일러는 정말이지 아쉬운 얼굴로 도훈의 손을 잡아 왔다.

"괜찮습니다. 저도 가봐야 할 곳이 있어서."

도훈은 마지막까지 젠틀한 태도로 그에게 인사를 했다. 그 악명 높은 타일러가 이렇게 인간적인 사람이었을 줄이야. 열 길 물속은 알아도 한 길 사람 속은 모른다 했던가. 겪어보기도 전에 그에 대한 이미지를 만들어 놓은 게 부끄러워지는 순간이었다.

"아저씨 빠빠. 내일 바요."

"그래 지운이. 내일 아저씨가 일찍 올게."

그는 제 아이에게 짧은 인사를 전했다. 오랜만에 만난 친구와 놀고 싶다는 타일러의 부탁에서였다. 아이와 같이하는 시간 1분 1초가 아깝긴 했지만, 예일의 촬영장에 갈 참이었던지라 어찌 보면 잘됐지 싶다.

"가요, 도훈 군. 내일 연락할게요."

"예, 감독님. 오늘 일은 정말 감사했습니다."

"감사는 무슨. 가 봐요."

눈웃음을 지은 설은미와 타일러, 지운이 집 안으로 들어가고 설민형 감독만이 남았다.

"오늘 실례가 많았습니다. 아버지가 워낙 사람 만나고 이야기하는 걸 좋아하는 분이시라."

"실례는 제가 많았죠. 아. 설 감독님. 당신 부모님 정말 멋지십니다. 부러울 정도로."

"그렇습니까?"

별로 동의하지 않는 듯 설 감독은 심드렁히 답했다. 픽 웃은 도훈은 제 차에 살짝 기대어 팔짱을 꼈다.

"저 한 가지 여쭤볼 게 있는데."

"예, 말씀하세요."

"설 감독님은 어떠셨습니까. 아버지랑 떨어져서…… 지내신 게. 그러니까 어릴 적에 아버지의 부재 같은……."

말을 하다 말고 도훈은 혀를 내어 입술을 쓸었다. 제가 생각해도 무례한 질문이 아닌가. 설 감독은 별일 아니라는 듯 하하 낮게 웃었다.

"별로 감흥 없었습니다. 엄마가 부족함 없이 키워주셨거든요. 정말 온전한 사랑을 주셨어요. 아버지의 부재 같은 건 느끼지 못할 정도로."

"……."

"예일이 역시 그랬어요. 당신이 없는 5년 동안 제 모든 걸 희생하고, 또 희생해 아이에게 부족함 없는 사랑을 주었죠. 지운이 얼굴 보면 알지 않습니까. 얼마나 밝은 아이인지."

그는 머릿속에 아이의 모습을 그렸다. 항상 밝은 얼굴, 구김살 없고 모난 곳 하나 없는 착한 아이.

"걱정되십니까? 아이가 당신을 받아들이지 못할까 봐."

"조금은요."

그는 구두코를 바닥에 툭 쳤다. 쓸쓸한 미소와 함께. 그런 밝은 아이에게 제가 아빠라는 걸 말해도 될까. 아이가 혼란스러워하진 않을까. 도훈의 어깨 위로 설 감독의 손바닥이 툭 닿았다.

"걱정 마세요. 핏줄이 괜히 핏줄이 아니거든요."

도닥이는 손길이 퍽 위로가 되는 것 같았다.

브랜드 D.A.Y. 광고 촬영이 진행될 A 스튜디오. 일찍이 나와 헤어와 메이크업을 마친 예일은 소파에 편히 기대 콘티를 뒤적거렸다.

"커피 수혈 좀 하자!"

늦은 저녁 겸 간단한 샐러드를 사 온 보람이 소파 테이블에 아메리카노가 든 테이크아웃 잔을 내려놓았다. 저도 편하게 앉은 보람이 목을 뒤로 한껏 젖히며 앓는 소리를 냈다.

"피곤해 죽겠네. 아."

콘티를 보던 시선이 보람에게 머물렀다.

"언니. 나 이거 끝나고 스케줄 없지."

"응응."

"그럼 동식 씨랑 먼저 들어가."

"뭔 소리야. 너 두고 어디 가, 내가. 안 돼."

"강도훈 같은 소리를 하고 그래. 괜찮아. 내가 애도 아니고."

"쯧. 허튼소리 마, 너."

애늙은이 같은 한탄과 함께 보람은 뻐근한 목덜미를 주물렀다. 당장 일어나 제 배우 어깨를 주물러 줘도 모자랄 판이건만. 정말 제가 죽겠다 싶었다. 이 어마 무시한 스케줄을 소화하는 제 배우의 체력은 대체 어디서 나오는 걸까.

"……."

금세 콘티에 집중한 얼굴이 꽤 진지했다.

"뭘 그렇게 열심히 봐. 오는 동안에도 봤으면서."

"딜레이 없이 끝내야 언니도 빨리 쉴 거 아냐."

"얼씨구. 아주 프로 납셨네."

보람은 다시 몸을 편히 뒤로 기댔다. 보통 이 정도의 짬이 되면 해이해지기 마련이건만, 데뷔했을 때부터 지금까지 온 기억을 다 뒤집어도 그녀가 태만했던 적은 단 한 번도 없었다. 신인상을 탔을 때도, 천만 배우 타이틀을 달았을 때도. 어깨에 힘 들어간 짓을 한 적 또한 없었다. 그러니 스폰 배우라는 지저분한 소문이 있었음에도 금세 자리를 굳게 잡을 수 있었을지도 모르겠다.

"내가 진짜 배우 하나는 잘 만났어."

"뜬금없이 뭔."

픽 웃은 예일이 콘티를 무릎 위에 내려놓으며, 샐러드 박스를 집었다. 플라스틱 포크에 닭가슴살과 양상추를 차례로 찍어 입 안으로 막 넣으려는 찰나였다. 노크 소리와 함께 현장 스태프가 들어 왔다. 푹 눌러쓴 모자를 벗은 관계자가 예일에게 짧은 인사를 전했다.

"죄송한데 주예일 씨 메이크업 수정 가능할까요?"

"네? 이제 와서요?"

"아, 갑자기 이게 콘티가 변경되어 가지고."

덥수룩한 머리를 긁적이며 관계자는 미안한 눈치를 보냈다.

"뭔 소리를 하는 거야, 지금."

짜증과 함께 보람이 핸드폰의 액정 시계를 확인했다.

"콜타임 다 되어서 지금 무슨 요구를 하는 거예요?"

"죄송합니다. 부탁 좀 드릴게요."

수정된 콘티만 전한 채 스태프는 다급히 문을 닫고 사라졌다. 허. 하는 보람의 기찬 숨소리가 흘렀다.

A 스튜디오 촬영장.

분주히 움직이는 스태프들과 빽빽 소리를 질러대며 싸우는 조명감독과 영상감독.

"우리 애 피부도 약한데, 진짜."

"아 미안해요, 미안해. 갑자기 콘티가 수정된 걸 어떻게 해요 그럼."

매니저인 보람에게 쩔쩔매는 관계자까지. 현장의 분위기는 어수
선했다. 조심스레 스튜디오로 들어선 도훈은 손목을 올려 시간을
확인했다. 이미 촬영이 진행되어야 할 시간.

"……."

대충 흘러가는 상황을 보아하니 중간에 문제가 생긴 듯싶다. 고
개를 뺀 그는 두리번거리며 예일을 찾았다. 그런 그에게 빠르게
다가간 김보경 대리가 허리를 정중히 숙였다.

"전무님, 안녕하십니까!"

"……?"

그의 눈매가 잠시 좁아졌다 풀어졌다. 이번 광고 마케팅 담당자.
고개를 끄덕인 그는 두리번거리며 다시 예일을 찾았다. 여전히 어
수선한 촬영장의 분위기가 퍽 거슬렸다.

"배우님 지금 메이크업 수정 중일 겁니다, 전무님."

눈치 빠른 김보경 대리는 잽싸게 그의 궁금증에 답했다. 그러곤
곧바로 왜 촬영이 딜레이된 건지, 상황을 간단히 보고했다.

'그래서 박 매니저가 저렇게 열 올리고 있었군.'

그러는 사이 촬영 감독이 와 도훈에게 인사를 건넸다. 가볍게 악
수를 한 도훈은 빙글거리며 말문을 뗐다.

"왜 모델을 힘들게 합니까."

"예?"

"주예일. 힘들게 섭외한 배우입니다?"

힘들게는 무슨. 새빨간 거짓말이다. 입에 침이나 바르고 거짓말
을 하라지. 김보경 대리는 속으로 구시렁거렸다.

"이대로 기분 상해서 계약 파기하면 감독님이 책임지실 겁니까?"

웃는 얼굴로 그는 물었다. 농담인지 진담인지 구분이 안 간다. 무슨 답을 해야 할까. 한 감독은 마른 입가 위를 축였다.

"그래도 전 콘티보다는 수정된 콘티가 모델이나 제품이나, 훨씬 돋보일 겁니다."

"확실합니까, 그거?"

"예."

단단한 눈빛에 도훈은 쓱 입매를 올려 웃었다.

"좋습니다. 잘 부탁드립니다. 모델도, 제품도."

"아. 예."

돌아서는 도훈을 보며 한 감독은 숨을 천천히 몰아쉬었다. 엔터 업계에 있다면 모를 수 없는 인물. 오랜만에 본 강도훈은 여전히 강도훈이었다.

"전무님 이쪽으로 앉으세요!"

슈트의 버튼을 푼 그는 김 대리가 준비한 의자에 편히 앉았다. 김 대리는 재빠르게 수정 콘티를 그에게 전했다. 콘티를 받아 든 그는 고개를 흘긋 들어 김 대리를 보았다.

"왜 그러십니까, 전무님?"

행동도 빠릿빠릿하고 눈치도 좋다.

"일 잘하네. 김보경 대리."

"아, 감사합니다. 필요한 거 있으시면 편히 불러 주십시오!"

제 개인 비서인 김은구에게서 멍청함을 덜어 놓고 성별을 바꾼다면 딱 이런 느낌일 것 같다. 픽 웃은 그는 가보란 손짓을 했다.

콘티를 성의 없이 뒤적거리던 손길이 웅성거림에 멈추어 섰다.

"와. 주예일 얼굴 진짜 작아."

"눈 코 입이 어떻게 저기 다 들어가?"

메이크업 수정을 마친 예일에게로 스태프들의 시선이 몰렸다. 회색 슈트 차림에 로션조차 바르지 않은 깨끗한 얼굴. D.A.Y.의 기초라인인 실버 라인에 딱 부합한 이미지.

"와씨. 진짜 존나 그냥 작품이네."

필터링 없이 터지는 탄성에 그는 픽 웃었다. 아무리 구설수가 들끓는다 해도 주예일은 주예일이었다.

촬영이 어느 정도 진행되고, 잠시 쉬는 시간. 감독과 몇몇 스태프들은 모니터링을 하며 간단한 회의를 했다. 관자놀이에 손가락을 댄 채로 예일의 촬영을 구경하던 도훈 역시 자리에서 일어났다. 슈트 버튼을 잠근 그는 옷매무새를 정리하며 핸드폰을 집어들었다. 타이밍 좋게 현지욱 실장에게서 전화가 걸려왔다. 전화를 민 도훈은 간단한 문자를 남겼다.

[타일러 만났습니다. 자세한 건 만나서 말씀드릴게요. 지금 시간 되십니까.]

[예. 도련님.]

곧바로 답신이 왔다. 슈트 안으로 전화기를 집어넣은 그는 한참 모니터링 중인 감독과 스태프들이 있는 쪽으로 걸음을 옮겼다.

"와. 근데 역시. 피부 되게 좋네요, 감독님. 관리 엄청 빡세게 받겠죠?"

"당연하지. 쟤들 아주 얼굴에 쏟아붓는 돈만 해도 집 한 채는 살 거다."

집 한 채 같은 소리하네. 코웃음이 절로 나왔다.

"타고난 겁니다. 관리 받는다고 이 정도 안 나와요."

"에? 아! 전무님!"

"남은 촬영도 잘 부탁드립니다. 배우 힘들게 하지 마시고요."

"아! 예. 알겠습니다."

그럼.

고개를 짧게 까닥인 그는 꺼진 조명 아래 제 매니저와 대화를 하고 있는 예일을 보았다. 휙, 휘파람을 불자 예일의 고개가 돌아왔다. 도훈이 촬영장에 있을 거란 예상은 못 한 듯 눈이 동그랗게 커졌다. 슈트를 가볍게 턴 그는 눈을 접어 웃었다.

'잠깐 나와.'

입 모양을 그린 그는 한쪽 눈을 깜박였다.

"강도……!"

스튜디오 건물을 나서기 무섭게 손목이 쥐어 잡혔다. 상체만 숙인 그는 말랑한 입술 위에 제 입술을 꾹 눌렀다.

"아, 야!"

퍽 놀란 듯 예일은 제 입술을 가렸다. 종전보다 더 굳은 표정으로 예일은 슬슬 눈알을 굴렸다. 혹시나 누가 본 건 아닐까 하는 불안감이 얼굴 가득이었다.

"눈치를 왜 봐. 또."

중얼거린 도훈은 그녀의 손목을 잡아 건물 뒤쪽으로 향했다. 빨리 공개를 해야지. 이건 뭐 비밀연애하는 것도 아니고, 알 만한 사람은 다 알 텐데. 숨어 만나는 게 영 불편하지 싶다. 굳이 숨어 만난 것도 없었지만. 뭔 죄를 지었다고. 짜증도 어느 정도 섞여들었다.

고개를 굴려 보는 눈이 없는 걸 확인한 도훈은 잡고 있던 손목을 놓았다. 곧바로 예일의 양 뺨을 부여잡은 그는 입술을 집어삼켰다. 주예일이 뭐라고 하든 말든 입을 맞추지 않고서는 애가 타 죽겠다 싶었다. 맞물린 입술 사이를 파고들며 혀가 짧게 몇 번 맞부딪치고 나서야 그는 천천히 입술을 떨어뜨렸다.

"하. 강도훈."

"응."

"뭔데, 갑자기."

아랫입술을 지그시 문 채 예일은 답을 기다렸다.

"그럼 예쁜 걸 어떻게 해."

"뭐?"

"아 그냥. 몰라."

예일의 허리에 양팔을 두른 그는 힘을 주어 작은 몸을 제게 밀착시켰다. 마치 혼낼 거야? 라는 얼굴을 한 표정에 그녀는 하, 바람 빠진 웃음을 흘렸다. 그의 어깨 위로 자연스럽게 양팔이 포개어졌다.

"여긴 어떻게 왔어. 응?"

"너 보러 왔지."

"안 바빠?"

"바빠. 황룡영화제 얼마나 남았지?"

"이제 딱 한 달."

한 달이라. 한 달. 그래 지금까지 참아왔는데 그깟 한 달이야 뭐가 대수일까. 고개를 내린 그는 예일의 이마 위로 제 이마가 살짝 닿게 했다.

"지운이는 누구랑 있어?"

"설 감독님네……. 아. 미국에서 네 친구 왔던데."

"친구?"

"John Tyler."

"뭐?"

예일은 눈동자를 빠르게 깜박거렸다. 정말이라고 되묻는 질문에 약간의 흥분감이 섞여 있었다. 질투할 대상이 아님을 알면서도 질투가 나는 건 어쩔 수 없다. 이렇게 집착이 심했던가. 그는 아주 뒤늦은 자기 성찰을 했다.

"지운이랑 친해 보이더라. 그분."

"어. 맞아. 미국에 있을 때 종종 뵈었거든."

종종이라. 그 종종이 한 달에 한 번인지 일주일에 한 번인지 아니면 매일인지. 꼬치꼬치 캐묻는다면 아마 이 깜찍한 것은 미간을 한껏 좁히며 잔소리를 시작할 것이다.

"오늘은 늦었으니까. 자고 내일 같이 가자."

"그래야겠네."

예일이 조금 답답하다 싶을 만큼 몸을 끌어당긴 그는 제 이마를 마구 비볐다.

"나만 주예일 알았으면 좋겠어. 아니, 지운이랑 나만."

칭얼거리는 목소리가 전해졌다.

"말이 되는 소리를 해."

"몰라. 그냥 다 불안해."

"어떻게 해줘 그럼."

짧게 던져지는 답에 서운함도 잠시였다. 목덜미에 예일의 손가락이 부드럽게 쥐어 잡혔다. 고개를 살짝 올리자 입술이 보드랍게 맞물렸다 떨어졌다.

"넌 너무 애 같아."

"맞아. 너한테 애야, 나."

멀어지는 얼굴이 그토록 아쉬웠다. 그대로 턱을 쥐어 잡아 짧게 입술을 맞붙였다.

"오늘 우리 집 가자."

"⋯⋯."

"자고 내일 같이 설 감독님네 가자. 응?"

정말 아이가 떼를 쓰는 것 같다. 졌다는 듯 예일은 입꼬리를 올려 웃었다. 긍정의 답과 같은 웃음. 눈두덩이 위로 입술이 닿았다. 내려온 입술이 다시 콧잔등, 그리고 입술이 제대로 붙었다. 눈꺼풀이 서서히 내리닫히며 자연스레 고개가 옆으로 밀려났다. 맞붙은 온기 사이로 쿵쿵이는 심장 소리가 엇박으로 어우러졌다.

동부이촌동 도훈의 집.

스텐 골드 미러와 천연대리석으로 꾸며진 욕실. 중앙의 전면 창으로 보이는 뷰는 환상적일 만큼 아름다웠다. 노들섬에서 한강 공원까지 파노라마로 보이는 야경은 절로 와 하는 탄성을 자아내기에 충분했다. 창가 앞에 원형의 욕조는 성인 네 다섯이 들어갈 만큼 널찍했다. 적당히 따뜻한 온도의 물에 스파 기능까지 더하니 가득 쌓인 피로가 스르르 풀어졌다.

늦게까지 어어진 촬영에 예일은 열두 시가 다 되어서야 도훈에게 연락했다. 자고 있진 않을까 했건만 도훈은 촬영이 끝나는 시간에 맞춰 스튜디오 앞으로 그녀를 태우러 왔다.

"많이 피곤하지."

그녀의 뒤에서 어깨를 주무르던 그는 물었다.

"아니. 괜찮아."

고개를 저은 예일은 편히 그의 가슴팍에 기댔다. 사실 욕실을 나가서 침대에 눕자마자 잠이 들 만큼 피곤하긴 했다. 목덜미부터 어깨까지 마사지하는 손길이 드뷔시의 곡을 연주하는 듯 부드러웠다. 늦은 밤. 야경이 보이는 창가, 적당한 온도의 물속, 약간은 습한 공기까지 몸이 나른한 게 붕 뜬 것만 같았다.

"도훈아."

"응."

"너도 요즘 많이 힘들지."

"갑자기. 무슨."

그는 픽 웃었다.

"갑자기가 아니라. 그동안 나만 생각했었는데, 너도 많이 힘들었겠지 싶어서……."

제게 닥친 일들이 힘겨워 그간 제 연인이 떠안았어야 할 짐의 무게는 생각지 못한 것이 내내 마음에 걸렸던 차였다.

"너도 너무…… 힘들었지."

"별로?"

"허세는."

희미한 탄식이 도훈의 입가를 타고 흘렀다.

"항상 넌 그러더라. 너에 대해서는 말하지 않고 다 괜찮다고 해."

"나에 대한 거 뭐?"

"그냥 네 환경, 네 감정, 네 상황, 네 모든 것……."

친어머니에 대한 이야기까지.

말을 하면서도 다시 미안해졌다. 사실 알려고 하면 알 수 있을 것이다. 제가 딱히 묻지 않았었으니…….

"굳이 다른 얘기를 할 필요는 없잖아? 나한테 중요한 건 넌데."

"뭐야 그게."

"뭐긴. 알면서 모르는 척은."

"앞으로는 해 줘."

"뭘."

"듣고 싶어. 나도 네 이야기."

나긋나긋한 목소리 위로 물기가 얹어져 있었다. 이 작은 머리통 안에선 또 무슨 생각이 오가는 있는 걸까. 등을 돌리고 앉은 얼굴이 무척이나 궁금해졌다.

"주예일."

어깨 위에 손을 댄 채 도훈은 그녀를 불렀다. 고개를 돌리자 연한 살이 손가락에 쿡 찔렸다.

"아 씨. 야."

짜증 섞인 목소리에 그는 큭큭 웃었다.

"유치해 가지고."

"쓸데없이 기죽어 있지 말라고, 그러니까."

"기가 죽기는."

"기죽어 있었으면서."

도훈의 손가락이 물의 표면 위를 튕겼다. 튀어 오른 물방울이 예일의 얼굴을 가볍게 적셨다. 이런 장난이 싫지만은 않은 듯 그녀 역시 낮은 웃음을 흘렸다.

등을 편히 기댄 예일이 그의 손바닥을 쥐어 들었다. 남자치고는 가늘고 예쁜 손가락. 손바닥의 한가운데 예일의 손끝이 천천히 닿았다. 간질거리는 느낌에 도훈의 눈썹이 살포시 구겨졌다. 아주 천천히 그어지던 손끝이 마지막 '해'를 쓰고는 멈췄다. 픽 웃은 그는 예일의 손끝을 쥐어 잡았다. 그러곤 얼굴 근처로 끌어와 가볍게 입을 맞췄다.

"나도. 사랑해."

손을 놓은 그는 물기 서린 그녀의 머리칼에 입을 맞췄다. 조금 더 내려온 얼굴이 목과 어깨선 어딘가에 입술을 눌렀다. 혀를 낸 그는 목선을 진하게 훑었다. 축축한 입술이 지나가는 자리마다 열꽃이 피는 듯 뜨거웠다. 앞으로 느직이 온 손가락은 한껏 무르익은 살덩이 위로 닿았다.

아랫배가 찌르르 울려왔다. 등 뒤로 닿아오는 맨살도, 예민한 곳을 건드리는 손길도, 감당키 힘든 듯 그녀는 입술을 벌려 신음했다. 아. 내리감기는 시선을 따라 서울의 화려한 야경 또한 사라져 갔다.

✳

한국대학교병원 1인 병동.

도훈이 하 교수 댁을 다녀간 지 얼마나 흘렀을까. 쓰러진 하 교수는 지금까지 의식을 찾지 못하고 있었다. 쓸쓸하고 적막감이 맴도는 병실 안. 드르륵 소리와 함께 미연이 조심스레 들어섰다. 품 안에 소중히 든 유리병엔 흰 안개꽃이 만연해 있었다.

"아빠는……?"

공희영은 고개를 느릿하게 저었다. 하미연은 아랫입술을 꼬옥 깨물었다. 창가 근처에 꽃병을 놓은 미연은 환기를 위해 열어 둔 병실 창문을 닫았다.

"아침 일찍 꽃 시장 가서 사 왔어. 아빠 안개꽃 좋아하잖아."

"……."

"아빠 춥겠다. 우리 아빠 추위 많아 타는데."

하 교수의 발치 아래 잘 개어둔 담요를 펼친 미연은 하 교수의 턱 밑까지 담요를 잘 덮었다. 공희영은 입을 꾹 다문 채 그런 미연의 행동을 하염없이 바라볼 뿐 어떤 말도 하지 않았다. 30년이 가깝게 제 자식이었던 아이가, 제 딸이 아니었다. 공희영에게도 쉽게 받아들일 수 있는 문제는 아니었다.

딸이라 믿었던 아이가 제 친손자를 해하려 했다. 또 제 친딸을 아프게 했다. 밥을 먹다가도, 가만히 있다가도, 잠이 들었다가도

240

문득, 도훈이 그날 한 말들을 생각하면 화가 나고 심장이 터질 것 같이 답답했다. 밉고 원망스러운 와중에도 기른 정은 무시할 수 없어서였을까. 저 얼굴을 보는 게 너무나 괴로웠다.

정성으로 제 남편을 간호하는 미연을 보며 공희영은 뒤를 돌아 가슴을 두드리며 오열했다. 차라리 저 아이가 그날 아무것도 듣지 않은 걸, 아무것도 모르는 걸 다행이라 생각해야 하는 걸까.

"엄마……."

내가 널 어떻게 하면 좋을까.

"좀 쉬다 와. 내가 아빠 곁에 있을게."

공희영은 끝까지 미연에게 어떤 말도 건네지 않았다.

힘없이 병실을 나선 공희영은 공용화장실로 가 세면대의 물을 세게 틀었다. 찬물에 얼굴을 마구 문대며 눈물을 같이 흘려보냈다. 너는 내 딸이 아니야. 왜 내 딸을 아프게 했니. 네가 뭔데. 가슴 깊이 끓어오르는 화와 애지중지 키워온 지난 삼십 년의 기억이 마구 부딪쳐왔다.

더러운 화장실 바닥에 주저앉은 공희영은 가슴을 마구 내리치며 소리 없이 울었다.

'나 미연이 엄마 되는 사람이에요.'

지난날 자신의 부끄러운 그 행동, 돈 봉투를 건네던 역겨웠던 그날의 자신. 그리고 한껏 상처받아 울먹이던 얼굴을 생각하면 도저히 자신이 용서가 되지 않았다. 세상에 어떤 엄마가 자기 딸도 못 알아볼까……. 도훈은 그들에게 소리쳤다. 예일의 자라온 그 삶의 어디 한구석도 멍들지 않은 곳이 없다고. 그 작은 것이 부모 사랑은 고사하고 누구 하나 보호자도 되어주지 못한 세상에 버려져 얼마나 힘들게 살았을까. 생각만으로도 피가 거꾸로 솟는 것만 같았다.

"흐으……."

제가 생사를 넘나들 때 아이가 바뀌었다고 했다. 정신을 차리고 다른 아이에게 젖을 물릴 동안, 진짜 제 아이는 한 겨울날 찬 길바닥에 버려졌다고 했다. 누구를 원망해야 할까.

"아가, 내 아가. 아흐……."

누구를 원망할 자격이나 있을까.

"아가, 미안해. 엄마가 미안해."

들을 리도 없는 제 딸에게 공희영은 용서를 빌고 또 빌었다.

한참의 시간이 흘렀다. 얼마나 울었던 건지 눈동자가 다 벌게진 공희영은 휴게실에 앉아 멍하니 브라운관을 보았다. 브라운관을 보는 시선이 이내 아래로 내리깔렸다. 당장이라도 달려가 제 새끼를 보고 싶었다. 열 달을 품어 안은 정말 내 새끼가 보고 싶었다. 아이가 절 원망한다 하더라도 한 번만이라도.

"……."

한데 그럴 수 없음에 가슴을 쥐며 쓴 눈물을 삼켰다. 듣는 것만으로도 고단한 삶을 살아온 아이에게 이제 와 내가 네 엄마라 다가가면 아이는 얼마나 더 상처받을까.

'평생, 평생 줄게요. 매달.'

못된 말로 상처를 준 주제에 어찌 감히 엄마라고 나설 수 있을까. 더 이상 탈 수조차 없이 새카맣게 타버린 심장은 차라리 멈추었으면 좋겠다는 생각이 들 정도로 고통스러웠다.

"제수씨?"

공 교수의 뒤로 귀에 익은 목소리가 들려왔다. 바닥에 닿는 구두 굽 소리가 점점 커지는가 싶더니 공희영 앞에 섰다.

"아주버님……."

느직이 올라온 시선이 남자를 보았다. 남편의 큰형님이자, 현 서울시장 하성혁.

"제수씨. 괜찮습니까?"

하 시장은 퍽 걱정된다는 얼굴로 그녀의 옆에 자리했다. 공 교수는 힘없이 고개를 끄덕거렸다.

"성훈이는 아직…… 입니까?"

"예."

"하아. 대체 무슨 일이 있었습니까. 예?"

"……."

무슨 일이 있었던 거냐. 아마 하 시장의 이 물음을 열 번은 넘게 들었을 것이다. 하 교수가 쓰러지고 나서 지금까지 내내. 공희영은 메마른 입술을 간신히 축였다. 그러곤 하 시장을 곧게 바라보며 메마른 입을 열었다.

"아주버님."

"예. 말씀하세요, 제수씨."

"……."

"제수씨?"

다그치는 물음에 공희영은 마른 숨을 토했다. 이내 마음을 다잡은 건지 그녀는 조심스레 운을 뗐다.

"주예일. 아시죠, 아주버님."

주예일. 이름을 담는 것조차 참으로 힘겨웠다.

"아시죠, 아주버님."

하 시장의 눈살이 옅게 구겨졌다.

"예. 배우 아닙니까."

"아니. 그거 말고요."

"그럼 뭘……."

일전 도훈이 했던 말을 머릿속에 그린 공희영은 제 손을 꽈악 내리 쥐어 잡았다.

"아주버님. 주예일 양 스캔들 내라. 지시한 적 있으세요."

"제수씨."

"있으시냐고요."

"……."

"아주버님."

목소리가 젖어 들었다. 눈물을 참으려는 듯 공희영은 급히 제 손바닥으로 눈가를 쓸었다.

"왜, 왜 그러셨어요."

"제수씨. 그건."

"왜……. 아주버님 왜……."

원망스러운 목소리와 슬픈 눈동자. 하 시장은 제 아우의 처가 왜 이러는 건지 도통 이해가 가지 않았다. 그게 설령 사실이라 한들. 그게 지금 제 아우가 쓰러진 것과 무슨 연관이 있는 건지.

"제수씨. 사실이면 그게 왜. 문제 있습니까."

"어떻게. 어떻게."

"미연이가 찾아왔습니다. 강도훈 대표가 성훈이랑 제수씨 협박을 했다고 하더군요."

"미연이가⋯⋯."

아찔해져 오는 정신에 공 교수는 눈을 내리감았다. 용서를 어떻게 해야 할까. 아니, 이미 용서라는 선은 넘어 버린 것 같다. 결국 고인 눈물이 툭 떨어져 내렸다.

"제수씨?"

하 시장의 얼굴이 심각하게 굳어갔다.

"왜 그러셨어요. 아주버님. 대체. 왜⋯⋯."

감당할 수 없는 슬픔이 목울대를 눌러왔다. 양 손바닥으로 얼굴을 감싸 쥔 공희영은 소리 내어 꺽꺽 울었다.

"어떻게⋯⋯."

"제수씨⋯⋯."

"어떻게 용서를 받을까요. 우리가!"

억누르다 못해 터진 아픔이 처절하게 터져 나왔다.

17. 배우의 품격

'제50화 황룡영화상' 그리고 '대한그룹 주주총회'

예일이나 도훈에게 있어서 오늘은 인생에서 가장 큰 모험을 하는 일이 될지도 모른다. 자신의 과거를 낱낱이 밝히고 아이의 존재를 밝혀야 하는 예일과 신애란과 맞서 싸워 철저히 바닥으로 끌어내려야 하는 도훈. 니케가 어느 쪽에 서 미소를 지어 줄지는 그 누구도 알 수 없다.

헤어와 메이크업을 받기 전 예일은 보람과 함께 샵 근처의 카페를 찾았다. 커피를 주문한 예일은 픽업 바에 기대 핸드폰을 집어

들었다.

[함께 못 있어 줘서 미안해]

도훈이었다.

[나도 같이 못 있어 줘서 미안해]

두 사람 다 서로의 사정과 서로의 상황을 알고 있다. 오늘이 그들에게 얼마나 중요한 날인지 역시.

[사랑해 주예일. 이따 봐]

함께할 수 없는 건 아쉬웠지만 그렇다고 어느 한 명이 자신의 자리를 박차고 나올 수는 없었다.

"아메리카노 두 잔 나왔습니다."

"감사합니다."

커피 두 잔이 든 캐리어의 손잡이를 쥔 보람은, 예일의 어깨에 팔을 걸쳤다.

"문자 그만하고 가시죠, 배우님."

"네네. 매니저님."

비실거리던 예일은 핸드폰을 코트 주머니 속에 넣었다.

카페 밖으로 나서자 시린 바람이 코끝을 스쳐 지나갔다. 추운 겨울날 한국에 돌아왔는데 벌써 계절이 3번이 지나 다시 겨울이 왔다. 도훈을 처음 만난 것도 겨울이었다. 그와 헤어짐을 고할 때 역시 계절도 겨울이었고, 다시 만났을 때도 겨울이었다. 계절이 주는 쓸쓸한 감이 어깨 위로 슬쩍 내리 앉았다. 그녀에게 다 좋은 기억들은 아니었다. 하나 오늘은 다를 것이다.

"아. 겨울 향기 되게 좋다."

코로 숨을 크게 들이켠 예일은 눈을 꼬옥 감았다.

"겨울 향기가 어디 있어? 청승은 아주!"

보람의 작은 타박에 예일은 흐흐 웃었다.

"왜 그냥 좋잖아."

러브스토리에 나오는 여주인공처럼 양팔을 벌린 예일은 제자리를 빙글 돌았다. 버선코 같은 코끝으로 눈송이 하나가 톡 떨어졌다.

"어. 언니. 눈 와. 눈!"

"눈……? 헐! 대박 첫눈이다!"

처음 보는 것도 아니건만 뭐가 그리 신기한지 예일은 포슬포슬 내리는 눈송이를 쥐어 잡기 위해 손바닥을 뻗었다.

"……."

휙 돌아가던 예일의 고개가 잠시 멈칫했다.

"왜 그래, 예일아?"

멈춰선 예일은 고개를 갸웃거렸다.

"아니. 잘못 본 거 같아."

그녀는 중얼거렸다.

한편 대한그룹 서초사옥 45층 회장실.

정기주주총회가 열리기 세 시간 전. 신 회장에게 지금 당장은 반갑지 않은 손님이 찾아왔다.

"엄마 제발 그만하자, 우리."

그녀의 친딸 하미연.

"응? 우리 그만 죄짓고 살자, 엄마. 나 이제 도훈 오빠 포기할게. 대한그룹도 다 필요 없어. 지금까지 엄마랑 나 너무 나쁘게 살았어. 욕심 버리자. 응? 그냥 있는 거에 만족하자 엄마."

하성훈 교수가 쓰러지고 난 후. 미연은 하루가 다르게 수척해져만 갔다. 도훈이 파혼을 통보했을 때도 아마 이 정도는 아니었을 것이다. 언뜻 본다면 누군지 못 알아볼 정도로 그녀의 얼굴은 많이 상해 있었다. 통통했던 볼살은 어디 간 건지 피골이 상접한 얼굴은 보기만 해도 안쓰러울 지경이었다.

"오늘이 무슨 날인지나 알고 이러는 거니, 너?"

신애란은 지끈거리는 이마를 꾹꾹 누르며 입을 열었다.

"알아. 나도 알아."

"근데 오늘 찾아와서 너까지 속 시끄럽게 굴어야겠니."

온몸이 얼어붙을 정도로 차가운 어조에 미연은 몸을 흠칫 떨었다. 이럴 때마다 제 핏줄이란 것이 무서울 정도로 그녀는 소름 끼쳤다.

"이대로 가다가 정말 괴물이 되어버릴 거 같아서 그래…… 내가. 그리고 또 엄마가."

마지막 용기를 낸 미연이 막 말을 끝내는 찰나였다.

"비켜!"

문밖으로 소란스러운 소리가 들려왔다. 미연에게도 신애란에게도 익숙한 목소리. 곧 문이 열리고,

"어, 엄마."

"공 교수님?"

하미연과 신애란은 같은 인물을 불렀다. 공희영 교수. 미연만큼

이나 상한 얼굴은 산송장이라 해도 좋을 만큼 다 죽어가고 있었
다.

"미연아, 넌. 왜 여기 있는 거니."

"어, 엄마."

"너. 이 여자가 네 친엄마인 거. 알고 있었던 거야?"

공희영은 알면서도 물었다.

"묻잖아. 알고 있었냐고."

그리고 마지막으로 빌었다. 아니라고 해주기를. 문을 열고 들어
서기 전 '엄마'라고 하던 그 목소리를 제가 잘못 들은 거였기를.
제발 제가 키운 딸은 모르고 있었기를. 저 아이만큼은 아무것도
몰랐던 철없는 아이였기를.

"하미연. 말해."

어떻게 저 아이를 보아야 할까 혼란스러웠다. 삼십여 년이 가까
운 시간 애지중지 길러온 정은, 매번 원망이 솟구쳐 오를 때마다
간신히 그녀의 감정을 억누르게 해주었다. 제 손자라는 아이를 유
괴하고 제 친딸을 고통스럽게 했던 아이. 친딸이 거리에 내몰려
간신히 하루를 살아갈 때, 온전한 제 사랑을 받기만 했던 아이.

"나가……. 하미연."

그 아이가 낯설었다.

"어, 엄마."

처음으로 저 아이가 낯설어 왔다.

"엄마, 잠깐만 내 이야기 좀."

"나가라고 했지."

"엄마…."

새하얗게 질린 얼굴이 벌벌 떨며 공희영을 향해 다가섰다.

"엄마, 있잖아……"

"누가 네 엄마야! 나가!"

"내 딸한테 소리 지르지 마!"

공희영과 신애란의 발악과도 같은 외침이 회장실을 가득 메웠다. 겁에 질린 하미연은 자리에 주저앉았다. 여태껏 꼿꼿이 자리에 앉아 있던 신애란은 한달음에 달려가 제 딸아이를 품에 안았다.

"괜찮니? 현 실장!"

그녀는 습관처럼 현명한을 불렀다.

"현 실장 들어와!"

그가 사직서를 낸 지 한 달이란 시간이 흘렀음에도.

"아니……. 하, 한 비서, 한 비서 들어와!"

곧 대기하고 있던 한영수 비서가 들어왔다.

"아이 좀 잘 챙겨서 나가. 비서실 다 내보내고 층 다 비워."

"예. 알겠습니다, 회장님."

축 늘어진 미연을 부축한 한영수 비서가 자리를 뜨고 회장실 문이 굳게 닫혔다. 신애란의 얼굴 살이 육안으로 보일 만큼 떨렸다.

"이게 무슨 무례입니까. 공희영 교수님. 하성훈한테 내가 준 돈이……!"

짜아아아악! 뺨을 쳐올린 소리가 꽤 컸다.

"하……. 미쳤나, 이 여자가 정말."

신애란의 눈썹이 파르르 떨렸다.

"내 딸이라 그랬어. 당신? 내 딸?"

울분을 억누른 목소리가 전해졌다. 머릿속에 예일의 어린 날 사진이 떠올랐다. 열 살도 안 된 아이가 온 얼굴에 피멍이 든 채로 울상을 짓고 있는 모습…….

"내 딸이라고 그랬냐고."

눈물이 뿌옇게 앞을 가려오고, 심장은 갈기갈기 찢겨 그 고통에 숨마저 막혀왔다.

"돈? 그깟 돈 줄게. 얼마든지 주지. 그럼 내 딸. 내 딸 인생은……
내 딸이 살아온 그 지옥은 당신은 어떻게 보상할 거지?"

"무슨 소리를 하는 거야. 대체!"

"내 딸, 내 딸을 당신이!"

신애란에게 달려든 공희영은 그녀의 어깨를 마구잡이로 쥐어 잡아 흔들었다.

"열 달을 품어 안은 내 새끼를! 품에 한 번 안아보지도 못한 내 새끼를! 얼굴 한 번 못 본 내 새끼를!"

짐승 같은 울부짖음이 토해졌다.

"피 같은 내 새끼를…… 찬 바닥에 버려. 그 갓난것을!"

"하……. 이 봐 공희영."

"그 핏덩이를 어떻게! 당신이 사람이야! 그러고도 사람이야!"

"야 공희영!"

퍼억!

공희영의 가슴팍을 쳐낸 신애란은 성가신 듯 제 옷깃을 털어냈다. 그렇지 않아도 정기주총 때문에 골이 아픈데 별 같지도 않은 게 와서 난리지 싶다. 어느 정도 예상은 했다. 강도훈이 친자검사 결과지를 들이밀 때부터……. 한데, 하 교수의 일까지 알아 버릴 줄이야. 자리에 쓰러진 공희영은 넋을 놓은 채 눈물만 후드득 쏟을 뿐이었다.

"어떻게 알았는진 모르겠지만. 지금 누굴 탓하는 거야? 당신이 건강하지 못한 걸 왜 내 탓을 하는 거지? 품에 안아보지도 못하고 얼굴 한 번 못 본 게 내 탓이라고 말하는 거야?"

"뭐?"

"당신이 건강했어야지, 그럼. 누가 핏덩이 병원에 두고 실려 가래?"

"당신…… . 지금 그게 할 말이야?"

"못 할 말이라고 생각해?"

단조로운 목소리와 여유 있는 얼굴에 공 교수는 진정으로 신애란이 더 이상 사람으로 보이지 않았다. 사람일 수 없다. 사람으로 태어나서. 어찌 이럴 수 있을까. 저도 자식 가진 부모면서.

"사람이 어떻게 그래, 당신. 그 어린 것을 그 어린 걸…… . 그런 아이를 또, 배 속의 아이를 두고 협박을 해. 사람이 어떻게 그럴 수가 있어. 당신이 사람이야. 당신이."

"뭔 소리를 하는 거야 또."

신 회장은 성가신 듯 고개를 저었다.

"그렇게…… . 그렇게 내 아이를 끝까지 괴롭혔어야 했어."

"하…… 미치겠네. 이 여자 완전히 미쳤어."

미치지 않고서야 살 수 있을까. 공희영은 피멍이 든 제 가슴을 거세게 내리쳤다. 그래, 신애란의 말이 맞다. 제가 건강치 못해서, 제 몸이 약해서 아이를 못 지킨 게 맞을지도 모른다. 가슴을 마구 내려치며 그녀는 종전의 기억을 그렸다.

대한그룹으로 오는 길. 우연히 길거리에 있는 아이를 보았다. 무작정 택시에서 내린 그녀는 예일을 향해 달려갔다. 매니저로 보이는 사람과 즐겁게 웃는 얼굴에 그녀는 가슴을 움켜쥐며 돌아섰다. 저 여자는 알까. 제 새끼를 눈앞에 두고도 만지지도, 말을 걸 수도 없게 되어버린 어미의 피눈물을 알까. 찢어지는 어미의 마음을, 피가 아래로 쏟아져 내리는 듯한 이 고통을.

"당신 내가 저주할 거야. 내가 저주할 거야……."

"그래. 저주 많이 하고, 이제 그만 나가지 그래."

눈물 젖은 얼굴이 짐승보다 못한 얼굴을 올려 보았다.

"천벌을 받을 거야. 당신. 천벌을……."

그렇게 공희영의 정신은 아득히 꺼져갔다.

한국대학교병원 응급실.

아버지가 쓰러졌다. 아니 아버지라고 불렀던 사람이 쓰러졌다. 또 어머니라고 불렀던 사람이 쓰러졌다.

'너. 똑바로 들어. 오늘만 지나면 다 해결될 일이야. 공희영 입단속 똑똑히 시켜. 울며 매달리든 협박을 하든. 너랑 나랑 둘 다 살고 싶으면 무슨 방법을 쓰든 입단속 시켜.'

친어머니라는 사람은 그리 말했다.

"엄……마."

미연은 응급실 침상에 누워 아직 정신을 차리지 못하고 있는 공희영을 보았다. 친부모가 아닌 건 알고 있었지만, 한 번도 그들을 친부모가 아니라고 생각한 적은 없었다. 그저 부모가 둘이라고 생각했을 뿐이다.

"그래서 엄마가…… 그렇게 날 보는 게 달라졌었구나."

어쩐지 비참했다. 어느 순간부터 절 대하는 게 어색했던 공희영의 태도가 그제야 이해가 갔다.

"알고…… 있었구나. 엄마도."

살아온 삶의 전부가 부정당하는 것 같다. 제가 있는 이 자리조차도 가짜인 것 같았다. 아니. 이미 알고 있었는지도 모르겠다. 그럼에도 두 자리 다 제 거라 생각했다. 어리석게도.

"미안해. 엄마."

제자리가 아닌 것에 욕심을 낸 결과가 고작 이거였나.

'정말 미안해. 엄마.'

터덜터덜 맥이 빠진 걸음이 응급실을 나와 병원과 멀지 않은 곳에 있는 지구대로 향했다.

"예, 선생님. 무슨 일로 오셨습니까?"

경찰관 하나가 그녀에게 친절한 미소를 보였다. 무작정 들어선 미연은 한 걸음씩 용기 내어 걸었다.

"안녕하세요."

떨리는 손끝을 쥐어 잡은 미연은 버석한 입술 위를 훑었다. 이내 그녀의 뺨 위로 눈물이 주르륵 흘러내렸다.

"저…… 자수…… 하러 왔습니다."

후회는 언제나 뼈아프게 시릴 뿐이다.

"아이를 유괴했었습니다."

＊

황룡영화상이 열리는 인천 송도로 가는 길.

손톱 끝이 암레스트 위로 연신 톡톡 닿았다. 혹시나 몰라 아이 메이크업은 최대한 자제했다. 헤어 역시 망가질 것을 염려해 간단히 마친 상태였다. 예일은 무릎 위의 태블릿 PC와 핸드폰을 손에 쥐고 다시 고민했다. 오늘의 이 라이브 방송이 어떠한 영향을 끼치게 될지 모른다. 혜리의 조언대로 사람들에게 일말의 동정심이라도 살 수 있다면 다행이겠지만, 대중의 반응은 그 누구도 가늠할 수 없다. 또다시 상처를 받게 될지 모른다. 비난의 손가락질과 경멸 어린 시선을 받게 될지도 모른다. 당장 시상식을 앞에 둔 이 행동은 언론의 먹잇감이 될 것은 뻔했다. 그렇기에 더 지금이어야만 했다. 제가 가장 주목받는 오늘. 쿵쾅거리는 심장을 진정시키기 위해 예일은 눈을 내리감았다.

'마음은 미래에 살고, 모든 것은 순간이다.'

그러곤 평소 주문처럼 외고 있는 푸시킨의 시 한 구절을 머릿속에 내내 그렸다. 언제까지고 과거에 갇혀 살고 있을 순 없다. 미래를 위해 현재의 모든 것은 감수해야만 한다.

"누, 누나! 파이팅. 우린 누나 편이에요. 알죠?"

"예일아. 그래, 그래! 난 네 선택 다 존중해. 사랑해, 주예일 파이팅!"

미리 두 사람에겐 모든 것을 다 털어놓은 상태였다. 보람과 동식의 응원을 들으며 예일은 눈꺼풀을 올렸다. 종전보다 한껏 차분해진 눈동자가 반달로 곱게 휘었다.

256

"고마워, 언니. 고마워요, 동식 씨."

액정을 밀어 켠 예일은 곧바로 엔스타 어플을 실행했다. 제 계정으로 들어간 예일은 라이브 글자 위로 손가락을 꾹 눌렀다.

[라이브 방송을 시작합니다]

'국민 첫사랑.'

과거 가장 사랑받던 톱배우. 그리고,

'주예일.'

끊이지 않는 구설수로 현재 대한민국에서 가장 핫한 배우.

- 야 주예일 라방 뜸

- 예일 언니 라방 떴어

- 주예일 라방

모 갤러리에 최신 글이 후드득 올라왔다.

'라방' 라이브 방송의 줄임말로, 주로 연예인, 에스엔에스 셀럽이 자신의 팬들과 소통을 하는 셀프 방송을 뜻했다.

"미친, 이게 뭐야?"

스마트 폰을 손에 쥔 한 시청자의 입가에서 욕설이 터져 나왔다.

- 언니 지금 이 영상 뭐예요?

- 누나, 무슨 일 있나요?

눈 깜박할 사이 채팅창이 주르륵 올라갔다. 라이브 방송 안으로 보이는 건 예일의 얼굴이 아닌, 화질이 좋지 않은 영상. 영상 한 귀퉁이의 날짜는 지금으로부터 5년 전을 기록하고 있었다. 장

소는 주차장, 한 남자의 손에 잡혀 끌려가는 여자. 남자의 손을 뿌리친 여자는 무릎을 꿇고, 이내 손바닥을 싹싹 빌기 시작한다.

– 드라마 촬영할 때인가?

– 언니 몰래카메라 같은 거 찍었어요?

자리에 주저앉아 빌고 있는 여자는, 배우 주예일이었다.

– 언니 왜 무릎 꿇고 있어요?

– 112 신고할까요, 지금?

– 잠깐만 5년 전 영상인데? 언니 은퇴했을 때?

주저앉아 빌고 있는 톱배우의 모습에 채팅창은 그녀를 걱정하는 글자들로 가득 찼다. 방송의 시청자 수는 어느새 십만을 훌쩍 넘기고 있었다. 영상이 끝나고, 화면은 검은색으로 가득 찼다. 이내 두 사람의 대화를 몰래 녹음한 듯한 음성이 재생됐다.

"네 배 속의 아이를 언제든 죽일 수 있다는 걸, 명심하렴. 만약 약속을 지키지 않는다면."

"걱정 마세요. 한국엔 절대 오지 않겠습니다."

중년 여성과 배우 주예일의 목소리.

"도훈이는 정말 모르는 게 맞고."

"예. 모릅니다."

"너와는 태생이 다른 아이다. 주제는 잘 알고 있겠지."

"알고 있습니다. 약속드린 건 다 지키겠습니다. 회장님. 그러니까…… 이제 그만 저, 저…… 보내 주세요."

누가 보아도 막장드라마의 표본을 보여주는 듯한 대화가 실시간으로 방송이 되고 있었다. 음성은 그렇게 끊겼다. 그리고 다시 시작되는 주차장의 CCTV 영상, 그리고 다시 음성. 몇 번이고 반복되고 반복된 영상은 순식간에 포털의 실시간 검색어 1위를 차지했고. 시청자 수는 십만, 이십 만, 삼십 만. 끝을 모르고 불어나기 시작했다.

"회장님!"

그 시각, 대한그룹의 회장실. 문을 열고 다급히 들어온 비서가 신애란 회장에게 패드를 내보였다.

"뭔데 또 소란이야."

신 회장의 우아한 손가락이 비서가 내미는 패드를 받아 들었다. 예일의 라이브 영상을 보는 신 회장의 눈살이 눈에 보이게 떨렸다.

"한 비서. 이 아이 지금 어디 있지?"

영상이 끝나고, 예일이 드디어 제 얼굴을 드러냈다.

– 안녕하세요. 배우 주예일입니다.

방송을 보는 신 회장의 손가락이 사시나무처럼 바들바들 떨렸다.

"여기 어디야, 한 비서!"

기어코 패드를 내던진 신 회장의 앙칼진 외침이 회장실을 가득 메웠다.

– 오늘 저는 배우 주예일이 아닌 사람 주예일. 그리고 한 아이의 엄마 주예일로 인사드리려고 합니다.

마구잡이로 내동댕이친 패드의 안에서 아직 꺼지지 않은 라이브 방송 속,

– 지금부터 저를 둘러싼 모든 의혹과 5년 전, 제가 왜 갑자기 연예계를 은퇴, 도망가듯 숨어 살아야 했는지 거짓 없이 전부 말씀드리겠습니다.

예일의 낭랑한 목소리가 흘러나오고 있었다.

대한그룹 30층 대회의장.

의자에 편히 앉은 도훈은 핸드폰을 손에 쥔 채 영상 속의 예일을 눈에 담았다.

– 많은 분들이 스폰서라 말하고 있는 그분은, 저와 만나는 시간 동안 단 한 번도 도를 넘은 요구를 하지 않았습니다. 어떤 것도 제게 원하는 것은 없었으며 단지 일방적으로 저를 아껴주고 지켜줬습니다. 저를 위해 많은 걸 해줬고 또 사랑해줬습니다. 부모가 없었던 저에게는 그 사람의 사랑이 전부였습니다.

CCTV 영상과 음성을 풀고 난 후.

예일은 도훈과 처음 만났던 19살의 그날부터 제 모든 것을 고해성사라도 하듯 토해냈다. 도훈과 만나고 4년간의 평범한 연애를 하고, 또 그와 헤어질 때까지. 왜 헤어져야 했는지, 또 왜 자신이 이별을 고하고 떠나야 했는지. 은퇴할 수밖에 없었던 건지. 앞서 제가 튼 영상이 무엇이었는지. 제게도 고통스러운 기억을 꺼내면서도 예일은 침착함을 잃지 않고 상세히 이야기를 풀어 나갔다.

– 설민형 감독님은 제 인생의 동반자 같은 분이십니다. 제닌의 은소민 대표 역시 어린 시절부터 함께 힘든 시간을 같이한 제겐 가족 이상의 사람입니다. 그런 두 사람에게 민폐를 끼치며 또 말도 안 되는 스캔들이 터졌어도, 저는 그런 악의적 루머에 대응조차 할 수 없었습니다.

그다음 제가 다시 한국에 왔던 이유. 복귀하기 전까지 무슨 일이 있었는지. 또 그간 제대로 해명하지 못했던 이야기까지.

– 많은 영상이 퍼졌던 무대 인사 날. 저는 제 아이를 두 번째로 잃을 뻔했습니다.

방송을 보는 많은 대중은 그녀와 같이 분노하고,

– 아이가 유괴됐던 상황에도 저는 경찰을 찾아갈 수 없었습니다. 이미 돌을 맞고 있는 상황에 세상 어떤 엄마가 제 아이까지 돌을 맞게 할 수 있을까요.

그녀와 같이 눈물을 흘렸으며,

– 저는 사람입니다. 한 남자를 사랑했던 여자이며, 그저 아이를 지키고 싶었던 엄마입니다.

또 누군가는 그녀의 감정에 절실히 공감했다.

– 여배우가 임신을 하고, 아이를 낳고, 또 숨기고 활동한 데에 깊은 사과를 드립니다. 모범을 보여야 할 공인으로서 이런 과거가 부도덕하다는 건 잘 알고 있습니다. 모든 비난과 비판, 쓴소리마저도 달게 받겠습니다. 하지만 아이에게만큼은 돌을 던지지 말아주세요. 못난 어미가 할 수 있는 마지막 부탁입니다. 감사합니다.

라이브 방송은 그렇게 끝났다.

"……."

그는 텁텁한 입맛을 다시며 액정을 뒤집어 탁상 위에 올려놓았다. 마음 같아선 지금이라도 당장 달려가 고생했다 안아주고 싶었다. 분명 혼자 겁에 질려 벌벌 떨고 있을 텐데 전화 한 통 해주지 못하는 현실이 갑갑했다.

한 손으로 얼굴을 쓴 그는 목을 옥죄는 넥타이를 느슨하게 풀었다. 아무도 없는 대회의장의 문이 열렸다.

"……."

도훈의 고개가 비스듬히 틀어졌다. 아마 이 라이브 방송이 시작된 걸 저 여자도 봤을 텐데. 도망갈 줄 알았더니 꼴에 그래도 십년간 회장직에 앉았던 인물이랍시고 빤빤스럽게 얼굴을 내비쳤다. 도훈과 멀리 떨어지지 않은 곳에 신애란이 자리했다.

"아주 재밌는 걸 꾸몄더군요. 하도 겁을 주기에 기대했더니……참 실망이네요, 강도훈 전무."

대놓고 시비를 걸어오는 말에도 도훈의 표정은 단조무미했다. 저 여자도 분명 알고 있을 것이다. 오늘의 정기 주총에서 연임에 실패하면 영영 경영권을 잃게 될 거라는 건. 그럼에도 저따위로 건방지게 나오는 건, 아마 벌이 죽기 직전 독침을 쏘는 것과 같은 맥락일 것이다. 마지막 발악 정도라고 생각하니 딱히 상대할 가치도 느껴지지 않았다.

"말이 없네요. 우리 주예일 양도 강 전무도 내일 없이 사는 게 취미인가 보지요?"

도훈은 피식 웃었다.

"겁나십니까?"

담백한 물음에 신 회장의 미간에 금이 갔다.

"뭔 헛소리를 그렇게 하세요."

태도나 기색에 변화 하나 없이 도훈은 핸드폰을 슈트 안으로 집어넣었다.

"강 전……!"

신 회장이 그에게 한 소리 던지려는 찰나 회의장의 문이 열렸다. 주주총회 시간이 다가옴을 알리듯 서너 명의 주주들이 안으로 들어섰다. 신 회장은 반쯤 일어났던 자세를 고쳐 잡으며 다시 자리에 앉았다.

"……."

"……."

두 사람의 시선이 허공에서 매섭게 오갔다.

"지금부터 제34기 대한그룹 정기 주주총회를 개최하겠습니다."

무게 있는 의장의 목소리와 함께 정기 주총의 시작을 알렸다.

"다음은 출석 주주 및 주식 수를 보고 드리겠습니다. 당사의 발행주식 총수는……."

의장의 말이 이어지는 와중에 신 회장은 주주들의 표정을 읽어 내리기 위해 눈동자를 쉴 새 없이 굴렸다. 그러다가도 간혹 도훈과 눈을 마주칠 때만 입술을 깨물며 시선을 피했다. 여유와 불안, 어울리지 않는 감정들이 얽히고설켰지만 신 회장은 굳이 그것을 티 내지 않았다. 지금 강도훈의 눈치를 보는 임원진이 몇인지. 저를 긍정적으로 보는 주주가 몇인지. 머릿속에 수많은 계산들이 오갔다. 그건 도훈 역시 마찬가지였다. 손가락 등으로 코 밑을 문지른 도훈은 자세를 고쳐 앉았다.

'표결은 막상막하일 테고…….'

아무리 제가 미리 접선한 주주들이 있다고 해도 신애란의 편에 선 주주들은 꽤 많았다. 그들의 속셈은 하나같이 같을 것이다. 꼭

두각시. 그들에게 있어 신애란은 꼭두각시 그 이상도 이하도 아니다. 강도훈이란 싹을 완전히 자르고 난 후에 언젠간 신애란을 누르고 대한그룹의 왕좌를 차지하기 위해 싸울 것이다. 신애란이 말도 안 되는 사업을 벌이며 기업에 피해를 줄 때 방관한 것도 그 이유에서였다. 언젠간 그것들로 하여금 신애란의 연임을 반대하기 위한 그림. 아쉽게도 신 회장은 자신이 이용당하고 있었다는 사실조차 모르는 듯싶었다.

'이제 다 끝이군.'

도훈의 생각대로 신애란은 자신만만한 표정을 지었다.

한 시간 전, 그녀는 주주총회 시간에 맞춰 강호진을 처리하라 매수한 의료진에게 지시해 놓은 상태였다. 만약 여기서 도훈의 지분이 제 지분을 넘어선다 해도 문제 될 건 없다. 결과가 나오기 전 강호진 회장의 별세 소식이 이곳에 전달될 테니.

'그래도 제 아비인데 끝까지 자리를 지키지 못할 테지.'

유야무야 주총은 끝날 것이다. 유언장까지 이미 손 봐놓은 상태. 강호진 단독 지분과 모든 재산은 전부 제 것이 될 것이다. 그녀는 희미한 미소를 보였다.

"그럼 신애란 회장 연임 건에 대해 찬반의사를 표결로 표명해 주시기 바랍니다."

투표용지가 각 주주들의 앞에 놓였다. 신애란과 도훈 앞에 역시 투표용지가 놓였다. 신애란이 막 만년필을 쥐려는 찰나였다. 콰아아앙! 무식한 소음과 함께 대회의장의 육중한 문이 열렸다.

"어후. 벌써 시작했어요? 죄송합니다. 죄송합니다."

경박한 행동과 가벼운 말투로 들어오는 한 사내와,

"늦어서 죄송합니다."

깔끔한 슈트를 차려입은 또 다른 사내.

"안녕들 하세요. 어? 아저씨 오랜만이에요!"

먼저 들어온 사내는 한일증권사 막내아들 이진상이었다. 보기에도 두툼해 보이는 종이 뭉치를 품에 안은 이진상은 의장 앞에 턱 하고 그것을 내려놓았다.

"뭡니까."

짜증스러운 의장의 물음에 이진상은 코 밑을 슥 훔쳤다.

"한일증권 이희준 회장, 그 외 주주 서른일곱 명에 대한 위임장입니다."

뿌듯한 듯 제 가슴을 툭툭 친 그는 정적이 흐르는 장내를 둘러보았다. 제게 모인 시선에 신이 난 건지 그는 키득거리며 다리를 건들건들 떨었다.

"자! 이분들을 다 대신해서 의사 표시합니다. 신애란 회장 해임에 찬성!"

마치 복권 추첨 방송이라도 하는 듯 허공에 따발총을 쏴댔다.

"……."

경박스러운 행세에 도훈의 미간이 옅게 일그러졌다. 차마 더 보지 못하겠다는 듯 도훈은 고개를 슬쩍 피하며 관자놀이를 짚었다.

'그나저나 서른일곱 명이라.'

예상보다 많은 수였다. 아무리 이진상이 양아치라고 한들 파티광인 그의 인맥은 무시할 것이 못 된다. 물론 인맥으로 따지자면 저보다야 못할 테지만 모양 빠지게 굳이 발로 뛸 필요는 없지 않은가. 어쨌든 이진상은 제 아버지를 포함 제 인맥의 전부인 위임장을 받아 왔다. 돈으로는 절대 살 수 없는 가치.

"찬반의사는 투표를 통해 표명해 주시기 바랍니다."

"아! 오키오키."

의장의 말에 이진상은 손가락을 말아 동그라미 모양을 만들며 건들거렸다. 투표용지를 받은 그는 대충 남은 자리에 앉아 두리번거렸다. 아마 도훈을 찾는 듯싶었다. 억지로 시선을 피하던 도훈은 결국 그와 눈이 마주쳤다. 씩 입매를 말아 올린 진상은 셔츠를 걷으며 제 왼쪽 손목의 시계를 툭 건드렸다. 폴뉴먼의 롤렉스 데이토나. 제가 합의금 조로 주었던 시계.

"……."

고개를 살짝 저은 그는 피식이 웃었다. 이로써 이백억의 가치는 톡톡히 해낸 셈이다. 아니 앞으로도 이진상은 제가 기업을 경영함에 있어 이백억 이상의 가치를 증명할 것이다.

"안녕하십니까."

소란스러운 이진상의 등장에 묻혀있던 남자가 의장 앞으로 가 고개를 숙였다.

"브리먼 매니지먼트 존 타일러 상임 대리인입니다."

그는 제가 준비한 서류를 의장에게 건넸다. 존 타일러? 브리먼 매니지먼트? 장내 여기저기 어수선한 수군거림이 들려왔다.

"존 타일러?"

신 회장 역시 믿을 수 없다는 눈빛으로 남자를 보았다. 설마 하는 마음에 고개를 돌린 그녀는 빙글거리고 있는 도훈과 눈이 마주쳤다.

266

'저 새끼가. 어떻게…….'

그녀의 눈매가 의심쩍게 좁혀졌다.

"하."

강도훈이 존 타일러와 접선을 했을 줄이야. 이진상이 가져온 지분도 꽤 될 텐데. 존 타일러의 지분은 공개적으로 밝혀진 바 8%, 도훈 개인의 지분 9%. 대충 따져 보아도 20%. 총 지분의 오분의 일이란 어마어마한 지분. 신애란은 재빠르게 제가 가진 지분과 강 회장의 개인 지분. 또 제 우호세력의 지분을 계산했다. 주총에 참여하지 않은 지분들까지…….

'제기랄.'

머리가 복잡해져 계산이 제대로 되지 않았다.

'병원에선 왜 아직도 연락이 없는 거야!'

그 와중에 강호진의 죽음을 사주한 일조차 엉켜 버린 걸까 하는 불안감에 손끝이 저려 왔다.

참석 주주들의 투표가 전부 끝났다. 신애란은 잘 다듬은 손톱 끝을 물었다. 이렇게 된 이상 무조건 표결이 나오기 전에 강호진의 사망 소식이 이곳에 전해져야 한다. 무조건.

"……."

온몸의 혈관이 수축된 듯 긴장감이 일어왔다.

"자 그럼 표결 결과 말씀드리겠습니다."

의장이 막 마이크를 쥔 순간이었다.

"대리인은 그만두지."

모두의 시선이 대회의장의 문을 열고 들어선 남성에게 몰렸다. 그들은 소리도 내지 못한 채 그대로 굳었다. 강호진 회장. 십 년간 목숨만 간신히 유지하며 병실에 누워있던 대한그룹의 진짜 주인.

그 누구도 말을 꺼내지 못했다.

"여, 여보. 당신이. 어, 어떻게."

신 회장은 귀신이라도 본 것 같은 얼굴이었다. 낯빛이 하얗게 질린 채 신 회장은 자리에서 벌떡 일어났다.

"왜. 지금쯤 죽었어야 할 사람이 여기 있으니 믿기지 않는 건가?"

"……."

"들어가시죠."

강 회장은 고개를 낮게 끄덕였다. 대 회의장의 양쪽 문이 힘차게 열렸다. 곧, 형사들과 경찰들이 주총장 안으로 빠르게 들어섰다. 무슨 일인지 상황을 이해 못 한 많은 주주들이 웅성거렸다. 우락부락한 인상의 형사는 품속에서 구속영장을 꺼내 신애란 앞에 섰다.

"자. 이거 보이십니까. 신애란 씨. 당신을 살인 교사 준현행범으로 긴급체포합니다."

"뭐, 뭐……?"

"당신은 묵비권을 행사할 수 있고 변호인을 선임할 권리가 있습니다. 당신의 모든 발언은 법정에서 불리하게 작용할 수 있습니다."

"마, 말도 안 돼……."

몸서리치며 뒷걸음질을 하던 신애란은 목에 핏대를 세우며 고함을 내질렀다.

"으, 음모야 이건! 사, 살인 교사라니! 살아 있잖아! 강호진 살아 있잖아!"

도훈은 영화를 감상하듯 그 광경을 따분하게 지켜보았다. 극의 클라이맥스 정도 될까. 이를 달달 떨며 전전율률하던 신애란은 기어코 도훈에게로 뛰어들었다. 탁자를 넘어 도훈의 모가지를 움켜쥔 신애란은 미친 사람 외쳤다.

"너 이 개새끼 내가 가만둘 거 같아!"

"신애란 씨!"

다급히 뛰쳐 온 형사들이 신애란의 몸을 억척스럽게 끌어 내렸다. 움켜잡힌 목 근처를 손가락으로 쓴 도훈은 짜증스럽게 신애란을 내리깔아 보았다.

"신애란 씨. 당신 죄가 살인 교사 하나일 거라는 착각은 버리는 게 좋을 겁니다."

악인의 본성은 생각보다 더 추악하고 매스껍다.

"잘 가세요."

그는 먼지를 털어 내듯 목 부근을 툭 털었다. 신애란은 다급히 강호진을 찾았다.

"여, 여보········ 아, 아니야."

강 회장은 그런 그녀를 싸늘하게 볼 뿐, 그 어떤 말도 하지 않았다. 웅성거리는 장내의 소음은 더욱이 커져만 갔다.

탁.

모든 게 끝난 걸 직감한 듯 신애란의 눈동자가 탁하게 변했다. 악인의 말로에 가장 걸맞은 엔딩이었다.

인천 THE MINI CITY에서 열리는 제50회 황룡영화상. 대한민국 영화계를 대표하는 배우들이 대거 레드카펫을 밟았다. 많은 기자들은 한 번이라도 더 스타들을 담기 위해 카메라의 셔터를 눌러댔다.

'황룡영화상' 영화계의 권위 있는 시상식이자, 많은 영화인들이 꿈꾸는 최고 그랑프리. 그 마지막 참석자가 타고 있을 밴이 레드카펫 앞에 멈추어 섰다.

"예일아, 파이팅. 다 괜찮아!"

"누나 파이팅!"

동식과 보람의 응원을 들으며 예일은 침착하게 심호흡을 했다. 도착하기 딱 십 분 전 라이브 방송은 종료되었다. 인터넷 여론이 어떤지는 겁이 나 확인조차 하지 못했다. 분명 무수히 많은 기사가 쏟아져 내리고 있을 것이다. 차 문을 열고 레드카펫을 밟는 순간 자신을 향한 공격들이 시작될 테지. 마른침을 삼킨 예일은 손에 힘을 주어 차 문을 열고 나섰다.

"……."

레드카펫 위로 골드 컬러 펌프스 힐이 닿았다. 흰색의 등 파인 롱 드레스를 입은 예일은, 밴 밖으로 완전히 모습을 드러냈다. 굵게 웨이브 진 머리칼을 한쪽 어깨로 넘긴 그녀는 당당하게 한 걸음씩 걸었다.

"……."

질문들이 쏟아질 걸 예상하고 단단히 마음을 먹고 내렸건만, 현장 분위기는 쥐 죽은 듯 조용하고 잠잠했다. 그들 역시 꽤 충격을 받았으리라 생각이 들었다.

정상의 자리에서 돌연 잠적하고 연예계를 은퇴했던 배우. 유명 감독과의 스캔들과 함께 복귀해 숨겨진 자식, 불륜, 유명 배우와 스캔들까지. 끊임없는 구설에 시달리면서도 정상의 자리에 다시 꿋꿋하게 선 배우. 바늘 없는 시계처럼, 혹은 깊은 산속 스님이 홀로 지키는 작은 절처럼 고요한 레드카펫. 차가운 느낌마저 주는 기자들 사이로 그녀는 간신히 몸을 지탱하며 걸었다.

 찰칵. 뒤쪽 어딘가에서 셔터 소리가 들렸다. 그것이 신호탄이라도 된 듯 여기저기 셔터 소리와 플래시 세례가 이어졌다.

 "주예일 씨. 여기 좀 봐주세요!"

 "방금 라이브 방송에서 아이를 밝혔다고 하셨는데요!"

 "언제부터였습니까!"

 "그럼 강도훈 대표와는 혼인신고를 하신 상태입니까?"

 봇물이 터진 듯 쏟아지는 질문 세례에 예일은 입을 굳게 다물었다. 기자들의 목소리가 커지고, 선을 넘는 어떤 기자는 레드카펫까지 밟으며 들어섰다. 대기하고 있던 사설 경호원은 곧바로 예일에게 따라붙어 길을 텄다.

 "비켜 주세요!"

 "포토존 패스할게요!"

 "물러나 주세요!"

 눈물을 꾹 참은 채 당당하게 걸은 예일은 계단 끝에 막 다다르고 나서야 뒤를 돌았다. 눈이 부실 정도로 많은 빛들이 그녀를 향해 터졌다.

 "죄송합니다."

 눈을 내리감은 예일은 조용히 입을 열었다.

"야! 다 조용히 해!"

"안 들리잖아!"

작은 목소리라도 담고자 기자들은 금세 침묵을 유지했다.

"연예인이라는 직업을 가지고, 많은 대중에게 얼굴을 알린 공인으로서, 이런 물의를 일으키게 된 것에 대해 진심으로 사죄드립니다."

가슴 부위에 한 손을 올린 예일은 허리를 깊숙이 숙였다. 그 누구도 그녀에게 사과를 하라 한 사람은 없었다.

"정말 죄송합니다."

그럼에도 그녀는 정중한 태도로 그들에게 사과했다. 예일의 얼굴이 천천히 올라왔다. 고즈넉해진 분위기 속.

"주예일!"

누군가 예일의 이름을 외쳤다.

"괜찮아!"

기자들에게 밀려난 저 뒤로 플래카드와 현수막 따위를 든 제 팬들의 모습이 보였다.

"언니 괜찮아요, 진짜!"

"사과하지 마, 예일아!"

'괜찮아!'를 외치는 팬도, 울먹거리는 팬도, 결국 펑펑 눈물을 토하는 팬도, 다 각기 다른 모습이었지만 마음은 단 하나. 그녀를 응원하고 있었다.

"미안해, 예일아!"

미안하다는 말은 많은 것을 내포하고 있었다. 괜찮다는 말 또한. 붉어지는 눈시울에 예일은 급히 하늘을 보며 눈물을 참았다. 곧 그녀는 다시 한 번 고개를 숙였다.

"죄송합니다."

사과를 전한 예일은 억지로 미소를 지으며 제 팬들을 보았다.

"정말 감사합니다."

짧은 답과 동시에 다시금 기자들의 질문폭격이 이어졌다.

"주예일 씨! 그럼 오늘도 아이와 함께 오신 겁니까?"

"박이채 배우와의 스캔들은 어떻게 설명하실 겁니까!"

돌아선 예일의 뒤로 경호원들이 가로막아 섰다. 황룡영화제의 마지막 초대자, 배우 주예일의 레드카펫 퇴장과 함께.

"주예일 씨 입장합니다."

제50회 황룡영화상이 그 시작을 알렸다.

✱

당당하게 영화제에 입장한 예일은 진행요원의 안내에 따라 배우석에 착석했다. 아라와 혜리, 또 설민형 감독도 이미 자리해 있었다. 자리까지 가는 내내 타 배우와 관계자들의 눈초리가 꽤 따가워서였을까. 예일은 종전보다 조금 더 위축된 모습이었다. 그녀가 자리에 앉고 한참이 지나서야 박이채는 예일의 팔 부근을 툭 쳤다.

"너 방송 난리 났더라."

"아. 보셨어요?"

그녀는 부러 태연하게 되물었다.

"아니. 대충 기사 뜬 거 몇 개만."

"죄송합니다."

"넌 뭐가 그렇게 매일 죄송하냐아."

그는 부러 말꼬리를 늘어뜨렸다. 짓궂게 픽 웃은 그는 슈트의 깃을 매만지며 말을 이어 갔다.

"어느 정도 알고는 있었어. 나도 귀가 있는데, 네 이야기 안 들으려야 안 들을 수 없었거든."

"……."

"고생 많았다, 주예일."

죄인같이 고개를 숙인 그녀의 어깨 위로 팔을 두른 그는 손가락을 도닥거렸다.

"너 죄지은 거 없어. 당당하게 굴어."

느직이 올라온 시선이 이채와 한데 시선을 마주했다.

"고백 한번 못 하고 까였네, 난."

"네?"

이채는 답 대신 피식 웃었다.

"시작한다. 앞에 봐."

영화제는 정해진 순서에 맞추어 엄숙하게 진행되었다. 이채의 옆에 앉은 예일은 영 자리가 불편했다. 아까 이채가 한 말의 뜻은 아마 제가 예상하는 것이 맞을 것이다. 이걸 또 미안하다 사과해야 하는 건지, 모르는 척해야 하는 건지. 무수히 많은 고민이 오간 결과는 결국 '모르는 척해주는 게 맞다.'였다.

신인감독상부터, 촬영 조명상, 음악상 각본상이 지나가고, 신인 남녀상. 남녀 조연상의 시상이 끝났다. 이어서 남우주연상의 시상이 시작되었다.

"제50회 황룡영화상 남우주연상. '우성'의 한효복 씨! 축하드립니다."

남우주연상의 후보에 박이채도 올랐으나, 아쉽게도 남우주연상은 대선배 배우인 한효복이 가져갔다. 이채는 진심으로 축하하며 박수를 쳤다. 수상소감이 지나가고 여우주연상의 시상이 시작될 기미를 보였다. 시상은 작년 수상자 오미란이었다.

"안녕하세요. 배우 오미란입니다."

예일 역시 친분이 있는 선배 배우. 간단한 인사 멘트가 이어지고, 곧 그녀는 손바닥을 펴 뒤의 화면을 가리켰다.

"제50회 황룡영화상 여우주연상 후보 만나 보시죠."

[청춘 로맨스의 주예일, 잊혀진 영웅의 박은아, 돈다발의 정라미, 여사제들의 한희주]

총 네 명의 수상 후보가 화면 안으로 담겼다.

'저 말고 받을 배우가 있고요?'

언젠가 예일은 혜리에게 그런 말을 했었다. 자신만만했지만, 사실 스스로도 여우주연상을 받을 거란 기대는 하지 않았다. 영화 성적이 아무리 좋았다고 한들, 박이채 역시 남우주연상을 받지 못했는데 제가 받는다는 건 역시 말이 안 되는 일 아닌가.

"네, 이제 수상자를 발표하겠습니다."

배우 오미란이 수상자가 적힌 봉투를 열려고 하는 순간이었다. 무선 이어폰을 낀 관계자가 급히 무대 위로 뛰어 올라갔다. 마이크에서 떨어진 오미란에게 귓속말을 하는 관계자의 모습이 그려졌다. 시상자 멘트가 이어지기 바로 직전 끊기자, 객석 여기저기 웅성거림이 터져 나왔다. 곧 사인을 전달받은 메인 엠씨가 마이크를 잡았다.

"아, 죄송합니다. 잠시 수상자 발표에 문제가 생겼습니다."

허둥지둥거리는 관계자들과 이러지도 저러지도 못한 채 우왕좌왕하는 시상자들. 배우석, 감독석, 팬석 가리지 않고 여기저기 야유가 터지기 시작했다.

황룡영화상 심사위원실.

총 20개 부문으로 진행되는 황룡영화상. 철통 보안으로 유명한 황룡영화상 수상자는 당일 실시간으로 10인의 심사위원들이 결과를 내놓는 것으로 유명했다. 결과가 나오면 관계자가 시상자에게 수상자의 이름이 든 봉투를 전달하고, 무대 뒤에선 준비된 트로피에 실시간으로 수상자의 이름을 새기는 작업을 진행한다.

"위 감독님. 지금 뭐 하시는 겁니까, 대체!"

"뭘 하기는! 그럼 이대로 여우주연상 진행하는 게 정상이라고 생각해?"

설왕설래가 오가는 심사위원실. 설은미 감독을 포함한 영화 평론가 박중현. SBC 제작국장 김철중. 한국예대 교수 한미희 등 총 10인은 각기의 이견을 제시했다. 이번 황룡영화상 여우주연상의 주인공은 주예일이었다. 바로 10분 전까지만 해도.

"야. 지금 인터넷 봐봐! 이런 논란 있는 애한테 상을 주자고? 여우주연상의 의미가 뭔지 몰라?"

그리고 수상자가 불리기 전. 황룡의 심사위원단 중 세 명의 위원은 예일의 수상을 반대하고 나섰다.

"생각해 봐. 어디서 여배우가 애나 딸리고 말이야. 그것도 숨기고 어? 이거 우리 영화상 권위 떨어지는 거야. 상 못 주지, 이런 애한테!"

그중 가장 강력하게 시상을 반대한 위철웅 감독은 침까지 튀겨가며 큰 소리를 냈다.

"그래서 이 배우 연기에 문제 있었습니까? 영화 성적에 문제 되는 거 있었냐고요."

한미희 교수가 위 감독의 말에 침착하게 반박했다.

"그리고 지금 주예일 말고 받을 배우나 있습니까?"

위 감독은 다리를 반대편으로 꼬며 코를 쑤셨다.

"뻔한 로맨스 감성 누가 못 해. 어? 얘 누구냐, 그래. 정라미 좋네. 정라미. 정라미 줘."

"하?"

맥락 없는 주장에 기가 찬 듯 한미희 교수는 헛웃음을 터뜨렸다.

"지금 정라미가 주예일보다 낫다는 말씀이세요?"

"그렇다면 왜. 야, 박중훈이 너 말해 봐. 라미 얘 좋아, 안 좋아."

눈치를 보던 영화 평론가 박중훈은 그저 작게 고개를 끄덕일 뿐이었다. 하나 그 역시 음성으로 동의는 하지 않았다.

주예일은 주예일이다. 이건 너무나 독보적이다. 그 누구도 연기력 하나만 두고 반박할 수 없는 걸 알고 있을 것이다.

"여자가 어디서 감히. 어? 몰래 애 낳았으면 조용히 있어야지, 어디서 숨기고 나와서. 어?"

위 감독의 무례한 발언이 쉼 없이 터졌다.

"미치겠네. 정말."

머리칼을 막 넘기던 한미희 교수는 결국 자리를 박차고 일어났다.

"배우 사생활 끌고 와서, 본인의 사사로운 감정으로 번복이 될 만큼 영화제의 권위가 이 정도 수준이었습니까?"

"야! 이게 그냥 사생활이야? 어? 그냥 사생활이냐고 이 계집애야!"

"계집애? 계집애라고 했어, 당신?"

"당신? 당시이이인? 어디서 반말이야, 새끼야! 선배한테!"

책상을 팍하고 내리친 그는 소리를 내질렀다. 굵직한 침방울이 허공으로 마구 튀었다.

"야, 한미희 너 새끼야. 감독판 떠났으면 짜그러져 살아! 어디서 여자가 건방지게 이렇다 저렇다 따지고 들어?"

"위 감독님!"

쨍한 고함이 심사위원실 밖으로까지 터졌다. 보안요원들은 귀를 기울인 채 위원실 안의 상황을 하나라도 더 듣기 위해 몸을 바싹 붙였다.

"그만하세요, 두분 다. 지금 우리 싸울 시간 없습니다."

뒤늦게 나선 제작국장의 만류에 위 감독은 쯔 소리를 내며 자리에 앉았다. 한미희 교수 역시 씩씩이며 자리에 간신히 엉덩이를 붙였다.

"이래서 계집애들이 안 돼. 지들이 뭘 안다고, 예술을. 그리고 이거 논란의 여지도 충분히 있지. 개봉한 지 얼마나 됐다고 여우 주연상을 줘?"

수상자들 명단을 성의 없이 뒤적거리며 위 감독은 끝내 제 의견을 굽히지 않았다.

"그럼 감독상도 취소해야겠네요."

내내 조용히 상황만 지켜보던 설은미 감독이 픽 웃으며 입을 열었다.

설은미 감독의 발언에 위 감독 포함 나머지 심사위원들의 눈동자도 당혹감에 일렁거렸다.

"뭐, 뭣? 감독상?"

"예. 설민형 감독이요."

설은미 감독은 제 아들을 남이라도 되는 것처럼 불렀다.

"아니이. 그게 무슨 상관이야, 지금."

"왜 상관이 없죠. 위 감독님 말씀대로라면 문제 있는 배우를 캐스팅한 설민형 감독도 문제고, 개봉한 지 얼마 되지도 않은 영화를 가지고 수상을 하는 것 역시 무리인 거 같은데요."

그녀는 아주 고상하고 기품 있는 태도로 위 감독에게 제 의견을 표했다.

"제 말에 틀린 부분 있습니까."

말을 마친 설은미는 제 앞에 놓은 커피잔을 쥐어 들었다. 차분히 차를 즐기는 모습에 위 감독은 하이 씨. 짧은 탄식을 흘렸다. 대놓고 제 아들을 디스하고 들어올 줄이야. 예상치 못한 반응이었다.

"야. 설은미야. 이 감독상 받는 거 네 아들이야, 네 아들."

"내 아들인 것과 감독상 사이에 무슨 관계가 있죠? 난 지금 심사위원으로 여기 있는 건데요."

맞는 말이다. 맞는 말이긴 한데……. 위 감독의 눈썹이 크게 일그러졌다.

"야…… 옛날부터 설은미 넌 정말 애가 사상이 좀 이상하더라. 왜 이렇게 여자애가 따박따박 아주…… 여튼 여우주연상은 정라미야. 됐어!"

위 감독은 제멋대로 다시 수상자의 이름을 썼다. 봉투 안으로 종이를 넣는 손길을 저지한 건 역시 설은미 감독이었다.

"거기까지 하세요."

그녀는 미소를 잃지 않은 채 그를 막았다.

"손 안 치워?"

삼십여 년 전의 그날과 빌어먹게도 똑같은 상황이다.

"근데 위 감독님. 저 대신 받은 상 아직 잘 가지고 있나요?"

"뭐, 뭐? 뭔 상. 뭐, 뭐."

"최우수작품상. 그거 제 거였잖아요?"

설은미는 우아한 태도로 그를 비꼬았다.

"뭐, 뭔 개 소리야?"

"왜. 아니라고 하고 싶으신가 봐요."

위 감독은 콧김을 뿜으며 눈을 부라렸다. 설은미는 그저 피식 웃었다.

"그때도 아마 이 상황과 비슷했던 거 같은데. 바로 십 분 전 수상 취소. 아닌가요?"

"내, 내가 그걸 어떻게 알아?"

"왜 모르죠. 그때 위 감독님 삼촌분이 진행위원장이셨던 걸로 아는데요."

"너 이 씨. 자꾸 뭔 소리를 하는…….."

"감히. 여자가."

단단한 목소리가 위 감독의 말허리를 치고 들어갔다.

"그것도 나이까지 어린 여자가 능력이 있는 게 거슬렸겠지요. 근데 내 상을 빼앗을 명분은 없었고, 눈엣가시였는데 배가 부른 채 참석하니 옳지 잘됐다 싶었을 거예요. 내 임신과 내 능력이 무슨 상관이었는지……. 참 우습지 않나요?"

"뭐, 뭐라는 거야. 야, 설은미 그건 내가 정당하게. 어?"

"네, 그래요. 정당해서 십 분 전에 수상자가 바뀌었죠. 마치 지금처럼."

표정 변화 하나 없이 설은미는 차분하게 말을 이어갔다. 위 감독은 이미 시뻘게진 얼굴을 이러지도 저러지도 못한 채 콧김만 뿜어댔다.

"그래서 억울해? 어?"

"억울하긴요. 나야 고맙죠. 덕분에 칸까지 진출하고 황금종려상까지 받아 왔는걸요."

빼앗긴 최우수작품상. 하지만 그걸로 해외에 이슈가 되어 관심 있게 지켜본 관계자들의 초청을 받아, 황룡상과 비교도 안 되는 큰 상을 받아 왔었다.

“근데 위 감독님. 아직도 칸 한번 못 가봤다던데⋯⋯.”

위 감독의 아킬레스건을 향해 날아간 탄환은 정확히 박혔다.

“야 설은미!”

자리를 박차고 일어난 위 감독이 고함을 내질렀다. 그 순간 설은미는 쥐고 있던 커피를 좌악! 그의 얼굴에 뿌렸다. 두 사람 사이에 눈치를 보던 위원들은 저마다 헉 소리를 내며 입을 가렸다.

“아. 나이가 드니까 이렇게 수전증이 생겨.”

와중에 설은미만 태연히 잔을 내려놓을 뿐이었다. 커피 물을 뒤집어쓴 위 감독은 멍하니 허? 허. 하는 하찮은 숨을 흘렸다.

“야. 설은미.”

묵직한 저음이 흘렀다.

“왜. 위철웅.”

“왜애. 위철우웅?”

험악해져 가는 분위기에 한미희 교수를 포함한 타 위원들이 자리에서 일어났다. 그들을 향해 한 손을 들어 나서지 말란 제스처를 표한 설은미는 다리를 천천히 꼬았다.

“근데 너 왜 자꾸 반말이니.”

말려 올라가는 입꼬리는 시리도록 차가울 뿐이었다.

“선배한테 건방지게.”

✳

황룡영화상 장내는 어수선한 분위기가 지속되었다. 하필이면 끊긴 식의 순서가 ‘여우주연상’이라 더욱이 그랬다. 누구나 다 예상할 것이다. 주예일 때문에 영화제의 진행이 딜레이 되고 있다는 것을. 곧 허겁지겁 뛰어온 관계자가 시상자인 배우 오미란에게 수상자 이름이 적힌 봉투를 전달했다.

"죄송합니다. 오래 기다리셨습니다."

예일은 자포자기한 심정으로 태연히 앉아 무대를 보았다. 사실 처음부터 상에 대한 미련은 없었다. 배우로서는 당연히 욕심나는 상이었지만, 지금의 제 상황에서 여우주연상을 욕심낸다는 건 정말 이기적일 것이다. 어떤 누가 받는다 한들 진심으로 박수 쳐 주며 축하해 줄 수 있을 것이다.

"기다리게 해드려 죄송합니다."

시상자의 사과 멘트가 이어졌다.

"자, 이제 오래 기다리신 수상자를 발표하겠습니다."

제가 다 떨린다는 듯 자주색 드레스 위로 손바닥을 비빈 오미란은 봉투를 열어 수상자가 적힌 종이를 꺼냈다. 잠시 흔들렸던 오미란의 동공이 이내 멈추었다.

"네. 이 배우네요. 제가 개인적으로 참 존경하고 사랑하는 배우인데요. 그럼 발표하겠습니다."

오미란의 뒤로 네 명의 후보 얼굴이 잡혔다.

"제50회 황룡영화상 여우주연상."

손에 땀을 쥐게 하는 긴장감이 장내를 가득 채웠다. 눈웃음을 곱게 지은 오미란은 장내 어딘가에 앉아 있을 여우주연상의 주인공을 보았다.

"청춘 로맨스 주예일 씨. 올해 황룡의 주인공이 되셨습니다. 축하드립니다."

제 이름이 불릴 거란 생각은 못 했는지 예일은 멍하니 박수를
짝짝 쳤다.

"주예일."

이채가 그런 예일의 팔꿈치를 툭 쳤다.

"예?"

"뭘 그렇게 멍 때리고 있어."

"네? 저⋯⋯예요?"

"너 나 놀리냐?"

키득거린 이채는 먼저 일어나 예일을 챙겼다. 얼떨떨한 채 예일
은 자리를 나와 계단을 천천히 내려갔다. 엄청난 크기의 박수 소
리가 그녀의 귓전을 마구 때려왔다.

– 주예일 씨는 스크린 복귀작 '청춘 로맨스'에서 상처를 가진 신
이수와 성숙한 신이수를 넘나들며 감성적인 연기력을 선보였는데
요. '그.아.주.' '그래도 아직 주예일'이라는 신조어까지 생길 정도
로 여전히 국민 첫사랑의 건재함을 보여주었습니다. 그.아.주! 주
예일 씨. 다시 한 번 축하드립니다.

그녀가 시상대에 올라가는 동안 메인 엠씨의 멘트가 이어졌다.
하나 예일에 귓가에 제대로 들리는 건 없었다. 그저 박수 소리와
화려한 무대의 불빛에 가슴이 쿵쿵 뛰어 댈 뿐. 시상대에 조심
스레 올라선 예일은 제 이름이 박힌 트로피와 꽃다발을 받았다.

"축하해, 예일아."

시상자인 오미란은 아직 긴장해 굳어있는 예일을 한껏 품에 안
아 다독였다. 수상소감을 위해 시상자가 무대에서 퇴장하고 예일
은 조심스레 마이크 앞에 자리했다. 벌써 빨개진 코끝은 금방이

라도 눈물을 터뜨릴 것만 같았다.

"아……. 죄송합니다."

결국 예일은 말을 하지 못한 채 한 손으로 입을 가렸다.

– 여러분, 격려의 박수 부탁드립니다!

메인 엠씨의 멘트에 우레와 같은 박수 소리가 울렸다. 간신히 눈물을 삼킨 예일은 마이크의 앞에 다시 섰다.

"제가…… 받아도 되는 상인지 모르겠습니다. 감사합니다. 이런 영광스러운 상을 주셔서, 정말…… 감사합니다."

그녀의 시선이 2층의 팬석을 향했다.

"우선, 어…… 제게 가장 큰 힘이 되어준 우리 예인젤 감사합니다."

팬클럽 이름이 거론되자 팬석에서 환호성이 터졌다. 2층에 머물렀던 시선의 궤적이 천천히 아래로 내려왔다.

"그리고, 제가 정말 친애하는 제닌의 은소민 대표님, 설민형 감독님. 또 존경하고 항상 감사한 설은미 감독님. 언제나 힘이 되어주는 배우 조아라 님. 많은 조언과 위로를 해주셨던 배우 이혜리 님, 박이채 선배님……."

청염한 자태로 예일은 수상자의 정석과도 같은 멘트를 이어 갔다.

"그리고 많은 후배님들, 정말 진심으로 감사드리고요……. 빠듯한 일정에도 너무너무 고생 많이 해준 우리 스태프들. 한 분 한 분께 깊이 고개 숙여 감사드립니다."

셔링으로 포인트를 준 흰 드레스마저 무대 위의 예일을 더욱이 빛내고 있는 듯했다. 눈물을 간신히 삼킨 예일은 객석을 천천히 둘러보았다. 차마 자신이 없어 보지 못했던 많은 동료 배우들, 관계자들이 자신을 보고 있다. 차갑지 않은 시선만으로도 가슴이 자꾸 울컥거려왔다.

"……."

둘러보던 시선이 한 곳에 내리박혔다. 제대로 자리에 앉지도 못한 제 매니저 보람과 동식. 주예일을 빛나게 해주기 위해 어둠 속에서 가려져 있던 두 사람. 펑펑 울고 있는 두 사람의 모습에 목이 메어왔다.

"제, 가……."

그녀는 차분하게 숨을 들이켰다.

"제가, 이 자리에 있기까지 가장 많은 고생을 해준 우리 매니저 보람 언니. 정말 고마워, 언니. 동식 씨 고마워요. 정말 고맙습니다."

어깨를 들썩이던 보람은 결국 자리에 주저앉아 아이 같은 울음을 터뜨렸다. 자신보다 예일을 더 챙기며 희생했던 사람. 아마 예일만큼이나 마음고생이 심했을 것이다. 그 광경은 그대로 카메라에 담겼다. 메인 엠씨는 뒤를 돌아 눈물을 훔쳤다. 더불어 객석의 많은 여배우들이 예일과 함께 공감하고 눈물을 흘렸다.

"절 서포트해 주시고 응원해주신 EK엔터테인먼트 관계자 여러분들께도 정말 이 자리를 빌려 감사 말씀드립니다."

멘트를 막 끝내기 위해 입을 열던 예일은 맨 앞에 앉은 누군가를 발견했다. 아라와 설민형 감독과 같이 앉아 있는 제 아이. 턱시도에 빨간 넥타이를 맨 지운이 그녀를 보며 손을 붕붕 흔들었다. 엄마의 빛나는 모습이 자랑스러운 듯 아이의 얼굴엔 함박웃음이 만연했다. 예일의 시선을 따라간 카메라가 아이를 비췄다.

"그리고, 사랑하는 엄마 아들. 지운아."

처음으로 많은 이들 앞에서 제 아들의 이름을 떳떳하게 불러 보았다. 결국 참으려 했던 눈물이 결국 도르르 흘렀다. 급히 손바닥으로 눈물을 닦은 예일은 아이와 시선을 맞추며 입을 열었다.

"엄마 아들로 태어나 줘서 정말 고마워."

눈물을 꾸역꾸역 삼킨 예일은 카메라를 정면으로 응시했다.

"마지막으로 제 청춘 로맨스의 주인공 강도훈 씨. 보고 있나요. 계약서 마지막 조항 기억나시는지 모르겠어요."

추가조건 계약의 마지막 조항.

"강도훈 씨."

정적이 흘렀다.

"나랑 결혼해 줄래요."

제가 지을 수 있는 가장 밝은 미소로, 예일은 전 국민이 보는 앞에서 프러포즈했다. 침묵이 흐르는 분위기 속.

"상을 주신 의미 무겁게 느끼며, 앞으로도 좋은 모습, 열심히 하는 모습 보여 드리겠습니다. 감사합니다."

예일은 의연하게 마지막 멘트를 이어갔다. 한 걸음 물러선 그녀는 허리를 굽혀 인사를 전했다. 우레와 같은 박수와 환호성이 장내를 가득 메웠다.

18. 서사의 마침표

[제50회 황룡의 여신 '주예일']

[주예일 '황룡영화상' 여우주연상. 공개청혼 "나랑 결혼해 줄래요"]

['황룡영화상' 최고의 이슈 주예일 "사랑하는 엄마 아들"]

['황룡영화상 주인공' 주예일, 기품 넘치는 자태]

['청춘 로맨스' 황룡영화상 작품상 등 5관왕!]

온 포털사이트의 연예면 기사는 주예일로 도배가 되다시피 했다. 포털사이트 외 SNS를 포함 갤러리 커뮤니티까지. 인터넷 세상은 주예일로 떠들썩했다.

주예일 애엄마인 거 알고 있던썰

익명 20xx.xx.xx 21:08

나 혼자 임금님 귀 당나귀 귀 했는데 이제야 썰 푼다. 일단 인증부터 박을게. 주예일하고 같은 단지 살고 있음.

올해 초였는데 밤에 담배 피우러 나왔다가 웬 여자랑 꼬마랑 산책하는 거야. 애는 아이스크림 사달라고 울고, 여자는 난감한 듯 서 있다가 정문으로 막 나가려는데 갑자기 불빛 뻥뻥 터짐.

나 태어나서 기자들 그렇게 모인 거 처음 봤음.

기자들 주예일 엄청 찍다가 애 혼자 우는데 몰려가서 또 애 찍고 주예일은 울면서 찍지 마라고 소리치고, 그러다 넘어지고 뭐 난리였음.

우리 단지 사는 사람들 좀 알걸? 그때 엄청 시끄러웠어.

다들 나처럼 불쌍해서 입 다물고 있었던 건지. 나도 그 상황이 너무 충격이어서 조용히 있다가 이제 풀어 본다.

그때 내가 찍은 영상이고 문제 있으면 내릴게.

└ 기레기들 진짜 미쳤어? 애한테?

└ 아 주예일 어떡해ㅜㅜㅜㅜㅜㅜㅜ

└ 영상은 내려.. 뭐 좋은 거라고.

└ 주예일 머리채 잡았던 기자 신상 뜸

과거 예일과 아이가 기자들에게 공격당할 때의 영상이 일파만

파로 퍼지자, 동정 여론은 더욱이 거세어졌다.

[나 주예일 장학금 받고 대학 들어갈 수 있었거든]

[아무리 주예일이 잘못했어도 기부금 액수를 봐 돌 못 던진다]

[청춘 로맨스 엑스트라였는데 주예일 진짜 착했다구ㅠㅠ]

후드득 쏟아지는 미담 역시 동정 여론에 힘을 보탰다.

주예일이 연예면을 뜨겁게 달굴 때, 사회면 역시 하루가 다르게 큰 이슈들로 기사를 달구어 갔다.

[피아니스트 '하미연' 아이 유괴 자수! 유괴된 아이는……]

[대한그룹 전 회장 '신애란' 살인 교사 혐의]

[서울시장 '하성혁' 갑작스러운 사임 의사]

[대한그룹 전문경영인에게 위임]

자수한 하미연과 주주총회에서 체포된 신애란은 구속수사가 시작되었다. 서울시장이었던 하성혁은 사임 의사를 내비치며 지난날, 자신의 권력을 이용해 유명 모 배우에게 고의 스캔들을 만들라 지시했던 치부를 스스로 드러내며 전 국민 사과를 했다. 식물인간 상태로 알려져 있던 강호진은 건강을 회복했다는 소식을 전했다. 그는 경영권에서 완전히 물러나 평생 사회에 봉사하며 지낼 것이라 의사를 밝혔다.

대한그룹은 전 총비서실장인 현지욱과 전문경영인을 두어 모든 것을 위임하겠다 공표했다. 사회적인 이슈들이 해수가 덮쳐오듯 정신없이 여기저기 쏟아져 나왔으나. 그 어디에도 주예일과 하미연, 공희영과 하성훈 교수에 대한 기사는 찾을 수 없었다. 그건 한 아이가 부모에게 할 수 있는 처음이자 마지막 배려였다.

✳

황룡영화제와 대한그룹 정기 주총이 있은 지 삼 주란 시간이 흘렀다. 삼 주란 시간이 흘렀음에도 예일은 그날이 아직도 어제의 일인 것처럼 생생했다.

라이브 방송을 할 때의 그 떨림. 모든 것을 고백할 때의 긴장감과 두려움. 여우주연상에 제 이름이 불렸을 때. 무대에 올라가 상을 받고, 세상 모든 사람의 앞에서 제 아들의 이름을 부를 때.

'엄마 아들, 지운아.'

말로 표현할 수 없을 만큼 벅찼던 마음은 아마 평생을 가도 잊지 못할 것이다. 지금도 그녀는 문득 그날을 그리며 눈시울을 붉히곤 했다.

진심은 통한다. 고지식하고 촌스러운 말이지만 이보다 더 어울리는 말은 없었다. 물론 모든 사람들에게 응원을 받는 건 아니었다. 실망했다는 반응도, 그럴 줄 알았다는 반응도 꽤 있었다. 간혹 심한 욕설을 하는 댓글도 있었다. 하나 이제 스스로 떳떳해졌기에 그 어떤 것도 그녀에게 타격을 주진 않았다. 타격을 주는 게 하나 있다면.

"계약서 마지막 조항 기억나시는지 모르겠어요."

아마도.

"강도훈 씨."

눈앞에 있는.

"나랑 결혼해 줄래요."

이 빌어먹을 강도훈 하나일 것이다.

시상식과 정기 주총이 끝나고 다음 날이 되어서야 두 사람은 서로를 마주할 수 있었다. 예일을 본 그가 처음 꺼낸 말은 아마 지금 내뱉고 있는 말과 똑같을 것이다.

"강도훈 씨 보고 있나요."

제 목소리를 흉내 내는 꼴에 이가 아득바득 갈렸다. 저 말을 대체 몇 번이나 들은 건지 아마 오버 조금 보태 백 번은 넘었을 것이다. 귀에 딱지가 생길 정도로 아주 지긋지긋하게.

"작작 해라, 진짜."

"강도훈 씨. 계약서 마지막 조항 기억하고 있나요?"

깐죽거리는 얼굴에 기어코 야! 큰 소리가 터졌다.

"아 왜 소리를 지르고 그래."

귓불을 매만지며 그는 와하하 웃었다. 나름 용기 내서 말했건만 이딴 식으로 놀림감이 될 줄 알았더라면 절대 그딴 말은 하지 않았을 것이다. 게다가 온 사이트에 프러포즈하는 영상이 여기저기 퍼지고 있는데. 정말 환장할 일이었다. 아주 전국적으로 흑역사를 생성했다고 해도 과언이 아니다.

"이번엔 진짜 은퇴해야겠어."

"장난해? 지금 너 때문에 EK 주가 지붕 뚫고 있는데?"

"주가 뚫고 있는 배우 보호 좀 해주지. 모니터링 안 해? 지금 내 흑역사 여기저기 다 퍼지고 있는 거 몰라?"

다다다다 따지고 드는 꼴이 영 깜찍했다. 크큭 낮게 웃은 그는 예일의 가는 허리를 확 쥐어 잡아 끌어당겼다. 그러곤 천천히 뒤로 걸음을 옮겼다.

"뭔 흑역사래 또. 서운하게."

"아 몰라. 좀 놔."

"아주 팅기는 게 취미야. 결혼해 달라고 졸랐으면서."

"조르긴 또 내가 언제……."

그녀의 말허리가 잘렸다. 침대 프레임에 발뒤꿈치가 걸리고 몸이 기우뚱 뒤로 넘어갔다. 악! 소리와 함께 푹신한 침대 시트 위로 등이 닿았다.

"아닌 척하지 마. 그 영상 내 핸드폰에도 저장되어 있거든?"

"미쳤나 봐. 진짜. 그걸 왜…… 아. 환장 정말."

예일은 빨개진 얼굴을 양손으로 가렸다. 시간을 제발 누군가 되돌려 줬으면 좋겠다.

"얼굴은 왜 가리는데, 또."

"몰라."

푸하하 그는 크게 웃었다.

"시상식 얘기하지 마, 진짜."

"알았어. 안 할게. 안 할게."

이렇게까지 놀릴 생각은 없었는데 때마다 반응하는 게 역시 귀엽지 않나.

"진짜……?"

손가락 사이로 검은 눈동자가 미심쩍게 깜박거렸다.

"응. 진짜."

픽 웃은 그는 손목을 잡아 치워 입술을 보드랍게 포갰다. 주예일은 모를 것이다. 뒤늦게야 시상식 영상을 보았을 때 결혼해 달라는 그 모습에 정말 사람이 이렇게도 미칠 수 있구나, 이대로 죽어도 좋겠다, 싶을 정도로 감정이 주체가 되지 않았다는 걸.

✻

한국대학교 병원 소아병동. 올해 예일은 한국대학교 병원 소아
병동에 두 번째 기부금을 전달했다. 처음은 혼자였지만 이번엔
설은미 감독과 함께였다. 설은미 감독은 1억이란 거금을 소아병
동에 전했다.

"제 기부금액은 공개되지 않았으면 좋겠습니다. 부탁드립니다."

예일은 이번엔 기부금의 액수가 공개되지 않길 부탁했다. 언론
에는 밝혀지지 않았지만 엄청난 액수라 병원 관계자들은 쉬쉬하
면서도 귀띔을 하곤 했다.

소아병동 휴게실. 병동 아이들에게 크리스마스 선물을 전하기
위해 휴게실에서 잠시 쉬던 예일은 별로 보고 싶지 않은 얼굴을
마주했다.

"……."

허찬형. 과거 신애란의 개인 기사.

"안녕하세요. 주예일 씨."

그리고 억지로 절 산부인과까지 끌고 갔던 사람. 무릎 위에 놓여
있던 손바닥이 절로 말아졌다. 주먹을 쥔 손이 희미하게 떨렸다.
용서하고 싶지 않았다. 제가 그날 겪었던 무서움을 고스란히 저
사람에게 전하고 싶었다.

"네. 안녕하세요."

예일은 가까스로 답했다. 그러곤 병동 휠체어에 앉은 여학생을
향해 시선을 했다. 한껏 상기 된 뺨과 수줍은 듯 접히는 눈매. 첫
기부금 전달 때 가장 앞에서 제 이름을 부르던 학생이었다.

"안녕하세요······. 언니."

예일은 차마 절 좋아해 주는 아이에게 상처를 줄 순 없었다. 용서는 단연 하지 않겠지만, 허찬형이 아니라 그의 아이를 위해 영상에서 허찬형의 얼굴은 모자이크로 가려 주었다.

"언니······. 이거."

A4용지만 한 크기의 종이가 건네졌다. 반으로 접힌 종이를 펼치자 연필로 정성스럽게 그린 제 얼굴이 나왔다. 네가 그린 거니? 물음에 여학생이 수줍게 고개를 끄덕거렸다.

"고마워. 언니가 잘 간직할게. 그리고······ 언니 좋아해 줘서 고마워. 얼른 건강해지길 바랄게."

"네에······."

개미만 한 목소리로 답한 여학생은 고개를 끄덕였다. 엷은 미소를 띤 예일은 진동 소리에 핸드폰을 꺼내 들었다. 김 비서님이었다. 아이들에게 전할 선물이 도착한 듯싶다.

"다음에 보자. 이거 정말 고마워."

이에게 최대한 밝게 인사한 예일은 허찬형에게 역시 고개를 까닥이며 등을 보였다. 엘리베이터까지 걷는 그 길이 무거웠다. 다시 보고 싶지 않은 얼굴을 보는 건 생각보다 더 괴로운 일이었다.

엘리베이터 앞.

"저, 저기 주예일 씨!"

다급한 목소리가 그녀를 붙잡았다.

"정말, 정말 미안합니다."

"······."

"정말. 정말 죽는 날까지 사죄하며 살겠습니다."

보지 않아도 물기 서린 목소리.

"……."

고개조차 돌리지 않은 채 예일은 눈을 꽈악 내리감았다. 이쯤 되면 잊힐 기억일 만도 하건만 아직도 생생했다. 제 손목을 우악스레 붙잡았던 그 힘, 거친 말과 욕설까지.

"정말, 정말 미안합니다."

잊으려야 잊을 수 없는 악몽 같은 기억이었다.

"그쪽 마음 편해지고자 사과하지 마세요. 제가 용서하지 않으면 나쁜 사람이 되어 버리는 거 같잖아요."

도착음과 함께 엘리베이터 문이 열렸다.

"주예일 씨……."

"아이는 건강하길 바랄게요."

고개만 짧게 숙인 예일은 엘리베이터에 올라타 황급히 닫힘 버튼을 눌렀다. 차가운 문이 스르르 닫히고 남은 허찬형은 어깨를 들썩이며 꺽꺽 눈물을 쏟았다.

한국대학병원 1인 병동.

하성훈의 병실은 병문안을 오는 손님의 발길도 끊긴 지 오래였다. 쓸쓸하고 외로운 병실을 지키는 건 그의 처 공희영뿐이었다. 적막한 병실이 싫어 의미 없이 틀어놓은 브라운관 안으로 화려한 바깥세상이 그려졌다.

"벌써 크리스마스네, 여보."

거슬거슬한 목소리가 흘러나왔다. 답 없는 제 남편을 본 공희영은 쓸쓸히 고개를 저었다. 꼬옥 쥔 전화기의 액정을 민 공희영은 얼마 전 인터넷을 들끓게 했던 영상을 눌렀다. 황룡영화상이 진행되기 전 진행되었던 예일의 라이브 방송.

- 아이가 유괴됐던 상황에도 저는 경찰을 찾아갈 수 없었습니다. 이미 돌을 맞고 있는 상황에 세상 어떤 엄마가 제 아이까지 돌을 맞게 할 수 있을까요.

단단한 얼굴로 차분하게 제 이야기를 전하는 모습이 안쓰럽고 퍽 기특했다.

- 저는 사람입니다. 한 남자를 사랑했던 여자이며, 그저 아이를 지키고 싶었던 엄마입니다.

몇 번을 보고 또 돌려 본 영상이건만, 금세 끝나는 영상이 아쉽기만 했다. 다시 반복되는 영상을 정지시킨 공희영은 제 딸아이의 얼굴 위로 손가락을 올렸다. 눈물진 얼굴, 자식의 눈물은 피눈물이 되어 돌아온다. 이제 누구를 원망할까. 원망할 대상도 이제 사라져 버렸다.

"이렇게 잘 커 주었네. 이렇게 예쁘게."

너무나 예쁘게 잘 커 준 아이가 고마우면서도 다시 안쓰러워 눈시울이 붉어졌다. 직접 만나러 갈 수조차 없는 죄 많은 어미의 심정을 알까. 아가 너는.

똑똑똑. 노크 소리에 공희영의 고개가 천천히 문을 향했다.

"산타입니다! 들어가도 되나요?"

산타?

"어, 네. 네."

눈가에 맺힌 눈물을 황급히 닦은 공희영은 문 쪽으로 가 얼른 잠긴 문을 열어 주었다.

"안녕하세요? 저는 꼬마 산타예요!"

"……."

"선물을 드리러 와써요!"

산타 복장을 차려입은 앙증맞은 아이가 빵싯빵싯 웃고 있었다.

"안녕하세요."

그리고 아이의 손을 잡고 있는 건.

"……."

꿈에도 그리워할 수 없었던 제 딸이었다. 양손으로 입을 틀어막은 공희영은 그 자리에서 굳었다. 들어오란 말도, 인사도 하지 못한 채로.

"다른 뜻 없습니다. 오늘 소아병동에 행사가 있었거든요."

"……."

"내일이 제 생일이기도 해서."

"……."

"정말 제가 태어난 날은 아닐지도 모르겠지만……."

"……."

"아 그러니까. 그냥…… 그냥. 한번 뵙고 싶었어요."

주절주절 뱉어낸 말엔 긴장감이 서려 있었다. 저도 제가 뭐라고 하는 건지, 예일은 하 낮은 숨을 흘렸다. 다시 돌아갈까 하는 순간 따뜻한 손이 겹쳐져 왔다.

"고, 고마워요. 드, 들어와요. 얼른."

"……."

"정말…… 고마워요."

붉어진 눈가가 예일을 향했다. 이내 떨어진 시선이 또 다른 제 핏줄인 손자 아이를 향했다.

"꼬마 산타님. 안녕하세요. 이 할머니 기억하나요."

공희영은 눈물을 참으며 고사리 같은 작은 손을 쥐어 잡았다. 일전의 그 일이 아이에게 아직 두려움으로 다가올까. 겁이 났다.

"네. 할머니 아라요! 엄먀. 할머니가 마녀한태서 구해줘써써요!"

아이는 솔직하다. 아이의 눈높이에서 봤을 때 다행히 공희영은 착한 사람으로 인식된 듯싶다.

"하, 한 번만 안아 봐도 될까, 아가. 한 번만."

싱긋 웃은 지운이 공희영의 품에 뛰어들었다. 어린아이 특유의 뽀송한 향이 코 속으로 스며들었다. 미어지는 가슴을 억지로 삼킨 공희영은 아이를 끌어안았다.

"저 할아버지도 지운이한테 사탕 줘써, 엄마!"

공희영의 품에서 떨어진 지운이 외쳤다. 그러곤 도도도 달려가 침대 위에 대롱 매달렸다.

"사탕 잘 머거씀니다. 지운이가 제일 아끼는 자동차예요! 이거 보고 얼른 나으새요, 할아버지. 제가 기도도 해드릴게요!"

양손을 쥔 채 눈을 꼬옥 감은 아이가 기도를 시작했다.

"아, 앉아요. 예……일양."

"아니요. 괜찮습니다."

서먹한 시간이 흘렀다. 애틋한 시선이 줄곧 예일을 담았다. 이리 바로 앞에 있건만 딸 아이 이름조차 편히 못 부르는 현실은 서글프기만 했다. 열 달 동안 품었던 피 같은 새끼였다. 품에 한 번 안

아주지 못하고, 얼굴 한 번 보지 못한 아이가 이리도 잘 커 주었다. 얼마나 힘들었을까 혼자. 어떻게 살아왔을까. 어떻게 혼자 아이를 낳고, 그 힘든 시간들을 어찌 혼자 견뎌왔을까. 상상만으로도 마음이 찢어지는 것 같았다.

"교수님. 저 그렇게 불쌍하게 보지 않으셔도 됩니다."

시선을 느낀 예일은 조심스럽게 입을 열었다.

"그렇게 보시면 어떻게든 살아보고자 노력했던 제 삶이 정말 불쌍해지는 거 같아서요. 저 안 불쌍해요. 불행하지도 않았어요. 그냥 다른 사람보다 조금 험한 길을 걸었을 뿐이에요. 사람이 모두 같은 길을 걸을 수는 없는 거잖아요."

허공에 마른 숨을 뱉은 예일은 최대한 초연한 얼굴로 공희영을 마주 보았다.

"그러니까 제게 미안해하실 필요 없어요."

"……."

"교수님 내외분을 원망하지도 않습니다."

"……."

"사실. 이 말 드리고 싶어 온 거예요."

"……."

입을 달싹이던 공희영은 이내 고개를 숙였다. 눈물을 보일 것만 같아. 짜르르 울리는 심장 위의 옷깃을 쥐어 들었다. 시큰한 눈가가 원망스러웠다. 투정 한번 부려보지 못해 일찍 철이 들 수밖에 없던 딸아이가 그리 서글펐다.

"엄마아아아!"

기도를 막 끝낸 아이가 달려와 예일에게 매달렸다. 아이를 안아

300

든 예일은 공희영을 향해 고개를 짧게 숙였다.

"그럼. 건강하세요."

문이 닫히고 한참이 지나서야 공희영 교수는 정신을 차릴 수 있었다. 얼굴 한 번 만져주지 못했다. 따뜻한 말 한마디 해주지 못했다. 흘러간 시간은 잡을 수 없고, 후회는 아프게만 다가올 뿐이다. 벽에 기댄 채 그녀는 주르르 주저앉았다. 힘없이 돌아간 시선 안으로 제 남편의 베갯머리 근처, 아이가 두고 갔을 빨간 자동차가 보였다.

"……"

그때였다. 하성훈 교수의 손가락이 움직인 것은.

경기도 설은미의 자택.

새하얀 눈송이가 마당 위로 소복소복 쌓여갔다. 마당을 지나 자택의 안으로 들어서면 한껏 들뜬 파티의 분위기가 이어지고 있었다. 배경음악으로 깔린 Mariah Carey의 All I want for christmas is you는 화이트 크리스마스의 분위기를 한층 더 띄우고 있었다.

"내일 몇 시 비행기라고 했지?"

원목 장식장 앞에 선 도훈은 소민을 향해 물었다.

"오전 아홉 시요."

"지운이 일찍 재워야겠네."

"지우니 산타 할아버지 기다려야 대!"

기다렸다는 듯 아이가 외쳤다. 낮게 웃은 도훈이 그래, 답하며 장식장이 한가운데 전시된 트로피를 눈으로 훑었다. 감독상, 최우수작품상, 음악상, 연출상, 여우주연상. 다섯 개의 트로피가 나란히 진열되어 빛을 내고 있었다. 황룡영화상에서 '청춘 로맨스'는 5관왕을 달성했다. 남우주연상이 아깝긴 했지만 박이채는 딱히 상에 욕심은 없어 보였다.

"사장님은 26일에 오실 거죠?"

"응."

고개를 끄덕인 도훈은 걸음을 옮겨 거실 창가 근처로 향했다. 설은미와 설민형, 은소민과 지운까지. 이들은 오래전부터 연말 여행 계획이 있었다. 같이 출발하면 더할 나위 없겠지만, 브랜드 론칭 일이 겹쳐져 아쉽지만 어쩔 수 없는 선택이었다.

"이리 와. 지운이."

소민의 무릎에 안겨있던 아이를 품에 안은 도훈은 창가 앞에 섰다. 고즈넉한 마당 위로 소복소복 쌓이는 전경이 눈앞으로 그려졌다.

"사장님, 그나저나 대한전자랑 대한물산 주가 막 아주 그냥 팍팍 떨어지던데. 회사 망하는 거 아니에요?"

그는 피식 웃었다.

"망할 리가."

신애란 전 회장의 살인 교사 혐의와 모든 것을 다 위임하고 일선에서 물러나겠다 공표한 강호진 회장. 덕분에 확실히 대한그룹의 주가는 얼어붙은 상태다. 정확히 말하자면 은소민 말대로 하락세. 하나 그게 큰 문제는 아니었다.

"되게 안 심각해 보이시네요, 사장님."

"상관없어. 내가 다시 올려놓으면 되니까."

"오. 저 근거 없는 자신감."

깐족거리는 목소리에 도훈의 눈썹이 비딱하게 올라갔다.

"사장님, 그게 사장님 미래일지도 몰라요."

"뭐가."

"사장님 보시는 풍경이요. 아무것도 보이지 않는 깜깜한 밤."

하……. 그는 눈을 꽈악 내리감았다. 그러곤 억지로 입꼬리를 올리며 소민을 보았다.

"은소민 대표님."

"뭐야, 갑자기 웬 존칭."

"요즘 인도 사업은 잘되십니까?"

"예?"

"그냥 좀 궁금해서 말입니다."

궁금은 무슨. 저건 협박이다, 협박.

"인성 봐, 진짜. 사장님. 그런 거로 협박하시면 제가! 예?"

흔들의자에서 막 일어난 소민은 공손하게 양손을 모아 허리를 굽실거렸다.

"잘못했습니다, 사장님. 안 까불게요."

그는 만족스러운 듯 씩 웃었다.

"오냐."

밉상 맞은 목소리와 함께 도훈은 지운과 함께 그녀를 지나쳤다.

슬그머니 고개를 든 소민은 조용히 제 가운뎃손가락을 올렸다.

"나 뒤에도 눈 달렸다."

"헉!"

와하하 하는 웃음소리가 거실에 울렸다.

✳

거실에선 한참 지운과 소민, 설은미 감독, 설민형 감독이 크리스마스트리 꾸미기에 여념이 없었다. 반짝이는 전구들이 온 거실을 화려하게 장식했다. 다이닝룸에선 예일이 간단한 파티 음식을 정리하고 있었다. 다 마무리가 되어가는 플레이팅. 핸드폰을 꺼내어 사진을 찍은 예일은 자신의 SNS에 사진과 크리스마스 인사를 팬들에게 전했다.

[즐거운 연말 되세요.^^]

조심히 들어선 도훈은 가느다란 허리를 끌어안으며 어깨 위로 제 턱을 괴었다.

"언제 왔어?"

"방금 왔지."

흐흐 웃은 그는 고개만 살짝 돌려 흰 뺨 위로 촉 입술을 눌렀다.

"잘 왔어. 가지고 나가자."

"조금만 이러고 더 있으면 안 돼?"

"뭐 하게."

"그냥 안고 싶어서."

픽 웃은 예일은 허리에 둘러진 도훈의 손등을 겹쳐 잡았다. 도망가듯 한국을 떠난 게 엊그제 같은데, 이리 평범한 일상이 꿈만 같기도 하다.

"강도훈."

몸을 돌린 예일은 그와 시선을 마주했다.

"응."

"……"

"응. 말해."

다신 널 이렇게 마주할 수 없을 거라 생각했다. 난 영영 네게 도망가야 하는 사람이라 체념했었다. 그때의 그 선택이 얼마나 어리석었던가.

"……"

어깨 위로 팔을 두른 예일은 그의 입술에 짧은 입맞춤을 했다. 얼굴이 멀어지는 순간 목덜미가 잡혀 왔다. 그대로 끌려간 입술이 진하게 맞물렸다. 걸음이 뒤로 밀렸다. 식탁에 허리가 걸려 막 뒤로 넘어가려는 찰나였다.

"산타 할아버지입니다!"

우렁찬 목소리가 온 집 안을 울렸다. 산타 할아버지는 아닐 거다.

"……"

입을 맞춘 채로 도훈은 인상을 크게 내리썼다. 그의 표정 위로 '저 개자식'이라는 욕설이 쓰여 있는 것만 같다.

거실로 나가 보니 선물 보따리를 어깨에 걸친 김 비서가 산타 복장을 한 채 껄껄거리는 웃음을 토하고 있었다. 완벽한 산타 복장과 흰 곱슬머리 가발, 수염까지.

"맙소사……. 김 비서님한테 저런 것도 시켰어?"

"내가 시켰겠어? 스스로 한 거야."

"정말?"

눈초리가 미심쩍게 좁아졌다. 도훈은 억울한 듯 와, 소리를 냈다. 그는 정녕 김 비서에게 저딴 짓을 시키지 않았다. 온전히 스스로 자처해서 산타 할아버지가 되고 싶다고 귀찮게 굴기에 '그러든지.' 한마디 대답을 해줬을 뿐이다. 억울한 도훈을 아는지 모르는지 김 비서는 아주 신이 난 듯 지운 앞에서 재롱 아닌 재롱을 부렸다.

"나는야 산타 할아버지! 메리 크리스마스! 하.하.하! 착한 어린이에게 선물을 주러 왔단다!"

"김 비서 아져씨!"

"아니란다. 아이야. 나는 산타 할아버지란다!"

"아저씨. 아저씨!"

"아, 아니 지운아. 나는 산타할아버지……야!"

당황해 안절부절못하는 김 비서에게 아이가 까르르 웃으며 안겨 들었다. 와하하 소리 내어 웃는 소민과 민형, 흐뭇한 미소로 그들을 바라보는 설은미 감독까지. 행복한 12월 24일. 크리스마스 이브의 밤이 지나가고 있었다.

종로구 THE KOREA 호텔.

12월 25일 크리스마스. 오후 일곱 시. 종로 더 코리아 호텔에서 대한그룹의 새로운 뷰티 브랜드 D.A.Y.의 론칭 파티가 열렸다. 초청된 VIP만 입장이 가능함에도 불구하고 많은 이들이 행사장을 찾았다.

해외 C사의 대표 조향사가 제 일생 최고의 향이라 인터뷰한 향수의 시향이라도 해보기 위한 행렬이 길게 늘어졌다. 호텔의 로비에 마련된 포토존 역시 성황이었다. 많은 기자들이 파티에 참석한 셀럽들을 담기 위해 셔터를 눌렀다. 유명 배우와 아이돌은 포토존에 서 포즈를 취했다. 단연 도훈의 인맥과도 같은 지인들도 론칭 행사에 참석했다.

"도훈이가 아주 이를 갈았네."

"그러게. 신경 많이 썼다."

KL클럽에서나 볼 수 있는 웬만한 대한민국 저명한 인사들이 하나둘씩 포토존을 지나쳐 홀 안으로 들어섰다.

파티가 진행되는 대형 홀.

크리스털로 장식된 내부. 그리고 D.A.Y.의 로고가 곳곳에서 반짝였다. 가장 중앙엔 설치된 홀로그램에선 예일이 찍은 화보가 나오고 있었다. 홀의 중간중간엔 뷔페식 케이터링 서비스가 또한 곳에선 호텔 메인셰프가 직접 나와 즉석에서 메뉴를 제공했다. 파티홀에는 벌써 서로 무리를 지어 브랜드에 대한 이야기가 오갔다.

일찍이 행사장에 도착한 예일은 친분 있는 배우들과 인사를 나누었다. 아라와 혜리, 이채 역시 파티에 초대되었다. 그 외에도 많은 배우와 가수들이 곳곳에서 보였다.

"선배니임! 오늘도 너무 예쁘세요!"

깜찍한 목소리에 예일의 시선이 반갑게 돌아갔다. 연노랑 미니드레스를 입은 아이가 꾸벅 인사를 했다. EK KIDS 월말평가 시 만났던 작은 인연.

"어! 예린아. 고마워어. 너도 너무 귀엽다."

사진 한 장 부탁드린다며 말을 버벅거리던 아이는 어느새 연말가요제에서 신인상을 타며 꿈을 펼치고 있었다.

"아 맞다. 신인상 축하해, 예린아."

"선배님도 여우주연상 너무너무 축하드려요!"

"주예일이 안녕, 안녕?"

불쑥 경박스럽게 끼어든 남자가 예일을 향해 능글맞게 한쪽 눈을 감았다 떴다. 한일증권 막내아들 이진상. 꼴에 나름 멋을 낸다고 냈던 건지 어쩐지 오늘은 한층 더 제비 같다.

"야, 예일이야. 나 얘 팬인데 소개 좀 해주라."

손으로 입가를 가린 이진상이 예일의 귓가에 속삭였다. 씩 웃은 이진상은 노란색 나비넥타이를 양손으로 잡으며 어깨를 으쓱거렸다.

"나이를 생각해라, 인간아. 너 삼촌뻘이야."

"야 뭔 삼촌이야, 삼촌은……!"

쯔쯔. 한심한 시선이 그를 향했다.

"가자, 예린아. 이런 거랑 놀면 안 돼요. 알았지?"

"흐흐 네에, 선배님!"

"아…… 야. 주예일! 주예일!"

예일은 목소리를 뒤로하고 예린의 팔짱을 끼고 돌아섰다. 또한 진상을 향해 조용히 주먹을 올리는 것도 잊지 않았다.

역대급이란 소리를 듣는 D.A.Y. 브랜드 론칭 파티. 그 명성에 걸
맞게 모든 것이 최고급이었다. 하다못해 식기류 하나마저도. 무대
의 중심부에 있는 DJ 부스에는 세계적으로 유명한 모 DJ가 파티
의 분위기를 한껏 더 무르익게 하고 있었다. 크리스마스임에도 많
은 이들이 행사장을 찾았다. 어마어마한 수의 행사 요원들과 진
행요원들이 일사불란하게 움직였다.

　초청된 인사들이 어느 정도 자리를 채웠을 무렵 패션쇼를 방
불케 하는 모델들의 워킹 쇼가 이어졌다. 감각적이고 세련된
D.A.Y.의 로고가 박힌 네온사인이 여기저기 번쩍거렸다. 마지막
모델이 무대 뒤로 들어가고 모든 조명이 사라졌다.

　- 청춘을 다시 정의하다.

　청아한 목소리와 함께 홀의 천장에 D.A.Y.의 로고가 새겨졌다
사라졌다. 홀 안의 많은 이들의 고개가 위로 젖혀졌다. 곧 흘러나
오는 예일의 광고 영상.

　첫 번째 기초라인 실버라인 [DAY U]

　티 없이 맑은 피부 위로 앰플 한 방울이 스며들고 화면은 빠르게
전환되어 그녀의 전신을 담았다.

　"와우. 주예일."

　"광고 진짜 잘 뽑았다."

　여기저기 탄성 소리가 터져 나왔다. 짧은 영상이 끝나고 다시금
모든 조명이 꺼졌다.

　"안녕하십니까."

가장 앞의 상단으로 스포트라이트가 동시에 켜졌다.

"파티는 즐거우신지 모르겠습니다. 가족과 함께하는 크리스마스인데 많은 분들이 와주셨네요."

도훈은 가벼운 손 인사로 장난스러운 면모를 보였다. 많은 이들이 도훈의 의상을 훑었다. 톤인톤 매치의 정석적인 스타일. 퍼플을 머금은 할로겐 블루의 브레스티드 슈트는 차분하고 진중한 느낌을 주었다. 앞머리를 깔끔하게 넘긴 헤어스타일 역시 그의 매끈한 인상을 더욱 빛나게 했다. 뒷짐을 살짝 진 채 그는 고개를 숙여 마이크 앞에 입가를 가져다 대었다.

"정식으로 인사드리겠습니다. 브랜드 D.A.Y. 총괄 기획자 강도훈입니다."

한 발자국 뒤로 물러난 도훈은 양 허벅지에 손을 붙인 채 정중한 인사를 내보였다. 쩍쩍쩍, 박수 소리가 여기저기 울렸다.

"바쁘신 와중에도 초청에 응해주시고, 자리를 빛내 주셔서 진심으로 감사드립니다."

차분한 목소리 톤이 일정하게 유지되며 말을 이어갔다. 갑의 품격다운 면모. 처음 보는 연인의 모습이 어쩐지 어색했다. 확실히 강도훈은 타고난 태가 있었다. 아무리 까불거리고 가벼워 보이는 행동을 하더라도 타고난 품격은 감추어지지 않는다. 억지로 꾸미지 않아도 나오는 기품 같은 거. 도련님은 도련님이다. 픽 웃은 예일은 와인 잔을 입가에 가져다 댔다.

말을 이어가는 와중에도 도훈은 눈을 쉴 새 없이 굴려 어딘가에 있을 제 여자를 찾았다. 멀지 않은 곳에 그의 시선이 멈췄다. 마치 자신과 색을 맞춘 듯한 딥블루의 드레스는 고급스러운 그 외모를 받쳐주고 있었다. 그야말로 환상적이다. 평소에도 예쁜 게 오늘은 아주 절 죽이려고 작정한 것 같다.

'미치겠네.'

바싹 타는 입술을 축이며 그는 슈트 바지 안에 넣어둔 상자를 만지작거렸다.

"마지막으로 한마디만 더 해도 되겠습니까?"

그는 제게 집중된 시선을 둘러보며 질문을 던졌다.

"두 마디 더 해!"

어딘가에 있을 명성 장녀 한지연의 짓궂은 목소리가 들려왔다. 피식 웃은 그는 코 밑을 슬쩍 훔치며 입을 열었다.

"주예일."

그녀의 이름이 불리기 무섭게 준비되었다는 듯 조명이 그녀를 비췄다.

"네 프러포즈에 대한 답. 지금 할게."

한순간 제게 집중된 시선에 예일은 어색하게 웃으며 눈알을 굴렸다.

"일단 거절."

거절? 뭐야. 무슨 상황이야 이거. 곳곳에서 의아한 수군거림이 들려왔다. 씩 웃은 그는 다시 마이크 옆으로 물러나 단상에서 내려왔다. 멀지 않은 거리임에도 왜 이렇게 멀리 느껴지는 건지. 파티에 초청된 몇 안 되는 기자들이 그 모습을 마구 찍기 시작했다. 가벼운 걸음걸이가 점점 예일과 가까워졌다. 플래시 빛이 번쩍이는 사이로 가장 멋지고 화려한 두 주인공이 마주 섰다.

"청혼은 남자가 하는 거야. 넌 대답만 해."

그는 준비한 상자를 열어 보였다.

"결혼 해줘. 예일아."

영롱한 빛을 발하는 다이아는 그 알의 크기부터가 급이 달랐다. 그때까지도 예일은 멍하게 도훈을 올려볼 뿐이었다. 반지를 꺼내든 그는 예일의 왼손을 쥐어 잡았다. 약지 손가락에 막 끼워지던 반지가 잠시 멈추어졌다.

"아. 혹시 마음에 안 들면 지금 말해."

그의 콧잔등이 얄궂게 찡그려졌다.

"참고로 국내에선 이것보다 더 큰 알은 없을 거야."

예일은 뒤늦게야 옅은 웃음을 터트렸다. 사람 당황하게 만드는 데 참 일가견 있다 싶었다. 번쩍이는 플래시 세례와 자신의 답을 기다리는 많은 사람들. 세상에 이보다 더 소란스러운 청혼은 없을 것이다.

"얼른 껴. 마음 변하기 전에."

그녀는 제 손가락을 까딱거렸다. 그 짧은 순간, 혹시 거절의 답이 나올까 불안감이 가득했던 표정이 스르르 녹아내렸다.

"사람 애간장 태우는 데 재주 있다니까."

반지가 손가락 끝까지 밀려들어 갔다. 그녀의 손에 맞춘 듯 딱 맞는 반지가 화려하게 빛났다. 키스하면 화낼 거지. 그녀의 턱 끝을 잡은 도훈은 물었다. 답 대신 눈매가 천천히 내리깔렸다. 입술이 맞물리는 순간 두 사람을 향한 환호성이 홀을 가득 메웠다. 완벽한 서사의 마침표였다.

〈fin〉

에·필·로·그

열다섯 살 주예일의 세상은 암흑이었다.

태어났을 때부터 버려진 아이. 보육원을 전전하다 길거리로 나와 보호소를 찾았지만, 그마저도 녹록하지 않았다. 또래 아이들끼리의 생활에 생기는 잡음과 텃새.

'태어난 게 잘못이었을까. 태어나지 말았어야 했을까.'

열다섯 살 아이에게 삶은 체념이었고 좌절이었으며 실의였다. 그래도 살겠다고 꾸역꾸역 하루를 살아가는 게 괴롭고 귀찮았다. 살아온 날보다 살아야 할 날이 더 많은 나이임에도 희망보다 절망을 먼저 맛보아야 했던 그때의 삶은 전쟁이었다. 복지의 사각지대에 철저히 내몰린 예일은 그날 역시 여지없이 밤늦은 시간까지 거리를 떠돌았다. 정처 없이 걷던 걸음은 향락가까지 닿았다.

"배고파."

무릎도 아프고 목도 말랐다. 주린 배를 붙잡고 그만 걷고 싶어진 예일은 털퍼덕 자리에 주저앉았다.

"야, 야 이놈들아!"

"야야, 튀어. 튀어!"

예일은 눈앞의 상황을 넋을 놓고 보았다. 서너 명의 불량청소년들을 쫓는 허름한 차림의 아저씨. 결국 십 대의 체력을 못 따라간 남자는 자리에 주저앉아 곡을 했다.

"이……이 못된 놈들…… 아이고……!"

대충 지금의 상황이 예상이 갔다. 노숙자의 돈을 훔친 가출 청소년들. 그 모습이 왠지 짜증이 났다. 서글펐던 걸지도 모르겠다.

"벼룩의 간을 빼먹으라지."

예일은 나직이 중얼거렸다. 노숙자의 모습에 자신이 투영되어서였던 걸까. 교복 재킷 앞주머니에 손을 넣은 예일은 제게 있는 돈을 전부 꺼내 보았다. 전 재산 만 삼천 원. 버스카드를 충전하면 남는 돈은 삼천 원.

"……."

꼬깃거리는 지폐를 구겨 든 예일은 노숙자 앞에 섰다. 지독한 술 냄새에 머리가 아플 지경이었다. 고민하던 예일은 자그마한 입술을 열었다.

"저기요. 아저씨."

열일곱 살의 강도훈은 세상 무서울 게 없었다. 흔히들 말하는 '금수저 물고 태어난 놈'을 제하고 보더라도, 모든 면에서 그랬다.

타고나길 머리가 비상했다. 영재원을 다니며 남들과 다른 교육, 남들과 다른 환경에서 일찍이 고등학교 과정을 다 마치고, 대한민국에서 난다 긴다 하는 놈들만 들어간다는 한국대학교에 턱 하니 붙은 상태였다. 살면서 어렵다고 느낀 건 단 하나도 없었다. 절망이 뭔지, 좌절이 뭔지, 포기가 뭔지. 알 리도 알 필요도 없었다. 인생은 탄탄대로였다. 아마 이대로 아버지가 뿌려둔 길을 걷기만 한다면 숨을 거두기 전까지 풍요한 삶을 살 거란 생각을 했다.

그래서였을까. 모든 걸 가지고 있음에도 부족했다. 일찍이 어머니를 여의었던 탓인지. 빈틈 하나 없이 완전한 삶에 공허함이 밀려왔다. 흔히들 말하는 질풍노도의 시기가 뒤늦게 찾아온 건지. 열일곱의 도훈은 대학입학을 앞두고 난생처음 엇나갔다. 그렇다고 크게 엇나가지도 못했다. 살며 올바르지 않은 길을 본 적이 없었으니.

가출. 그건 강도훈 인생에 있어 가장 엇나간 일이었을 것이다.

"야 저 노숙자 새끼 아까 보니까 만 원짜리 꽤 많던데 훔치자."

"네가 시선 끌다가 잡아. 그때 내가 주머니 뒤질게."

처음 한 가출. 처음 해 본 인터넷 채팅으로 만난 같은 또래의 가출 청소년들. 그땐 일단 '친구'라고 부르긴 했다. 친구란 생각은 안 했다만 딱히 정의할 말이 없으니. 어떻게 이렇게 구질구질하게 사는 놈들이 다 있지? 처음엔 짜증이 났다. 그다음엔 신기했고 그다음은 같잖은 동정심도 일어왔다.

'미친놈들.'

노숙자의 돈을 훔치고 달아나자 작당하는 것들을 보며 한심한 마음도 밀려왔다.

"왜 없는 사람을 돈을 훔치려고 그러냐."

"훔치긴 뭘 훔쳐. 함께 더불어 사는 세상 같이 살자는 거지."

"더불어 사는 세상?"

혀를 찬 도훈은 시선을 돌렸다.

'돌아가자.'

방황은 이쯤이면 충분한 것 같다.

"야 강도훈. 뭔데 인상 쓰냐. 너?"

"뭐."

"뭐?"

한마디 하려던 학생은 그대로 입을 다물며 제 친구의 눈치를 보았다.

"야야 도훈아. 근데 너 그거 다 짭이지."

뺀질이 같은 인상을 한 학생이 도훈에게 너스레를 떨었다. 놈이 묻는 것은 아마 도훈이 입고 있는 옷과 신발, 시계 같은 것을 의미할 것이다. 한심하다.

"새끼 아주. 허세만 쳐들어서는. 그래도 A급인가 보다? 다음에 나 신발 좀 빌려주라."

자연스럽게 담배를 물고 불을 붙이는 모습이 정상적으로 보이진 않았다.

"이거 한 대만 딱 빨고 가자."

담배의 불씨가 꺼지고, 어울리던 무리가 노숙자를 향해 건들거리며 다가갔다.

"……."

그 모습을 도훈은 그저 멀찍이 지켜볼 뿐이었다. 같이 어울리고 있기는 했지만, 그렇다고 범죄자가 되고 싶지는 않았다. 또 딱히 말릴 생각도 없었다. 굳이, 구질구질한 삶에 끼어들 필요는 없지 않나.

"야, 야 이놈들아……!"

"야야, 튀어. 튀어!"

허름한 차림으로 몇 푼 안 되는 돈을 빼앗긴 남자나, 그 몇 푼 안 되는 돈 훔쳐 달아나는 것들이나. 그걸 그저 구경이나 하고 있는 자신이나.

"……."

구역질이 밀려왔다.

"아이고…… 아이고!"

주저앉은 노숙자를 향해 도훈은 천천히 걸음 했다. 영 마음이 편치 않아서.

"……."

또래 아이들에겐 보여주지 않았던 지갑을 꺼낸 도훈은 만 원권 지폐 몇 장을 집어 들다 멈췄다.

"저기요. 아저씨."

불청객의 목소리가 들려와.

"……?"

고개를 들자 자주색 체크무늬 교복을 입은 여자아이가 노숙자의 앞에 서 있었다.

'언제 와 있던 거지.'

뭔가 고민을 하는가 싶던 여자애가 주먹 쥔 손을 폈다. 꼬깃거리는 지폐 쪼가리. 만 원 한 장과, 천 원 석 장이었다.

"아저씨. 제가 가진 게 이거밖에 없어서요."

고민을 하는 듯싶던 여자아이는 꼬깃꼬깃한 지폐를 전부 노숙자에게 건넸다.

"이 돈으로 술 드시지 마시고. 밥 사 드세요. 꼭이요."

짧은 숨을 토한 아이가 도훈의 옆을 툭 스쳐 지나갔다.

"……."

그 걸음을 따라 도훈의 시선이 내내 머물렀다.

"저기."

도훈이 막 예일을 부르려는 찰나였다.

"야, 야, 야 이년아!"

쨍하는 큰 고함과 함께 노숙자가 예일을 덮쳐들었다. 휘어 잡힌 머리칼 덕분에 예일의 작은 몸이 바닥으로 엎어졌다.

"이 호로 잡년이!"

"왜 이러세요!"

"너 아까 그 새끼들하고 한패지! 한패여!"

"아니…… 아니에요! 하지 마세요……!"

작은 몸 위로 발길질이 이어졌다. 순식간에 일어난 상황에 도훈 역시 당황했다. 일단 일방적으로 폭행을 당하고 있는 아이를 보호해야 한다는 생각뿐이었다.

"현 실장 아저씨!"

작은 몸을 감싼 도훈은 큰 목소리로 누군가를 불렀다. 가출하고 난 후 내내 도훈의 뒤를 몰래 밟고 있던 강 회장의 비서. 현지욱 실장. 도훈을 향해 빠르게 달려온 현지욱 실장과 경호원들이 노숙자를 두 사람에게서 떼어냈다.

"뭐, 뭐야 당신들은……!"

당황한 노숙자는 외쳤다.

"나, 나, 나한테 왜 이러는 거냐고!"

도훈은 제 품 안에서 바르작거리는 예일의 등을 괜찮다는 듯 도닥거렸다. 마른침을 삼키며 도훈은 생각했다.

'대체 이 애가 왜 저 노숙자한테 맞아야 했던 거지. 저 노숙자는 왜 이 애를 때린 거지?'

머릿속으로 물음표가 끊임없이 터졌다. 고민 끝에 한 가지 결론

이 도출됐다. 세상은 정말 아래에 있으면 이렇게 짓밟히는구나.

'아.'

허탈했다. 굳이 방황했던 시간이 아까워질 정도로, 이 사람들의 삶은 너무나 구질구질했다.

"도련님 괜찮으십니까?"

현 실장은 도훈의 앞에 무릎을 굽혀 앉았다. 걱정 서린 얼굴이 도훈의 얼굴을 이모저모 살폈다.

"역시 현 실장 아저씨 계속 제 뒤 밟고 계셨네요."

혹시나 했는데, 역시나였다. 방황을 시작한 후 내내 누군가 지켜본다는 느낌은 있었다. 그게 아마 현지욱 실장이겠지 싶었는데…….

"죄송합니다, 도련님."

"됐어요."

방황조차도 감시의 대상이 된다는 것이 짜증 났지만,

"다치신 곳은 없으십니까?"

당장 그 얼굴을 보니 안도감이 밀려오기도 했다.

"전 괜찮은데. 이 애가……."

도훈은 아직 떨고 있는 예일을 보았다. 얼굴의 반은 가리고 있는 앞 머리칼. 그냥 보아도 뼈밖에 없는 몸. 낡고 해진 교복. 마지막 늦은 시간까지 향락가를 배회하는 처지. 도훈의 눈에 보이는 모든 것이 구저분했다.

"너 괜찮아?"

"……."

"너도 가출했어?"

320

고개를 도리도리 저은 예일은 흘긋 도훈을 올려보았다. 앞 머리
칼 사이사이로 말끔한 얼굴이 들어왔다.

"……."

그냥 보아도 부잣집 도련님 같았다. 입고 있는 옷이나 그런 걸
떠나서도. 여유 있는 목소리나 행동. 무엇보다 확실한 건 그를 도
련님이라고 부르는 나이 많은 아저씨. 티브이나 소설 속에서만 나
오는 재벌 집 도련님. 그런 거…….

"도와주셔서, 감사합니다."

어쩐지 창피했다. 제 꼴도. 이런 상황도.

"감사는 됐고, 근데 왜 집에 안 들어가?"

"……."

"집이 어디야. 너?"

"……."

"여기서 멀어?"

끊임없는 물음에 답할 거리가 없었다. 집 같은 건 없었으니까.

"일단 이거 입어."

"괜찮아요."

"그냥 입어. 짜증 나게 하지 말고."

도훈은 제 코트를 벗어, 억지로 예일의 어깨 위로 덮어주었다.

"……."

예일은 고개를 아래로 푹 숙였다. 따뜻한 온기가 몸을 감싸오자
괜스레 감정이 울컥해서.

"밥 사 줄까?"

도리도리, 예일은 힘없이 고개를 저었다.

"집 어디야, 너."

"……"

"데려다줄게."

입을 꾹 다문 채 고개만 저어대는 꼴에 답답해져 왔다.

"하."

근데 왜 이렇게 안달복달하고 있는 거지. 앞으로 이런 곳엔 올 일도 없을 텐데. 이 애도 이제 볼 일 없을 테고.

"네 마음대로 해라. 옷은 그냥 너 가져."

그래 무슨 상관일까. 자리에서 일어나 돌아서 걷던 도훈은 걸음을 멈췄다. 그러곤 부스스한 머리칼을 마구 헤집었다.

'역시 안 되겠다.'

그는 앞서 걷던 현 실장을 불렀다.

"아저씨 잠시만요."

결국 도훈은, 몸을 돌려 주저앉아 있는 예일에게로 빠르게 되돌아왔다. 그러곤 예일의 가느다란 손목을 잡아들었다.

"집까지만 바래다줄게."

너무 늦었잖아.

예일이 살며 그렇게 좋은 차는 처음이었을 거다. 크고 넓은 차. 고급스러운 시트. 좋은 향. 그리고 친절한 사람들. 모든 게 처음이었다. 보호소로 가는 그 길. 도훈은 조수석에 앉은 현지욱 실장을 향해 펜 하나만 달라 요청했다.

"여기 있습니다, 도련님."

건네지는 펜을 쥔 그는 고개를 푹 숙이고 있는 예일을 툭 쳤다.

"야. 손바닥 줘 봐."

"……."

"하. 진짜 답답하네."

도훈은 제 머리칼을 신경질적으로 털었다. 그러곤 제멋대로 손목을 다시 쥐어 잡았다. 희고 작은 손바닥 위로 그의 이름과 전화번호가 적혔다. 예일은 간질간질거리는 제 손바닥을 물끄러미 보았다. 무슨 뜻인지 영문을 모르겠다는 듯.

"살면서 힘들 때 연락해. 도와줄 테니까."

"……."

"아까는 어쨌든 내가 알던 애들 때문에 네가 오해받고 험한 꼴 당할 뻔했으니까."

"……."

"와, 진짜 목소리 한번 듣기 되게 힘드네."

포기했다는 듯 도훈은 고개를 돌려 버렸다.

"……."

더 이상 아이에게 죄책감을 가질 필요는 없다. 병원에 가자는 것도 싫다 했고, 빼앗긴 만 원의 열 배의 돈을 주었다. 집까지 데려다주고 있으니 제 선에서 할 수 있는 만큼은 했다. 지금 그에게 중요한 건 집에 돌아가 빌어먹을 아버지의 얼굴을 다시 봐야 한다는 거다.

"저기. 저 여기서 세워 주시면 돼요."

개미만 한 목소리에 도훈이 기사에게 차를 멈추라 지시했다. 차에서 먼저 내린 예일은 허리를 꾸벅 숙였다.

"안녕히 가세요. 정말 감사했습니다."

끝내 얼굴 한번 보지 못한 채 아이가 사라져 갔다. 예일이 내린 자리엔 걸쳐주었던 코트가 잘 개어져 있었다.

"출발해 주세요."

왜 이렇게 마음에 걸리는 건지 도훈은 애써 무시하며 차를 출발시켰다. 떠나는 차를 지켜보던 예일은 도로변으로 나와 길을 건넜다. 보호소까지는 5분은 더 걸어야 가는 길.

'살면서 힘들 때 연락해. 도와줄 테니까.'

다정한 그 목소리가 머릿속에 맴돌았다. 어깨 위로 걸쳐졌던 코트가 따뜻했던 탓일까. 왠지 눈물이 핑그르르 돌아왔다. 눈물을 꾹 참은 예일은 손바닥을 쫙 폈다.

"……"

그러곤 정갈한 글씨를 손가락으로 문질러 지웠다. 누군가의 호의에 기대기 시작한다면, 언젠간 당연한 권리로 생각할 것이다.

"……"

동정은 사람을 나약하게 만들 뿐이니.

끼익!

도훈이 타고 있던 차는 얼마 가지 못하고 멈추어 섰다. 곧바로 차 문을 열고 나온 도훈은 달려온 그 길을 되돌아 뛰었다.

"도련님……!"

조수석 문을 열고 나온 현지욱 역시 도훈의 뒤를 따랐다. 미친 듯이 뛰던 도훈은 텅 빈 인도 위에서 허탈한 숨을 뱉었다.

"도련님. 아까 그 학생에게 무슨 문제라도 있으세요?"

"아니요."

"그럼. 왜."

도훈은 이상하게 인생에서 중요한 걸 놓친 기분이 들었다. 머리 칼을 턴 그는 쓴 입맛을 다셨다.

"아니요. 가요, 현 실장 아저씨."

그는 다시 되돌아 뛰어온 길을 천천히 걸었다.

"……."

맞은편 인도로 엇갈려 걷는 예일을 보지 못한 채.

열다섯 소녀와 열일곱 소년. 서로는 기억하지 못하는 두 사람의 처음이었다.

"그만하자."

너무나도 무미건조한 그 목소리에 도훈은 하마터면 쥐고 있던 와인 잔을 떨어뜨릴 뻔했다. 그는 잠시 잠깐 고민했다. 그만하자는 말의 뜻을 이해할 수 없어.

"오늘 촬영은 어땠어."

그녀의 말을 가뿐히 무시한 도훈은 물었다. 설 감독은 힘들게 하지 않아? 같이 작업하는 배우들은 어때. 근데 너 왜 자꾸 살이 빠지는 거 같지. 의미 없는 물음이 끊임없이 계속됐다. 방금 들었던 그 말을 묻으려는 듯. 입을 굳게 다문 채 절 뚫어져라 보는 시선이 매서워서였을까. 도훈은 제 불안감을 꾸역꾸역 삼키며 플레이트 위의 고기를 썰었다.

"먹어, 예일아."

건네는 손길이 매섭게 내쳐졌다.

"그만하자니까. 이런 부적절한 관계."

신경질적인 목소리엔 눈물이 다 날 지경이었다. 또 뭐가 문제인 거지? 왜 화가 난 거지. 삐진 건가.

'우리가 부적절한 관계였던 건가?'

부적절이라는 단어를 다시 곱씹으면서 그는 사전적 의미를 입 속에 그렸다. 부적절. 어떠한 일이나 행동 따위를 하기에 알맞지 아니하다.

왜.

어떤 부분에서?

도저히 이해가 가지 않았다. 왜 그런 말을 하는 거냐 따지고 물으려던 그는 꾸역 그 마음을 삼켰다. 와인을 목구멍으로 넘긴 그는 차분하게 머릿속을 정리했다. 그래. 아마 요즘 통 연락을 못 했던 것에 화가 났던 것일 테지.

"화 풀어. 응? 곧 시간 낼게. 미안해."

지금 할 수 있는 최대한의 변명을 하면서도 그는 불안했다. 자꾸만 차갑게 식는 피는 손끝까지 저릿하게 만들었다.

"질려, 네가."

얼마 전까지만 해도 제게 사랑을 속삭이던 사람이 한순간에 등을 돌리고 있다. 장난인가. 그래 장난이 아니고서야 이럴 수는 없는 것이다. 그는 현실을 애써 부정하며 웃었다.

"혹시 지금 이벤트 같은 거 준비해?"

분명 입꼬리는 웃고 있는데 눈동자엔 빌어먹을 물기가 가득 고였다. 몇 번의 설왕설래 끝에 예일이 먼저 자리에서 일어났다. 캐시미어 코트를 입고 자신을 지나치는 손목을 잡았다. 단호하게 뿌리치는 손길에 머릿속이 다시금 새하얘졌다.

"지금 이렇게 가면 정말 끝이야."

진심도 아닌 말을 뱉으면서도 그는 간절했다.

"제발 그러자, 이제."

그렇게 아슬아슬했던 4년간의 관계가.

"안녕, 강도훈."

끝나버렸다.

예일이 떠나버리고 난 후.

"······."

그는 한참 자리에 앉아 허공을 응시했다. 혹시 내가 실수한 게 있었나, 왜 주예일의 기분이 상해 버린 거지. 무슨 일이 있었던 거지. 아니 정말 우리가 그런 관계였던 걸까. 그는 예일이 토해낸 그 모진 말들을 곱씹고 또다시 곱씹었다.

– 고객님의 전화기가 꺼져 있어 음성사서함으로 연결되오니······.

한 시간 정도 지났을 때 전화는 꺼져 있었다. 음성메시지를 남길까 하던 고민은 금세 잠식되었다. 무엇 때문인지 모르지만, 화가 나 있는 것일 거다. 기다리면 되겠지. 이렇게 화를 내고 삐져있던 적이 한두 번이 아니었으니. 한데 그게 이상했다. 단 한 번도 끝내자는 말은 하지 않았던 너였던지라.

– 고객님의 전화기가 꺼져 있어 음성사서함으로 연결되오니…….

그다음 날도 전화기는 꺼져 있었다. 그리고 그다음 날도. 또다시 하루가 지나고, 또 지나도.

– 지금 거신 번호는 없는 번호이오니…….

딱 이 주일이 지난 날.

"대표님. 혹시 주예일 씨 연락되십니까?"

주예일이 사라져 버렸다.

EK엔터테인먼트에 비상이 울렸다. 배우관리팀을 포함해 그녀의 한 가족과도 같았던 매니저조차도 소식을 알 수 없었다. 촬영장에 나오지 않은 지 일주일이 넘었다는 소식이 도훈의 귀에 들려왔다.

"뭐 하고 있어, 당장 주예일 찾아!"

그는 목에 핏대를 세우고 외쳤다. 설마 했다. 그날이 마지막이 될 거라는 생각은 해 본 적이 없었다. 며칠이 지나면, 그래 한 주만 지나면 다시 아무렇지 않게 네 얼굴을 볼 수 있을 거다. 그럼 이번에는 놔주지 않아야지. 왜 투정이냐 그 작은 몸을 붙잡고 밤새 놔주지 않아야지. 그렇게 안일했었다.

[주예일 돌연 잠적, "국민 첫사랑. 그녀는 어디에 있나."]

[충격! 주예일 갑작스러운 은퇴!]

온 세상이 주예일을 찾았다. 돌연 잠적한 톱배우의 은퇴 소식에
많은 이들은 충격에 빠졌다. 도훈은 후회했다.

'늦었다.'

바로 그날 널 잡았어야 했다.

예일이 사라진 후 한 달. 도훈은 미친 듯이 그녀를 찾기 시작했
다. 어떤 날은 그녀가 머물던 집에서 온종일 허공을 보며 기다리
기도 했으며, 또 어느 날은 그녀가 갈 만한 곳을 온종일 헤집기도
했다. 이 나라에서만큼은 제가 못 할 것이 없다고 생각했다. 한데
처음으로 마음대로 하지 못하는 게 있었다.

'주예일.'

그리고 두 번째로 불가능한 게 생겨버렸다.

'주예일을 찾아내는 것.'

예일이 사라진 지 딱 한 달째 되던 날. 그는 예일과 친했던 두 사
람을 찾았다.

"주예일 어디 있습니까, 감독님."

설민형 감독과.

"넌 어디 있는지 알 거 아냐."

얼마 전까지 제 소속사에 있던 가수 은소민. 두 사람은 어렵사리
말문을 뗐다. 모른다고. 자신들 역시 알 수 없다고.

"부탁드립니다. 제발."

그는 쉽사리 두 사람의 앞에 무릎을 꿇었다. 단 한 번도 누군가

에게 고개 숙여본 적 없던 그가. 처음으로 누군가에게 무릎을 꿇고 고개를 숙이고 들어가 부탁을 했다.

"제발. 목소리라도 한 번만, 한 번만 들을 수 없겠습니까."

그는 간절히 빌었다. 손발을 싹싹 빌라 시킨다면 그렇게 할 것이다. 혀를 내어 더러운 바닥을 핥아 보라 한다면 기꺼이 할 수 있었다.

"아니 그냥. 잘 있다는 소식이라도."

그들이 목숨을 내놓으라 한다면. 그때의 도훈은 제 목숨이라도 내어주고도 남았을 것이다.

"잘 있다는 이야기만이라도 해 주십시오. 제발."

정녕 목숨이었을지언정. 그때의 강도훈 눈에 보이는 건 없었다. 그렇게 또 하루가 지나고. 다시 하루가 지나고. 희미해져야 할 기억은 점점 선명해졌고, 얕아져야 할 감정은 더 짙어져만 갔다.

"주예일……."

의미 없는 부름에 답을 해 줄 사람은 없다.

"예일아……."

그럼에도 다시 한 번 불렀다. 부질없는 부름은 왜 지치지도 않는 건지. 양주가 가득 찬 스트레이트 잔을 쥔 그는 눈앞에 잔을 흔들었다. 흘러넘친 액체가 흰 손가락 사이사이로 뚝. 뚝. 흘렀다. 인상을 쓴 그는 손에 힘을 주었다. 악력을 이기지 못한 스트레이트 잔이 그대로 부서졌다. 주먹을 꽈악 쥐자 유리 파편이 손바닥에 고스란히 박혔다. 흘러나온 핏물이 술과 섞여들었다. 손을 서서히 펴자 살에 박힌 유리 파편이 룸의 조명에 빛나 반짝거렸다. 핏물 사이사이로 반짝이는 것이 기괴했다.

"어디 있을까."

상처가 난 건 손바닥인데 왜 이렇게 목이 막혀 오는 건지 모르겠다.

"대체……."

날카로운 파편이 기분 나쁜 느낌과 함께 떨어져 나가고, 눈꺼풀이 천천히 감기며 그 안의 회색 눈동자를 가렸다.

"어디…… 있어."

그의 손이 힘없이 소파 위로 툭 떨어져 내렸다. 넌 기억할까. 우리의 처음을.

'도와주세요.'

넌 모를 테지. 널 만나고 난 후 나의 세상이 백팔십도로 바뀌었다는 것을. 일방적으로 내 모든 걸 주면서도 난 그게 모자라 두려웠다. 아슬아슬한 우리의 관계가 언제든 깨져버릴 것만 같아. 그래, 넌 나의 구원(救援)이자, 나의 두려움. 불안정한 마음의 산물이었다.

2년 후. EK엔터테인먼트.

"안녕하십니까. 대표님. 김은구입니다!"

김 비서는 오늘만 해도 이 말을 정확히 128번을 했다. 전날의 것까지 합치면 족히 500번을 넘을 테고. 별거 아닌 그냥 인사. 그리고 자기 이름. 그럼에도 그는 상당히 긴장했다. 그렇게 수없이 연습하고 자신이 모시게 될 '강도훈'이라는 사람 앞에서 실수 없는 첫인상을 보였다고 생각했다.

"······."

그럼에도 눈앞의 남자. 그러니까 강도훈은 뭐가 불만인 건지, 남
자치고 고운 입술을 꾹 다문 채 자신을 뚫어져라 노려볼 뿐이었
다. 정확히 따지자면 노려본다기보다는 자신을 노골적으로 품평
하는 듯싶었다.

"김은구 씨?"

턱 끝을 매만진 도훈은 그를 불렀다.

"예? 예!"

긴장감 섞인 답이 우렁차게 터져 나왔다. 보통의 사람이라면 긴
장하지 마라며 어깨를 도닥여 준다거나, 같이 통성명을 한다거나
하는 반응을 보일 텐데. 대체 이 강도훈은 뭔 생각을 하는 건지
그저 시선을 아래로 내리깐 채 침묵을 유지할 뿐이었다.

"멋진 시계네요."

"예?"

김 비서는 제 왼쪽 손목의 시계를 만지작거렸다. 할아버지의 유품
과도 같은 시계. 첫 출근이라고 부적과도 같이 어머니가 내어주신.

"반갑습니다. 강도훈입니다."

도훈이 먼저 그에게 손을 뻗었다.

"아, 예. 대표님."

김 비서는 곧바로 그의 손을 맞잡았다. 두 사람은 모를 것이다.
훗날 대한그룹의 강호진과 현지욱 실장과 같은 사이가 되어 대한
그룹을 이끌어 가게 될 것이라곤.

김 비서가 자리를 비우고, 도훈은 EK엔터테인먼트의 대표이사실에 앉아 창밖을 하염없이 바라보았다.

'주예일……'

그는 입 안에 아프게 맴도는 이름을 짓씹었다. 스물한 살에 너를 만나 스물넷에 헤어져, 스물일곱. 2년 만에 다시 이 자리로 돌아왔다.

"……"

도훈의 눈꺼풀이 무겁게 내리 닫혔다. 생각보다 감정에 큰 변화는 없었다. 석사과정을 지내는 와중에도 주예일에 대해서는 끊임없이 수소문했다. 알 수 없다. 마치 누군가 숨겨 놓은 것만 같이.

"……"

그렇다고 주예일을 찾는 데에만 시간을 다 쏟을 수도 없었다. 그래 나름 나쁘지는 않은 시간들이었다. 한 번씩 밀려오는 기억들에 숨이 막힐 정도로 괴롭기도 했지만, 그래도 살아는 졌다. 주예일이 없으면 아무것도 안 될 것 같았는데, 살아는 졌다. 그렇게 다시 하루, 또다시 하루가 지나가고. 해가 넘어가 3년이란 시간이 다시 흘렀다.

스물두 살의 봄. 너를 처음 만나고 넉 달쯤 되었을까. 매일 오지 말라며 톡톡거리는 네 뒤를 주인 따르는 강아지처럼 따라다니면서도 참으로 미안했다. 가까이 있고 싶은 마음에 네 곁에 있는 게 정말 욕심인가 싶어서. 이런 행동으로 인해, 네가 혹시 안 좋은 구설에 휘말리게 되는 건 아닐까. 그럼에도 스물두 살의 강도훈은 직진 말고는 다른 방법을 몰랐다. 회사에서만큼은 다른 이의 눈치 보지 않고 둘만 있을 공간이라도 만들어 주면 어떨까 싶었다. 해서 옥상을 네가 좋아하는 꽃으로 채우고, 네가 좋아할 만한 분위기로 꾸며 아무도 오지 못하도록 했더니, 그건 또 마음에 들었는지 회사에 올 때면 줄곧 옥상을 찾고는 했다. 촬영장과 회사 그리고 집만 오가는 빡빡한 스케줄이 힘들지는 않을까 싶어 물었던 적이 있었다.

'그래도, 밥은 편하게 먹고 살 수 있잖아요.'

그 말에 그다음부터는 회사에 오기 전엔 항상 네가 좋아하는 음식들을 시켜놓고 기다리곤 했었다. 눈치 보지를 않길. 나와 같이 마주 보고 앉아 밥을 먹는 그 시간이 불편하지 않길.

'왜 매일 옥상에서 보자고 해요? 사무실 놔두고.'

톡톡거리면서도 넌 그곳을 꽤 좋아했다. 스케줄이 없던 그 봄날.

'곧 벚꽃이 피겠네.'

벚꽃 구경이 가고 싶다던 네 말에, 당장 벚나무를 옥상에 한 아름 옮겨 심었었다. 그리고 널 기다렸다.

'뭐예요, 이사님. 이게 다?'

옥상을 올라온 너는 한참을 그 자리에서 흩날리는 꽃잎을 보았다.

'너무 예쁘다. 너무.'

아이처럼 환하게 웃은 너는 벚나무 아래를 거닐었다. 그런 널 보며 그리도 행복했었다.

'나무들은 어떻게 여기까지 옮겨 심은 거예요, 이사님?'

넌 물었다. 떨어지는 벚꽃잎이 마치 눈처럼 네 머리칼 위에 앉았다. 하얀 벚꽃 향이 네 향과 어우러져 그렇게 보기 좋았다.

'고마워요, 이사님. 너무 예뻐요.'

아이처럼 좋아하는 모습을 그렇게 한없이 넋을 놓고 보았다. 작은 키로 벚꽃을 만지기 위해 발뒤꿈치를 들곤 한참을 낑낑거리던 네가 기어코 꽃을 꺾는 데 성공했다. 연분홍빛 벚꽃을 따 귀에 꽂은 넌 평소와 다르게 방방 뜬 얼굴로 내게 해사한 미소를 보였었다.

황홀했다. 그 어떤 것도 당시의 너를 수식할 수 없었다. 세상 그 어떤 미사여구를 갖다 붙여 놓아도 모자랐다.

'정말 예쁘다.'

어떻게 표현했어야 할까. 벚꽃잎이 눈처럼 내리는 나무 아래에서 한참을 바라보았다. 결혼하자 해 볼까. 그럼 부담스러워할 테지. 아니면 좋아한다 고백해볼까. 네가 정말 좋다고.

고작 좋아해. 그 석 자를 꺼내는 게 뭐가 그렇게 힘들었던 건지. 아직도 모르겠다.

정기적으로 있는 HS클럽. KOREA LEADERS CLUB의 소모임 격으로 기억도 나지 않을 아주 어릴 적부터 시작된 사교모임.

"저 혹시, 강도훈 대표님 아니세요?"

애교스럽게 늘어지는 목소리가 가까워졌다. 도훈의 팔목 부근 근처에 가느다란 손가락이 닿았다. 그의 얼굴이 절로 구겨 들었다.

"맞구나! 안녕하세요, 강 대표님?"

아는 얼굴이다. 제2의 주예일이라며 한참 언론플레이를 하고 있는 신인 배우.

"저 아시죠? 대표님."

씩 웃은 현영이 도훈의 옆에 조금 더 가까이 붙었다. 노골적으로 현영을 보던 시선이 이내 다시 온더록스 잔에 닿았다.

"내가 그쪽을 어떻게 알아."

도훈은 중얼거렸다.

"절 모르신다고요?"

"누군데, 그래서."

턱을 괸 도훈은 제 옆의 현영을 빤히 보았다. 정말 몰라서 묻는 건지. 어떻게 날 모를 수 있지? 김현영은 기가 막힌 웃음을 토해 냈다.

"저, 김현영이라고요."

김현영은 도훈을 똑바로 응시한 채 입을 열었다. 네가 감히 날 몰라? 왜 몰라? 황당함이 얼굴 가득이었다.

"저 정말 모르세요?"

"김현영. 김현영……"

도훈은 고개를 비스듬히 틀었다. 그러곤 그녀의 얼굴을 아래위로 느릿하게 훑었다.

"응. 정말 모르겠다."

연예계 기획사 대표가 정말 자신을 모른다? 아니. 이건 대놓고 꼽을 주겠다는 처사였다. 이런 대우가 처음이었는지 김현영의 얼굴을 점점 붉어져 갔다.

"주예일도 모르신다고 하진 않으시겠죠?"

"모를 리가."

황당해 입이 빠진 채 김현영은 머리를 쓸어 넘겼다.

"주예일을 아는데 저를 모르신다고요?"

도훈은 그저 피식 웃었다.

"주예일은 주예일이고."

그러곤 코를 찡그리며 짓궂은 표정을 지었다.

"그래서. 여기 앉아 있는 이유가?"

"네?"

"뭐 나랑 호텔이라도 가서 구르자는 건가."

돌직구로 날아오는 질문에 현영은 말문이 막혀 버렸다. 도훈은 굳은 그녀를 보며 와하하 웃었다.

"내 앞에서 주예일 들먹이면서 까불면 어떻게 반응해 줘야 하나, 내가."

온더록스 잔에 들어있는 얼음이 달그락거리며 부딪쳤다. 술을 한 모금 넘긴 그는 현영을 향해 고개를 기울여 씩 웃었다.

"이 바닥 구르고 있으면 잘 알 텐데. 내가 주예일 때문에 속 시끄러운 거. 근데, 그럼에도 불구하고, 지금 내 앞에서 건방지게 뭐 하자는 거지."

음의 높낮이 하나 흐트러지지 않고 도훈은 차분하게 그녀를 협박했다. 살짝 올라간 눈썹의 기울기는 그가 상당히 짜증이 나 있다는 걸 반증하고 있었다.

"본인 가치 스스로 떨어뜨리지 말고 가던 길 가세요."

도훈은 마지막 배려를 전했다. 하? 참. 씩씩거리던 현영은 아랫입술을 세게 깨물었다.

"후회하실 텐데요. 제게 이러시는 거."

종알종알 말 한번 정말 많지 싶다.

"재밌는 정보가 하나 있는데요."

"네. 많이 아세요."

결국 자리를 먼저 피하기 위해 도훈이 막 일어나려는 찰나였다. 현영이 그를 붙잡았다.

"주예일 어디 있는지 알아요."

주예일이 어디 있는지 안다고? 지금 들은 이름이 주예일이 맞나. 똑바로 들은 건지 잠시 고민하던 그는 현영과 시선을 맞췄다. 그러곤 반쯤 자리에서 일어났던 몸을 다시 자리에 붙여 앉았다.

"내가 방금 말했는데. 주예일 들먹거리지 말라고."

"제 눈으로 봤어요. 주예일."

도훈의 눈매가 가늘게 좁아졌다. 자신도 모르는 주예일의 행적을 안다? 그게 참이든 거짓이든 그에게 중요한 건 아니었다.

"원하는 건."

"그쪽 스폰받는 거."

"재밌네."

그는 와하하 웃었다. 지금 절 앞에 두고 주예일로 딜을 하려 드는 건가. 한참 배를 잡고 웃던 그는 살가운 미소로 현영을 응시했다.

"드라마 두 개 정도까진 밀어줄 수 있습니다. 그 이상 바라면 배우 생활 접어야 할 겁니다."

그는 여유로운 미소를 지으며 고개를 까닥거렸다.

"김현영 씨."

주예일이 왔다. 심장이 터질 거 같이 두근거렸다. 빌어먹을 눈물은 왜 날 거 같은지 모르겠다. 다시 만나게 된다면 어떤 것부터 물어야 하지. 무슨 말부터 해야 하지. 무수히 많은 생각이 오갔는데 누가 지우개로 지워 놓은 것처럼 새하얀 백지다.

김현영의 말이 맞았다. 동료 배우의 부친상을 다녀온 주예일의 뒤를 쫓는 것은 어렵지 않았다. 운전석의 창문 밖. 백화점으로 들어가는 그녀의 뒷모습이 보였다. 심장이 멎는 것 같았다.

'정말 주예일인가.'

그는 핸들을 붙잡은 채 멍하니 그 뒷모습을 바라봐야 했다. 간신히 정신을 차리고 차에서 내린 그는 곧바로 백화점 안으로 들어섰다. 멀지 않은 곳 빠른 걸음으로 따라가면 단 몇 초면 잡을 수 있는 거리. 굳이 따지자면 스무 걸음. 고작 스무 걸음.

어린아이의 손을 잡은 예일이 엘리베이터 안으로 들어서고 문이 닫히고 있었다. 조금 빠르게 걸은 그는 손을 집어넣어 간신히 닫히는 문을 잡았다. 골드 색의 엘리베이터 문이 서서히 열리고, 그 안엔 그토록 그리웠던 얼굴이 보였다

'아······.'

찾았다. 주예일.

"심장이 진짜 터지는 줄 알았다니까."

핸들을 꺾으며 도훈은 투덜거렸다. 〈D.A.Y.〉 론칭 파티가 끝난 후. 인천공항 근처 호텔로 가는 길. 차 안에서 내내 도훈은 입술을 뽀로통하게 내밀며 예일과 헤어지고 난 후 얼마나 힘들어했는지 조목조목 토했다.

"저언혀 그렇게 안 보이던데. 누가 보면 어디 동창 만난 줄 알았을걸. 뭐라 그랬더라. 오랜만이네, 주예일?"

"내가 그 말 할 때 얼마나 떨었을지 생각은 안 해?"

"그래서. 지금 무슨 말이 하고 싶은 거야."

"무슨 말이 하고 싶은 거겠어?"

핸들을 쥔 그는 고개를 앞으로 조금 숙여 막 빨간불로 변하는 신호등을 확인했다. 그러곤 벨트를 풀어 상체를 비틀었다. 예일의 입술에 가볍게 입맞춤을 한 그는 씩 웃으며 속삭였다.

"나한테 조금이라도 미안해하라고."

"야. 너 지금……!"

말이 그대로 집어삼켜졌다. 뺨을 그러쥔 그는 다시 한 번 길게 입술을 탐했다. 혀를 내어 아랫입술을 쓴 그는 제대로 자리를 잡고 앉았다. 빨간불이 초록 불로 바뀌었다.

"세상에……."

대체 이 남자의 머릿속에 뭐가 들어있는 거지? 순식간의 입맞춤으로 정신이 멍해졌다. 고개를 막 흔든 예일은 아까의 프러포즈를 받아들인 게 정말 잘한 일인지에 대한 진지한 고찰을 시작했다.

"고민하지 마."

"뭘?"

"나랑 결혼하는 거."

속마음을 들킨 것만 같았다. 눈을 깜박이자 고개를 슥 돌려온 도훈이 그녀에게 가벼운 윙크를 했다.

"나 같은 남자 어디 가서 만날 수 있을 거 같아?"

"뭐, 하긴 그래."

"뭐야. 그렇게 쉽게 긍정하니까 이상한데."

예일은 피식이 웃었다. 강도훈 같은 남자는 없다. 또 강도훈만큼 주예일을 사랑해 줄 사람도 없을 것이다. 그리고 주예일 역시 강도훈만큼 사랑할 사람을 만날 순 없을 테고.

"주예일."

"응."

핸들을 잡지 않은 오른손이 그녀의 손을 쥐어 잡았다. 제 쪽으로 손을 끌어당긴 그는 손등에 가벼운 입맞춤을 촉 전했다.

"이제 어디 가지 마."

다신 너 안 잃어버릴 거거든, 나.

12월 25일 크리스마스.

어디에 가나 크리스마스의 들뜬 분위기가 가득했다. 추운 겨울 날임에도 불구하고 많은 이들이 거리로 쏟아져 나와 크리스마스 분위기를 즐겼다. 거리마다 보이는 트리와 화려한 전구들의 번쩍 거림에 보는 것만으로도 가슴이 뭉클거렸다. 공항 근처의 호텔에 도착해 로비로 들어서는 길, 호텔 로비에 커다랗게 장식된 크리스마스트리가 예일의 눈길을 사로잡았다.

"올라가자."

그녀의 어깨에 팔을 걸친 도훈은 말했다. 몇몇 흘끔거리는 눈길에도 예일은 전처럼 주눅 들지 않았다. 도훈 역시 굳이 숨길 필요가 없는 사이가 되어서인지 자연스럽게 애정 표현을 했다. 엘리베이터까지 가는 내내 귓가 가까이 무언가를 속삭인다든가. 뺨에 입을 맞춘다든가. 거리낌 없는 행동들에 예일은 별다른 반응이 없었다. 전 같았으면 질색을 하며 화를 냈을 텐데, 확실히 공개적으로 연인임을 밝히고 나니 마음이 이렇게 편하지 싶다.

[GOLDLINE 1025]

객실 앞에 선 도훈은 어깨를 두른 팔을 내려 키를 곧장 갖다 대었다. 문이 열리는 소음과 함께 철컥 그는 문고리를 잡고 열었다. 두 사람이 안으로 들어서고, 문이 닫히기 무섭게 그는 예일의 뺨을 쥐어 잡아 입을 맞췄다. 툭. 카드키가 바닥에 떨어졌다. 아무것도 보이지 않는 컴컴한 어둠 속 서로의 숨결만 고스란히 전해졌다.

"숨 막혀."

짧지 않은 입맞춤이 이어진 후 예일은 그의 가슴팍을 밉지 않게 밀었다. 흐흐 바보 같은 웃음을 지은 그는 카드키를 꽂았다. 룸의 조명이 일순간에 환하게 켜졌다. 룸의 전경을 보며 예일은 짧은 숨을 토했다.

"우리 내일 몇 시 비행기지?"

"열 시."

고작해야 몇 시간 잠시 눈만 붙이고 가는 건데 너무 과하지 않나 싶다. 예일의 허리를 뒤에서 끌어안은 도훈이 앞으로 천천히 걸었다.

"이 방은 언제 잡은 거야?"

"두 시간 전? 어려운 손님 캔슬하고 잡은 거야."

맙소사. 어깨를 크게 부르르 떨며 예일은 뒤를 확 돌았다.

"그러면 안 되는 거잖아?"

"당연히 안 되지."

그는 빤빤스레 어깨를 올렸다 내렸다. 이 대책 없는 철부지를 어쩌면 좋을까. 예일은 제 이마를 턱 하니 짚었다. 한마디 하려는 찰나.

"농담이야."

그가 먼저 선수를 쳤다.

"한 달 전부터 예약 잡아놨었어."

"진짜?"

그녀는 가자미눈을 하고 흘겼다. 이마 위로 아프지 않게 주먹이 닿았다.

"이제 아주 내 말은 다 거짓말 같아?"

흐음. 콧소리를 낸 예일은 객실의 가운데로 걸었다.

대한그룹의 계열사 중 하나인 THE KOREA. 확실히 수준이 높다. 전면 통유리창을 통해 전해지는 야경은 그야말로 예술이었다. 그의 집 욕실에서 내다보는 한강 뷰와는 비교가 되지 않는다. 가슴이 탁 트이는 전망에 피곤까지 사라지는 것 같다. 유리창에 손바닥을 붙인 예일은 하늘을 올려 보았다. 서울에서 조금 벗어났을 뿐인데 밤하늘 가득 별들을 흩뿌려놓은 듯 반짝거렸다. 그녀의 뒤로 다가선 도훈은 살포시 그녀를 껴안았다.

"오늘 많이 힘들었지. 아침부터."

늦게까지 이어진 행사에 꽤 고단했을 것이다.

"네가 힘들었겠지. 준비 정말 잘했더라. 좀…… 달라 보였어."

"뭐가 달라 보였는데?"

"그냥 네가…… 몰라."

큭큭 그는 어깨를 들썩거리며 웃었다. 예일의 몸을 돌린 그는 천천히 이마를 맞대어왔다.

"사랑해."

나도, 라는 답 대신 예일은 푸스스 미소를 지으며 뺨에 입술을 맞췄다. 그러곤 어깨 위로 팔을 두르며 애교스럽게 매달렸다.

"나 피곤해. 씻겨 줘."

도훈의 입꼬리가 씰룩거렸다. 이마를 마구 비비며 그는 속삭였다.

"같이 씻을까, 그럼?"

"응."

답과 함께 그는 예일을 번쩍 안아 들었다. 꺅 하는 소리와 함께 즐거운 웃음소리가 얹어졌다.

욕실에서 한바탕 거사를 치르고 난 후, 킹사이즈의 침대에 누운 예일은 진이 빠진 채 눈을 끔벅거렸다.

'아……. 피곤해.'

체력이 고갈 났다는 건 아마 지금의 제 몸 상태를 칭하는 것일 것이다. 정말 손끝 하나 움직일 힘도 남아 있지 않았다. 아침부터 그렇게 긴장했었으니 그럴 만도 했다. 이 와중에 몸살이 안 난 걸 다행이라 여겨야 하는 건지. 먼저 여행지에 도착한 지운이는 잘 놀고 있는지. 연락이라도 해봐야 할 텐데 그럴 힘도 남아 있지 않았다.

"아아."

앓는 소리를 낸 예일은 도훈을 영혼 없이 바라보았다. 한 손에 전화기를 쥔 채로 노트북 화면을 바라보는 얼굴에 어쩐지 심술이 났다. 자신은 이렇게 아무것도 못 할 정도로 녹초가 되었건만,

"예. 그렇게 진행해 주시면 됩니다."

그에 비해 강도훈은 어찌나 쌩쌩한 건지. 이어 통화를 하며 노트북 키보드를 연신 두드리는 꼴에 신기하기도 했다.

'강도훈은 피곤하지도 않은 건가?'

분명 저보다 오늘 더 긴장했을 것은 그일 것이다. 거의 1년을 기획한 제 첫 브랜드의 론칭 파티였으니. 그 큰 행사를 온종일 치르고, 그 많은 사람을 만났음에도, 욕실에서 무려 두 번이나 그짓을 했다. 다른 사람이었다면 아마 행사가 끝나고 그대로 쓰러졌을 만도 하건만, 피곤함은커녕 아주 말짱하게 자리에 앉아 일을 하는데.

'저런 걸 워커홀릭이라고 하나.'

워커홀릭이라기엔 일에 미친 사람 같지는 않아 보이고, 뭐가 됐든 새삼 제 연인이 대단해 보이기는 했다. 실크 소재의 가운을 걸친 채 심각한 표정으로 마우스를 딸깍거리는데…… 정말 방금 저

와 몸을 섞었던 강도훈이 맞는 건지 의심이 될 정도다. 평소의 그를 보면 정말 철없는 망나니 도련님이건만.

"……."

뚫어져라 보는 시선을 느낀 건지 도훈의 시선이 흘끗 올라왔다. 침대에 편하게 누워 절 빤히 바라보는 꼴이 영 깜찍했다.

'금방 끝낼게.'

입 모양을 그린 그는 눈웃음을 지으며 다시금 통화에 집중했다.

'빨리 끝내고 재워야지. 피곤했을 텐데.'

머릿속엔 그 생각뿐이었다. 굳이 오늘까지 주예일을 괴롭힐 생각은 없었다. 시도 때도 없이 발정 난 짐승 새끼도 아니고. 빤히 서로 피곤한 거 아는데.

'아훗, 도훈아.'

그래, 서로 빤히 피곤한 거 아는데.

'아. 도훈아……!'

짐승 새끼가 정말 맞다. 그는 스스로를 자책하며 입맛을 다셨다. 그러곤 아까 욕실에서의 일을 머릿속에 그렸다. 유난히 부드러웠던 맨살에 손가락이 닿는 순간엔 정말 제정신이 아니었다.

무슨 생각으로 입을 맞췄는지. 또 젖가슴을 움켜쥐었는지. 또 어떻게 그녀를 탐했던 건지. 정신을 차리고 보면 이미 한 번의 정사가 끝나고, 그럼에도 또 주예일을 탐하고 있었다는 거다. 이렇게까지 자제력이 없는 편은 아니건만,

"……."

아래가 다시 뻐근해져 왔다. 원망스럽기도 하지. 이건 뭐, 시도 때도 없이, 라는 말이 딱 맞다. 아까의 상황을 또 머릿속에 그리

자니 이건 뭐 정말 제어가 안 되지 싶다. 이건 전적으로 제 잘못이 아니라 예일의 잘못이다. 그는 스스로 합리화를 마쳤다.

"예, 일단. 알겠습니다. 제가 다시 전화드리겠습니다."

그는 대충 전화를 끊고는 노트북을 덮었다. 그러곤 미리 준비해 놓았던 작은 박스를 들고 침대 위로 올라앉았다.

"받아. 선물이야."

푹 꺼지는 시트에 예일은 누워있던 자세를 일으켜 따라 앉았다.

"뭔데 이게? 무슨 선물?"

그러곤 제게 건네지는 박스를 잡아 들었다.

"생일 선물."

"생일 선물?"

고개를 갸웃댔다. 사실 생일 선물은 이미 받았다고 생각했다. 아까의 청혼은 충분히 주예일 일생에 있어 가장 큰 선물이었다. 조그만 박스를 열자 향수로 보이는 유리병이 나왔다.

"향수네."

"응. 너 위해서 만든 거야. 세상에 단 하나밖에 없을걸."

"날 위해서?"

향수를 만지작거리던 예일은 병을 열어 허공에 향을 뿌렸다. 눈을 감고 향을 음미하자 시원한 바다의 향이 확 끼쳐 들어왔다. 딱 제 취향을 저격한 향.

"이거 되게 좋다."

"그렇지?"

예일이 마음에 들어 할 줄 알았다는 듯 그는 씩 미소 지었다.

향수를 만지작거리던 예일은 병의 라벨을 천천히 뜯어보았다.

D.A.Y.의 세련된 로고, 배경에는 노란 장미를 포인트로 준 디자인이 그려졌다. 그 위로 매끈한 손가락이 닿았다.

"노란 장미의 꽃말이 영원한 사랑이래."

"아하."

그녀는 천천히 고개를 끄덕거렸다. 그러고 보니 시사회가 있던 날에도 노란 장미를 받았었다. 영원한 사랑이라. 뭔가 유치한 거 같으면서도 마음이 몽실몽실해지는 것 같은 단어다.

"주예일."

"응?"

"내가 왜 갑자기 이런 사업을 벌였는지 알아?"

그는 물었다. 사실 예일 역시 궁금했다. 굳이 새로운 사업에 뛰어들지 않더라도 대한그룹은 이미 반도체로 국내, 아니 아시아 최고의 정점을 찍고 있는 기업이었다. 굳이 뷰티브랜드에 이렇게 힘을 쓴 이유가 궁금하던 차였다. 그것도 강도훈과 전혀 어울리지 않는 화장품이라니.

"내 오랜 숙원사업이었거든. 너랑 내 이름 딴 제품 출시하는 거."

"응?"

이해가 가지 않는다는 듯 예일은 미간을 좁혔다. 곰곰이 생각에 빠진 얼굴이 또 그렇게 사랑스러웠다.

"브랜드 네임 잘 생각해 봐."

브랜드 네임……? D.A.Y. 데이. 데이. 데이.

"뭔데?"

물었지만 도훈은 어깨를 으쓱이며 답하지 않았다. 실크 소재 가운의 띠를 푼 도훈은 그녀의 어깨를 쥐어 잡아 천천히 뒤로 눕혔다. 자연스레 그 위로 올라타 도훈은 가운을 치우고 봉긋한 살결을 한 손에 쥐어 잡았다.

"……."

그 와중에도 예일은 생각했다. 이름을 딴 제품이라. 그러다 뇌리를 스쳐 가는 단어 몇 개에 그녀는 도훈을 불렀다.

"설마…… 'D'ohun 'A'nd 'Y'eil이야?"

도훈은 눈썹을 올리며 휙 휘파람을 불었다. 답은 없었다. 입술을 비쭉거리며 웃은 그는 쇄골에 제 입술을 붙였다. 자극적인 숨결에 몸이 절로 들썩거렸다. 살짝 몸을 비틀자 단단하게 바짝 선 것이 허벅지 근처에 닿아왔다.

"아. 못살아, 진짜."

푸스스 웃은 그녀는 덜 마른 머리칼 안으로 손을 집어넣었다. 크리스마스의 밤이 깊어갔다.

유난히 시끌벅적했던 12월과 1월이 지나갔다.

유명 톱배우의 과거와 연루된 재벌가 총수의 관계. 유명 피아니스트의 자수와 서울시장의 사임. 연예면 사회면 할 것 없이 연일 앞다투어 보도를 내고 또 냈다.

큰 타격 없이 예일은 연예계 생활을 이어갔다. 드라마 〈코드블루〉 또한 큰 탈 없이 촬영이 순조롭게 진행되어 곧 방영을 앞두고 있었다. 예일과 도훈의 관계 역시 큰 잡음 없이 잘 이어졌다. 지운의 호적을 먼저 정리하기 위해 두 사람은 합의하에 혼인신고서를 먼저 작성했다.

'강지운이 되어도 괜찮겠어? 오롯이 너 혼자 지켜온 아이잖아.'

주지운이 강지운이 되는 것에 대해서도 도훈은 그녀에게 의견을 먼저 물었다.

'그런 게 뭐가 중요해? 상관없어, 난.'

예일의 답은 예스였다. 여러 사건이 있었지만 두 사람은 다른 연인들과 다를 바 없는 평범한 연애를 했다. 물론 아직도 종종 안 좋은 찌라시가 돌기도 하고, 그녀에 대해 안 좋은 시선이 있기도 했다. 그건 스스로 감수할 일이라고 마음먹은 듯 예일은 크게 신경 쓰지 않았다. 평생의 꼬리표처럼 따라다닌다고 한들 그건 어쩔 수 없지 싶다.

한국대학병원.

겨울의 끝자락에 다다랐다. 풀벌레가 우는 소리와 잎사귀가 바람에 부딪치는 소리가 고즈넉한 것이 듣기 좋았다.

"병원 생활도 오늘이 마지막이네요, 여보."

휠체어를 끌던 공희영은 병원 산책로 귀퉁이에 섰다.

"우리 여기서 좀 쉴까요."

하 교수는 말 대신 고개를 끄덕이는 것으로 의사 표현을 했다.

"당신이 좋아하는 거예요."

공희영은 시나몬이 잔뜩 뿌려진 카푸치노를 남편에게 전했다. 캐리어에 남은 테이크아웃 잔을 쥔 공희영은 벤치에 자리했다. 할

말이 있는 듯 공희영은 몇 번이나 말라붙은 입술을 열었다 닫았
다를 반복했다.

"여보. 미연이……. 미국 간대요."

힘겹게 말문이 열렸다. 공희영은 제 손등을 의미 없이 문질러
쓸었다.

"얼마 전에 병실에 찾아왔었어요. 예일……양이 선처를 해줬다
고 하더라구요. 뭐라고 할 말이 없었어요. 내가 뭐라고 할까요. 그
애에게…… 그냥 잘 다녀오라고 했어요. 당신한테도 말은 해줘야
할 거 같아서."

하 교수는 으으. 알 수 없는 소리를 냈다. 마치 혀가 굳어버린 사
람처럼. 공희영은 쓸쓸한 미소를 지으며 다시 입을 열었다.

"우리 딸도 잘 있는 거 같아요……. 잘 지내고 있겠죠."

작년 크리스마스 이후로 예일은 다신 그들을 찾지 않았다. 서
운한 생각은 없었다. 애초에 기대조차 하지 않았던 방문이었으
니. 그날 그렇게 예일이 다녀간 후. 공 교수의 하루는 매일이 지
옥이었다.

"여보. 난 어떻게 몰랐을까요. 내 새끼를 눈앞에 두고도."

세상에 자기 자식도 알아보지 못하는 어미가 어디 있을까.

'저 교수님 정말 존경했었는데…….'

설움 가득 섞인 그 목소리가 귓전을 맴돌고, 일그러진 그 얼굴
이 그려졌다.

"내가, 내가 대체 왜 그랬을까요, 여보."

부수어진 마음의 파편이 심장 언저리를 쿡쿡 찔러왔다. 한숨과
같은 공희영의 후회에, 하 교수는 무거운 눈꺼풀을 내리감았다.

한 번만, 딱 한 번만 더 볼 수 있다면. 얼굴 한번 보는 것조차 허락되지 않는 현실은 그저 애달플 뿐이었다.

　한남동, 하 교수의 집.
　붉은색 벽돌로 높이 쌓아 올린 담장 앞에 차 한 대가 멈췄다. 차에서 내린 예일은 보닛을 돌아 조수석에 앉은 지운을 안아 들었다.
　'하성훈 교수님 퇴원하셨다나 봐. 알고 싶지 않을 거 알지만, 그래도 말은 해야 할 거 같아서. 이건 이번에 이사하신 집 주소야.'
　얼마 전 도훈을 통해 듣게 된 친아버지의 소식. 애초에 세상에 없는 부모라고 생각했다. 다시는 볼 일 없을 부모라고 생각했다.
　'내가 여길 왜 왔을까.'
　후회를 하면서도 발걸음은 떨어지지 않았다.
　"엄마아. 여기 어디야?"
　아이의 물음에 뭐라고 답해야 할까. 그 전에 아이까지 데리고 와서 무슨 말을 할까.
　"아니야. 엄마가 잘못 왔어. 가자 지운아."
　결국 싱숭생숭한 마음에 예일은 돌아섰다. 그렇게 아이를 막 조수석에 태우려는 찰나였다. 끼익, 철문이 열리는 소리와 함께 인기척이 들렸다. 반사적으로 돌아본 곳엔 하 교수와 공 교수가 있었다.
　"아가⋯⋯?"
　공 교수는 예일과 지운을 향해 허겁지겁 뛰어왔다.

352

"할머니 안녕하세요?"

아이의 해맑은 인사에 공 교수는 무릎을 굽혀 앉아 아이와 눈을 맞춰 인사했다. 지금 보고 있는 게 사실이 맞는 건지 눈동자가 쉴 새 없이 지운의 이모저모를 살폈다.

"어, 어떻게 온 거니. 아니, 어, 언제 온 거야. 응? 아니면 무슨 일이 있었니. 응?"

예일이 답할 사이조차 없이 묻던 공 교수는 뒤늦게야 입을 다물었다.

"아, 그…… 지나가는 길이었어요. 여기가 교수님 댁인지도 몰랐……구요."

말이라고 하는 건지. 누가 봐도 어색한 거짓 변명에 예일은 달아오른 뺨을 문댔다. 반가운 마음과 달갑지 않은 마음, 두 감정이 충돌하며 종국엔 이 상황이 불편해졌다.

'싫어하시면 어쩌지.'

정말 괜히 왔다, 싶은 순간 그녀의 손이 쥐어 잡혔다.

"들어가서 과일이라도 먹고 가요."

"저, 정말 지나가는 길에 잠깐 머리 아파서 내린 거였어요……."

"그래. 그러니까. 잠깐만 앉아 있다가 가요."

간곡한 부탁에 예일은 거실로 안내되었다. 소파가 가시방석이라도 된 것처럼 불편했다. 공 교수는 지운의 앞에 무릎을 굽혀 앉았다.

"아가 잘 지냈니? 배는 고프지 않아?"

"네, 잘 지냈어요! 배고파요!"

"지운아!"

예일과 지운의 말이 엇갈렸다.

"배고프면 안 되지. 기다려 봐, 아가. 여사님!"

공희영은 허둥지둥 가사도우미를 불렀다.

"여사님, 과일이랑 주스 좀 내주시고 식사 좀 얼른 차려주세요.
아니, 아니, 내가 차릴게요."

지금의 공 교수는 어딘가 모르게 붕 떠 보였다. 그 모습이 지운
에게도 고스란히 전해질 정도로.

"지운이 맞지. 아가는 뭐 좋아하니? 응? 어떤 게 좋을까. 못 먹
는 건 없니? 알레르기 있는 음식 없어? 아, 아니다. 지금 내가 장
봐 올 테니까. 잠시 기다려 주겠니. 시간…… 시간이 없으려나. 많
이 바쁘지. 가 봐야 하는 건……."

"저기, 공 교수님……!"

예일은 공 교수의 말을 잘랐다.

"천천히……, 천천히 하세요."

마른세수를 한 예일은 불편한 얼굴을 애써 지우며 입을 열었다.

"저, 오늘 스케줄 없어요. 알레르기 있는 음식 없고, 가리는 음
식도 없습니다. 아이도요……. 굳이 장은 봐 오지 마세요. 제가 불
편……해요."

"아…… 그래. 알았어요. 그럼 얼른 해 줄게요. 조금만 기다려
요."

다급히 거실을 나서는 공 교수를 보며 예일은 땅이 꺼져라 한숨

을 푹 내쉬었다. 이러려고 온 건 아닌데, 난데없이 밥까지 얻어먹고 가게 생겼다.

"……"

가느다란 한숨을 내쉬자, 따가운 시선이 느껴졌다. 고개를 들자 주름진 얼굴이 보였다. 하성훈 교수. 처음 제대로 마주하는 아버지와의 시간은 그저 서먹했다.

"……"

자리에서 일어난 하 교수는 천천히 다가와 지운의 앞에 무릎을 꿇고 앉아 고사리 같은 손을 꼬옥 쥐어 들었다.

"안녕하세요, 할아버지!"

방긋거리는 미소에 하 교수의 주름진 눈매가 휘어졌다. 그렇게 한참 하성훈은 아이의 손을 잡고 눈을 맞췄다. 많이 노쇠한 얼굴, 할 말이 많은 듯싶은 얼굴이 입만 벙긋거렸다. 어쩐지 속이 쓰려왔다.

"……"

정정하셨다던 아버지란 존재가, 이리 나약해진 게 꼭 제 탓인 것만 같아서.

"차린 게 없네. 많이 먹어. 더 먹고 밥 많으니까. 응?"

차린 게 없다니. 상다리가 휘어지겠다는 말은 딱 이럴 때 쓰는 말이 아닐까 싶을 정도다. 한상 가득한 식탁에 앉아 불편한 식사 자리가 이어졌다.

“밥…… 이거요, 교수님.”

“왜. 너무 적은가? 더 있어요. 더 줄게요.”

밥공기를 가져가려는 공 교수의 손길을 제지한 예일은 아랫입술을 물었다.

“아. 아니요! 아니에요.”

이걸 어떻게 다 먹지. 고봉밥도 이런 고봉밥을 본 적이 없다. 평소의 식사량을 생각하면 대충 따져보아도 세 끼 정도의 양이었다.

“잘 먹겠습니다.”

“잘 먹겠습니다. 할머니, 할아버지!”

“그래. 많이 먹어, 아가.”

조용한 식사가 시작됐다. 하 교수는 보리굴비의 살을 잘 발라 연신 아이의 앞 접시에 놓아 주었다.

“감사합니다, 할아버지!”

흰 쌀밥에 생선 살을 올린 지운이 한입에 꿀떡 삼켰다. 흐뭇한 미소가 아이를 향했다.

“이, 이것도 먹어 봐요. 예일 양.”

“아, 네…….”

“이것도, 응? 먹고 더 먹어요. 알았죠?”

공 교수는 반찬이란 반찬은 모두 예일과 지운의 앞으로 밀었다. 하 교수 역시도 제대로 한 입조차 먹지 않고 아이에게 생선 살을 발라 주었다.

“왜 이렇게 못 먹어요. 응? 입맛에 안 맞아요?”

“아. 아니에요. 맛있어요.”

“이거, 이거도 좀 먹고요.”

연신 흰 쌀밥 위로 올라오는 반찬을 보며 예일은 울렁거리는 속을 삼켰다. 걱정시키기 싫어 꾸역꾸역 숟가락을 입 안으로 넣어 보았지만 여전히 맛은 느껴지지 않았다. 마치 모래알을 씹는 것만 같다.

'체할 거 같다.'

처음 받아보는 부모의 정이라는 것이 아직 예일에겐 불편할 뿐이었다.

"아가, 많이 먹었니?"

"네! 엄청 많이 먹었어요!"

올챙이배처럼 빵빵하게 부풀어 오른 배를 두드린 지운이 헤헤하고 웃었다.

"메론 좀 먹고 가요. 어제 사 온 건데 아주 달아요."

이제 가야 한다고 말해야 하는데 과일까지 잘 깎아 내오는 턱에 또 어영부영 자리에 앉아 시간을 보냈다. 특별히 오가는 대화는 없었다. 그렇게 과일까지 다 먹고 나서야 예일은 그만 가보겠다며 일어났다.

"할아버지, 할머니 안녕히 계세요!"

현관까지 안절부절못하며 따라나서는 교수 내외의 모습에 예일은 발걸음이 무거웠다.

"저, 저기. 밖에 비 와요."

공 교수는 용기를 내 예일을 붙잡았다.

"아…… 괜찮아요. 교수님. 저 차 가지고 왔습니다."

"그래도, 나가는 길까지 비 맞잖아요……."

서글프게 일그러진 얼굴에 예일은 어쩔 수 없이 건네는 우산을 받아 들었다. 현관을 나와 작은 마당을 지나 대문까지 가는 길. 두 사람의 뒤를 하 교수 내외가 두세 걸음 뒤로 종종 따랐다.

"……."

그렇게 대문을 나서고, 예일은 차 키를 꺼내 눌렀다. 삐빅 헤드라이터가 번쩍거렸다.

"지운이 갈게요! 안녕!"

지운이 고사리 같은 양손을 붕붕 흔들며 하 교수 내외에게 인사했다.

"그래. 아가 잘 가요. 엄마 말씀 잘 듣고, 밥 잘 먹고."

"네에!"

꾸벅 인사한 지운이 먼저 카시트에 올라탔다. 안전벨트를 해 준 예일이 하 교수와 공 교수를 마주 보고 섰다. 우산을 접어주려던 예일은 잠시 멈칫했다.

"저기…… 공 교수님."

"응. 말해요. 예일 양."

"……."

입에 추라도 달린 듯이 무겁다. 기다리는 두 사람을 보며 예일은 시선을 회피했다.

"밥 맛있게 정말 잘 먹었습니다. 너무 맛있었어요."

"응? 아, 아. 그래요."

"그리고 그……."

"응. 말해요."

"다음에 시간 되면……, 그이하고 같이 한번 와도 될까요."

"아……."

공희영은 제 두 귀를 의심했다.

"또……, 올 거예요?"

머뭇거리며 묻는 질문에 예일은 가느다란 숨을 쉬었다. 역시 저란 존재가 불편한 걸까.

"불편하시다면……."

"부, 불편하지 않아요. 꼭 와요. 꼭."

간절한 그 얼굴에 왠지 또 속이 쓰려왔다.

"꼭, 와줘요. 기다릴게요."

"아……. 네."

영 민망한 마음에 예일은 입술을 짓이겼다.

"그럼, 건강 잘 챙기세요."

빠르게 인사한 예일은 우산을 접어 공희영에게 전했다. 예일이 운전석을 열고 차를 출발시킬 때까지 공 교수와 하 교수는 자리에 한참을 섰다. 그렇게 차가 사라질 때까지.

"엄마, 엄마! 근데 저 할머니 할아버지 누구야?"

아무것도 모르는 아이는 물었다. 처음 먹어 보는 엄마의 밥맛이 왜 이렇게 따뜻했던 걸까.

"응, 아들."

부모님이란 글자가 입 안에 서럽게 맴돌았다.

"엄마 세상에 있게 해 주신 분들이야."

＊

다사다난했던 한 해가 반절을 향해 달려가고 있었다.

압구정 N 레스토랑. 설민형 감독과 소민, 그리고 예일과 도훈, 지운까지 다섯 사람은 오랜만에 만나 식사 자리를 가졌다. 예일은 여전히 배우로, 도훈 역시 여전히 대한그룹의 전무 자리를 지켰다. 경영세습을 하지 않겠다는 말이 빈말이 아니었는지 강 회장은 도훈에게 제 자리를 위임하지 않았다. 재벌가의 대물림을 곱지 않은 시선으로 보는 대중들은 이게 맞는 거라 말을 하면서도, 그런 그들의 행보에 의아함을 품기도 했다.

"사장님. 정말 이대로 회사 뺏기실 거예요?"

소민은 물었다. 누구나 궁금해할 만한 그 질문을.

"글쎄."

성의 없이 대답한 도훈은, 어린이용 함박스테이크를 잘 썰어 지운의 앞에 놓아주었다.

"많이 먹어, 지운이?"

아이를 향해 다정히 미소를 지은 그는, 제 앞에 놓인 고기를 찍어 예일에게 건넸다. 포크를 받아 든 예일은 고기를 입 안에 넣으며 도훈을 보았다. 딱히 대한그룹의 사모님 자리가 탐난다거나 하는 마음은 없었다. 속만 시끄러울 뿐이지. 그래도 이상하지 않나. 그 강도훈이? 이렇게 쉽게 회사를 포기한다?

"정말 회사에 욕심이 없으신 겁니까?"

설민형 감독 역시 물었다. 그들의 궁금증은 정말 순수했다.

"욕심을 부릴 필요가 있습니까?"

도훈은 아주 의연한 태도로 고기를 찍어 제 입 안에 넣고 우물거렸다. 부드럽게 녹아든 고기가 금세 목울대를 타고 넘어갔다.

"욕심 없으면 그냥 회사 다른 사람 주시려고요?"

소민의 물음에 도훈은 물 잔을 쥐었다. 가볍게 물을 입 안으로 털어 넣으며 픽 웃었다.

"주긴 뭘 줘. 내 건데."

"그럼요?"

욕심은 없다만 제 것이다. 이게 뭔 말일까. 소민은 갸우뚱했다.

"당장 회장 같은 거에 관심이 없다는 말이야. 거기가 얼마나 골머리 썩는 자린 줄 알고. 내 여자 내 새끼 챙기기도 바쁘거든, 지금은."

그는 대수롭지 않게 답하며, 아이의 입가에 묻은 소스를 닦아 주었다.

"여기 또 묻었네, 지운이."

"캬……. 저 오만함."

소민은 다른 의미로 감탄했다. 와중에도 지운을 살뜰히 챙기는 모습은 누가 봐도 영락없는 애 아빠였다. 손바닥에 턱을 괸 소민은 흐뭇한 미소를 지었다.

"아 맞다. 사장님, 저희 컬래버 한번 하실래요?"

"제안이냐. 부탁이냐."

"네?"

"부탁이면 고려해 보고."

뭐래, 진짜. 소민은 눈썹을 마구 구겼다.

"일단 말해 봐. 들어나 보게."

"아, 안 해요. 됐어요!"

기분 상한 듯 소민은 그를 흘겼다.

"정말?"

큭큭 웃은 도훈이 소민을 보았다. 자존심이 상한 듯싶으면서도 소민은 슬그머니 사업 이야기를 꺼냈다. 그런 두 사람을 예일은 흥미롭다는 듯 보았다. 만날 때마다 티격태격하는 게 견원지간이 따로 없다. 그럼에도 두 사람은 이야기가 꽤 잘 통했다. 사이가 좋은 건지 나쁜 건지.

"아. 예일이 너, 결혼 준비는 잘되어 가?"

"그럼요, 감독님."

"부모님들 다 오시는 거지?"

"네, 다 오실 거예요."

편안한 미소에 설 감독 역시 옅은 미소를 띠었다.

"정말 잘됐다, 예일아. 정말."

늦은 감 있는 결혼 준비를 하는 이들에게 가장 큰 변화라고 한다면, 바로 외면하고 살았던 부모와의 거리가 조금은 가까워졌다는 것 정도일 것이다. 예일은 종종 아이와 함께, 혹은 도훈과 함께 하 교수 집을 찾았다. 도훈 역시 예일의 끊임없는 설득으로 지방 섬마을로 내려간 강 회장을 찾았다. 가족이라고 선뜻 말하기엔 서로가 아직 어색한 사이긴 했지만, 예일과 도훈에게 분명히 그건 큰 변화였다.

메인 요리를 다 끝냈을 즈음 맛깔스러운 디저트와 커피 음료가 나왔다.

"엄마아 지우니 화장실!"

"지운이 화장실 갈래?"

지운을 데리고 화장실에 가기 위해 예일이 막 일어나려는 찰나, 민형이 그녀를 제지했다.

"내가 같이 데리고 다녀올게."

"오빠 나도. 가자, 지운아."

세 사람이 자리를 비우고 난 후 예일은 냅킨을 들어 입가를 닦았다.

"도훈아."

그러곤 기다렸다는 듯 그를 불렀다.

"응?"

"너 뒤통수 안 따갑니."

뜬금없이 무슨 말일까. 도훈은 어리숙하게 관자놀이를 긁적였다.

"들어올 때부터 너만 쭉 보고 있던데."

"뭔 소리야. 누가 나를 봐?"

"김현영."

예일은 거슴츠레 그를 흘겼다.

"김현영?"

영 모르겠다는 듯 그는 고개를 갸웃거렸다. 예일은 그의 뒤쪽을 향해 턱짓했다.

"뭔데."

돌아본 도훈은 멀지 않은 곳, 절 노려보고 있는 여자와 눈을 마주했다. 뭐라도 씹은 표정으로 고개를 휙 돌리는 행동에 뭐야, 저거 소리가 절로 나왔다.

'저게 누구더라.'

고민하던 그는 아! 소리를 내며 코끝으로 가볍게 웃었다.

"아나 보네, 저 친구."

"뭐. 몇 번 봤어, 모임에서."

그가 말하는 모임이란 아마 KL클럽 혹은 KL클럽에 속한 소모임일 것이다.

"나 기다렸다면서 같이 잘 어울렸나 봐."

"뭔 소리야."

매끈한 손가락이 그의 가슴팍 셔츠에 닿았다 떨어져 김현영이 앉아 있을 곳을 향했다.

"내가. 쟤랑?"

"아주, 비련의 여주인공처럼 너 보던데."

턱을 손바닥으로 받친 예일이 장난스럽게 빈정거렸다. 하? 그는 허공에 헛웃음을 흘렸다. 오해할 만한 상황이 조금이라도 있었다면 모를까. 여기서 당장 제 심장을 꺼내 보여도 티끌만 한 흠조차 없을 것이다.

"이상한 소리 하지 마, 뭔."

"그으래. 어련하겠어. 신인배우 킬러 어디 갈까."

와아! 도훈은 답답한 탄성을 쏟았고 예일은 그 몰래 피식 웃었다.

"신인배우 킬러는 무슨. 언제적 이야기야? 그리고 지금 확실히 말하는데, 걔들이 들러붙은 거지, 딱히 내가 뭘 해 준 적은 없거든?"

"아, 그래서 저 친구도 너한테 키워달라고 했어?"

"어."

"아쭈. 어?"

매서운 눈매가 도훈을 향했다. 도훈은 능청스러운 얼굴로 고개를 까닥거렸다.

"그렇다고 내가 눈 하나 깜박했겠어?"

그는 제 심장 부근을 손가락으로 툭툭 쳐보였다.

"여기 주예일 하나만 가득 찼는데."

"맙소사."

탄성과 함께 예일은 얼굴을 가려버렸다.

"이야."

그들의 뒤로 누군가의 탄성이 흘렀다.

"대단하시네요, 강 전무님."

"와, 내가 지금 뭘 들은 거야. 자기야, 내 손발 좀 펴주라."

막 화장실을 다녀온 설민형 감독과 소민이었다.

"아빠는. 엄마 하나만 이써요?"

지운 역시 한마디 거들었다. 부끄러워야 할 건 도훈이건만 예일은 제 얼굴이 달아오르는 것 같았다.

"응, 아들. 아빠 심장엔 엄마 하나밖에 없어."

"우와아."

더할 나위 없이 예일의 얼굴이 붉어졌다. 손부채질과 함께 그녀는 허공에 헛바람을 후 불었다.

"부럽다, 언니야."

파하하 웃은 소민과 설 감독이 나란히 자리에 앉았다. 도훈의 품에 안겨드는 지운까지, 평화로운 일상이 그렇게 지나가고 있었다.

인천 송도 THE HAN CITY.

세상을 떠들썩하게 했던 톱배우와 재벌 2세와의 결혼식이 열리는 THE HAN CITY. 날짜와 식장을 공식적으로 알리지 않았음에도 불구하고, 많은 기자들이 모여들었다.

두 사람을 축복하듯, 하늘은 바람 한 점 없이 맑고 청량했다. 미성숙했던 4년, 헤어진 지 5년. 그리고 다시 잡은 두 손. 20대의 청춘을 함께하고, 또 아파했던 사람과 모든 사람 앞에서 평생을 약속하는 오늘. 벅차오르는 마음을 숨길 수 없었다. 예일은 화려한 드레스의 치맛자락을 쥐었다. 부드럽게 잡히는 촉감이 좋았다.

"주예일 진짜 미쳤다."

"오늘만큼은 언니가 세상에서 제일 예쁠 거야."

아라와 소민은, 신부인 예일보다 먼저 식장에 도착해 신부대기실에서 그녀를 기다렸다. 도우미와 함께 신부대기실로 들어온 예일은 어색한 웃음을 지었다.

"고마워 소민아, 고마워 언니."

혼인신고도 이미 했고, 도훈과 제 사이를 모르는 사람도 없을 텐데 굳이 이런 허례허식 같은 결혼식을 해야 할까 싶었다. 무엇보다 예일은 부모님이 가장 신경 쓰였다. 사회적으로 위치가 있는 하 교수와 공 교수에게, 사실 딸이 뒤바뀌었다는 출생의 비밀을 알려야 한다는 부담을 줄 수 없었다.

'내가 알아서 할 거니까 넌 신경 쓰지 마.'

그리고 도훈은, 언제나처럼 예일에게 가장 큰 방패가 되어주었다. 최소한의 기사만이 사회면에 잠시 올랐다.

'왜 그런 걸 네가 고민을 해. 아가, 엄마는 괜찮아.'

하 교수와 공 교수 역시 예일이 자신의 딸이라는 걸 밝히는 것에 대해 거리낌이 없었다. 애초에 그랬어야 한다는 듯. 그렇게 예일과 도훈의 결혼식 준비는 큰 무리 없이 진행되었다.

"예일아 축하해. 잘 살아라!"

"주 배우님 축하해요! 오늘 정말 아름다워요."

예일의 신부대기실엔, 많은 연예계 관계자들이 대거 다녀갔다. 보람과 동식을 포함해, 그녀와 함께 호흡했던 배우들 역시 끊임없이 신부대기실을 찾았다.

"야. 주예일!"

애증관계인지 모를 혜리를 포함해.

"예일이 예쁘네, 오늘."

박이채 와.

"허어어엉, 선배님. 진짜 행복하셔야 해요. 진짜 진짜 행복하셔야 해요."

또 EK소속 후배인 예린은, 예일의 드레스에 파묻혀 눈물을 펑펑 터뜨리기도 했다. 쉴 틈 하나 없이 오가는 손님들로 인해 본식은 시작도 안 했건만, 혼이 쏙 빠지는 느낌이었다.

"힘들지, 주예일."

소민이 잠시 통화를 위해 자리를 비우고, 아라는 예일의 메이크업을 수정해주며 물었다.

"어 완전, 언니. 나 부케 이거 이렇게 계속 들고 있어야 하나?"

"지금 잠깐 손님 없으니까, 내려놓고 있을까?"

"응응."

정말 힘든 듯 예일은 부케를 장식장 위에 올려놓았다. 굳어 버린 것만 같은 팔을 쭈욱 펴자, 그제야 피가 통하는 것 같았다.

"강 대표는 엄청 바쁜가 봐. 어떻게 한 번을 안 오네."

"내가 들어오지 말라고 했어, 손님 맞아야지."

"아쭈. 주예일. 벌써 지 신랑 감싸네?"

밉살맞게 웃은 아라가, 예일의 볼을 아프지 않게 잡아 쥐는 순간이었다.

"아라야. 신부 얼굴을 그렇게 잡으면 어쩌니."

"……?"

반가운 목소리에 예일은 두 귀를 의심했다. 아라 역시 화들짝 놀라며 뒤를 확 돌았다.

"헐. 감독님!"

막 신부대기실로 들어선, 설은미 감독은 싱긋이 웃었다.

"우리 예일이 엄청 멋지네?"

그리고 당연하다는 듯, 설 감독의 옆엔 타일러가 있었다.

"Zoe. Oh. Gosh……!"

상상도 하지 못했던 두 사람의 등장에 예일은 벌떡 일어났다.

"어, 어떻게 오셨어요?"

공식적으로 은퇴 의사를 밝힌 설은미는, 영화제가 끝나고 얼마 있지 않아 타일러와 함께 아프리카로 봉사를 떠난 상태였다. 당연히 오지 못할 것이라 생각했다.

"어떻게 오긴, 당연히 와야지. 누구 결혼식인데. 근데 소민이는 어디 갔니?"

"잠깐 통화하러 갔어요. 와, 우리 감독님. 얼굴 완전 타셨네!"

깔깔거리는 웃음과 함께, 아라가 설 감독의 팔에 매달렸다. 타일러는 오버스러운 제스처와 함께 예일의 양손을 꼭 잡았다.

"오, 조이 정말 너무 멋져! 세상에. 정말 너무너무 멋져."

한두 시간 거리도 아니고, 굳이 시간을 내 한국까지 와준 두 사람의 마음에 피잉 눈물이 어렸다.

"좋은 날에 울지 마, 조이."

타일러는 그녀를 포근하게 안아주었다.

"할아버지 안아주새요!"

아이용 턱시도를 차려입은 지운이 양팔을 크게 벌렸다.

"안아주새요!"

눈에 넣어도 안 아플 손자의 애교에 강 회장은 주름진 눈매를 크게 접었다.

"그래요, 우리 왕자님. 할아비가 안아주마."

스스럼없이 무릎을 꿇은 강 회장은 한 팔로 아이를 안아 들었다.

"우리 왕자님 배는 고프지 않니."

"괜찮아요."

배시시 웃는 아이의 미소에 강 회장도 따라 낮게 웃었다. 어디서 이런 선물이 왔을까. 보들보들한 뺨 위로 강 회장의 입술이 닿았다. 그러는 사이 현 여당 대표 김 의원이 강 회장을 향해 걸음했다.

"아이구, 강 회장님 축하드립니다."

"예. 고맙습니다, 김 의원님."

가벼운 악수를 취한 두 사람은 소소한 안부를 물었다. 신부 측에 있는 공 교수와 하 교수 역시 각자의 하객을 맞이하느라 정신이 없어 보였다.

본식이 진행되는 홀의 앞으로는 화환이 끊임없이 배달되었다. 입구까지 늘어선 화환은 더 이상 놓을 자리도 없을 정도가 되었다. 각 측에 준비된 축의금을 전달하는 곳 역시 문전성시를 이뤘다.

"이야. 스케일이 어마어마하네."

"강 전무님 축하드립니다."

예일과 도훈 각 개인의 지인들, 그리고 강호진 회장과 하 교수 내외의 손님들까지 더해지니, 웬만한 사교모임 뺨칠 만큼 각계의 저명한 인사들이 여기저기 보였다.

– 잠시 후 신랑 도훈 군과 신부 예일 양의 결혼식이 시작될 예정입니다. 하객 여러분은 홀로 입장해 주시기 바랍니다.

곧 본식이 시작된다는 안내 멘트가 방송을 통하여 흘러나왔다. 크리스털로 장식된 홀은 고급스러운 느낌을 물씬 풍기게 해주었다. 홀 앞에는 대형 프로젝터 빔 위로, 예일과 도훈. 그리고 지운의 짧은 영상이 지나갔다.

'아후 미치겠네.'

사회자석에 선 김 비서는 긴장감에 제자리 뛰기를 하며 손을 홀홀 털었다. 그러곤 땡땡이 모양 나비넥타이를 고쳐 잡아맸다.

"큼, 큼."

목을 가다듬은 김 비서는, 홀을 꽉 채운 손님들을 보며 조심히 마이크의 스위치를 켰다.

"안녕하십니까? 오늘 아름다운 두 사람의 결혼식 사회를 맡은 김은구입니다."

많은 시선이 김 비서를 향했다. 어색한 미소를 흘린 그는 땀에 전 손을 바지 위로 문질렀다.

"바쁘신 가운데에도 자리에 참석해 주신 하객 여러분께 양가 가족을 대표하여 감사의 말씀을 드립니다."

사회자 멘트와 함께 홀 안으로 박수가 터져 나왔다. 제 결혼식도 아니건만 뭐가 이렇게 긴장이 되는 건지.

"……."

조용해진 홀을 둘러본 그는 가까운 곳, 신랑 측 혼주석에 앉아 손을 방방 흔드는 지운을 보았다.

"아저씨이!"

이제는 자연스럽게 강호진 회장의 무릎에 안긴 모습이 왠지 모르게 뭉클했다. 도훈의 가장 가까운 곳에서 두 사람을 지켜본 한 사람. 김 비서는 괜스레 찡해지는 코끝을 툭 쳤다. 지운에게 손을 흔들며 인사를 해 준 그는, 목을 다시 가다듬었다.

"자 그럼 먼저, 오늘의 주인공! 갑 오브 갑! 신랑 강도훈 군의 입장이 있겠습니다!"

하객들 사이사이로 낮은 웃음보가 터졌다. 대기하고 있던 도훈은 아무도 모르게 어금니를 갈았다.

"자, 신랑 입장!"

홀의 중간을 가로지르며 도훈이 모습을 보였다. 평소 도훈의 스타일과 다르게 차분한 정장은, 의외로 반듯한 이목구비와 잘 어울렸다. 진중한 얼굴로 들어선 도훈은 주례인, 현지욱 실장에게 짧은 인사를 한 뒤 뒤를 돌아 예일을 기다렸다.

"이어 바로, 국민 첫사랑! 오늘의 신부 입장이 있겠습니다. 아, 오늘 대한민국 남자들이 많이 울겠네요. 저를 포함해서 말입니다."

김 비서의 능글맞은 멘트에 도훈은 그를 알 듯 모를 듯 쏘아보았다.

'저게 미쳤나.'

그의 얼굴엔 분명 그런 말이 쓰여 있는 것 같았다. 김 비서는 몸을 움츠리며 너스레를 떨었다.

"아우, 신랑분 무서워서 뭔 말을 못 하겠네요."

재치 있는 멘트에 하객석에 다시 웃음이 터져 나왔다.

"신부를 너무 오래 기다리게 했네요. 자, 아름다운 5월의 신부 입장이 있겠습니다. 축복의 박수로 맞아주시기 바랍니다. 신부! 입장!"

진행요원의 사인과 함께, 반주자의 손가락이 건반을 눌렀다. 홀 내로 결혼행진곡의 웅장하게 울려 퍼졌다. 커다란 문이 열리고, 순백의 화사한 드레스를 입은 예일이 그 모습을 보였다. 보통의 신부 입장과 다르게 예일은 공 교수, 하 교수와 함께 입장했다.

도훈이 기다리고 있는 길까지 걷는 길. 예일은 눈가에 힘을 준 채 간신히 눈물을 삼켰다. 좋은 날인데 왜 지난날들이 떠오르는 건지. 공 교수 내외 역시 억지로 참은 눈물 덕분에 눈시울이 붉게 물들었다.

"……"

그들을 기다리는 도훈은, 버석하게 마른 입술 위를 훑었다. 생화로 장식된 길 사이로 한 걸음씩 다가오는 연인의 얼굴은 황홀할 만큼 아름다웠다. 마치 오늘을 위해 태어난 사람처럼.

저렇게 아름다울 수도 있나. 그는 진정으로 의구심이 들었다. 신이라는 작자가 만약 있다면, 아마 강도훈을 위해 만든 피사체가 주예일일 수도 있겠다. 그는 생각했다. 그 짧은 기다림의 순간이 왜 이렇게 길게 느껴지는 건지. 결국 참지 못하고 도훈은 앞서 걸었다.

"어우, 신랑 성질 한번 급하네요."

김 비서의 멘트와 함께 도훈은, 예일의 앞에 섰다. 넋 나간 표정을 지우지 못한 그는 이내 마른 웃음을 뱉었다. 오늘의 이 순간만을 얼마나 기다려 왔던가. 지난날을 떠올리니 눈물이 다 날 지경이었다. 주먹을 쥔 그는 입가를 가린 채 목을 가다듬었다. 그러곤 할 수 있는 가장 정중한 자세로 하 교수 내외에게 허리를 숙였다.

"감사합니다. 장모님, 장인어른."

이내 굽힌 상체를 편 그는 예일을 향해 손을 내밀었다.

"……."

하 교수는 도훈의 팔뚝을 붙잡았다. 약한 악력이 가해졌다.

"……."

말없이 응시하는 눈동자는 많은 말을 내포하고 있었다. 더 아프고, 애틋할 수밖에 없는 딸의 결혼.

"잘 살겠습니다. 장인어른."

"……."

"남은 생 눈물 한 방울 흘리지 않게 하겠습니다."

"……."

"그 누구보다 행복한 사람으로 만들어주겠습니다."

다짐과도 같은 단단한 목소리에 공 교수는 엷게 미소를 지었다.

"잘 부탁해요, 도훈 군."

공희영은 예일의 손목을 들어 도훈의 손 위에 올려주었다.

"예, 장모님. 장인어른."

도훈은 다시 짧게 고개를 숙였다. 하 교수 내외 역시 한 걸음 물러났다. 도훈의 손을 맞잡은 예일은 고개를 살짝 돌려 제 부모를 보았다. 울지 않으려는 듯 깨물고 있던 입술이 슬그머니 풀렸다.

"낳아주셔서 감사합니다."

"……."

"이 말이 너무 늦어서 죄송해요."

말 사이로 잠시 틈이 생겼다. 가느다란 숨을 뱉은 예일은 용기를 내어 다시 입을 열었다.

"잘 살게요. 엄마, 아빠."

처음 부르는 호칭이 낯설었다. 하 교수 내외에게도 역시 처음 듣는 호칭이 낯설었다. 고개를 돌린 예일은 도훈과 함께 멀어졌다.

"……."

뒤늦게야 두 사람의 입가에 포근한 미소가 걸렸다.

현지욱 실장의 주례가 끝난 후 예일과 도훈의 혼인서약서 낭독이 지나갔다. EK엔터테인먼트 소속 가수들의 축가와 축하 무대가 이어지고, 본식은 밝고 유쾌한 분위기로 한껏 흥이 올랐다.

"자, 그럼. 오늘의 하이라이트! 우리 신랑 강도훈 군의 체력테스트가 있겠습니다!"

예정되어 있지 않은 멘트에 도훈은 눈을 크게 뜨고 사회자석을 보았다. 무슨 소리냐는 듯 찡그리는 얼굴에 김 비서는 부러 딴 곳을 보았다.

"우리 신랑의 체력! 가장 중요하지 않습니까, 하객 여러분들?"

능청을 피운 김 비서는 마이크를 쥐며 씩 웃었다.

"아니, 뭘 갑자기……."

"어허. 신랑 강도훈 군 조용히 해주세요!"

이럴 때 아니면 언제 저 강도훈에게 으름장을 내놓나. 김 비서는 부러 가슴을 쭉 내밀었다. 도훈은 때아닌 김 비서의 하극상에 헛웃음을 터뜨렸다.

"자, 신랑. 일단 엎드려뻗치시고!"

"뭐?"

"신부는 신랑의 등에 타주세요!"

미쳤나 저게, 진짜. 도훈은 얼이 빠진 채 그를 보았다.

"얼른 안 하십니까, 신랑. 자신 없습니까?"

김 비서의 보챔에 하객석에서 역시 환호성이 터져 나왔다.

'촌스럽게 진짜.'

빼면 안 될 것 같은 분위기로 흘러갔다.

"하."

그래. 하나뿐인 결혼식인데 분위기를 망치면 안 되겠지. 이를 악문 도훈은 내키지 않는 듯, 몸을 굽혀 푸쉬업 자세를 취했다. 예일은 안절부절못하며 그런 도훈을 보았다.

"자, 이제 신부는 신랑의 등에 타주세요!"

기겁한 예일은 고개를 도리도리 저었다.

'이 사람 힘들어요.'

입 모양을 유심히 본 김 비서는 아쉽다는 듯 입맛을 다셨다.

"우리 신부님이 신랑이 걱정돼서 안 된다고 하시네요."

"에이!"

"빼지 마. 빼지 마!"

하객석 사이사이 짓궂은 음성이 터졌다. 눈꼬리를 늘어뜨린 예일은 고개를 저었다. 김 비서는 알았다는 듯 오케이 사인을 취했다.

"신부는 그만 괴롭히고, 그럼 신랑은 한 손으로!"

"하."

"어허! 한 손!"

넌 뒤졌다, 진짜. 도훈은 가까스로 표정 관리를 하며 한 손을 등 뒤로 둘렀다.

"자, 하나에 예일아, 둘에 올라오면서 사랑해!"

환장하겠네.

"다 같이 외쳐주세요. 하나!"

김 비서의 외침에 도훈은 팔을 굽혔다.

"예일아."

"둘!"

하객들과 김 비서의 외침에 도훈은 굽힌 팔을 폈다.

"사랑해."

"하나!"

김 비서의 목소리가 즐거워 보인다면 착각일까. 그 전에 왜 난이 짓을 하고 있나. 팔을 굽힌 상태로 도훈은 진지한 고찰을 시작했다.

"와, 목소리가 안 들려요. 안 되겠네요, 신랑! 혹시 힘드신가요!"

"야, 도훈아 힘드냐!"

까불거리는 목소리의 주인공은 아마 이진상일 것이다. 힘들긴, 주예일까지 태우고 백 번은 더 할 수 있다.

"……."

뭔가 분위기에 떠밀려 하고 있긴 하다만, 어쩐지 굴욕적이다. 팔을 굽힌 채로 그는 어금니를 씹었다.

"이야, 우리 신랑 못 일어납니다! 이거밖에 안 됩니까!"

그는 헛웃음을 지었다. 가볍게 자리에서 일어난 도훈은 목 뒤를 주무르며 양옆으로 털었다.

"괜찮아?"

"응, 괜찮아."

걱정스러운 예일의 물음에 그는 여유로운 미소를 씩 지었다.

"야, 고작 두 개가 뭡니까! 신랑 실망이네요!"

"우리 사회자분이 선을 자꾸 넘으시네요."

"이야, 여러분 신랑 성격이 이렇게 파탄입니다! 신부는 지금이라도 도망가십쇼!"

그의 입매가 비틀렸다.

"아주 세상에 미련이 없나 보네."

섬찟한 그 미소에 김 비서는 뒤늦게 식은땀을 비질 흘렸다.

"너 이리 와, 김은구."

도훈은 손가락을 천천히 굽혔다.

"……."

그는 금방이라도 사회자석으로 달려갈 기세였다.

"어, 어, 오지 마세요, 전무님!

김 비서는 슬금슬금 걸음을 물렸고, 결국 도훈은 사회자석을 향해 성큼 걸었다.

"으악!"

기겁한 김 비서는 마이크를 놓고 혼주석으로 피했다. 깔깔거리는 지운의 웃음과 강 회장의 낮은 웃음이 기분 좋게 섞여들었다.

"너 이리 안 와?"

"안 까불게요. 죄송합니다, 전무님!"

재빠르게 피한 김 비서는 예일의 뒤로 제 몸을 숨겼다.

"도와주세요, 주예일 씨!"

"너, 이 씨. 지금 누굴 잡아. 안 놔?"

일순간 아수라장이 되어버린 결혼식. 하객석에선 박수와 함께 큰 웃음이 이어졌다.

"가, 강 서방……!"

공 교수는 안절부절못하며 자리에서 벌떡 일어섰다. 하 교수는 얼굴을 가리며 너그럽고 편안한 웃음을 흘렸다. 김 비서에게 붙잡힌 예일의 얼굴에 역시 웃음꽃이 피었다. 그건 그녀가 지을 수 있는 가장 찬연한 미소였다.

〈에필로그 끝〉

외 전

1. 당신을 만난 삶

삶에 대한 미련이 없던 사람이었다. 개똥도 약에 쓴다는 말이 있다는데, 아마 난 개똥보다 못한 박복한 팔자를 타고난 애라고 생각했다. 흘러가는 대로, 그저 살아지는 대로 대충 살았다. 한데 웃긴 건 대충 살았다고 하면서 백 미터 달리기를 십 초 대에 꼭 통과해야 하는 선수처럼 아등바등 뛰어왔다는 거다. 말은 삶이 싫다고 하면서 어쩌면 난 삶을 꿈꾸고 있었는지도 모르겠다. 그렇게 삶에 너무나 지쳤을 때.

'내가 너 갑 만들어 줄까?'

내 삶을 놓고 싶었을 때 나는 당신을 만났다.

좋은 향기가 코 속으로 스며들어 왔다. 그녀가 호텔에 들어오기 전 이미 그가 켜놓았을 아로마 향일 것이다. 분명 잠깐 드라이브나 한다고 했던 거 같은데. 어쩌다 호텔까지 또 와버린 건지.

"배고프지 않아?"

말랑한 귓불을 지분거리는 손길에 눈썹이 구겨졌다.

'또 왜 이렇게 말려든 건지.'

'갑 만들어 줄까?'라는 황당한 꼬임에 넘어간 지 일 년이 다 되도록 손가락 하나 까닥하지 않더니. 한 번 자고 나더니 그 후로는 만날 때마다 시도 때도 없이 달려드는 거 같다. 만약 그가 참아왔던 그 1년의 세월이 없었더라면, 몸을 보고 날 좋아하는 건가? 예일은 그런 발칙한 의심을 했을지도 모른다.

"룸서비스 시킬까. 나가서 먹을래."

그녀는 고민했다. 나가서 먹었다가는 분명 사진이 찍힐 게 뻔하고…….

'당분간 조심해 예일아. 너한테 다스패치 붙은 거 같더라.'라는 매니저의 귀띔도 있었지 않나.

"조금 이따가. 지금 배 안 고파."

"그럴래? 그러자 그럼."

조심해서 나쁠 건 없다.

"……."

고개가 돌아간 곳에 사정의 여운이 남아있는 콘돔 여러 개가 보였다.

'확인해 봐야 하는데.'

세 번이나 그 짓을 하고 났더니 도저히 기력이 없다. 찌뿌둥한 몸을 쭈욱 펴자 앓는 신음이 절로 나왔다. 예일의 목 뒤로 팔을 집어넣은 도훈은 그녀를 꽉 끌어안았다.

"근데 우리 결혼은 언제 할까?"

그러곤 속삭였다. 또 이 소리다. 지겹지도 않을까. 문득 한 번씩 결혼이라는 소리를 들을 때마다 어쩐지 심장이 간질거리는 거 같다. 이게 좋은 건지. 싫은 건지. 그 단순한 감정의 의미조차 그녀는 몰랐다.

"왜 나랑 결혼이 하고 싶어?"

문득 궁금했다.

"좋으니까"

예일은 몸을 돌려 누웠다. 마주 보고 누운 도훈을 멀뚱히 바라보며 눈매를 좁혀들었다.

"내가 왜 좋은데?"

"왜 당연한 걸 묻는 거지."

당연하다니. 어쩜 이렇게 낯부끄러운 말을 태연하게 할 수 있는 거지. 진심일까. 의문이 들었다. 객관적으로 생각해보면 그가 자신을 좋아할 이유가 없다. 단적인 예로 외모 그뿐인데……. 이 정도의 남자라면 충분히 주예일보다 더 외적으로 나은 사람을 만날 수 있을 것이다. 내세울 건 하나 없는 저를 왜 이렇게 일방적으로 좋아해 주는 건지 도통 이해가 가지 않았다.

"내가 매일 톡톡거리는데, 밉지 않아?"

"응. 그냥 다 예쁜데?"

입을 쭈욱 찢은 그는 흐흐 하는 바보 같은 웃음을 흘렸다.

"바보 같아."

"맞아. 너한텐 바보야."

감정에 참 솔직한 사람이다. 하나의 숨김없이. 이 순수의 결정체를 어쩌면 좋으려나, 싶으면서도 한편으론 꾸밈없는 그가 참으로 부러웠다.

"얼른 결혼하고 싶어. 너랑 똑같이 생긴 아이도 보고 싶고."

"무슨 벌써 아이야."

"난 정말 좋은 아빠가 될 거거든."

"기가 막히네."

톡톡거리면서도 예일은 생각했다. 이런 사람과 가정을 이루게 되다면, 내 자식은 나처럼 지옥 같은 삶을 살지 않겠지.

"우리 더도 말고 덜도 말고 딱 네 명만 낳자."

"얼씨구."

"나 벌써 이름도 지어놨거든."

그는 킥킥 웃었다.

"뭔데?"

"봄. 여름. 가을. 겨울."

이름 한번 정말 성의 없다.

"아직 결혼할 생각도 없지만, 낳는다면 딱 두 명만 낳을 거야. 아들 하나 딸 하나."

"그럼 봄이랑 겨울이."

한숨을 폭 쉰 예일은 고개를 저었다.

"완전 싫어."

심드렁한 반응에 도훈은 진지하게 고민했다.

"그럼 지훈은 어때? 아, 내 이름하고 헷갈리네. 지운? 남자면 지운이. 여자애면 지민이."

"지운, 지민?"

예일은 지운이 지민이 있지도 않은 아이들의 이름을 곱씹었다. 뭐 괜찮네……. 그와 정말 한 가정을 꾸리고 우릴 닮은 아이가 있다면 행복할 거 같기도 하다. 문득 다시 묻고 싶었다. 정말 나와 결혼을 하고 싶을 만큼 날 좋아하는 거냐고.

"……."

끝내 두려움에 묻지는 않았다. 언젠간 흐려질 감정이라면 굳이 기대하지 않는 게 좋을 것 같다. 가까이 얼굴을 마주한 채 도훈은 눈을 끔벅거렸다.

'또 무슨 생각을 하는 걸까.'

분명 함께 있는데도 한 번씩 찾아오는 불안감은 이겨낼 재간이 없다. 그는 애써 불안감을 지우며 고개를 살짝 저었다. 그러곤 예일의 가슴골에 머리를 파묻었다.

"아, 뭐 해, 또."

칭얼거림에도 아랑곳하지 않고 그는 예일의 몸 위로 슬그머니 올라왔다.

"한 번만 더 하자."

흐흐 바보같이 웃는 그의 눈가에 가느다란 손가락이 닿았다.

"못살아."

씩 웃은 도훈은 눈꺼풀을 내리닫았다. 예일 역시 따라 눈을 내리감았다. 습한 숨결이 코끝을 맴도는가 싶더니 이내 입술이 맞물렸다.

"꺄아아아아아악!"

설민형 감독의 작업실. 이른 아침부터 거실에서 들리는 큰 소리에 덩달아 놀란 소민이 뛰쳐나왔다.

"왜, 왜, 언니야 왜!"

가슴을 엑스자로 가린 조아라는 눈을 깜박이며 소민을 보았다.

"나 왜 여기 있어?"

"왜 여기 있겠니. 조아라 씨."

얼굴 확 구긴 소민이 눈을 흘겼다. 통통 부은 눈두덩이를 문지른 아라는 뭘 모르겠다는 듯 고개를 갸우뚱거렸다.

'주예일 불쌍해서 어떻게 해…… 어떻게 하냐고…… 흐으어어엉.'

어젯밤 술에 잔뜩 절어 와서는 자리에 주저앉아 아주 곡을 하는데, 진상도 그런 진상은 없을 것이다.

"쿵."

까치집을 틀어 붕 떠버린 머리를 긁적이며 아라는 모르겠다는 듯 뻔뻔한 얼굴을 지었다.

"내가 왜 여기 있냐고. 혹시 니들이 나 납치했냐?"

"헛소리 작작해라, 언니."

"막 나 잘 때. 이상한 짓 하고 그러지는 않았지. 어?"

"으이구. 저 언니 진짜."

막 씻고 나온 예일이 긴 머리칼을 탈탈 털며 혀를 찼다. 정신 차려 언니야. 한숨만 짙어지는 주말의 아침이었다. 소민과 아라, 그리고 민형과 예일. 네 사람이 한 식탁에 마주 보고 앉았다.

"맞다, 아라 언니. 이번 경쟁드라마 박원빈이 남주라며?"

"아 말하지 마. 그렇지 않아도 그거 때문에 속 시끄러우니까."

시답지 않은 이야기들이 오고 갔다. 펑퍼짐한 바지를 허벅지까지 끌어올린 아라는 부글거리는 배를 붙잡고는 앓는 소리를 냈다.

"아 맞다. 오늘 새벽에 누구 왔었어요, 감독님?"

"어. 왔었어."

"누구요?"

아라의 물음에 소민의 시선이 민형에게 닿았다.

"그냥."

"그냥 뭔데. 누군데요?"

설 감독의 표정이 살짝 굳었다. 눈치 빠른 소민은 식탁 밑으로 아라의 발끝을 툭 찼다. 아마 강도훈이겠지.

"하……."

마른 숨을 쉰 민형은 식빵 위 잼을 바르는 예일의 손가락을 톡톡 건드렸다.

"예일아."

예일은 굳이 답을 하지 않았다. 설 감독이 무슨 이야기를 꺼낼 것인지 대충 예상이 간다. 새벽에 찾아왔다는 그 누군가를 이미 저도 보았으니.

2층으로 난 창문으로 본 제 연인의 얼굴은 멀리서 보아도 속상할 정도로 상해 있었다. 당장이라도 뛰어나가 울며 매달리고 싶은 마음을 꾹 누른 예일은 커튼을 치고 혼자 숨죽여 울었다.

"강도훈 대표. 오늘 출국한대."

"……."

"미국 주소랑 자기 번호 남겼어."

"……."

"너랑 연락되면 꼭 알려주라고 하더라."

예일은 침묵을 유지했다. 그가 왜 출국을 하는지, 왜 미국으로 가는지 대충 그의 어미에게 들어 알고는 있었다. 그로 인해 그가 다니게 될 경영대학원과 아주아주 먼 곳으로 제 터전이 잡힌 것 정도도.

"그 여자도 진짜 대단하다. 강도훈 가기 전까지 너 이렇게 감시 하고. 네 출입국기록 숨기려고 참……. 이게 뭐야."

"언니. 정말 마음먹은 거 맞아? 정말 이렇게 갈 거야? 어차피 한국에 강도훈도 없는데. 그냥 있으면 안 돼?"

아라와 소민의 말에 예일은 억지로 웃어 보였다.

"한국에 있으면 언젠가 말 나오게 돼 있어. 그럼 안 되는 거잖아."

안 되긴 뭐가 안 되냐고. 소민은 소리라도 내지르고 싶었다. 가장 사랑하는 사람이 이렇게 바보같이 쫓겨나는 게 영 탐탁지 않았다.

"미국은 괜찮고? 거기가 아무리 땅덩어리 넓다고 해도. 사람 일 모르는 거야."

"더 가리고 다니면 돼. 더 숨기고 다니면 돼. 아무도 못 알아보 게."

말끝이 힘없이 공기 중에 흐려졌다.

"예일아."

"언니."

소민과 아라의 말에 한데 얽혔다.

"둘 다 그만해. 예일이가 선택한 거야. 애 흔들지 마."

중재를 하고 나선 건 설민형 감독이었다. 예일은 참 그게 고마 웠다. 억지로 입꼬리를 올린 예일은 부러 아무렇지 않은 척 말문을 열었다.

"나 잘살 거야. 돈도 많이 받았고…… 또 많이 벌었고, 여기보다 아이 키우는 건 낫지 않겠어? 입시지옥 같은 거 애한테 안 겪게 해도 되고."

인간에게 자기합리화가 없었다면 아마 많은 이들은 마음의 병을 얻고 살아갈 것이다.

"그리고 나 원래 뉴요커가 꿈이었거든. 몰랐지."

극단적인 생각을 누르고 누르며 예일은 자기합리화를 했다.

"강도훈 대표도 잘 살겠지."

"……"

"잘 살 거야."

말을 하다 말고 예일은 숨을 멈췄다. 막 넘긴 빵이 목에 턱 걸린 것만 같아서. 아니. 목에 걸린 건 가슴 언저리에 맴도는 4년간의 추억일 것이다. 우유가 든 잔을 든 예일은 넘어가지 않는 이물질을 억지로 목구멍에 밀어 넣었다.

"언니. 정말 이게 서로를 위한 거라고 생각하는 거야?"

소민이 물음에 예일은 잠시 고민했다. 4년이란 시간은 생각보다 긴 시간이다. 결코 짧은 시간이 아니다. 만약 네게 모든 사실을 말한다면? 그렇다면 난 후에 일어날 일들을 책임질 수 있나. 강도훈이라면 분명 모든 걸 등지고 주예일을 택하겠지. 하나, 주예일은 강도훈이 가진 걸 버리고 택할 만큼 좋은 사람이 아니다. 그렇다면 답은 간단하다.

"응. 이게 서로를 위한 최선이야, 소민아."

예일은 태연한 척 입가에 미소를 그렸다. 그러곤 입을 꾹 다물어

버렸다. 어서 빨리 다 훌훌 털고 새로운 곳에서 새 출발을 하고 싶은 마음뿐이다. 세 사람의 착잡한 시선이 예일을 향했다. 개중 두 사람은 곧 시선을 허공으로 돌렸다.

"……."

소민만이 예일을 뚫어지라 응시했다.

"근데 언니야."

어느새 볼록 부른 배를 매만지며 예일은 아랫입술을 물었다. 억지로 삼켜버린 추억이 나올 것만 같아서.

"왜 그렇게 아프게 울어."

기어코, 흘러내린 눈물이 식탁 위로 툭 떨어졌다.

말이 통하지 않는 낯선 타국. 환경, 문화, 입맛 뭐 하나 맞는 건 하나 없었다. 힘겨운 상황에서도 배 속에서 무럭무럭 커 준 아이에게는 그저 고마운 마음뿐이었다. 그렇게 열 달이 흘렀다. 태어날 때부터 효자 노릇을 하려는 건지 진통은 길지 않았다. 우렁찬 울음소리가 들리자 거짓말처럼 고통도 사라졌다.

알아듣지도 못하는 언어로 의사는 예일에게 핏덩이인 아이의 얼굴을 보여주었다. 심장이 터질 것 같이 부풀어 올랐다. 정신이 없는 와중에도 울컥 눈물이 쏟아져 내렸다. 머릿속에서 상상한 아이의 모습은 참 예뻤는데 막상 갓 태어난 핏덩이를 보니 조금은 웃겼던 것 같기도 하다. 손가락 다섯 개씩 열 개, 또 발가락 다섯 개씩 열 개. 눈 코 입. 하나하나 찬찬히 확인한 후 예일은 희미한 미소를 지었다.

"고생 많았어. 아가."

거슬거슬한 목소리로 예일은 첫인사를 건넸다.

'지운? 남자면 지운이. 여자애면 지민이.'

낮고 부드러웠던 그 음성이 귓가를 맴돌았다.

"안녕, 아가."

예일은 아주 오랫동안 기억하고 있던 그 이름을 불러보았다.

"지운아."

세기의 결혼식이라 일컬어지던 날로부터 삼 개월이 흘렀다. 무더운 여름 날씨는 어느덧 그 정점을 찍었다. 땀을 뻘뻘 흘리며 회사로 복귀한 김 비서는 때아닌 출근을 한 상사를 모시기 위해 엘리베이터 50층을 눌렀다.

"김 실장님 오셨습니까."

쪽 진 머리에 단정한 투피스 차림의 비서가 그에게 고개를 숙였다. 김 비서는 목덜미를 긁적거리며 머쓱한 듯 주춤거렸다.

"아, 예. 좋은 아침입니다, 한 비서님."

아직 그에게 실장이라는 호칭은 익숙하지 않은 듯싶었다.

"전무님 출근하셨지요?"

"예. 계십니다."

한 비서의 말에 김 실장은 코밑을 훔쳤다. 그러곤 옷매무새를 정리하며 그의 상사가 있을 전무실 앞에 섰다. 말아 쥔 주먹이 문 위로 똑똑 노크를 했다.

'오, 사, 삼, 이, 일.'

속으로 센 수가 막 마지막에 다다를 무렵.

"들어와."

정확한 타이밍에 도훈의 목소리가 들려왔다.

"……."

김 비서는 조심스레 문고리를 잡고 안으로 들어섰다. 얼마나 세게 틀어놓은 건지 찬 공기가 피부 위로 확 닿았다. 적당한 보폭의 걸음이 곧 도훈의 옆에 섰다.

"언제 오셨습니까, 전무님?"

"방금."

고개도 들지 않은 채 도훈은 무심히 답했다. 머쓱한 듯 목을 가다듬은 김 비서는 도훈이 보고 있는 서류를 흘끔 보았다. 또 무슨 짓을 저지르려는 건지 의심의 싹이 송송 솟아났다.

"아 근데 전무님."

"말해."

"오늘은 출근 안 하신다고 하지 않으셨습니까?"

아아. 낮은 탄성이 흘렀다.

"잠깐 볼 게 있어서."

말을 끝낸 도훈은 신경질적으로 서류를 획획 넘겼다. 잠깐 볼 게 무엇입니까? 라고 물으려다 김 비서는 입을 다물었다. 쓸데없는 거 묻지 마라 타박을 해올 것이 빤해서.

'하루 휴가라고 할 때는 언제고.'

하긴 저 변덕 어디 가나 싶다.

"……."

때아닌 정적이 흘렀다. 마네킹처럼 선 김 비서는 아직 가시지 않는 졸음을 억지로 깨우며 도훈을 보았다.

'또 뭘 준비하시는 걸까나.'

그러고 보니 벌써 팔 개월이란 시간이 흘렀다. 신애란 전 회장이 퇴임하고, 전문경영인에게 대한그룹의 경영권이 위임된 지도. 그사이 도훈에게는 부사장 승진이라는 기회가 왔지만, 그 스스로 거절했다.

'전무님. 사실입니까? 아니 대체 왜 승진을 거절하신 겁니까?'

소식을 듣기 무섭게 김 비서는 도훈을 찾아가 물었다.

'귀찮아.'

마치 뭐 어쩌라고 식으로 찜부럭을 부리는 얼굴에 그는 한참 넋이 나가 있어야 했다.

'잠깐 회사를 그만둘까? 어떻게 생각해, 김 비서.'

'아니요. 저는 전무님의 생각에 반대합니다.'

덧붙인 그 말에는 진짜 제 상사가 미쳐버렸나? 하는 생각까지 들었다. 다행히도 강도훈이 회사를 그만두는 불상사는 일어나지 않았다. 정말 다행스럽게도. 하지만 그 강도훈이 누군가. 항상 예상 밖의 일을 하는 인물이다. 소스라도 미리 흘려주면 뒤늦게 기겁할 일은 없을 텐데. 꼭 혼자 계획하고 일을 치르기 전에야 제게 말을 하니……. 그런 모종의 이유로 김 비서는 오늘도 도훈을 철저하게 예의주시했다.

"……."

가늘게 좁아진 눈매가 도훈을 노렸다. 한데 어째 갈수록 얼굴이 아주 빤질빤질해지는 거 같다.

'뭘 그렇게 잘 먹고 다니시는지.'

처음 봤을 때보다 더 회춘한 거 같기도 하고. 어디서 피부관리라도 받는 걸까. 그게 아니라면 저렇게 얼굴이 매끈할 수가 없지 않나.

"듣고 있냐고 묻잖아."

"……."

"김은구."

무심한 얼굴이 올라와 김 비서를 직시했다.

"또 딴생각하고 있지."

"예? 아, 예. 듣고 있었습니다?"

그는 금방 들통 날 거짓말을 했다. 도훈은 입매를 비틀었다.

"그래? 내가 뭐라고 했는데."

"예. 그……."

계속 말해보란 듯 그는 손바닥을 올렸다.

"그. 뭐."

꿀 먹은 벙어리가 된 김 비서는 양 입술을 말아 넣어 입꾹꾹이를 만들었다. 그럴 줄 알았다는 듯 도훈은 그를 짜증스레 노렸다.

"장학재단 설립할 거야."

"예, 옛? 뭐, 뭘 설립하신다고요?"

"장.학.재.단."

한 글자씩 스타카토로 끊어지는 말에 김 비서는 머릿속에 물음표를 그렸다. 이미 대한그룹에는 장학재단이 있다. 그것도 꽤 오래된.

"전무님 혹시나 해서 말씀드리는 건데요."

"네. 말씀하세요."

"이미 저희 그룹엔 꿈사랑 장학재단이 있습니다만……?"

혹시 모르는 걸까 싶어 김 비서는 정보를 전했다.

"알아. 내가 그걸 모르겠어?"

"아니 아시는데…… 그럼, 기존 장학재단을 없애시려고요?"

"아니. 또 만들 거라고."

느른한 시선이 김 비서에게서 시선을 거두었다. 김 비서는 귀밑을 긁적거리며 머리를 굴렸다.

"죄송합니다만 지금 무슨 말씀을 하시는 건지…… 대체."

백 마디 말은 불필요한 시간 낭비다. 도훈은 마무리 단계에 있는 장학재단 설립 검토서류를 김 비서에게 건넸다.

"준비 다 끝났으니까 확인하고 언론에 배포해. 삼 주 뒤야."

"삼 주 뒤요?"

제법 큰 목소리에 도훈은 귀를 후비적거렸다. 설마 하는 마음으로 서류를 받아 든 김 비서는 제 눈을 의심했다.

[강지운 장학재단]

커진 눈알이 도르르 구르며 곧 떨어질 것만 같았다.

"아니 뭐, 뭔 장학재단 이름이 이, 이럽니까?"

"왜. 뭐 문제 있어?"

문제가 왜 없겠나. 애들 장난하는 것도 아니고.

"아니이, 무슨 장학재단 이름을. 하! 이게, 이게. 말이 됩니까?"

"김 비서."

"네."

양손을 깍지 낀 도훈은 그 위에 턱을 괴고 진지한 표정으로 입을 열었다.

"가진 게 많아서 가장 좋은 점이 뭔지 알아?"

"뭐, 뭡니까?"

"내가 해주고 싶은 건 다 해줄 수 있다는 거야. 설령 그게 말이 안 되는 일일지라도."

도훈의 한쪽 눈가가 짓궂게 접혔다.

"아. 보면 알겠지만 재단 이사장엔 주예일을 앉힐 거야."

"허어! 정말 하고 싶은 건 다 하고 사십니다. 전무님?"

"응, 앞으로도 그렇게 살 거야. 삼 주 후니까 잘 준비하고."

황당함에 떡 벌어진 입이 다물어지지 않았다. 김 비서는 눈을 비비며 다시 한 번 서류를 확인했다. 뭐 하나 꼬투리를 잡기 위해 좁아진 눈매가 이내 멍청하게 끔벅거려졌다. 완벽하다. 제멋대로 일을 벌이는 거 같으면서도 항상 이러니 뭔 토를 달지 못한다. 애초부터 토를 달지 못하도록 철저한 준비성.

"어, 여보. 어디야."

그러는 사이 도훈은 전화기를 챙겨 자리에서 일어났다.

"응. 촬영 언제 끝나. 왜긴 데리러 가려고 그러지."

통화를 이어가며 그는 데스크를 돌아 김 비서의 어깨를 살짝 쥐었다.

"수고해 그럼, 김 비서."

답도 듣지 않은 채 쌩하니 나가버리는 상사를 보며 김 비서는 헛헛한 웃음을 터뜨렸다. 그간 결혼 준비다 뭐다 정신없어 보이기에 조용한 줄 알았더니 이런 꿍꿍이를 또 꾸미고 있었다니. 대한민국을 다 뒤져도 저런 팔불출은 없을 것이다.

"일거리 하나 또 늘었네."

투덜거리는 목소리임에도 얼굴엔 옅은 미소가 걸렸다.

서울 종로구 이음 미술관의 맞은편. 얼마 전 착공식을 한 우람한 건물 옥상에서 현수막이 내려오고 있었다. 흰색 바탕의 현수막이 투두두둑 박자감 있게 떨어졌다.

"위치 딱 좋습니다!"

건물 아래의 김 비서는 옥상을 향하여 오케이 사인을 보냈다.

[강지운 장학재단 설립식]

정자로 쓰인 글씨에 김 비서는 남모르게 눈시울을 붉혔다. 지난 삼 개월 피똥 쌌다고 해도 과언이 아닐 것이다. 왜 일을 벌인 건 그의 상사인데 자신이 이렇게 개고생을 하는 건지. 한숨과 함께 전화기를 든 그는 도훈에게 전화를 걸었다.

"준비 끝났습니다, 전무님."

간단한 용건만 전한 뒤 김 비서는 거대한 현수막을 올려보았다.

"하. 앞으로 또 어떤 일을 벌이시려나……."

김 비서의 멀끔한 인상이 잘게 구겨졌다. 무슨 버킷리스트를 하나하나 달성해 가는 사람처럼 도훈은 알게 모르게 가진 것들을 예일과 지운에게 퍼주고 있었다. 간도 쓸개도 달라 하면 다 줄 것처럼.

"적당히 좀 하시지."

적잖은 불만이 생기다가도 마음 한구석엔 그의 상사가 보여주는 모습이 크게 싫지는 않았다. 문득 그는 처음 봤을 때의 도훈을 떠올렸다. 건드리면 파삭 부서져 버릴 것처럼 메말라 있던. 피식 웃은 김 비서는 목에 걸린 이어셋을 귀에 꽂았다. 그러곤 건물 안으로 발을 디뎠다.

"삼십 분 뒤 전무님 도착하십니다."

천체가 모티브인 독특한 외관을 찍기 위해 플래시 세례가 이어졌다. 장학재단 설립식에 참여하기 위한 많은 인사가 건물 안으로 속속들이 들어섰다. 레드카펫을 방불케 하는 유명 인사들의 방문에 많은 언론사와 기자들이 몰렸다.

설립식이 열릴 건물 앞으로 검은색 세단이 멈추어 섰다. 대기하고 있던 비서진이 달려와 뒷좌석의 문을 열었다. 김 비서는 그들을 향해 정중히 허리를 굽혔다.

찰칵, 찰칵. 플래시 빛이 여기저기 뻥뻥 터졌다. 설립식의 주인공이나 마찬가지인 대한그룹 오너 일가가 많은 카메라 앞에 모습을 보였다. 깔끔한 슈트를 입은 도훈과 마찬가지로 비슷한 스타일의 슈트를 입은 예일. 마지막으로 두 사람의 아이 지운까지. 비공개 결혼식을 올리고 난 후 세 가족이 처음으로 공식 석상에서 함께 인사하는 자리였다. 하나라도 놓치기 싫은 듯 세 사람을 향한 셔터 소리와 플래시 세례가 끊이지 않고 이어졌다.

"하."

짧은 한숨이 토해졌다. 억지로 입매를 올린 도훈이 중얼거렸다.

"진짜 이건 뭐. 개떼들이 따로 없네."

역시 기자들은 부르지 말길, 하는 후회가 뒤늦게 몰려왔다.

"조용히 해. 다 들려."

그의 옆구리를 찌른 예일은 웃는 얼굴로 속삭였다. 주목받는 것에 익숙한 예일은 자연스러운 묵례를 전하며 조심스레 걸었다. 새삼 주예일 파급력이 대단하긴 하네, 도훈은 생각했다. 여유 넘치는 예일에 비해 도훈은 약간은 굳은 표정으로 지운의 손을 꼭 쥐었다. 아무것도 모르는 지운은 방방 뛰며 기자들을 향해 손을 흔들었다.

설립식이 이어질 건물의 안으로 대한그룹 오너 일가가 마지막 입장을 마쳤다.

'전문 경영진을 두겠다.'

경영권에서 물러나며 대한그룹 전 강호진 회장은 말했다. 이의 속뜻은 세습 경영을 하지 않겠다는 확실한 의지였다.

'예. 그렇게 하세요, 아버지.'

이는 도훈 역시 전적으로 동의한 바였다. 새파랗게 어린놈이 대한 가의 씨를 물려받았다고 기업 회장 자리에 앉아 버리는 건 도훈 스스로 역시 찝찝했다. 아니, 만약 예일이 걸려있지 않았더라면 주변 시선이 어떻든 바로 회장 자리를 차지하고 앉았을지도 모르겠다.

확실하게 제 능력을 보여주지 않는다면 분명 반기를 드는 이사진은 존재할 것이다. 굳이 급할 필요 없지 않은가, 라고 말하지만, 사실 귀찮은 마음이 팔십 프로는 될 것이다.

장학재단 설립은 예일도 모르게 그가 오랜 시간 준비해온 숙원 사업 중 하나였다.

[강지운 장학재단]

기업의 장학재단으로는 최대 규모였다. 이미 대한그룹엔 '대한 꿈사랑 장학재단'이 있음에도 불구하고, 도훈은 새로운 장학재단을 설립했다. 노블레스 오블리주를 손수 실천하며 사회적 기업이 되겠다는 인터뷰를 하긴 했지만, 그의 속내를 아는 건 아마 예일뿐일 것이다.

'내 아들 이름으로 뭐 하나 해주고 싶어. 길이길이 역사에 남을.'

돈지랄 한번 다채롭게 잘한다. 만약 이 사업이 장학재단이 아니었다면 예일은 그리 핀잔했을지 모르겠다.

"안녕하십니까, 강 전무님."

"강도훈 전무님. 축하드립니다."

뉴스 기사나 티브이 안에서만 보던 정재계 인사들이 쉴 새 없이 도훈을 찾아와 악수를 청했다.

"초대에 응해주셔서 감사합니다."

귀찮은 인사치레가 질리지도 않는지 도훈은 여유 있는 태도로 그들과 인사를 나누고 대화를 했다. 아직 머릿속엔 스물두 살 철 없는 도련님의 얼굴이 그대로 남아 있는데, 지금의 도훈이 낯설게 느껴지는 것 같기도 했다.

짧지 않은 식전 인사와 축하 공연이 지나가고, 곧이어 장학재단 설립을 기획한 도훈이 순서에 따라 단상에 천천히 올랐다. 평소의 장난기 가득한 얼굴을 지운 그는 많은 이들 앞에서 정중한 인사를 전했다.

"안녕하십니까. 대한그룹 강도훈 전무입니다."

간단한 인사뿐임에도 그 분위기가 다르다. 한없이 가벼워 보이는 것 같으면서도 진중한 그는 오늘따라 너무나 듬직해 보였다.

"우리 장학재단은 분야별 장학을 총 열 개로 구분하여 복지의 사각지대에 놓인 인재들에게 실질적으로 도움이 되기 위해 설립되었습니다."

이어 그가 준비한 연설이 이어졌다.

"저소득층의 교육 지원 외에도 다양한 방면으로 우리 아이들이 희망의 사다리를 밟을 수 있도록, 든든한 버팀목이 될 것이며……."

말을 이어가며 도훈은 가장 앞자리에 앉은 제 아내와 아들에게서 시선을 떼지 않았다.

"차세대 인재인 우리 아이들의 장래가 밝을 수 있도록 지원을 아끼지 않겠습니다. 보다 따뜻한 마음으로 지켜봐 주시길 바랍니다. 감사합니다."

말을 마친 도훈은 다시 한 번 정중한 인사를 전하며 단상에서 내려왔다. 많은 기자가 도훈의 모습을 카메라에 담았다.

다음으로 초대 재단 이사장의 인사말이 이어진다는 안내 음성이 홀 내의 스피커를 타고 전해졌다. 몇 번이고 외우고 준비한 말들을 머릿속에 되새긴 예일은, 큰 숨을 들이켜며 단상 위로 올랐다. 고아하고 품위 있는 걸음을 따라 플래시 세례가 이어졌다.

단상의 마이크 앞에 선 예일은 맞지 않게 긴장했다. 카메라 앞에 서는 것도, 주목을 받는 것도 수없이 많이 있었던 일이건만, 확실히 이런 자리는 처음이라 그런지 긴장감이 다르다.

"······."

가볍게 목을 가다듬은 예일이 마이크 앞에서 얼굴을 살짝 숙였다.

"안녕하십니까. 강지운 장학재단 이사장 주예일입니다."

인사와 함께 가벼운 묵례를 전했다.

"많은 분의 기대와 관심 속에 강지운 장학재단이 설립되었습니다. 말씀드리기에 앞서 많은 지지와 도움을 주신 대한그룹 강도훈 전무님께 감사 말씀드립니다."

가까운 곳에 앉은 도훈을 보며 예일은 빙긋이 미소를 지었다.

"이미 아실지도 모르겠지만, 저 역시 사회적 소외계층으로 자란 시절이 있습니다."

예일은 의연하고 강건한 태도로 많은 이들 앞에서 고된 제 삶의 이야기를 꺼냈다.

"돌부리에 걸려 넘어질 때도 있을 겁니다. 많이 다치고 지치지 않도록 아이들과 함께 걸으며, 이 아이들이 청소년기를 거쳐 사회에 첫걸음을 뗄 때, 큰 날갯짓에 힘이 되어줄 수 있는 재단이 되겠습니다."

스피치 라이터의 도움 없이 오롯이 예일 혼자 준비한 연설.

"대한민국의 미래를 책임지게 될 아이들을 위하여 아낌없이 지원하겠습니다. 관심 어린 애정으로 미래의 꿈나무들을 함께 응원 부탁드립니다."

적당히 듣기 좋은 목소리 톤으로 이어지던 연설이 끝났다.

"감사합니다."

마지막 인사와 함께 쩍쩍쩍, 박수 소리가 여기저기서 터져 나왔다. 걱정과 다르게 깔끔하고 완벽한 연설이었다. 그제야 마른침을 삼킨 예일은 제 연인을 향해 눈을 곱게 휘어 보였다. 도훈 역시 가벼운 미소로 화답했다.

얼마 전 새로 지은 세 가족의 새로운 보금자리. 2층 테라스에 선 예일은 아직도 멍한 정신을 지우지 못한 채 야경을 바라봤다. 주예일 일생에 있어 이만큼 긴장한 날은 아마 다섯 손가락 안에 꼽힐 것이다.

'이사장이라니.'

하루가 대체 어떻게 지나갔는지 모르겠다.

[재단 이사장 한번 해볼래?]

촬영 중 보내온 도훈의 문자 한 통을 시작으로 지금까지 무슨 정신으로 일이 진행되었는지도 모르겠다.

'크게 걱정할 거 없어. 괜찮아. 어차피 일은 내가 다 알아서 할 테니까.'

알아서 다 하겠다는 말에 얼결에 수락하긴 했지만 이게 잘한 건지 모르겠다. 미리 귀띔이라도 해주었으면 조금 더 완벽하게 준비를 했을 텐데. 오늘 설립식에서 뭐라고 한 건지도 기억이 안 날 정도다. 도어가 부드럽게 옆으로 밀리는 소리와 함께, 나무 데크 위로 슬리퍼가 닿는 소리가 사근사근 들려왔다.

"……."

인기척이 등 뒤로 서 왔다. 자연스레 허리에 팔을 둘러오는 주체는 아마 강도훈일 것이다.

"주예이일."

예일의 어깨에 턱 밑을 가져다 댄 도훈은 그녀의 뺨에 이마를 마구 비볐다. 씻고 온 건지 자몽 향이 코 속으로 은은하게 흘러들어왔다.

"지운이는, 자?"

자기는. 방금까지도 뛰어노는 걸 보고 내려왔는데.

"아니. 다락방에서 놀고 있어."

"또?"

"응. 아직도 다락방 자기 방 하겠다고 고집부려. 어쩌면 좋아."

그는 킥킥 웃었다.

"애들이 다 그렇지, 뭐."

생각해보면 도훈 역시 어릴 적 조그마한 공간에 올라가 있는 걸 좋아했다. 지운처럼 다락방에서 잠든 기억도 종종 있었고…….

"안 피곤해, 여보?"

고개를 돌린 그는 예일의 뺨에 입술을 문대며 물었다.

"피곤해."

귀찮은 듯 피하면서도 예일은 몸을 돌려 그에게 안겨들었다.

"오늘 말 잘하더라. 하기 싫다더니."

"아 몰라. 뭐라고 했는지 기억도 안 나."

칭얼거리며 품에 안겨드는 것에 도훈의 입가에 푸스스 웃음이 걸렸다.

"이틀 후인가? 지운이 영재원 들어가는 거."

"응. 아 맞다. 그때 엄마 아빠도 같이 가신대."

"장모님, 장인어른도?"

"응. 뭐 대단한 거라고 같이 가시려고 하나 몰라."

"하나밖에 없는 외손자 보고 싶으신 거겠지. 박 기사한테 모시러 가라고 해야겠다."

꼬물거리던 게 엊그제 같건만 벌써 아이가 이렇게 컸다. 한국에서 잠시 영어유치원에 보낸 것 빼고는 따로 어딜 보낸 적이 없어 몰랐는데, 사내 유치원 담당 교사가 귀띔한 바로는 아이가 수학에 뚜렷한 재능을 보이는 것 같다고 했다. 혹시나 해 제대로 테스트를 보고 난 후에야 알았다. 아이가 일반 유치원에서 교육을 받아야 할 정도의 수준이 아닌 걸. 예일은 스스로가 그렇게 한심할 수가 없었다. 어떻게 제 아이에 대해 이렇게 무관심했을까. 하긴 제대로 말을 하기 시작한 후 한국에 돌아와 계속 정신이 없었으니……. 그나마 늦지 않아 다행인가 싶기도 하면서, 미안하고, 또 걱정이 이만저만이 아니었다.

"피는 못 속인다는 말이 맞아. 역시 이 머리가 어디 안 간다니까."

영재원에 입학 전 도훈은 개인 교사를 지운에게 붙여 주었다. 스펀지같이 모든 걸 그대로 습득하는 것에 놀란 적이 한두 번이 아니었다.

"하."

예일은 땅이 꺼져라 한숨을 내리쉬었다.

"웬 한숨이야. 걱정돼서 그래?"

"그냥……."

말이 한 템포 끊어졌다.

"그냥 뭐."

"일반 유치원 같은 곳이 아니니까…… 적응은 잘할지. 벅차진 않을지…… 여러모로 조금 걱정돼."

옅게 팬 콧잔등 위로 기다란 손가락이 닿았다.

"별걱정을. 내 아들은 잘할 거야."

"그럴까."

"아빠아! 엄마아!"

언제 2층으로 내려온 건지 열린 문을 통과한 아이가 도훈에게 달려들었다.

"아빠. 아빠!"

"응, 우리 아들 왜."

"아빠 다락방 내 방 할래! 하게 해줘!"

으음. 비음이 흘렀다.

"다락방은 너무 좁은데, 그래도 좋아?"

"응응, 나 좋아! 완전 좋아!"

"그래? 그러자. 그럼."

시간은 약이다, 라는 말이 맞지 싶다. 마구 흩어져 있던 퍼즐 조각이 제대로 맞춰진 것처럼 지운과 도훈은 완전한 제자리를 찾은 듯 자연스러웠다.

"강지운."

주지운이 아닌 강지운이라는 이름 역시도.

"쓸데없는 고집 부리지 말라고 했지 엄마가."

"아 엄마아. 왜애! 다락방 좋은데에!"

"그래. 지운이가 원하는데 못 해줄 게 어디 있어?"

"얼씨구?"

도훈의 품에 안겨 제게 자그마한 혀를 베에 내보이는 아이와, 밉살맞은 표정을 짓는 도훈의 모습에 헛웃음이 나왔다.

"아들, 오늘은 아빠랑 둘이 같이 다락방에서 잘까?"

"응응. 아빠랑 둘이! 엄마는 빼고!"

"그래. 그러자 그럼. 지금 갈까?"

"응. 엄마 안녕 안녕!"

지운의 이마에 제 이마를 맞댄 도훈은 큭큭이며 먼저 발코니를 나섰다.

"허……."

두 사람이 발코니를 나서고 혼자 남은 예일은 황당함을 금할 수 없었다. 대체 언제부터 저리 딱 붙어서 저를 따돌리기 시작한 거지? 억울한 감도 없잖아 있었다.

'아들놈 키워봤자 소용없다더니.'

발코니 문을 닫고 2층 거실로 나오자, 정말 다락방에서 자려는 건지 베개 두 개를 들고 낑낑거리며 계단을 오르는 지운이 보였다. 그 뒤를 큰 이불을 들고 있는 도훈이 따르고 있었다.

"뭐야. 정말 다락방에서 자려고?"

"응. 같이 잘래?"

그가 한 팔을 쭈욱 뻗어왔다.

"아이고. 참."

졌다는 듯 예일이 도훈의 손을 잡았다. 흐흐 웃은 도훈은 손에 힘을 주어 예일을 제게로 끌었다.

피톤치드 향이 가득한 다락방은 세 사람이 자기에는 부족함 없이 안락한 환경이었다. 대충 담요와 이불을 편 세 사람은 나란히 누워 천장을 보았다. 뻥 뚫린 유리창 너머로 비치는 밤하늘의 별이 조명처럼 다락방을 비추었다. 도훈과 예일의 가운데에서 종알 거리던 지운은 금세 잠이 들었다. 색색이는 아이의 숨결 소리가 자장가처럼 들려왔다. 그는 고개를 돌려 제 아이와 제 여자를 보았다. 지운의 가슴팍을 도닥이던 예일 역시 어느새 잠이 든 듯싶었다.

"……."

그냥 바라보는 것만으로도 가슴을 벅차오르게 했다. 별이 조명이 되는 아래, 그 역시도 미소 지으며 눈을 내리감았다. 누군가 내게 후회 없는 삶을 살고 있느냐 묻는다면 주저 없이 말할 것이다. 당신을 만난 내 삶은 그저 완벽하다고.

2. 그 후, 그들의 소소한 일상

"하아……."

끈적한 신음이 더운 공기와 마찰했다. 완전히 잠기지 않은 샤워기 헤드에선 차지도 뜨겁지도 않은 물기가 뚝뚝 흘러내렸다. 날갯죽지 위로 축축한 숨결이 천천히 지나가고, 달뜬 신음이 습기에 찬 욕실을 가득 채웠다. 찬 타일에 양 손바닥을 짚은 몸은 자꾸만 무너져 내렸다. 가느다란 허리를 도훈의 손이 지탱했다.

"아……아 도훈아 빨리."

"빨리 뭐."

두 사람의 탄성이 얽히고설켜 들었다.

"빨리 뭐. 말을 해야지 알지."

그는 예일이 원하는 게 무엇인지 알면서도 얄궂게 속삭였다. 지나치게 부드럽고 차분한 목소리. 그와 상반되게 여린 살을 파고드는 허리 짓은 거침없었다. 고개를 막 도리질 친 예일은 허리에 있는 그의 손을 잡아끌었다. 남자치고 길고 예쁜 손가락이 그녀의 말캉한 입술 안으로 빨려 들어갔다.

"아……."

눈을 지그시 감은 그는 손가락에 온 신경을 집중했다. 상체를 앞으로 확 붙인 도훈은 그녀의 귓불을 물어 씹었다.

"예뻐 가지고. 아주. 요망한 짓만 골라 하지."

낮게 그르렁거린 눈을 감고 숨을 차분히 내쉬었다. 그러곤 타일 벽에 한 손을 짚은 그는 제대로 자리를 잡았다.

살갗이 부딪치는 소리와 욕지기. 그리고 원초적인 신음은 짐승의 짝짓기처럼 거침없었다. 참을 수 없는 격통에 예일은 입을 벌려 울부짖었다. 축 아래로 처지는 어깻죽지 사이로 도훈이 팔을 단단히 고정했다. 그는 마구 몰아붙이던 것을 멈추고 가만히 느낌을 만끽했다. 볼기의 윗부분이 한껏 수축했다. 스르르 무너진 그의 이마가 예일의 목덜미에 닿았다.

"사랑해 주예일."

나른한 속삭임이 사정의 끝을 알렸다.

"예일아."

부름에 답이 없다. 도훈은 고개를 들어 올렸다. 침대 헤드에 기대 대본을 손에 쥔 채 꾸벅거리는 모습이 들어왔다.

'잠들었나 보네.'

노트북을 덮은 그는 침대로 올라가 예일이 편히 눕게 도왔다. 손에 쥔 대본까지 빼앗자, 그제야 예일이 실눈을 떠왔다.

"나 얼마나 잤어."

"얼마 안 됐어. 그냥 푹 자."

"안 되는데……."

말은 안 된다고 하면서도 무거운 눈꺼풀이 자꾸 감겼다. 픽 웃은
그는 예일의 콧잔등에 입술을 포갰다.

"자, 내일도 우리 촬영 있잖아."

"아…… 맞네. 내일이지."

잠에 취해 갈라진 목소리는 또 왜 이렇게 야한 건지. 마음 같아
선 일이고 뭐고 다 때려치우고 싶건만. 그는 스스로를 다스렸다.

"자, 여보."

예일의 가슴팍 위에 둔 손을 몇 번 도닥거리자 금세 색색거리는
숨이 들려왔다. 그건 또 왜 그렇게 자극적인 건지.

"하. 강도훈 이 미친놈아."

아직 할 일이 태산인데. 아마 이 방에서 남은 일을 마무리한다
는 건 고문이나 마찬가지일 것이다. 결국 노트북을 챙긴 그는 조
용히 침실을 나왔다.

'언제 잠든 거지.'

늦은 새벽. 잠에서 깬 예일은 시간을 확인하기 위해 더듬더듬 손
을 뻗어 무드 등을 켰다. 벽시계를 확인하니 새벽 두 시였다. 머리
를 흔든 예일은 자리에서 일어나 앉았다.

'대본 보다가 졸았던 거 같은데.'

도통 기억이 흐릿하다.

"오늘까지 대본 다 봐야 하는데."

마른세수를 한 예일은 머릿속으로 한 달간의 스케줄을 곱씹었

다. 그러고 보니 내일은 처음으로 집을 공개하는 방송촬영까지 잡혀 있었다. 이래저래 빠듯한 시간. 대본을 찾기 위해 침대에서 내려온 예일은 뒤늦게야 도훈이 없는 것을 알아차렸다.

"어디 갔지."

혼잣말을 중얼거린 예일은 자연스럽게 물병을 들어 컵에 쪼르르 따랐다. 자다가 깨면 꼭 물 한 잔 먹고 잠자리에 드는 습관이 있는 예일을 위해 도훈이 미리 준비해 놓은 것이었다. 물컵을 내려놓은 예일은 침실에 딸린 욕실로 향했다.

"1층에 내려갔나……. 아 찝찝해."

침대에서 섹스를 하고 난 뒤 씻지 않고 잠이 들었으니, 찝찝할 만도 했다. 슬립을 벗은 그녀는 샤워 부스 안으로 들어섰다.

씻고 나왔음에도 도훈은 침실로 돌아오지 않았다. 아무래도 서재에 있는 것 같다. 덜 마른 머리칼을 수건으로 잘 감싼 예일은 1층으로 내려갔다. 긴 복도를 따라 끝으로 가니 서재에서 불빛이 새어 나오는 게 보였다. 노크를 할까 하다 그냥 열린 문을 열고 조심히 들어섰다.

"……."

역시나 서재 안엔 도훈이 있었다. 노트북 두 개를 켜놓은 채 책상에 걸터앉은 도훈은 무언가를 골똘히 보고 있었다. 얼마나 집중한 건지 그 예민한 강도훈이 누가 들어오는 것도 모를까. 그를 부를까 하던 예일은 그저 조용히 들어가 2인용 소파에 살그머니 앉았다. 그때까지도 도훈은 등을 보인 채 서류를 뒤적이기에 여념이 없어 보였다.

"하아."

뭐가 잘 안 풀리는 건지 뒤를 돈 도훈은 의자에 앉아 마우스를 딸깍거리기 시작했다. 만년필 끝을 입에 문 채 서류와 노트북 화면을 번갈아 보는 모습이 생소했다. 한 번씩 종종 일하는 걸 보긴 했지만, 그때마다 낯선 이를 보는 것 같다. 아직도 제 눈에는 철부지 어린애 같은 연인이건만, 이렇게 볼 때면 정말 한 기업을 이끌어갈 경영인이구나 싶다.

예일은 한참 도훈을 지켜보았다. 얼마나 집중한 건지, 어떻게 이렇게 눈앞에 있는데도 모를까. 도훈은 꽤 오랜 시간 노트북과 책장을 오갔다.

"……."

가끔 미간을 문지르기도 했으며, 욕과 함께 마른 숨도 쉬었다가 또 책상에 걸터앉아 서류를 뒤적거리기도 했다. 그러다 잘 풀린 건지 의자에 앉아 무언가를 작성하다가 만년필을 탁 내려놓으며 스트레칭을 했다.

"……."

그제야 도훈은 예일을 발견하고는 눈을 비볐다.

"뭐야. 주예일."

"일 되게 열심히 하네?"

"언제 왔어."

방금이란 거짓말을 하며 예일은 싱긋이 웃었다.

"왜. 더 안 자고."

"그냥 깼어."

"이리 와."

도훈은 아이처럼 양팔을 널찍하게 벌렸다. 전무 강도훈에서 남편 강도훈으로 돌아오는 순간은 정말 찰나였다. 그에게로 걸어간 예일은 의자의 뒤에서 도훈을 껴안았다.

"되게 열심히 하더라. 나 들어오는 줄도 모르고."

"열심히 해야지. 너 평생 호강시키려면."

목에 둘린 예일의 팔목을 붙잡아 당기자 얼굴이 가까워졌다. 뺨을 비비며 도훈은 눈을 편히 내리감았다.

"신기해. 네가 이러고 있는 게."

"뭐가 신기해."

"그냥 너 같은 사람들은 태어날 때부터 난 놈인 줄 알았거든."

그는 픽 웃었다. 사실 그렇게 보일 만도 했다. 처음 봤을 때부터 주예일에게 보여준 모습은 양아치 그 이상도 이하도 아니었을 테니. 지금도 별반 다르지 않을 것이다.

"네가 이렇게 뒤에서 노력하는지 정말 몰랐어."

"타고난 천재는 있어도 노력하지 않는 천재는 없어. 피카소도 모차르트도 마찬가지일걸."

"네가 지금 피카소와 모차르트급의 천재라는 거야?"

"한국에서 태어나지만 않았다면 모르지. 노벨 경제학상을 탔을지도."

그는 말끝을 리듬감 있게 끌었다.

"말은 잘해."

"말도 잘하는 거야, 나는."

예일의 팔을 쓰다듬은 그는 고개를 돌려 그녀의 뺨에 입술을 쪽 소리 나게 맞췄다.

"커피라도 가져다줄까."

"아니. 괜찮아. 들어가서 자려고 했어, 이제."

부스스 웃은 그는 의자를 돌렸다. 예일과 마주한 그는 손목을 당겨 제 위로 예일을 앉혔다. 머리칼을 감싼 수건을 당기자 덜 마른 머리칼이 스르르 떨어져 내렸다.

"씻었네."

"응. 아까 하고 그냥 잤잖아. 찝찝해서."

"또 찝찝해질 텐데 뭐 하러 그런 수고를 했어."

"응?"

설마 하는 순간 그의 손이 슬립 안으로 불쑥 들어왔다. 차게 식은 손가락이 허벅다리 안쪽을 배회했다.

"아 뭐 해. 또."

"뭘 하기는."

능글맞게 웃은 그는 슬립 위로 드러난 살덩이를 입 안에 머금었다.

"아……."

이를 세워 잘게 물자 금세 또 야한 목소리를 흘려 온다.

"아, 하지 마."

하지 말라며 몸을 비틀면서도 예일은 크게 반항하지 않았다. 방해하는 천이 거슬린 도훈은 슬립을 올려 한 번에 벗겼다. 한순간 나신이 된 예일은 볼에 홍조를 만들며 눈을 내리깔았다. 보기만 해도 부들거리는 살결이 먹음직스러웠다. 유난히 흰 피부 위로 자리 잡은 살덩이를 혀를 세워 건드리자, 달뜬 신음이 울렸다. 부드러운 살결에 혀가 녹아 버릴 것만 같기도 했다.

"하……. 도훈아."

제 이름을 부르는 가냘픈 목소리에 화마에 삼켜진 것처럼 몸이 뜨겁게 달아올랐다. 두 사람의 밤은 지독히도 길었다.

토요일 주말 오전 한적한 빌리지 촌. 성큼 다가온 봄바람이 벚나무의 향을 담고 흩날렸다. 동부이촌동 고급 빌리지 촌에서도 유독 눈에 띄는 대문 앞으로 방송국 로고가 그려진 봉고차 몇 대가 세워졌다.

“자. 다들 빨리 준비하자고.”

“예. 감독님!”

일사불란하게 내린 스태프들은 촬영을 위한 준비를 시작했다. 캡 모자를 푹 눌러쓴 채 연신 줄담배를 태우던 김 피디가 막 도착한 나은을 향해 손가락을 까닥거렸다.

“야. 나은아. 우리 이분들 정말 어렵게 섭외한 거 알지?”

“네. 그럼요, 피디님!”

“무례가 될 수 있는 진행은 절대 하지 말고, 대본대로만. 응? 대본대로만. 그리고 그 뭐야. 할 수 있으면 침실 공개 그런 것도 유도해 보고.”

무례한 진행은 하지 마라 요구하면서 침실 공개를 유도해 보라니.

“아…… 네. 뭐 노력해 보겠습니다.”

나은은 떨떠름히 답했다.

“재량껏 알아서. 응? 이런 기회 또 없는 거 알지?”

“예. 알겠습니다.”

"어. 가봐. 야야. 막내 작가 어디 갔냐."

담배를 입에 문 채 성을 내는 김 피디를 보며 나은은 고개를 저었다.

'담배나 좀 끄고 말하든지.'

짜증과 함께 그녀는 혹시라도 제 몸에 배어있을 담배 냄새를 없애기 위해 향수를 잔뜩 들이부었다.

S모 방송국 주말 프로그램 〈그들이 산다〉는 연예계, 스포츠선수 등 각계 유명인들의 집을 소개하며 그들의 일상을 보여주는 형식으로 꽤 높은 시청률을 가지고 있는 주말 간판 프로그램이었다. 오늘은 특히나 예능 섭외 0순위이자 가장 섭외가 힘들다는 배우 주예일의 특집 방송이 있는 날이었다. 주예일 섭외와 동시에 〈그들이 산다〉는 애초 촬영분을 전부 미루고 한 시간 내내 '배우 주예일을 만나다'로 풀 특집 방영이 결정되었다.

주예일은 주예일이란 말이 이제 고유명사처럼 자리잡은 그녀는 여전히 대한민국에서 가장 핫한 배우로 최고의 주가를 달리고 있었다. 도훈 역시 얼마 전 회사에서 부사장으로 승진하며 대한민국에서 가장 영향력 있는 기업인 1위로 선정되기도 했다. 몇 년 전, 세간을 떠들썩하게 만든 주인공들은 여전히 가장 영향력 있는 주인공으로 각자의 자리를 지키고 있었다. 특히나 결혼식 역시 비공개로 치러져 이들의 사생활에 대해 궁금해 하는 대중들의 시선이 많았다. 할리우드에서나 볼 수 있다는 파파라치 사진이 종종 찍히기도 했으며, 그들의 아이인 지운 역시 다니는 영재원에 매번 기자들이 잠복해 있었다.

예일과 도훈은 아예 방송에서 한번 자신들의 생활을 공개하기로 마음먹었다. 이에 가장 좋은 프로그램은 〈그들이 산다〉였다. 그간 수없이 많은 섭외요청에도 항상 거절하던 두 사람이 섭외를 받아들였을 때 여론은 다시 한 번 들끓었다. 단순 출연 확정이란 말만 돌았을 뿐임에도 연예면 기사는 온통 〈그들이 산다〉 이야기로 가득 찼다.

"이거 방송 나가면 시청률 40은 그냥 찍겠는데?"

김 피디는 담배꽁초 위로 운동화를 짓눌렀다.

"안녕하세요! 그들이 산다. 일일 리포터를 맡게 된 오나은입니다. 저는 지금 국민 첫사랑! 배우 주예일 씨 집 앞에 와 있습니다. 그동안 한 번도 공개된 적 없었던 주예일 씨 부부의 집! 깜짝 방문이라 놀라실 텐데요! 저도 너무 긴장됩니다. 채널 고정해 주세요!"

나은의 멘트가 끝나고, 피디가 손을 들어 잠시 컷 사인을 보냈다. 관계자에게 마이크를 건넨 나은은 현관의 초인종을 눌렀다. 얼마 지나지 않아 대문이 열리고, 편한 차림의 도훈이 모습을 보였다.

"어? 안녕하세요! 그들이 산다 일일 리포터 오나은입니다."

깜짝 방문이라고 했지만 이미 연출된 상황, 도훈은 뒷머리를 어색한 듯 긁었다.

"예. 안녕하세요."

짧은 인사와 함께 도훈이 대문 안으로 나은을 안내했다. 스태프들 역시 조심히 대문 안으로 들어섰다.

"아이고 강 대표님. 안녕하십니까."

김 피디는 잽싸게 앞서 걸어 도훈의 옆에 섰다.

"이렇게 출연 응해 주셔서 감사합니다."

도훈이 EK엔터테인먼트 대표였을 당시 몇 번 안면을 텄던 인물.

"예, 김 피디님. 잘 지내셨습니까?"

"예. 그럼요! 아, 대표님. 설민형 감독하고 은소민 씨도 촬영 협조해 주시기로 한 거…… 맞죠?"

"아. 예. 이야기됐습니다."

"아이고, 감사합니다. 그럼 촬영 들어갈게요. 부담 갖지 마시고 편하게 자연스럽게 행동해 주세요. 그럼 잘 부탁드립니다, 대표님."

김 피디는 타 스태프들을 대할 때와 달리 깍듯한 자세로 도훈을 대했다. 꼴사나운 모습에 몇 스태프들이 그런 김 피디를 향해 구시렁거렸다.

도훈이 먼저 스윙도어를 밀고 안으로 들어섰다. 김 피디는 바로 돌아 리포터를 향해 손짓했다.

"나은이! 현관에서 들어가는 장면부터 들어갈 거야. 강 대표님은 주방에 계실 거고."

"네, 피디님."

곧 카메라 감독에게 사인을 보내자 카메라에 불이 들어왔다.

스윙도어를 열고 카메라가 들어섰다.

피디의 걱정과 다르게 도훈은 노련하게 촬영에 임했다. 간단한 인사와 함께 그는 주방으로 그들을 안내했다. 씻은 쌀을 밥솥에 넣고 취사 버튼을 누르기까지 익숙한 움직임을 카메라가 그대로 담았다.

"와, 이렇게 앞치마를 두르고 계시니 상당히 어색한 것 같은데요."

방해가 되지 않을 정도에 거리에 선 나은은 물었다.

"아. 그런가요."

"네! 하하. 근데 원래 이렇게 아침을 직접 준비하시나요?"

냉장고 도어를 연 도훈은 미리 준비한 재료를 꺼내 손질에 들어갔다.

"예. 아침은 항상 제가 합니다. 와이프가 아침잠이 많아서 제가 안 챙기면 아침을 거르거든요."

연출된 상황이라고 하기엔 너무나 자연스러운 행동.

"매일 아침이요? 와, 힘들지는 않으세요?"

도훈은 눈살을 옅게 찌푸렸다.

"딱히 힘들다는 생각은 안 해봤습니다. 가끔 바빠서 못 챙겨 놓을 때가 있는데 그런 날은 종일 아무것도 못 해요. 걱정돼서."

"주예일 씨가 아침을 거른 게 걱정이 되셔서요?"

키친타월을 뽑은 도훈은 손에 묻은 물기를 닦았다.

"네."

그러곤 씩 미소를 머금었다.

걸음을 옮긴 도훈은 냉장고 도어를 열었다. 어젯밤 미리 준비한 생새우를 꺼낸 그는 큰 볼에 새우를 담고 물을 틀었다.

"와. 정말 능숙하시네요."

껍질을 제거하는 손길이 바삐 움직였다.

"근데 요리는 언제 배우신 거예요?"

"스물세 살 때인가, 와이프 밥 좀 먹이려고 배웠습니다. 주예일 씨가 워낙 입이 짧아서요."

와아. 스태프들 사이로 탄성이 흘렀다.

"역시 소문난 애처가다우시네요. 아! 이건 시청자 게시판에 많이 올라온 질문인데요. 잉꼬부부로 소문이 자자한 이 부부도 혹시 부부싸움을 하나요? 라고 많은 시청자분들이 물어봐 주셨어요."

새우 손질을 하던 그는 콧잔등을 얄궂게 구겼다.

"부부싸움이요?"

"네."

껍질을 다 제거한 새우를 다른 볼로 옮긴 도훈은 입술을 물어 씹었다.

"단 한 번도 해본 적 없습니다."

"어어, 정말 단 한 번도요?"

"네. 전 무조건 다 주예일 씨한테 집니다."

"아하! 져주는 남자?"

"아니요. 져주는 게 아니라 그냥 집니다. 남자가 여자 이겨 먹어서 뭐 합니까?"

그것도 사랑하는 여자를. 그는 뒷말을 살짝 흐렸다. 그러곤 프라이팬을 꺼내며 카메라를 흘긋 보았다.

"이기려는 생각을 애초에 하지 않으면, 싸울 일도 없겠죠."

"와아, 정말 이런 애처가가 따로 없네요."

가열한 프라이팬 위로 버터 한 덩이가 떨어졌다. 고소한 풍미가 주방을 가득 채웠다.

"평소에 주예일 씨는 어떻게 내조를 잘하시는 편인가요?"

"주예일 씨가 내조할 시간이 어디 있습니까? 잠잘 시간도 부족한 사람인데."

그는 씩 웃으며 카메라를 정면으로 응시했다. 그러곤 익살맞은 얼굴로 한쪽 눈을 찡그렸다.

"그리고 원래 내조는 남자가 하는 겁니다."

어느새 뚝딱하고 완성된 요리들이 식탁 위를 가득 채웠다. 싱싱한 샐러드 위에 허브 솔트를 뿌린 닭가슴살이 얹어졌다. 정갈하게 담아내는 도훈의 손길엔 정성이 잔뜩 묻어났다. 음식이 차려지기 무섭게 기다렸다는 듯 초인종이 울렸다. 음식을 담던 카메라가 월 패드를 향했다.

"앗, 누가 오셨나 봐요!"

나은은 깜짝 놀라는 척 연기를 하며 월 패드의 화면을 보았다.

"지금 손님이 오셨는데요. 보이세요, 시청자 여러분?"

네모난 화면 속 설민형 감독과 은소민, 그리고 지운이 비추어졌다.

"제니! 이제는 사업가로 이름이 익숙한 은소민 대표입니다."

그러는 사이 앞치마를 벗은 도훈은 셔츠를 내리며 카메라를 향해 짧은 인사를 전했다.

"그럼 와이프 깨워 오겠습니다."

✱

짧지 않은 촬영이 끝났다.

배가 부른 은소민을 향한 인터뷰가 짧게 이어지고, 설민형 감독의 작품 이야기도 진행되었다. 다섯 사람이 나란히 앉아 아침을 먹는 장면이 찍히고, 그다음 도훈과 예일의 배려로 침실과 집의 이모저모 역시 촬영이 허락됐다.

"오늘 촬영 정말 감사했습니다. 저희가 편집 잘해서 내보내겠습니다, 대표님."

김 피디는 연신 굽실거리며 감사함을 전했다. 스태프들이 집을 다 빠져나가고 나서야 소민은 소파에 편히 기대 누웠다. 고개를 확 뒤로 젖힌 소민은 천장에 걸린 샹들리에를 보며 탄성을 흘렸다.

"와, 층고 높은 거 봐. 진짜 집 잘빠졌다, 언니야."

임신 6개월. 어느 정도 부른 배를 쓰다듬며 소민은 천장에서 거실 전면 창으로 시선을 옮겼다.

"뷰도 환상적이고."

싱그러운 향이 밀려오는 착각이 일 만큼 녹지로 쌓인 경치가 좋았다. 도훈이 전에 살던 곳도 나쁘진 않았는데 이건 비교할 바가 아니었다.

"오빠, 오빠. 우리도 이 근처로 이사 올까? 동네 조용하고 진짜 좋다."

"누구 마음대로."

막 주스를 내온 도훈이 한마디 던졌다.

"내 마음이요."

베 혀를 내민 소민은 예일의 팔에 찰싹 달라붙었다.

"언니, 언니. 가까이 살면 좋겠다. 그치."

"음…… 응, 동네 괜찮아. 아. 매물 하나 나왔다고 하던데."

"정말?"

"뭘 정말이야. 이사 오기만 해."

"뭐래. 조용히 하세요, 사장님은."

여전히 서로를 보면 으르렁거리는 도훈과 소민은 사이가 좋은 건지 나쁜 건지 모르겠다고 예일은 생각했다.

"근데 나 또 왜 배가 고프지."

소민은 배를 문지르며 중얼거렸다. 분명 촬영하면서 평소 양보다 더 많이 먹은 거 같은데, 벌써 배가 꺼졌을 리는 없을 테고.

"입덧하는 거지, 뭐."

"언니. 나 입덧 없었는데?"

"그게 입덧이야. 먹덧. 나도 지운이 가졌을 때 그랬잖아."

"아 맞다. 그때 언니 진짜 많이 먹었지."

흐흐 실없는 웃음을 흘린 소민은 다리를 쭉 뻗어 민형의 무릎을 툭툭 쳤다.

"오빠, 피자 좀 시켜주라."

"치즈만 올라간 거로?"

"응응."

소민은 입을 쭉 찢어 웃었다. 민형은 곧바로 소민이 좋아하는 프랜차이즈 피자집에 전화를 걸었다. 주문을 마친 그는 자연스럽게 소민의 발바닥을 마사지했다.

"아 맞다. 언니, 박이채랑 이혜리 열애설 난 거 봤어?"

못 봤을 리가 있나. 어제 종일 인터넷 기사를 가득 채웠는데.

"난 그 두 사람 그럴 줄 알았어. 남녀 사이에 영원한 친구는 없거든."

예일 역시 공감하는 바였다.

"이채 선배가 혜리 선배님 엄청 챙기긴 하셨지."

남녀 사이에 친구란 누구 한쪽의 짝사랑이라 하지 않았던가.

"……."

태블릿 피시를 손에 쥔 도훈은 눈썹을 삐뚜름히 치켜 올렸다.

"박이채 얘기는 좀 자제하지."

최대한 감정을 누른 채 도훈은 넌지시 중얼거렸다. 박이채가 지금 주예일에게 감정을 접었든, 누구랑 만나든, 별로 달갑지 않은 이름이다. 여전히.

"뭐야. 사장님 이렇게 뒤끝 있는 타입이었어요?"

"이제 알았어? 박이채고 박채소고 내 앞에서 꺼내지 마."

"어우 박채소는 또 뭐야."

양팔을 엑스자로 엇갈려 어깨를 쥔 소민은 진저리를 쳤다. 한마디 하려던 도훈은 아랫입술을 지그시 깨물며 입을 굳게 닫았다. 베 혀를 내민 소민은 그와 나란히 소파에 앉아 태블릿 피시를 보는 지운을 흐뭇하게 보았다.

"근데 언니야. 지운이는 갈수록 사장님을 닮아가지?"

"그래?"

"어. 완전 리틀 강도훈이 따로 없다니까?"

"하긴 나도 한 번씩 볼 때마다 놀라긴 해."

핏줄은 못 속인다는 말이 왜 생겼는지 알 거 같다. 그나마 어릴 땐 제 얼굴이 남아 있었는데, 클수록 붕어빵이 되어간다. 단순히 얼굴뿐만 아니라 표정 태도 분위기까지.

"찌운이 영재원 적응 잘한 거 같더라?"

"아, 어. 좋아하는 애 생겼거든, 가을이라고. 벌써 결혼시켜달라고 조른다니까."

"뭐?"

"지운이가?"

소민과 설 감독의 시선이 지운에게로 집중됐다.

"야 찌운이 왜 이모한테 말 안 했어."

"아 엄마아! 비밀이잖아!"

자그마한 몸이 배배 꼬였다. 예일은 싱거운 웃음을 흘렸다.

"저런다니까? 앞에서는 아무 말도 못 해. 아마 그 앤 지운이 얼굴도 모를걸."

푸하하, 소민은 입을 벌려 큰 소리를 내 웃었다. 꼬물거리던 핏덩이 같은 모습을 본 게 엊그제 같은데, 벌써 저렇게 커서 깜찍한 소리를 한다.

"찌운이. 너 가을이랑 결혼하려면 공부 더 열심히 해야 하는 거 알지?"

"응, 이모. 난 원래 1등 아니면 안 해."

쪼꼬만 손으로 제 가슴을 두드리는 모습에 얼이 빠졌다. 소민은 민형의 허벅지 부근을 툭툭 쳤다.

"와 어떡해, 오빠. 지운이한테 사장님이 보였어, 방금."

조용히 태블릿 피시에만 시선을 박고 있던 도훈은 와하하 웃었다. 그러곤 지운을 끌어당겨 안아 뺨에 입술을 눌렀다.

"아들, 꼭 1등 안 해도 돼."

"음. 하기 싫어도 매일 내가 1등 하는데."

그의 입매가 슥 말려 올라갔다.

"지운이 누구 아들이지?"

"아빠 아들!"

패드를 내려놓은 그는 작정하고 지운을 품에 안아 간지럽혔다. 까르르대는 모습에 소민은 못 볼 꼴을 본 듯 고개를 천천히 저었다.

"언니. 원래 아들은 다 저렇게 변해?"

픽 웃은 예일은 소민의 배를 쓰다듬었다.

"응. 원래 그래. 축복이는 그러면 안 돼요."

예일의 말에 답을 하듯 토독, 토독, 태동이 손길에 고스란히 전해져왔다.

'귀여워라.'

어쩐지 배 속의 지운이가 처음 한 발길질이 생각났다. 나른한 오후의 햇살을 만끽하며 예일은 눈을 내리감았다. 그녀의 배 속에 새로운 생명이 막 싹틔운 것도 모른 채.

한참 막바지에 이른 영화 촬영장. 모니터링을 마친 예일은 간이 의자에 앉아 답답한 가슴 언저리를 툭툭 두드렸다.

"언니?"

메이크업 수정을 위해 자리 잡은 아티스트가 고개를 갸웃댔다.

"왜 그래요? 어디 안 좋아요?"

"응?"

"아까부터 계속……."

그러고 보니 예일의 안색이 퍽 좋지 않은 것 같기도 하다.

"아니, 그냥. 먹은 게 체한 거 같아서."

"언니 아침부터 아무것도 안 먹었잖아요?"

"그래서 그런가."

빈속에 무리한 촬영을 감행하니 몸이 축날 만도 했다. 이번 작품을 마지막으로 잠시 연예계 활동을 쉬려던 차라 부러 스케줄을 빡빡하게 잡았더니 몸 상태가 영 말이 아니다.

"뭐 요기라도 할 거 좀 사 올까요, 언니?"

"아니, 아니. 괜찮아."

예일은 황급히 손바닥을 들어 흔들었다.

"진짜 괜찮아요?"

"응. 괜찮아."

"알았어요, 언니. 아! 브러쉬 안 챙겼다. 잠깐만요."

전담 아티스트가 자리를 뜨고 예일은 다시 꽉 막힌 듯한 가슴 부근을 마구 두드렸다.

'아…… 힘들다.'

차라리 이번 기회에 완전히 은퇴할까. 아이도 점점 커 가는데 엄마의 손길이 필요하지 않을까…….

'지운이 엄마가 모임에 나올 줄은 몰랐네?'

'그러게. 엄청 바쁘지 않아요?'

영재원 또래 아이 엄마들과 간단한 브런치 타임. 유달리 끼어들 수 없는 분위기에 주눅 들 수밖에 없던 상황이 머리를 스쳐 지나갔다.

"……"

문득 이 일을 계속해야 할지 의문이 들었다. 알 수 없는 회의감이 해일처럼 마음을 덮쳐왔다.

타닥타닥. 지운의 조그만 손가락이 공학용 계산기를 연신 두드렸다. 제 몸뚱어리만 한 책을 펼쳐 놓은 모습이 신기했다. 아직도 머릿속엔 옹알이하던 모습이 생생한데.

'언제 이렇게 컸을까.'

딱히 뭘 해준 것도 없건만 똑똑하게 커가는 아이한테 기특하고 고마운 마음도 들었다. 정말 도훈의 말대로 그를 닮아서인 건지 두뇌 유전자는 그대로 물려받은 것 같다.

'내 머리 안 닮아서 다행이네.'

그래도 생각해보면 학교 다닐 때 성적이 나쁜 편은 아니었다. 만약 연습생 신분이 아니었더라면 웬만한 대학도 충분히 갔을지도 모른다. 남들과 평범하게 학교에 다녔더라면 어땠을까. 쓸데없이 배움에 대한 아쉬움이 물밀 듯이 차오른다.

'대학 한번 다녀볼래?'

언젠가 예일의 마음을 알아챈 도훈은 넌지시 물었다.

'그게 부담스러우면 청강은 어때.'

예일이 최대한 상처받지 않도록 조심스럽게 물어온 권유에 예일은 거절을 표했다. 만약 그녀의 직업이 배우가 아니었더라면, 당장 예스를 외쳤을지도 모르겠지만.

"……."

생각을 접은 예일은 고개를 저었다. 그러곤 손바닥에 뺨을 기댄 채 아이를 보았다. 보통 이 나이 또래 애들이 배우는 것에 비해 고된 학습량이 버겁지는 않을까 걱정도 설핏 들었다.

"지운이 힘들지 않아?"

"안 힘들어. 재밌어."

들은 체 만 체 골똘히 집중한 얼굴. 조그만 입술이 오물거리는 게 강도훈이 이맘때쯤 딱 이렇게 생겼겠다, 하는 생각이 들었다. 갈수록 도훈을 닮아간다는 소민의 이야기가 맞다. 어쩌면 갈수록 이렇게 닮아가는 건지.

"……."

생각에 잠겨 끔벅거리던 예일의 눈동자가 흐려져 갔다. 유리 창문에 부딪치는 장맛비 소리와 계산기를 두드리는 연속적인 백색 소음이 만들어낸 환경은 절로 잠이 오기에 충분했다. 지운과 나란히 책상 앞에 앉은 예일의 머리통이 아슬아슬하게 흔들거리기 시작했다. 이윽고 작은 머리통이 아래로 툭 떨어졌다.

"엄마?"

아이가 부르는 소리에 화들짝 놀란 예일은 눈을 부릅떴다. 꽤 놀란 듯 두리번거리던 예일은 익숙한 환경에 마른 숨을 내쉬었다.

"어, 어. 지운아 미안해. 엄마 잠들었지."

"응!"

무거운 눈꺼풀을 비빈 예일은 시간을 확인했다. 오래 잠든 거 같은데 잠시 졸았던 듯싶다.

"엄마 나 공부 안 봐줘도 돼."

"응?"

"괜찮으니까 엄마 방 가서 자. 지운이 괜찮아! 남자잖아!"

앞니가 다 빠진 채로 입을 찢어 히죽 웃는 얼굴에 기가 찬 웃음이 나왔다. 저도 남자라는 맹랑한 말이 왜 이렇게 귀여운 건지.

"그럼 아들, 엄마 저녁 준비하고 올게."

지운의 머리통 위로 예일의 손바닥이 감겼다.

"응응."

헤죽 웃는 양 뺨을 잡은 예일은 콧잔등을 비볐다. 방을 나선 예일은 머리통을 마구 흔들었다.

'왜 이렇게 잠이 오지 자꾸.'

잠이 오는 건지, 피곤한 건지 도통 몸에 힘이 들어가지 않는다. 축 늘어진 몸을 계단 손잡이에 간신히 지탱하며 1층으로 내려갔다. 다이닝룸으로 들어서자 때마침 밥이 완료되었다는 취사 알림이 울렸다.

"밥은 다 됐고."

냉장고 도어를 연 예일은 가사도우미가 미리 만들어놓은 밑반찬을 눈으로 확인했다. 마지막으로 도훈이 먹고 싶다 노래를 부르던 갈비까지.

'미리 꺼내서 좀 구워놓을까.'

시계를 보니 도훈이 올 시간도 거의 된 거 같다. 한 시간 전쯤 퇴근했다고 연락이 왔으니.

유리 용기를 꺼내 뚜껑을 열자 고소한 냄새가 확 올라왔다. 순간 낯빛이 창백하게 질린 예일은 손바닥으로 입을 틀어막았다.

"읍!"

역한 느낌이 명치끝부터 차올라왔다. 뚜껑을 닫는 것도 잊은 채 예일은 개수대로 달려가 헛구역질을 했다.

"읍, 우욱!"

꽉 막힌 무언가가 나올 거 같기는 한데, 먹은 게 없으니 신 위액만 식도를 차고 올라왔다.

간신히 속을 달랜 예일은 찬물을 들이켜며 바 의자에 잠시 기대앉았다. 타는 듯한 고통이 남은 가슴 위로 손바닥을 마구 문지르자 그제야 고통이 잦아들었다.

'어제 내가 뭘 먹었더라?'

평소와 다를 바 없는 식사였는데……. 예일은 대수롭지 않게 가슴을 문지르며 일어났다. 타이밍 좋게 월 패드의 화면이 밝아졌다. 이어 [9912] 도훈의 차량 번호가 떴다. 그를 맞이하기 위해 현관으로 가는 길 또다시 속이 울렁거렸다. 손바닥으로 입을 틀어막은 예일은 간신히 욕지기를 참았다. 스윙도어를 밀고 나가 현관문을 열자, 씩 웃는 얼굴이 들어왔다.

"여보."

맞지 않게 애교스러운 목소리와 함께 양팔을 널찍이 벌린 도훈은 그대로 예일을 한 품에 안아 넣었다.

"오늘도 보고 싶었어."

"알았어. 신발부터 벗어."

흐흐 웃은 도훈은 예일을 살짝 들어 현관 안으로 놓았다. 신을 벗기 무섭게 그는 다시 예일에게 안겨들었다.

"보고 싶었어, 여보."

커다란 강아지처럼 파고든 그는 칭얼거렸다. 손을 올린 예일은 자연스럽게 그의 뒷머리칼을 비볐다.

"응. 나도."

허리를 굽힌 도훈이 예일의 어깨 위에 제 이마를 더 비벼댔다.

"하……. 나 재택근무할까 그냥."

"말이 되는 소릴 해."

"왜 말이 안 되는데."

말꼬리를 흘리며 칭얼거리는 걸 보아하니 한숨이 나왔다. 어떻게 날이 갈수록 더 애가 되어가는 거 같다. 언젠간 설은미 감독이 했던 말이 떠올랐다.

'아들 두 명 키우는 거 같다니까?'

그 말의 뜻을 진정으로 이해하는 중이다.

예일에게 파고든 채 거실까지 들어선 도훈은 뒤늦게야 고개를 들어 두리번거렸다.

"지운이는?"

"자기 방에 있어."

"뭐 하는데 아빠 왔는데 내려오지도 않아?"

"공부하고 있을걸. 불러올까?"

막 가려는 예일의 어깨를 도훈은 척 돌려세웠다.

"냅둬, 할 때 하게."

"있잖아. 지운이 요즘 너무 공부만 하는 거 아닌가 싶거든?"

걱정 서린 얼굴 위로 도훈의 큰 손바닥이 닿았다. 조막만 한 얼굴을 슬쩍 들어 올린 그는 뺨 위로 입술을 눌러 찍었다.

"억지로 시키는 거도 아니고, 하고 싶어서 하는 건데 뭐 어때. 내버려 둬. 나도 그랬어."

"그래도……."

흐흐 웃은 그는 고개를 돌려가며 양 뺨에 입술을 마구 찍었다. 예일은 고개를 이리저리 뒤로 빼며 피했다. 아아. 칭얼거리면서도 그는 계속 따라붙었다.

"아, 좀. 지운이 내려오면."

"눈 감으라고 하지 뭐."

자꾸만 뒤로 빼려는 게 짜증 났던 건지. 목덜미를 탁 쥔 그는 입술을 맞붙였다. 입술 선을 핥은 그는 입매를 올리며 기어코 예일을 확 안아 들었다. 그대로 예일을 안아 든 도훈이 거실 복도를 지나쳐, 가장 안쪽 침실의 문고리를 잡았다.

"저녁부터 먹어야지."

도훈의 어깨에 팔을 두른 채 예일은 물었다. 으으음. 탄성을 쏟은 그는 고개를 낮게 저었다.

"조금만 이따가. 배 안 고파."

문을 열고 들어서자 화이트 톤으로 맞춘 침실이 포근하게 두 사람을 반겼다. 킹사이즈의 널따란 침대 위로 예일의 등이 닿았다. 바스락거리는 소리와 함께, 그 위로 도훈이 무너지듯 쓰러졌다.

"아, 좋다."

은은하게 들어오는 살갗의 내음을 음미하며 그는 중얼거렸다. 도훈의 머리칼 안으로 손을 넣은 예일은 뒤통수를 부드럽게 쓸었다.

"내일이었나? 아버지 댁 가는 거."

"응. 아침에 일찍 출발하자. 엄마 아빠도 일찍 우리 집으로 오신대."

"장모님 장인어른이 왜?"

"지운이가 할아버지 차 타고 가고 싶다고 전화했거든."

"아쭈."

그는 어깨를 들썩이며 큭큭 웃었다. 아직 아이라 그런가. 예일과 도훈보다 더 먼저 양가 부모님과 친해진 아이가 기특하면서도 깜찍했다.

"진짜 배 안 고파? 갈비 재워 놨는데."

"응? 네가?"

"응."

도훈은 파묻고 있던 고개를 확 치켜들었다.

"네가 왜 또 그런 걸 해."

왜 또 그런 걸 하냐니.

"여사님 있잖아?"

그의 얼굴이 금세 짜증으로 물들었다.

"응. 반찬이랑 다 해놓고 가셨어. 갈비만 내가 한 거야."

"아니 그러니까 그걸 왜 하냐는 말이잖아. 고생스럽게."

몸을 완전히 일으킨 그는 슈트를 벗어 테이블 위로 던졌다.

"뭔 고생이야. 다른 사람도 다 하고 살거든?"

따라 일어난 예일은 물었다.

"그래, 그 다른 사람 다 하고 사는 거 넌 하지 말라고. 네가 왜 그딴 걸 해?"

묘하게 짜증스러운 손길이 목을 옥죄는 넥타이를 죽 잡아끌었다. 또 뭔 말도 안 되는 소리를 하려나 싶은 마음에 예일은 그를 한심스럽게 보았다.

"너 고생 안 시키려고 뭐 빠져라 일하는 건데. 사람 시켜서 하든지 사다 먹든지 하면 되잖아?"

분명히 이 잔소리 토씨 하나 틀리지 않고 한 달 전에도 들었다. 그때와 다른 점이 있다면 그때의 메뉴는 월남쌈이었고 오늘은 갈비찜이라는 것 정도.

"제발 안 해도 될 건 하지 마. 그게 어려워?"

피의자 심문하듯 쏘아오는 것에 헛웃음이 나왔다. 이건 뭐 결혼을 한 건지 사육을 당하는 건지. 딱히 사육을 당한 다기엔 말에 어폐가 있지만 비슷하긴 한 것 같다.

"대답해. 알았다고."

그게 자신을 위해서 하는 말임을 알면서도 서운한 마음이 드는 건 어쩔 수 없다. 그냥 잘 먹을게. 고마워. 한마디면 충분할 텐데.

"아, 얼른."

칭얼거리는 듯 입술을 비죽이는 것에 결국 푸스스 웃음이 걸렸다. 앞만 보는 것밖에 모르는 강도훈에게 있어서 아마 이건 최선을 다한 사랑 방식일 것이다.

"알았어."

서운함, 이런 감정은 애초에 없었다는 듯 스르르 사라졌다. 잔뜩 예민해져 있던 도훈의 얼굴도 서서히 누그러졌다.

"그럴게. 약속."

히 짧게 웃은 예일은 그의 양 뺨을 잡아 주름진 미간 사이에 입술을 짧게 붙였다. 멀어지려는 그 찰나 도훈이 손을 뻗어 뒤통수를 잡아챘다.

"남은 삶은 여왕님처럼 살아."

느른한 미소와 함께 그가 속삭였다.

"내가 떠받들고 살 테니까."

두 사람의 입술이 부드럽게 맞물렸다.

커튼 사이로 들어오는 햇살이 예일의 눈꺼풀에 닿았다. 눈가를 찌푸린 예일은 몸을 돌려 옆으로 누웠다. 익숙해야 할 품이 느껴지지 않았다.

'…….'

무거운 눈꺼풀을 치켜뜨자 빈 공간이 그녀를 반겼다. 또 일찍 일어나 아침 식사를 준비하는 듯싶다. 같이 살고 난 후 단 하루도 빠지지 않는 그의 일상. 찌뿌드드한 몸에 기지개를 쭉 켜고 거실로 나가자 커피 향이 코 속으로 스며들어왔다.

"……."

평소 같았으면 고소했을 그 향이 왜 이렇게 역하게 느껴지는건지.

"일어났어?"

"엄마 안녕히 주무셨어요?"

붕어빵같이 닮은 두 부자가 예일에게 아침 인사를 건넸다.

"커피 한 잔 먹고 씻을래? 아님 우유?"

커피포트와 머그잔을 쥔 그는 물었다.

"음……."

커피는 도저히 안 받을 거 같고, 우유나 한 잔 마실까 하다가 그마저도 딱히 당기지 않았다.

"아니, 아니. 나 먼저 씻고 나올게."

금세 걱정 서린 시선이 닿았다.

"너 요즘 어디 안 좋아?"

부쩍 요 며칠 사이에 아침도 먹는 둥 마는 둥 하는 것이 이상했다.

"아니, 나 어제저녁 먹은 게 더부룩한 거 같아."

고개를 설레설레 저은 예일은 다시 침실로 들어갔다. 걱정스러운 시선이 내내 그 뒤에 따라붙었다.

어제저녁 역시 몇 숟갈 입에 넣지도 못하고 물만 연신 들이켜던 모습이 스쳐 갔다. 아버지 댁에 오늘 내려가지 말아야 하나……. 고민하는 도훈의 앞으로 지운이 고사리 같은 손을 방방 흔들었다.

"아빠, 나 빵 하나 더!"

"응. 아들 기다려요?"

이내 생각을 접은 도훈은 토스터에 식빵 두 개를 밀어 넣었다.

씻기 위해 침실로 들어선 예일은 티 테이블 위 전화기를 집어 들었다. 부재중 전화 목록 2개는 강호진 회장과 하성훈 교수였다. 그 잠깐 사이에 전화를 하신 건지. 전화를 걸려는 순간 지이잉, 진동이 먼저 울렸다.

[아버지]

액정에 뜨는 글자를 보며 예일은 손가락을 밀어 전화를 받았다.

– 일어났니?

"네. 아빠 일어났어요."

– 지금 출발할까 하는데, 어떻게 아침은 먹었니?

"강 서방이 지금 준비하고 있어요. 오셔서 같이 드실래요?"

– 아니 우린 먹었다. 그럼 출발하마?

"네, 그러세요. 이따 봬요."

짧은 통화를 마친 예일은 곧바로 강호진 회장에게 전화를 걸었다. 통화연결음 한 번이 제대로 가기 전에 새아가야! 밝은 목소리가 수화기 건너편으로 들어왔다.

"아버님 전화 주셨어요?"

– 그래. 언제 올 거니. 출발은 했니? 사돈댁도 같이 내려오시는 거 맞지? 새아가는 뭐 먹고 싶은 거 없니? 아침은 먹었고?

예일이 답할 새도 없이 강호진 회장은 쉼 없이 질문을 던졌다.

– 아이구. 또 내가 내 말만 했구나!

목소리만으로도 전해지는 설렘에 예일은 푸스스 웃으며 드레스룸으로 들어섰다.

"아니에요, 아버님."

밝은 목소리와 함께.

아무래도 뭐에 단단히 체한 게 맞는 것 같다. 제대로 먹은 것도 없는데 이리 오래도록 속이 불편할 리는 없을 테니.

분명 엊저녁에 잠들 때는 편했다. 아침에만 해도 잠시 역하긴 했어도 그럭저럭 괜찮았다. 하 교수 내외가 집에 와 지운을 데리고 먼저 출발할 때까지만 해도. 문제는 도훈과 같이 차에 올라타고 나서부터였다. 평소에는 느껴지지 않던 가죽시트 냄새가 왜 그렇게 역했던 건지. 몇 번이나 올라오려는 욕지기를 억지로 집어삼킨다고, 예일의 안색은 점점 파리하게 질려갔다. 고속도로 휴게소를 몇 번이나 들러 바람을 쐬고 나서야 예일은 속을 진정시킬 수 있었다.

드라이브 코스로 유명한 한제 대교.

푸른빛 남해가 보이는 도로를 따라 두 대의 차가 붙어 달렸다. 앞선 차엔 하 교수 내외와 지운이, 뒤따라가는 차엔 도훈과 예일이 타고 있었다. 보기만 해도 시원한 느낌을 주는 전경에 가슴이 트이는 것 같다. 고속도로를 달릴 때만 해도 그렇게 속이 답답했는데.

"지금은 좀 괜찮아?"

도훈은 걱정스럽게 물었다.

"괜찮아."

힘없는 목소리에 도훈은 핸들을 쥔 손에 힘을 주었다. 한제도로 내려오는 내내 그 좋아하는 커피조차도 마시지 않고 낯빛이 질린 채로 있던 것이 꽤 걱정됐다.

"진짜 괜찮아? 병원 좀 들릴까?"

"아니야. 그냥 잠깐 멀미 같은 거였나 봐."

차창을 끝까지 다 내린 예일은 차 안으로 들어오는 바람을 만끽하며 눈을 감았다.

"너 멀미 안 하잖아?"

"가아끔 하거든."

"뭐야. 왜 말 안 했어?"

씨이. 거리는 것에 피식 입가에 웃음이 걸렸다.

"그냥 좀 피곤해서 그랬나 봐. 지금은 괜찮으니까 신경 쓰지 마. 아 근데 공기 되게 좋다."

시원한 공기를 크게 들이켠 예일은 부러 흐흐 하고 웃어 보였다. 걱정스러운 얼굴이 예일을 잠시 향했다가 다시 정면을 응시했다.

"몸 안 좋으면 바로 말해. 병원 가게."

강도훈 눈엔 내가 뭘로 보이는 건지. 과잉보호도 이런 과잉보호가 없다.

"응. 알겠어."

그게 싫지만은 않은 게 문제였지만.

기업의 경영 일선에서 물러난 강호진 회장은 그와 동시에 재산 모두를 정리하고 한제도에 남은 생의 터전을 잡았다. 아치형 천장이 매력적인 2층의 전원주택은 강 회장 혼자 지내기엔 커 보이는 것 같으면서도, 아기자기하게 꾸며진 정원은 아늑한 느낌을 같이 주었다.

강호진 회장 주택 옆 차고지에 도훈의 차가 주차됐다. 먼저 내린 도훈이 보닛을 돌아 조수석의 문을 열었다.

"아이고, 이제 오니!"

차 소리를 듣고 나온 강 회장은 슬리퍼 차림으로 뛰어나와 예일을 반겼다.

"아버니임, 잘 계셨어요?"

"그럼, 그럼. 근데 아가 왜 이렇게 안색이 좋지 않니."

빵긋빵긋 솟아오른 뺨 위로 주름진 손길이 닿았다.

"어디가 안 좋아, 응?"

"아니에요, 아버님. 그냥 멀미를 좀 해서요."

"지금은, 지금은 괜찮고?"

아이고, 아이고 소리와 함께 강호진은 예일의 안색을 이리저리 살폈다. 부담스러울 정도의 호들갑에 예일은 머쓱한 듯 머리칼을 만지작거렸다. 왠지 투명 인간이 된 것 같은 취급에 도훈은 눈썹을 구겼다.

"아버지 저는 안 보이세요?"

뒤늦게야 강 회장의 고개가 돌아갔다.

"그래. 도훈이도 왔냐."

떨떠름한 강 회장의 얼굴에 도훈은 헛웃음을 토했다.

"아니 표정 왜 그러신데요?"

"아이고, 세상에 운전을 어떻게 했기에 멀미를 했을까. 응?"

"아이구, 괜찮아요, 아버님. 걱정하지 마세요."

이제 대놓고 무시를 하겠다 작정이라도 한 건지. 강 회장은 예일의 손을 꼬옥 부여잡았다.

"그래 아가. 왕자님은?"

"부모님이랑 같이요. 곧 도착하실 거예요."

"그래, 그래. 그럼 일단 들어가자꾸나."

쌍둥이자리처럼 딱 붙어 강 회장의 집으로 가는 두 사람을 보며 도훈은 입을 벌렸다.

"와. 또 저러시네."

짜증 섞인 비음이 흘렀다. 이건 뭐 찬밥신세가 따로 없다. 이걸 좋아해야 하는 건지. 때때론 생전 보지 못했던 다정한 모습의 아버지가 신기하기도 하면서, 살갗이 오소소 솟아나는 것이 역시 적응은 되지 않는다.

"아버님, 근데 뭘 또 그렇게 보내셨어요."

"아가. 너 잘 먹으라고. 잘 먹어야 건강하지!"

제 아버지가 언제부터 저렇게 팔불출이었을까.

"호랑이라 불리던 양반이 참."

기가 찬 웃음이 다시금 토해졌다. 아주 조금의 투기심이 들었다 가도, 멀어지는 두 사람의 뒷모습에 그도 모르게 미소가 걸렸다.

막 뒤를 따르려던 그의 걸음이 멈췄다. 멀지 않은 곳에 하 교수 내외가 탄 차가 들어오고 있었다. 이내 도훈의 차 옆으로 주차를 한 하 교수가 먼저 운전석에서 내렸다. 이어 뒷좌석에서 공 교수 와 지운이 내렸다.

"강 서방. 먼저 도착했네?"

"예, 장모님. 예일이는 아버지랑 먼저 들어가셨어요. 아들 이리 와."

도도도 뛰어온 아이가 도훈의 품에 안겼다. 한 팔로 아이를 안 아 든 그는 하 교수 내외를 안내했다. 커다란 감나무를 지나 대문을 열고 들어서자 중세시대 궁의 정원을 옮겨 놓은 듯 화려한 정원이 들어왔다. 미리 준비하고 있었던 건지, 티 테이블에 나란히 앉은 강 회장은 예일에게 티를 내어주고 있었다.

"사돈 저희 왔습니다."

"할아버지이!"

아이의 명랑한 외침에 강 회장은 차를 따르다 말고 벌떡 일어났다. 도훈의 품에서 내려온 지운이 강 회장을 향해 달려갔다. 팔을 한 아름 넓게 벌린 강 회장은 아이를 포근히 감싸 안았다.

"아이고 우리 왕자님. 잘 지냈나요."

"네에 할아버지!"

주름이 잔잔히 잡힌 눈가가 크게 휘었다. 아이를 안아 든 강 회장은 하 교수 내외를 향해 고개를 기울였다.

"먼 곳까지 오신다고 고생 많으셨습니다."

"고생은 무슨요. 이렇게 또 초대해 주셔서 감사합니다, 사돈."

간단한 안부 인사가 지나가고, 예일은 도훈에게 이리 와 앉으라는 손짓을 보냈다. 입술을 내민 채 예일의 옆에 자리한 도훈은 투덜거렸다.

"아니 어떻게 남편을 버리고 그렇게 가버려?"

"버리긴 뭘 버려."

"너 딱 말해. 내가 좋아 아버지가 좋아."

잔뜩 골이 난 얼굴이 퍽 귀엽다.

"뭐래. 이상한 소리 좀 하지 마."

어떻게 나이가 들어도 달라지는 게 없는 건지.

"무슨 이상한 소리?"

낯선 이의 목소리가 끼어들었다. 공희영 교수였다.

"아, 엄마 앉으세요."

"장모님 앉으세요."

한데 어울리는 목소리가 듣기 좋았다.

"엄마 지운이는요?"

"저기."

공 교수가 손가락으로 가리킨 곳엔 강 회장과 하 교수가 골대 앞에서 아이와 놀아주고 있었다.

"장인어른 운전하신다고 피곤하실 텐데."

"괜찮아. 앉아, 강 서방."

공 교수는 막 일어나려는 도훈을 저지했다. 그러곤 정원 테이블 위 준비된 다과와 차를 보았다.

"아이구, 언제 또 이런 건 준비하셨다니."

"그러니까요. 아버님 은근히 가정적이신 거 같아요."

찻주전자를 기울인 예일은 준비된 찻잔에 차를 따랐다.

"가정적은 무슨. 아버지 저거 다 이미지 메이킹이야. 이미지 메이킹."

코웃음을 치며 혼잣말을 중얼거리는 도훈을 향해 매서운 눈길이 닿았다. 적당히 하라는 예일의 눈빛에 도훈은 입술을 내밀었다. 피식 웃은 공 교수는 찻잔을 들었다.

"매번 올 때마다 이렇게 폐를 끼쳐서 어떻게 하니."

"전혀 폐라고 생각 안 하실 거예요, 장모님. 아버지 저렇게 좋아하시는데요. 편히 계세요."

도훈은 접시에 다과를 잘 담아 공 교수 앞으로 밀었다.

"고마워, 강 서방."

찻잔을 코 근처에 둔 공 교수는 차의 향을 음미했다. 씁쓸한 듯 달달한 홍차의 풍미가 깊었다. 슬쩍 공 교수의 눈치를 본 도훈은 몸을 틀어 예일에게 속삭였다.

"그래서 말해 봐. 남편 버리고 간 기분이 어땠는데."

"아 진짜……! 안 버렸다고. 뭘 버려?"

눈을 부릅뜬 예일은 그를 마구 흘겼다. 그럼 뽀뽀해조. 다시 한 번 속삭이는 것에 결국 야 강도훈! 큰소리가 나왔다.

"해주면 좀 어때서."

도훈은 구시렁거리며 예일의 팔에 매달렸다.

"……."

번갈아 두 사람을 보는 공 교수의 눈매가 곱게 휘어졌다.

도훈과 예일 그리고 지운. 하 교수, 공 교수, 강호진 회장까지. 이들이 이런 모임을 하게 된 지도 벌써 2년이란 시간이 지났다. 결혼식을 올린 후 완전히 이곳 한제도에 터를 잡은 강 회장을, 예일은 시간이 날 때마다 종종 찾아오곤 했다. 어떤 날은 혼자, 또 어떤 날은 지운과 함께. 또 도훈과 함께.

'아이고. 우리 새아가야 왔니.'

며느리 사랑은 시아버지라고 했던가. 강 회장은 매번 찾아오는 예일을 살뜰히 챙겼다. 재산 대부분을 사회에 환원한 강 회장은 남은 재산마저도 전부 예일의 앞으로 명의를 돌려주었다.

하성훈 교수는 건강을 완전히 회복하고 다시 강단에 섰다. 공희영 교수 역시도. 예일의 세 식구는 종종 하 교수 댁을 찾았다. 그렇게 이어지던 만남이 이제는 강호진 회장의 집에서 석 달에 한 번 모이는 것으로 암묵적인 약속이 되었다. 그렇게 그들은 서로 채우지 못했던 가족이란 이름을 서서히 채워가기 시작했다.

4월과 5월 사이의 한제도의 봄 날씨는 싱그러웠다. 따사로운 햇살과 선선하게 부는 바람, 적당한 습도의 공기까지. 모든 것이 봄의 향기를 담았다. 서울에서 나고 자라 쭉 도시에서만 살아온 공희영에겐 특히나 시골 내음이 특별하게 느껴졌다. 왜 강 회장이 굳이 도심에서 먼 곳으로 터전을 잡았는지 어렴풋이 알 것 같았다.

'정말 좋네.'

그녀 역시도 강단에서 물러서고 나면 남편과 이곳에 터전을 잡고 싶을 만큼 모든 것이 완벽하다고 싶을 만큼 좋았다. 고즈넉한 풍경과 자연의 내음은 삶의 피곤을 말끔히 씻겨 주고도 남았다. 문득 예일을 품에 안았을 당시가 생각났다. 정교수 자리도 포기하며 아이를 만들기 위해 노력했던 나날들. 평생 내 아이는 가져보지 못할 거란 절망에, 남편과 밤을 지새우며 울던 그날. 결국 입양 절차를 알아보는 도중, 그들에게 뜻밖의 선물이 찾아왔다.

'임신이시네요. 축하드려요. 6주입니다.'

벅차오르는 감정을 주체 못 하고 공 교수는 펑펑 울었다. 자리에 주저앉고, 산부인과 교수 앞에 무릎을 꿇고 몇 번이나 감사하다 고개를 숙였다.

"왜 그렇게 보세요, 엄마?"

그렇게 힘들게 만난 아이였거늘. 어미 젖 한번 물려주지 못했다는 것이 아직 가슴의 멍으로 남아 있다.

"엄마?"

예일의 부름에 공 교수는 서둘러 붉어진 눈가를 훔쳤다.

"장모님. 어디 불편하세요?"

"아니, 아니. 강 서방. 그냥 눈이 시려서."

모두가 함께 모인 좋은 날 굳이 분위기를 망칠 필요는 없겠지. 미안하다, 아가야. 입에 맴도는 쓴 말을 삼킨 공 교수는 고개를 저었다.

"장모님······."

"아빠야! 바다 가자!"

도훈의 말을 치고 들어온 아이가, 그의 품으로 단박에 안겨들었다.

"바다? 지금?"

"응응! 바다 보러 갈래. 지금!"

확실히 한창 뛰어놀 나이라 그런지 피곤함 같은 건 없나 보다. 강호진 회장의 집에서 몽돌해변까지는 걸어서 15분 남짓 거리.

"차 타고 갈까. 걸어서 갈까?"

"걸! 어! 서!"

하이고. 한숨이 절로 나왔다. 장시간 운전의 피곤함이 가시지는 않았다만, 아이가 원한다면야 그깟 게 뭐가 대수랴. 으쌰, 하는 소리와 함께 도훈이 자리에서 일어났다.

"같이 가게, 강 서방."

"괜찮으세요, 장모님?"

"그럼 괜찮지."

이미 떠날 채비를 마친 강 회장과 하 교수는 대문 앞에서 그들을 기다리고 있었다.

"성격들도 급하시지."

공 교수가 먼저 자리를 뜨고,

"내려줘 아빠!"

지운이 발버둥 치며 도훈에게서 떨어져 내렸다. 바닥에 운동화가 닿기 무섭게, 도도도 양가 할아버지에게 달려간 아이가 손을 뻗었다. 한쪽 손씩 아이를 잡은 강 회장과 하 교수가 먼저 대문을 나섰다.

"넌 어떻게 할래. 좀 쉬는 게 낫겠지."

도훈의 물음에 예일은 응, 고개를 끄덕였다. 티는 안 냈지만 몸이 역시 영 좋지 않았던 차였다. 다들 바다에 간 사이에 병원을 다녀와야 하지 싶다.

"아. 차 키 주고 가."

"응? 차 키는 왜."

"혹시 모르니까."

도훈은 대수롭지 않은 듯 예일에게 차 키를 건넸다.

"쉬다 이따 심심하면 와."

"응. 연락할게."

제발 얼른 가줬으면 좋겠다. 억지로 입꼬리를 끈 예일은 손을 흔들었다.

"우읍!"

도훈이 완전히 시야에서 사라지기 무섭게 예일은 욕지기가 올라왔다. 금방이라도 홍차가 목구멍 밖으로 밀려 나올 거 같았다.

"……!"

급히 손바닥으로 입을 틀어막은 예일은 집 안으로 달려 들어갔다. 바로 욕실을 찾은 그녀는 변기통을 부여잡기 무섭게 먹은 모든 것을 게워내기 시작했다.

욱, 우욱. 듣기에도 괴로운 구역질이 끊임없이 이어졌다. 마른오징어를 쥐어짜듯 마지막 신물까지 게워낸 예일은 힘없이 바닥에 털썩 주저앉았다. 이렇게까지 몸이 안 좋았던 적은 없었는데. 불안감이 잠시 얼굴을 스쳤다.

"……."

정기검진은 넉 달 전에 받았고, 역류성 식도염 외에 큰 문제는 없었다. 아무래도 빨리 병원을 다녀오는 게 낫지 싶다.

"어. 아버님. 왜 다시 오셨어요?"

차고지로 막 나온 예일은 강 회장과 마주쳤다. 눈이 댕그래진 강 회장 역시 의아한 듯 고개를 틀었다.

"회 미리 떠다 놓으러 시장 가는데, 새아가 넌 어디 가니."

"아…… 그 잠깐. 회는 제가 떠올게요, 아버님."

"응? 어디 가는데. 너 근데 안색이 왜 더 안 좋아졌니. 응?"

걱정스러운 물음에 예일은 어쩔 수 없이, 속이 안 좋아 병원에 가려는 길이었다. 솔직히 말했다.

"아이고, 그럼 아까 말하지."

강 회장은 얼른 차 키를 꺼내 눌렀다. 가장 구석진 자리의 차 헤

드라이트가 번쩍였다. 운전석 문을 연 강 회장은 어서 타라는 손
짓을 했다.

"얼른 타거라. 어서."

"아버님 저 정말 괜찮은데요. 혼자 갈 수 있어요."

"몸도 안 좋은데 가서 사고 나. 얼른 타거라."

계속되는 권유에 어쩔 수 없이 예일은 차 문을 잡고 열었다.

"죄송해요, 아버님. 괜히 저 때문에."

"아니, 죄송은 무슨."

손사래를 친 강 회장은 벨트를 잡아당기며 전화기를 꺼내 들
었다. 곧 어디론가 전화를 건 강호진은 천천히 차를 출발시켰다.

"어. 김 원장 날세. 지금 자리에 있나?"

통화 소리를 들으며 예일 역시 벨트를 잡아당겨 채웠다.

"어, 지금 VIP 병실 하나 비워놔. 아니, 우리 며느리가 속이 안
좋다고 하는데, 한 20분이면 도착할 거 같거든."

차가 부드럽게 차고지를 빠져나왔다. 괜히 걱정을 끼쳐드렸나
하는 마음이다. 와중에도 다시 차에 올라타니 속이 울렁거려 머
리가 다 아파 왔다.

"편하게 기대고 있거라, 새아가야."

다정한 목소리에 예일은 네, 작게 대답하며 몸을 시트에 편하
게 기댔다.

"감사해요, 아버님."

"감사하긴 뭘."

시아버지와 며느리 사이라 불편할 만도 하건만, 도훈과 꼭 닮
은 그 분위기나 외모 덕분인지 오래된 소파에 기대앉은 것같이

편안했다.

　지역 종합병원.

　꽤 거리가 있는 편임에도 불구하고 예일을 태운 차는 빠르게 병원에 도착했다. 주차장으로 들어가지 않은 강 회장은 본관 정문 앞에 차를 세웠다. 미리 나온 병원 직원이 강 회장의 차를 알아보곤 빠르게 달려왔다. 먼저 차에서 내린 강 회장은 병원 직원에게 차 키를 자연스럽게 건넸다. 이어 차에서 내리는 예일과 함께 강 회장은 본관으로 들어섰다. 기다리고 있었다는 듯 재단 이사장과 병원장, 그 뒤로 교수진들이 일제히 그를 향해 빠르게 걸어왔다.

　"강 회장님, 오셨습니까."

　강호진을 잘 알고 있는 듯 병원장이 깍듯이 인사를 전했다. 예일 역시 어렴풋이 기억나는 얼굴이었다. 강 회장이 지방으로 내려올 당시 아마 이 병원에 엄청난 기부금을 전달했을 거다. 그때 예일 역시 동참했던 기억이 있다.

　"이쪽으로 오십시오."

　깍듯한 손짓과 함께 이사장이 먼저 앞서 걸었다. 긴 복도를 지나 VIP 병동 전용 엘리베이터 앞에 선 예일은 어쩐지 민망한 마음에 입술을 감쳐물었다. 그냥 체한 거로 VIP 병실이라니. 만약 도훈이었다면 벌써 핀잔을 주고도 남았을 것이다.

　엘리베이터를 타고 준비된 병실로 간 예일은 침상에 걸터앉아 눈을 데굴데굴 굴렸다. 병원장을 포함해 각 과의 교수들이 예일에게 이것저것 묻기 시작했다.

　"속이 안 좋은 건…… 3일 정도 된 거 같고, 전체적으로 컨디션이 며칠 동안 안 좋았어요. 평소보다 더 무기력하고, 소화도 잘 안 되는 거 같아요."

예일은 요 며칠간 겪은 증상을 최대한 자세히 설명했다. 때마다 잘 들으라 한 번씩 호통치는 병원장 때문에 민망함은 더할 나위 없이 커져만 갔다.

"잠도 평소보다 더 많이 오는 것 같고요."

정말 민망하다.

그 시각 한제 몽돌해변.

푸른 하늘과 그보다 더 푸른 바다가 만들어내는 광경은 마음마저 시원하게 해주기에 충분했다. 파도에 깎여 동그래진 돌들이 끝없이 이어져 봄날의 햇볕에 어여쁘게 반짝였다. 파도를 피해 달아나는 아이의 까르륵거리는 웃음소리가 청명하게 울렸다. 하 교수 내외와 즐겁게 뛰노는 아이를 보는 도훈의 입가에 작은 미소가 걸렸다.

'괜찮으려나.'

꽤 시간이 오래 지났음에도 예일은 오지 않았다. 연락 한 통 없는 것이 아마 잠들지 않았나 싶다. 이번 작품만 끝내고 당분간 쉰다고 해놓은지라, 청춘 로맨스 촬영 때처럼 빡빡한 스케줄을 잡은 게 화근이었을까. 요 며칠 통 안 좋아 보이는 얼굴이 신경 쓰였다.

'나 그냥 쉬는 거 말고…… 이번 기회에 완전히 은퇴할까.'

어젯밤 잠이 들기 전 예일은 넌지시 그에게 물었다. 그간 그녀를 가장 가까이에서 봐 온 도훈에게는 의아한 물음이었다. 자기 직업에 누구보다 자부심이 있던 예일이었으니.

'나야 상관없는데. 갑자기 왜?'

무슨 일이 있었던 걸까.

'무슨 일 있었어? 아니면 힘들어서 그래?'

또 누가 괴롭히는 건가 싶은 마음에 그는 되물었다.

'아니. 그런 거 없었어. 그냥.'

'나야 그게 뭐든 네 의견 존중할 건데. 은퇴하면 넌 미련 없겠어?'

예일은 바로 답하지 못했다. 그리고 한참 후에야 한숨을 폭 내리 쉬었다.

'미련이 없다면 거짓말이고, 그냥 회의감이 들어. 지운이한테 더 신경 써야 하는 시기 아닐까 싶기도 하고. 아이 엄마가 돼서 아이보다 자기 일만 하는 게…… 맞나 싶은 생각도 들고.'

조심스럽게 그렇게 말해오는데 정말 뒤통수가 얻어맞은 것처럼 얼얼했다. 마음 한구석엔 화가 나기도 했다. 결혼했다고 해서 아이를 낳았다고 해서 주예일이 주예일이 아니게 되는 건 아니다. 왜. 엄마라는 이유로 주예일이 이런 고민을 하는 거지.

'그런 이유로 네 커리어 버리지 마. 충분히 네 삶 즐기다가 미련 없겠다 싶을 때 내려와도 돼. 나 없는 시간 동안 너 혼자 부모 자리 지켰잖아. 그걸로도 충분하고, 지금도 충분히 잘하고 있어.'

그는 말했다. 백 퍼센트 이건 진심이었다. 혼자 아이를 낳아 가장 힘들 시기에 홀로 5년 동안 아이를 지켰다. 그거면 충분했다. 이후에 두 사람을 서포트 하는 건 오롯이 평생 짊어지고 갈 제 몫

일 것이다.

"하아……."

마른 숨을 쉰 도훈은 예일에게 문자라도 남기기 위해 전화를 꺼내 들었다.

[괜찮아?]

적어 내린 문자를 전송하려는 순간, 강 회장에게서 문자가 도착했다.

[새아가랑 병원에 들렀다. 집에 가서 기다려라.]

도훈은 눈을 비벼 다시금 제 아버지에게서 온 문자를 읽었다.

[새아가랑 병원에 들렀다. 집에 가서 기다려라.]

다른 활자는 들어오지 않았다.

'병원?'

그는 곧바로 통화버튼을 눌렀지만, 강 회장은 받지 않았다. 이어 예일에게 전화를 걸어 보았지만 예일 역시 마찬가지였다.

"……."

무슨 상황이지 이게. 심장이 쿵 하고 묵직하게 내려앉았다. 이내 엄습한 불길함이 그의 온몸을 휘감았다.

'빠르면 입덧 시작할 시기 맞아요. 심장 박동 111로 활발히 잘

뛰네요. 축하드려요.'

임신이었다.

'근데 이상한 거 정말 못 느끼셨어요?'

정말 몰랐다. 어떻게 6주가 넘도록 임신인 걸 몰랐지. 입덧이라는 생각조차 못 했다. 지운을 가졌을 땐 따로 입덧이란 것이 없었으니 그저 체한 거라 생각했다. 유난히 피로했던 것도 당연히 무리한 스케줄 때문이겠거니 생각했다. 생리 주기 또한 워낙 들쑥날쑥 불안정했으니 그쪽으로는 아예 생각조차 하지 않았다.

"새아가. 뭐 먹고 싶은 거 없니. 조금이라도 당기는 거."

"네, 아버님. 아직은 없는 거 같아요. 과일도 엄청 사 주셨잖아요."

예일은 흐흐 하고 웃었다. 그렇게 많이 사지 마셔라, 극구 말렸음에도 불구하고 강 회장은 트렁크를 꽉 채우고도 모자라 뒷좌석을 가득 과일로 채웠다.

"근데 아버님 정말 초음파 사진 안 보실 거예요?"

"그런 건 아빠가 제일 먼저 봐야지. 난 이따 사돈 어르신들하고 같이 보마."

"에이 그런 게 어디 있어요, 아버님."

"그게 맞는 거야."

강 회장은 핸들을 부드럽게 돌리며 미소 지었다.

"다시 한 번 축하한다, 새아가."

"히. 감사해요."

예일은 아직 납작한 배 위로 손을 올렸다. 정말 새 생명이 또 찾아온 건가. 어쩐지 뭉클해지는 가슴에 자꾸만 눈시울이 붉어져

왔다.

✳

"사돈 지금 뭐라고 하셨습니까?"

하성훈 교수는 고목나무처럼 뻣뻣하게 서 주름진 눈꺼풀을 끔벅거렸다.

"어머. 세상에."

공희영 교수는 믿기지 않는 듯 입을 틀어막았다.

"……."

그리고 도훈은 얼이 빠진 채로 서 예일과 강 회장을 번갈아 볼 뿐이었다. 당황스러운 듯 그는 잠시만요, 아버지. 중얼거리며 눈을 감았다. 그러니까 정리를 하자면 속이 안 좋았던 이유가 입덧 때문이었고……. 지금 예일이 배 속에 제 아이가. 눈을 크게 뜬 그는 빠르게 예일을 보았다. 그의 시선이 느직이 내려와 그녀의 배에 닿았다.

"하나도 안 나왔는데?"

"벌써 배가 나와? 이제 6주인데?"

"아 그런 거야?"

그는 멍청하게 반문했다. 그러곤 제 아버지를 향해 매섭게 시선을 돌렸다.

"잠깐만. 그 전에 전화는 왜 안 받으신 건데요, 그럼?"

"운전 중이었다."

"자기는 왜 안 받았어."

"놓고 갔어. 미안."

해실 웃는 얼굴 보며 헛웃음이 나왔다. 그렇지 않아도 걱정돼 죽겠는 거 병원에 갔다는 문자만 보내 놓으니. 그 짧은 시간 정말 오만가지 생각이 다 들었다. 전화는 둘 다 받지 않지. 며칠 전부터 내내 안 좋았던 얼굴은 떠오르지. 해서는 안 될 상상까지 머릿속을 스치고 가는 순간엔 정말 가슴이 펑 터져버리는 줄 알았다.

"아."

다리에 힘이 풀린 그는 소파에 앉아 양손으로 얼굴을 감쌌다. 어쩐지 눈물이 나올 것 같았다. 다행이라는 안도감과 세상에 제 씨앗이 또 싹틔웠다는 벅참. 이루 말할 수 없는 감정이 그를 눌렀다.

"애기가, 또 애기를 가졌네."

공 교수의 목멘 목소리가 흘러나왔다. 예일의 앞으로 간 공 교수는 천천히 굽혀 앉아 예일의 납작한 배에 손을 올렸다.

"축하한다, 아가."

"응, 엄마. 고마워요."

예일은 입을 찢어 크게 웃었다. 흔들리던 공 교수의 눈망울이 이내 내리 감겼다. 배를 어루만지던 손길을 거둔 공희영은 양손을 맞잡아 마음속으로 기도를 드렸다.

"새아가. 도훈이 놈이 힘들게 하면 말하거라. 꼭. 알았지."

"네에 아버님. 들었지, 강도훈?"

부러 짓궂게 내뱉는 목소리에 도훈은 얼굴을 감싸던 양손을 치웠다. 그러곤 다시 한 번 얼굴 위로 손바닥을 쓸었다.

"아빠, 이거 봐. 이게 내 동생이래."

내내 신기한 듯 초음파 사진만 조용히 들여다보던 지운이 그에게 사진을 건넸다. 아직 얼굴도 팔도 다리도 보이지 않는 콩 같은 작은 생명.

"내 동생 예쁘지, 아빠?"

아이의 해맑은 물음에 도훈은 뒤늦게야 밝은 미소를 지었다.

"그래. 동생 예쁘다, 아들."

아이의 머리를 비빈 도훈은 일어나 예일에게로 걸었다. 기도를 마친 공 교수가 자리를 비켜주었다. 그는 팔을 크게 벌려 예일을 꽈악 끌어안았다.

"내가 더 잘할게, 예일아."

감당이 되지 않는 벅참에 겨우 나온 말이었다.

"진짜, 내가 잘할……."

끝내 그는 말을 마치지 못하고 입을 다물었다. 울음이 터져 나올 것만 같아서. 그들의 뒤로, 봄날의 붉은 노을이 그림처럼 어여쁘게 지고 있었다.

[주예일, "새 생명이 찾아왔어요." SNS에 둘째 임신 소식]

['국민 첫사랑' 주예일, 둘째 임신. "태명은 행복이"]

다행히도 예일이 촬영 중인 영화는 크랭크 업을 앞두고 있었다. 나머지 촬영분을 잘 소화한 예일은 크랭크 업이 되고 나서야 임신 소식을 알렸다. 초기에 더 조심해야 한다는 말에 그녀는 곧바로 잠정적 활동 중단을 알렸다. 애초에 이 시기쯤 쉬려고 계획했었기에 큰 무리는 없었다.

활동 중단을 알리고 난 후 예일은 자연스럽게 집에 있는 시간
이 늘어났다. 지운이를 가졌을 땐 숨어 살아야 한다는 생각 때문
에 크게 답답한 건 못 느꼈는데, 막상 자유로운 몸인데도 집에만
있으려니 영 좀이 쑤셨다. 절대 아무것도 하지 말라는 도훈의 당
부에 집안일조차 손대지 못하니, 이건 정말 꿔다놓은 보릿자루
가 따로 없었다.

도훈의 아침이라도 챙겨 주고 싶은데 점점 심해지는 입덧에 음
식 냄새만 맡아도 올라와 그러지도 못했다. 도훈은 당연하게 예
일의 아침을 챙겼고, 점심때마다 집에 들러 예일에게 뭐라도 먹이
기 위해 음식을 가득 싸 들고 오곤 했다. 저녁 역시 일찍 퇴근하
여 종일 집에 있을 예일을 위해 옆을 지켰다. 혹여나 그가 바빠 일
찍 오지 못하는 날에는, 공 교수와 하 교수가 집을 찾았으며, 강
회장 역시 일주일에 한 번은 올라와 임산부에게 좋다는 온갖 음
식을 차려주곤 했다.

'살면서 이런 사랑은 처음이에요. 감사합니다, 아버님. 고마워
요. 엄마, 아빠.'

임신을 한 탓에 감정 기복이 커진 예일은 매번 펑펑 울곤 했다.
어렸을 적 따뜻한 사랑을 받아보지 못했던 탓인지. 아니면 혼자
숨어 지내며 아이를 낳았던 기억 탓인지.

'엄마 또 왜 울어? 행복이가 아프게 해?'

그럴 때마다 지운은 예일의 배에 달라붙어 으름장을 놓곤 했다.

'오빠 목소리 들려, 행복아? 엄마 힘들게 하면 안 돼! 오빠한테
혼나, 행복이! 엄마 괴롭히지 마!'

저도 오빠가 되었다고, 엄하게 말하는 것에 울면서 웃으면서 그

렇게 어느덧 막달이 다 되어갔다.

어느덧 배가 남산만큼 불렀다. 전신 거울 앞에 선 예일은 이리저리 모습을 살폈다. 지운을 가졌을 땐 몰랐는데 배만 뽈록 나온 게 신기했다. 매끄러운 배 위로 손가락이 부드럽게 쓸어졌다. 이렇게 불렀는데 살이 하나도 트지 않았다는 건 고맙고 신기한 일이었다. 공희영 교수 역시 예일을 가졌을 때 튼살 하나 없었다고 하더니 아무래도 유전인 것 같다.

임신 초기만 해도 입덧으로 그렇게 힘들었는데, 중기가 지나가면서 자연스레 입덧은 사라졌다. 다만 불편한 건 아래가 뻐근하다는 것과 폐가 눌려 숨이 차다는 것 정도였는데, 누구나 다 겪는 증상이었으니…….

"아……."

예고 없이 찾아온 가진통에 얼굴이 크게 일그러졌다. 침대에 기대앉은 예일은 호흡을 길게 들이쉬었다 내쉬며 고통이 잠잠해지길 기다렸다. 시간이 흐르자 진통도 스르르 사라졌다. 한숨과 함께 예일은 옷을 챙겨 입었다. 카디건을 팔에 걸친 채 거실로 나오자 소파에 앉아 쿠키를 입에 물고 있는 아이가 보였다. 볼이 빵빵해진 것이 햄스터가 모이 먹는 것처럼 깜찍했다. 샌드위치와 과일이 든 찬합을 보자기에 잘 싼 예일이 지운을 불렀다.

"아들 패드 그만 보고 일어나. 아빠 회사 가게."

"네에 엄마!"

패드를 내려놓은 아이는 금세 예일에게 달려왔다. 그러곤 그녀의 손에 든 찬합 통을 빼앗았다.

"지운아 그거 무거워."

"괜찮아! 엄마는 보호해줘야 하니까!"

"뭐?"

갈수록 어떻게 이렇게 깜찍한 소리를 하는 건지. 비실 웃은 예일은 손을 뻗었다.

"엄마 괜찮아. 얼른 줘. 무거워."

"안 무거워. 나 남자거든!"

낑낑거리며 아이가 먼저 앞서 걸었다. 돌아온 조그만 얼굴이 가지런한 치열을 내보이며 히죽이 웃었다.

"얼른 와. 엄마!"

〈대한그룹 서초 사옥〉

기업의 인수합병이 이루어진 지 일주일 지난 시점. 도훈은 결혼 후 처음으로 가장 바쁜 시기를 보내고 있었다. 저녁 늦게까지 퇴근하지 못하는 그를 위해 예일은 아이와 함께 사옥을 찾았다. 택시에서 먼저 내린 지운은 옆에 내려놓았던 찬합 통을 들었다. 계산을 하고 내린 예일은 잠시 고민했다.

'전화를 하고 들어가야 하나.'

왜 이런 걸 했냐며 잔소리를 할 거 같아 비밀로 했지만, 회사 앞까지 온 이상 전화를 먼저 하는 게 낫지 싶다. 출산예정일도 다가왔고, 의사도 많이 움직이라고 하지 않았나.

"가자, 지운아."

"응 엄마!"

가벼운 발걸음이 인도를 쭈욱 지나쳐 대한그룹의 건물 안으로 들어섰다. 늦은 시간이라 그런지 로비는 한산했다. 휴게타운에 앉은 몇몇 직원들과 경비, 안내데스크 직원 정도. 예일의 얼굴을 알아본 경비직원이 먼저 달려왔다.

"아이고, 사모님 아니세요."

"네에. 안녕하세요. 늦은 시간까지 고생이 많으시네요."

많이 부른 배 덕분에 예일은 고개를 까닥이는 거로 인사를 대신 전했다.

"부축 좀 해드릴까요, 사모님?"

"괜찮……!"

말을 끝마치지 못한 채 예일은 숨을 헉하고 들이켰다. 가슴을 관통하는 듯한 고통과 함께 배가 미친 듯이 조여 들었다.

"사모님?"

이상함을 느낀 경비원이 그녀를 불렀다. 예일은 비명조차 내지르지 못한 채 그대로 무너져 내렸다.

유난히 그런 날이 있다. 보통의 날임에도 불구하고 어딘가 찝찝하고 불안한 날. 아마 예일이 그에게 이별을 고했던 그날에도 도훈은 이런 감정을 느꼈었다.

툭. 손가락 등 위로 빙글 돌아가던 만년필이 바닥으로 떨어졌다.

"왜 이러지."

그는 등받이에 몸을 완전히 기대며 뻐근한 눈가를 문질렀다. 아침부터 어딘가 기분이 찝찝한 것이 영 좋지 않다. 장맛비를 종일 맞고 들어온 사람처럼 몸이 꿉꿉한 듯 불쾌했다. 남아 있는 일은 태산이건만, 집에 있을 예일이 걱정돼 영 일이 손에 잡히지 않았다. 안 되겠다 싶은 마음에 코트를 입고 막 일어나려는 찰나였다. 노크도 없이 그의 사무실 문이 벌컥 열렸다.

"저, 저, 저!"

허겁지겁 들어온 김 비서는 새파랗게 질린 얼굴로 외쳤다.

"사모님이 로비에서 쓰러지셨답니다!"

〈한국대학교 병원〉

"아이고, 꼬마 왕자님. 울지 마세요."

"흐아아앙, 아저씨. 우리 엄마 죽어요?"

남색 유니폼을 입은 경비원은 제자리에서 발을 동동 굴렀다. 흐아앙 목을 놓고 우는 아이를 달래던 경비원은, 곧 누군가를 발견하고는 벌떡 일어나 그에게 달려갔다.

"아, 안녕하십니까!"

"아 그쪽이…… 일단 고맙습니다."

도훈은 울고 있는 아이를 얼른 안아 들었다.

"울지 마. 괜찮아, 지운아."

"아빠야. 엄마 죽어?"

"아니야. 엄마 안 죽어. 엄마 지운이 동생 낳으려고 잠깐 아픈 거야."

급히 아이를 달랜 그는 고개를 짧게 숙였다.

"미안합니다. 회사에서 다시 얘기합시다."

아이를 안은 도훈은 그를 지나쳐 예일의 비명소리가 새어 나오는 병실로 급히 들어갔다. 뒤따르던 김 비서는 경비원 앞에서 대신 허리를 굽혔다.

"아휴 죄송합니다. 많이 놀라셔서……."

"저는 괜찮습니다. 하이구, 그나저나 어떻게 사모님께서 갑자기."

김 비서 역시 도훈처럼 애가 타기는 마찬가지였다. 그렇다고 제가 들어갈 수도 없는 노릇. 일단 경비원에게 제 명함을 건넨 김 비서는 차후 꼭 연락을 주겠다는 약속을 했다. 간단한 사례와 함께 경비원을 보낸 김 비서는, 도훈을 대신해 강 회장과 하 교수 내외에게 연락을 취했다.

"아아아아악!"

병실 밖으로 울리는 비명소리에 김 비서의 고개가 돌아갔다. 안절부절못하며 입술을 뜯던 김 비서는 양손을 꼭 모았다.

"사돈, 오셨어요."

"하이고, 사돈 갑자기 이게 무슨…."

늦은 밤, 김 비서의 연락을 받고 먼저 도착한 하 교수는 느직이 도착한 강 회장을 맞이했다.

"도훈이는 안에 같이 있습니까."

"예에."

잠옷 차림으로 옷도 갈아입고 나오지 못한 하 교수는 그저 초조한 시선으로 분만실을 하염없이 볼 뿐이었다. 강 회장 역시 걱정되는 얼굴로 병실을 보았다.

"아……. 하느님, 제발."

울다 지쳐 잠든 지운을 품에 안은 공 교수는, 두 손을 모아 기도하기 시작했다.

그 시각 가족 분만실.

가는 신음이 분만실을 가득 채웠다. 악을 쉼 없이 내지른 덕분에 쉰 목소리가 간간이 터져 나왔다. 아이를 김 비서에게 맡긴 도훈은 예일과 같은 공간에서 애타는 시간을 함께 보냈다. 아직 예정일이 남았는데 갑자기 일어난 일에 아무런 준비조차 못 해놓은 상태였다. 예정일에 맞춰 조정한 스케줄마저 무용지물이 되어버렸다. 지금 그게 문제일까.

"아아아아아악!"

진통에 못 이긴 비명이 다시금 터져 나왔다. 입술을 짓씹은 채 도훈은 연신 얼굴 위를 쓸어내렸다. 아내가 저렇게 고통스러워하는데 자신은 아무것도 할 수 없는 현실이 답답했다.

"아…… 예일아. 제발."

처음 임신부터, 점점 배가 불러오기까지. 입덧 때문에, 또 허리가 아파, 숨이 차올라. 열 달을 고스란히 힘겨워했던 시간들이 스쳐 지나가자, 그게 더 미안해졌다. 차라리 그렇게 기뻐하지나 말 걸. 저렇게 아파할 줄 알았더라면 더 조심했을 것을. 탓해봐야 후회는 늦을 뿐이었다. 그를 더 괴롭게 하는 건 이 고통스러운 순간을 오롯이 혼자 이겨냈을 지난 과거였다.

"……."

그때 옆에 있어 주지 못했던 자신이 그렇게나 원망스러웠다.

"아아아아악!"

쥐어짜내는 듯이 터지는 비명에 도훈은 힘을 주어 주먹을 꽈악 쥐었다. 대신 아파해 줄 수 있다면 몇 번이고 그렇게 할 텐데.

"더더더더더."

"힘주세요. 다리 당기시구요!"

조금 떨어진 곳. 의료진들의 목소리가 점점 급박해지기 시작했다. 그와 함께 맞물리는 비명소리에 정말 심장이 펑 터져버리는 것만 같았다. 저러다 잘못되는 건 아닐까. 괜찮을까. 걱정이 머리 끝까지 차올라 없던 두통까지 일어왔다.

"심호흡! 심호흡하세요!"

"자 들이마시고, 내쉬고. 들이마시고, 내쉬고."

의료진들의 고성이 조금 더 빨라졌다. 정신없는 와중에 비명을 내지르던 예일은 울분을 터뜨렸다. 짐승 같은 그 울부짖음에 도훈은 이를 세워 입술을 물었다.

"자 힘 빼세요."

"호흡, 호흡, 호흡!"

"후, 후, 후, 후!"

정신없는 목소리들이 오가는 와중에, 날카롭게 내질러지던 예일의 울부짖음이 잦아들었다. 그리고 응애응애 힘찬 아기의 울음소리가 도훈의 귓가를 때려왔다.

"열한 시 오십 분이요. 축하합니다."

의료진의 목소리와 함께 간호사가 그를 불렀다. 무언가에 홀린 듯 도훈은 천천히 예일이 누운 침대로 다가섰다. 진이 빠진 채 색색이는 숨결에 그는 다시 눈물을 삼켰다.

"예일아."

무릎을 굽혀 앉은 그는 가까스로 그녀의 이름을 불러보았다. 대답이 없는 것이 무서웠다. 예일아. 다시 한 번 부르는 순간, 간신히 눈을 치켜뜬 예일은 눈매를 접었다.

"3.12킬로 건강한 공주님입니다."

곧 속싸개에 쌓인 핏덩이가 두 사람 사이로 놓였다. 언제 아팠냐는 듯 예일은 희미한 미소를 지었다.

"축하해. 두 아이 아빠가 됐네."

도훈은 목이 메어와 쉽사리 입을 열지 못했다.

"고생, 많았어."

"……."

"예일아……."

손등에 입을 맞춘 그는 갓 태어난 제 두 번째 씨앗을 보았다. 지운이를 처음 만났을 때와는 또 다른 감정이었다. 도훈은 뺨을 타고 흐르는 눈물을 급히 닦았다. 임신부터 출산까지 모든 과정을 다 지켜봐서일까. 울컥 차오르는 감정은 결국 참을 수 없는 것이었다.

해가 여섯 번 바뀌었다.

도훈과 예일을 다시 이어주는 데 가장 큰 오작교 역할을 했던 지운은, 특목고에 조기 진학 후 현재 졸업을 앞두고 있다. 소민은 여전히 뷰티브랜드 사업을 이어가고 있었으며, 설민형 감독은 얼마 전 베니스 영화제에 초청되어 황금사자상을 손에 쥐었다.

하 교수와 공 교수는 교수직에서 물러나 강 회장이 터를 잡은 한제도로 내려갔다. 수년 전 완전한 은퇴를 알렸던 설은미는 현재 그의 남편인 타일러와 베를린에 거주, 종종 한국에 들어오기도 하면서 편한 여생을 보내고 있다.

그리고 이 모든 이야기의 주인공. 이젠 '국민 첫사랑'이란 타이틀 대신 '칸의 여왕'이란 수식어가 붙는 예일과 지난해 회장에 취임한 도훈은 역시 각자의 길에서 최고의 자리에 앉아, 서로 아낌없는 사랑을 주고받으며 행복한 삶을 보내고 있다.

서울 종로의 한적한 한 카페.

긴 머리를 하나로 높게 올려 묶은 여자가 자리에 앉아 수첩과 녹음기를 차례로 꺼냈다. [월간 경영인] 김영희 기자는 손바닥을 싹싹 비비며 심호흡을 했다. 오늘 그녀가 인터뷰할 대상은 대한그룹 강도훈 회장. 경영 잡지 최초의 인터뷰이자, 단독 인터뷰. 그리고 앞으로는 다시는 없을 기회.

'음. 제가 한번 말해볼게요. 한두 시간 정도는 괜찮을 거예요, 기자님.'

'정말요, 배우님? 아 정말 감사합니다.'

만약 그녀가 연예계 기자일 당시 만든 주예일과의 친분이 없었다면 오늘의 인터뷰 자리도 없었을 것이다.

"하아."

오늘의 인터뷰 역시 예일과 함께가 아니라면, 절대 응하지 않겠다는 조건이 있었으니. 상관없지 않나. 주예일이라면 이제 연예인들 사이에서도 넘을 수 없는 벽이라 불리는 정점에 있는 배우 아닌가.

펜을 꺼낸 김 기자는 강도훈이란 인물에 대해서 간단한 생각을 정리했다. 십여 년 전쯤 대한민국 연예계를 발칵 뒤집어 놓았던 스캔들의 주인공이자, 현재는 세계에서 가장 영향력 있는 인물 100인 중 하나로 소개된 성공한 경영인.

"흐음."

그녀는 인터뷰의 타이틀을 수첩에 끄적거렸다.

[고도화된 스마트폰 시장, 3년 연속 세계 스마트폰 점유율 압도적 1위. 대한! 그 중심의 강도훈 회장]

나쁘진 않은 것 같은데 임팩트는 없다. 펜을 주윽 그은 그녀는 곧 딸랑이는 방울 소리에 고개를 돌렸다. 깔끔한 핏의 슈트에 잘 올린 머리, 여전히 그 나이대로 보이지 않는 시원한 외모.

"앗…… 안녕하세요!"

"예. 안녕하세요."

짧은 인사와 함께 도훈이 그녀가 앉은 자리로 다가왔다. 그의 한 품엔 대여섯 살 난 여자아이가 안겨있었다. 강지민. 두 사람의 딸이자, 현재 시청률 50%를 넘나드는 사극 아역배우.

"어머 세상에. 지민……!"

김 기자는 말을 잇지 못하고 입을 틀어막았다. 인형같이 까만 눈동자가 깜박거리며 도훈의 품에 안겨들었다.

"죄송합니다. 아이가 아직 낯을 가려서."

"어머. 아우 아니에요, 아니에요! 세상에 지민 양이 같이 나올 줄은 생각도 못 했습니다. 아이구."

그녀의 시선이 지민에게서 떨어질 줄을 몰랐다.

"아, 오늘 이 카페는 저희가 전세 내놨으니 걱정은 마시구요!"

그녀는 뿌듯하게 제 어깨를 툭툭 쳤다.

"예."

짧게 답한 도훈은 자리에 앉아 시계를 확인했다. 십 분 전에 예일과 통화를 했으니 곧 올 시간이 된 것 같다.

"와이프는 금방 도착할 겁니다."

"네네! 배우님이랑은 이미 통화했습니다. 하핫."

김 기자는 긴장감에 촉촉한 손바닥을 바지에 슥슥 문질렀다. 그러곤 진행될 인터뷰에 대해 간단한 설명을 전했다. 그러곤 그에게 양해를 구하며 녹음기의 버튼을 눌렀다.

"최대한 자연스럽게 진행할 거니까 부담은 갖지 마시고요."

"네."

"배우님 오시기 전에 잠깐 간단하게 질의응답 시간 가져도 될까요?"

"네. 그러세요."

짧게 미소 지은 도훈은 칭얼거리는 지민의 등을 도닥거렸다. 꼼지락거리는 작은 생명체를 보며 김 기자는 가슴을 움켜쥐었다. 제가 달래면 안 될까요. 사심을 꾸욱 누르며 김 기자는 말문을 열었다.

"지민 양이 평소에도 이렇게 아버님을 잘 따르나요?"

음. 가벼운 콧소리를 낸 도훈은 고개를 끄덕였다.

"예. 아들놈은 와이프를 더 좋아하고, 딸아이는 절 더 좋아하긴 합니다."

"하하. 아드님한테 서운하시겠어요."

"전혀 그렇지 않습니다. 저도 딸아이가 조금 더 예쁘니까."

그는 짓궂은 얼굴로 콧잔등을 찡그렸다. 그러곤 예일과 쏙 빼닮은 아이의 이마에 제 뺨을 비볐다.

"사실, 와이프보다 조금 더 예쁜 것 같기도 하고……."

"이러언."

김 기자는 부러 크게 제스처를 취하며 고개를 흔들었다.

"이거 배우님이 들으면 질투하시겠는데요?"

"그렇지 않을 겁니다. 딸아이가 더 예쁜 건 사실이지만, 제게 항상 첫 번째는 주예일 씨니까요."

와아우. 탄성을 흘린 김 기자는 낮게 웃었다. 아마 방금 그 말을 강도훈이 아니라 다른 사람이 했더라면. 으, 하며 질색을 했을지도 모르겠다. 듣기에 살짝 부담스럽게 느껴질 것 같기도 한데 그 특유의 분위기 때문인지 깔끔하고 담백하다.

"그럼, 강도훈 회장님께 주예일 씨의 존재란?"

"주예일 씨요. 글쎄요. 한마디로 정의가 안 되는데."

정의가 안 된다. 김 기자는 수첩으로 펜을 빠르게 움직였다.

"굳이 비유하자면 제게는 종교 같은 겁니다."

"종교, 요?"

김 기자의 미간이 슬쩍 좁아졌다.

"굉장히 심오한데요. 어떤 의미이죠, 그게?"

"제 말이 어려웠습니까? 간단한 이야긴데."

피식 가볍게 웃은 도훈은, 고개를 돌렸다. 유리창 밖으로 막 도착한 예일이 보였다. 두리번거리던 예일이, 창 안의 도훈과 김 기자를 발견했다. 여전히 사랑스러운 얼굴이 도훈을 보며 해사한 미소를 보였다.

"저 사람이 제게 신 같은 존재라는 거죠."

그 역시 따라 미소 지으며 빙긋이 웃었다.

"아주 절대적인."

3. 애정운 백 프로, 지운의 가을

"아 설가빈 잠깐만!"

뭔 소리지.

"알았어. 항복, 항복!"

시끄럽다.

부드러운 촉감의 시트 위로 뺨을 비빈 지운은 손을 뻗어 베개를 더듬더듬 찾았다. 뒤통수 위에 베개를 두고 꽉 눌러 양 귀를 틀어 막아보았지만.

"아 오빠 항복했잖아!"

온 집 안을 쩡하게 울리는 목소리는 막을 수 없었다.

"아이 씨."

작은 짜증이 흘렀다. 세상에서 가장 무거운 눈꺼풀을 간신히 치켜뜬 그는 몸을 돌려 천장을 보며 누웠다.

"뭐지. 근데."

지운은 아주 뒤늦게야 제집에 누군가가 왔다는 사실을 인지했다. 눈꺼풀이 느릿하게 끔벅거리는가 싶더니 이내 신경질적으로 구겨졌다.

"……"

상체를 벌떡 일으킨 그는 까르륵거리는 웃음소리에 귀를 기울였다.

"너 까불어. 안 까불어."

"아아 알았어. 오빠 잠깐 놔봐. 나 다리 눌렸다고!"

목소리의 주인들은 그와 아주 가까운 인물이었다. 그의 동생 지민과 설민형 감독의 아들 가빈.

"아. 미쳤나, 저것들이."

강제로 기상을 당한 그는 물병을 찾아 목을 축였다. 그러곤 밤새 더워 벗어놓은 티를 대충 몸에 욱여넣었다. 슬리퍼를 직직 끌고 침실을 나오자 고약한 술 냄새가 그의 콧잔등을 건드렸다.

짧지 않은 복도를 지나 거실로 나온 그는 고삐 풀린 망아지처럼 날뛰는 두 사람을 보았다. 요즘 한참 핫한 모델로 뜨고 있는 가빈과 국민 여동생 지민.

"뭐냐. 너네?"

까르륵거리며 거실 바닥을 뒹굴던 두 사람은 뒤늦게야 지운을 발견했다.

"아씨 깜짝이야. 강지운 이제 일어났어?"

"형, 하이요."

분명 자신의 집인데 너무 자연스럽게 손을 흔들며 반기는 모습에 지운은 잠시 잠깐 고민했다. 왜 저렇게 당당한 거지 쟤들이.

"얘들아 내가 혹시나 해서 묻는 건데, 여기 내 집 아닐까?"

쭉 뻗은 검지가 바닥을 가리켰다.

"뭐래. 잠 덜 깼냐? 그럼 네 집이지 누구 집이야?"

"근데 왜 내 집에 두 사람이 있는 걸까."

"아. 형, 지민이네 기자들 또 깔렸어요."

빵긋거리는 가빈의 말에 지운은 그래? 흐음, 콧소리를 냈다.

"저 새끼 또 사고 쳤어?"

바닥을 가리키던 손가락이 천천히 올라와 해해거리는 지민을 가리켰다.

"웅웅!"

누굴 닮은 건지. 어마무시하게 당당하다.

"하. 그래."

영혼 없는 말을 흘린 그는 천천히 난장판이 된 그의 펜트하우스를 둘러보았다. 활짝 열린 장식장과 시켜놓고는 먹지도 않은 음식들. 그리고 처참하게 나뒹구는 빈 위스키병들.

"강지운 같이 먹을래?"

"형 같이 드실래요?"

그는 굴러다니는 위스키병 중 유독 눈에 띄는 하나를 응시했다. 한쪽 볼이 볼록하게 긁혔다.

[MACALLAN 1926]

와중에도 역하게 섞여오는 음식 냄새는 그의 마지막 남은 이성의 끈을 건드렸다.

"강지민. 설가빈."

도저히 올라가지 않는 입매를 간신히 올리며 그는 입을 열었다.

"둘 다 손들고 서."

두 사람을 벽에 몰아 세워놓은 지운은, 삼십 분이 넘게 잔소리를 퍼부어댔다.

'흐어어엉. 강지운 진짜 싫어!'

바락바락 대들던 지민은, 이마에 꿀밤 몇 대를 맞고 나서야 조용해졌다.

'씻고 나올 때까지 원상복구 해놔.'

두 사람을 두고 욕실로 간 지운은 간단한 샤워 후 수건에 목을 두르고 다시 거실로 나왔다. 소파에 몸을 편히 기댄 그는 눈을 지그시 감았다. 온 집 안의 환기시스템을 다 작동시켰음에도, 음식이 섞인 역한 냄새와 알코올 냄새는 가시지 않는다.

'하. 씨.'

눈을 부릅뜬 그는 대리석 바닥 위에 넙죽 엎드려 걸레질을 하고 있는 두 사람을 보았다.

"똑바로 닦아."

투덜거리던 지민은 고개를 확 들어 그를 매섭게 노려보았다. 잇새로 공기를 쏩 들이마신 지운은 눈매에 힘을 주었다.

"아쭈. 뭘 잘했다고 흘겨."

"나 안 할래!"

수건을 바닥에 내팽개친 지민은 그대로 자리에 주저앉았다.

"안 치워?"

"싫어!"

"싫어?"

매서운 반문에 잠시 움츠린 지민은 술김에 되지도 않는 객기를 부렸다.

"씨. 너 진짜 이러는 거 내 팬들이 알면 너 주욱어!"

"맞아요. 형 큰일 나요, 진짜."

척척 합이 잘 맞는 두 사람을 보며 지운은 헛웃음을 지었다. 손 위로 관자놀이를 괸 그는 물었다.

"네가 뭔데요."

"나? 국민 여동생!"

국민 여동생은 무슨.

"그게 네 능력이냐? 엄마 이름 버프 받은 거지?"

정곡에 찔린 사람처럼 지민은 움찔거렸다.

"말해 봐. 너 엄마 아니었으면 데뷔나 했고?"

조막만 한 얼굴이 마구 구겨졌다.

"강지운 진짜 싫어!"

"그래. 오빠도 썩 널 좋아하진 않아."

씨이, 씨이거리는 지민의 얼굴이 토마토처럼 붉어졌다. 금방이라도 터질 듯이.

"와, 형 진짜 말이 너무 심하신 거 아니에요?"

자리를 털고 일어난 가빈은 허리에 양손을 얹고 따지고 들었다. 기가 막히지. 성인 된 지 얼마나 됐다고 쪼끄만 것들이 벌써부터 발랑 까져서.

"네들이 지금 먹은 게 얼마짜린 줄은 알고?"

"얼만데, 얼만데! 사 주면 되잖아!"

"아. 사드릴게요!"

가빈은 당장 스마트폰을 들어 자신들이 먹은 위스키를 검색했다. 곧 본인들이 훔쳐 먹은 값이 억 단위라는 걸 확인한 가빈은 조용히 자리에 앉았다. 그러곤 지민이 던진 걸레를 다시 친절하게 쥐어 주었다.

"얼른 치우자, 지민아."

"왜 얼만데! 사 준다고오!"

"그냥 조용히 해. 형님 죽을죄를 지었습니다."

공손한 행동에 지운은 오냐, 고개를 끄덕이며 손을 휘저었다. 영문을 모르는 지민만 그를 얄밉게 흘겼다.

"……."

말 대신 주먹을 느슨히 쥐는 행동에 결국 지민 역시 걸레를 들수밖에 없었다.

"형. 근데 형은 배우 할 생각 없어요?"

"있겠냐. 물을 걸 물어라."

"아. 아쉽다. 지운이 형 진짜 화면발 미쳤는데."

참새들이 모여서 짹짹거리는 것처럼 시끄럽다. 두 사람은 투덜거리면서도 분리수거까지 착실하게 했다. 어느 정도 원상 복구된 거실을 둘러보며 지운은 카디건을 어깨에 걸쳤다.

"또 어지럽히고 있기만 해봐."

"어디 가는데, 강지운?"

지민의 이마 위로 손가락이 따악! 튕겨졌다.

"오빠한테 자꾸 강지운, 강지운거릴래?"

아씨! 이마 부근을 손바닥으로 문지르며 노려보는데 그게 퍽 귀여운 것 같기도 했다.

"꼰대 진짜."

피식 웃은 지운은 차 키를 챙겨 거실 복도를 지나쳤다. 현관의 센서 등이 밝게 들어왔다. 신발장 문을 연 그는 대충 보이는 운동화 한 켤레를 잡아 바닥에 내려놓았다.

"형 오늘 안 들어오세요?"

그를 졸졸 따라 나온 가빈이 물었다.

"봐서. 내 방은 들어가지 말고."

"설마요. 저희도 나갈 거예요, 이따."

"강지운 잘 가!"

지민의 경쾌한 목소리를 들으며 그는 푸시 바를 밀고 나섰다. 지이잉, 지이잉. 아까부터 계속해서 울리는 전화의 주인공은 그의 오랜 친구 민아일 것이다. 오늘 모임의 주목적은 웰컴 투 코리아 강지운. 그의 환영식을 빙자한 그냥 술 파티. 한국으로 돌아온 지 삼 개월. 오늘로 정확히 열다섯 번째 열리는 환영식이었다.

일요일의 번화가 도로변 편의점. 편의를 위해 비치된 플라스틱 의자에 앉아 통화하는 지운을 흘끔거리는 시선이 꽤 많았다.

"엄마는 아직도 제가 여섯 살 애인 줄 아세요?"

관심. 호감. 또는 동경과 질투, 열등감. 각각의 시선이 지운을 흘긋거리며 지나쳤다.

"술 안 마셨다니까요. 친구들 잠깐 만난 거예요. 알아요, 내일 첫 출근인 거. 예예. 그럼요."

잘 올려 깔끔하게 넘긴 머리칼 아래 빗은 듯 정갈해 보이는 이마부터 콧날까지의 선, 적당히 붉은 기가 도는 입술. 길게 쭉 뻗은 팔다리는 모델이 아닌가 싶을 정도로 시원스러웠다.

"아, 우리 주 여사. 갈수록 잔소리가 심해지는 거 같아?"

메론 맛 아이스크림을 한입 베어 문 그는 킥킥거리며 웃었다.

"알았어요. 지금 들어갈게요. 끊어요. 사랑해."

쪽! 소리를 낸 그는 액정을 툭 눌렀다. 플라스틱 테이블 위로 전화기를 던진 그는 남은 아이스크림을 베어 물었다.

"뭐야, 강지운."

지운의 맞은편에 앉은 민아가 새초롬하게 볼을 부풀렸다.

"너 지금 들어가려고?"

"어, 가야지. 엄마가 이렇게 걱정하시는데."

"뭐야. 술도 한 잔 안 먹고? 장난해, 강지운?"

"술이라면 지금까지 지겹게 먹었거든."

그는 옅게 몸서리를 쳐냈다.

"애들 다 너 때문에 모인 거 몰라?"

저 때문에 모이기는 개뿔. 그냥 모일 구실이 필요했던 거지. 삼 개월 동안 지겹게 본 놈들한테 첫 출근 전날까지 붙잡혀 고주망태가 될 마음은 없다.

"마마보이도 아니고 진짜아……."

투덜투덜거리는 목소리가 밉살맞았다.

"우리 엄마 아들로 태어나서 마마보이 안 되면 그게 더 이상한 거 아냐?"

눈매가 장난스럽게 휘어지며 모나지 않은 덧니가 슬쩍 드러났다. 그는 어깨에 걸친 카디건에서 붉은색 브로치를 떼 테이블 위로 밀었다.

'오늘 드레스코드는 레드야!'라는 유치한 말과 함께 민아가 그의 카디건에 달아준 브로치였다.

"너무해, 진짜. 나 너 때문에 집안 모임도 빠지고 나온 거란 말이야."

"아이구. 왜 그랬어."

다 먹은 아이스크림 막대를 쓰레기통에 던진 지운은 고개를 끄덕거리며 흥얼거렸다. 태평한 꼴에 화가 난 건지 민아는 펌프스 힐굽을 바닥에 드드득 끌었다.

"너 자꾸 이럴 거야? 우리 지금 얼마 만에 만난 건지나 알아?"

금요일부터 집 안에 틀어박혀 있었으니.

"이틀?"

"그래 이틀이나 됐다고!"

양 주먹을 꽈악 쥐고 여자친구처럼 굴어오는 행동에 지운은 고개를 저었다.

"너 아직도 나 좋아하냐."

"당연한 거 아니야?"

맹랑하기도 하지. 어떻게 얘는 매번 고백을 이렇게 당당하게 해올까. 눈앞에 있는 제 친구의 머릿속을 열어보고 싶을 정도였다. 그는 습관처럼 눈썹 위를 손바닥으로 문질렀다.

"다시 한 번 분명하게 말하는데. 난 이런 식으로 친구 잃고 싶지 않거든."

"남녀 사이에 평생 친구라는 건 원래 없어."

"아니. 나는 너랑 그 평생 우정을 지키고 싶다."

단호한 그의 답에 민아는 분한 듯 입술을 짓씹어 물었다.

"너 아직도 그 촌스러운 첫사랑 그런 거 기다리고 있니?"

"응."

지운은 기다렸다는 듯 답했다.

"연락도 안 하잖아?"

"한국도 왔겠다. 언젠가는 만나게 되지 않겠어? 운명처럼."

하? 민아는 기가 찼다. 차라리 제가 싫다고 거절을 한다면 깨끗
하게 포기라도 할 텐데. 매번 되지도 않는 첫사랑 거론이라니. 실
체도 없는 라이벌을 질투할 순 없는 노릇이라 그저 분할 뿐이다.

"지겨워, 진짜."

"뭐가 또."

"우리나라 인구가 몇 명인지는 알아, 너?"

"그러니까 만나면 운명 아니겠냐는 거지."

"운명은 개뿔."

"난 운명론 같은 거 믿거든."

그는 꽤 진지한 얼굴로 고개를 끄덕거렸다. 으, 질겁한 듯 민아
의 얼굴이 보기 좋게 구겨졌다.

"촌스러워 진짜."

"맞아. 내가 우리 아버지 닮아서 좀 그래."

그의 기다란 손가락이 민아의 콧잔등을 장난스럽게 툭 건드렸
다. 긴 손가락이 닿은 콧등이 짜릿했다.

"아, 화장 지워지잖아."

괜스레 툴툴거린 민아는 시선을 돌리며 헛기침을 토했다. 어차피 잡아도 잡히지 않을 테지. 그녀는 포기한 듯 한숨을 폭 내리쉬었다.

"알았어. 가. 대신 나도 갈 거니까 집에 데려다줘."

"너희 집?"

"응."

"차 가지고 오지 않았어?"

"술 마셨잖아!"

이걸 지금 말이라고 하는가. 물러설 기세 없이 단단한 시선을 보며 지운은 고민했다.

'대리 부르면 되잖아.'

사실 딱 잘라 거절하는 게 서로에게 좋을 거다. 굳이 여지를 남겨봤자 상처받는 건 한쪽일 테니. 그래. 마음은 분명 그렇게 하는 게 맞다고 외치는데. 만약 거절한다면 여기서 대자로 뻗어버릴지도 모른다. 충분히 그러고도 남을 아이였다.

"데려다줘. 데려다주기만 해. 안 그러면 나 오늘 술 먹고 여기서 사고 칠 거야."

그래, 아마 이 말도 협박이 아니라 백 프로 진심일 것이다. 피곤한 눈을 끔벅거린 그는 눈썹뼈 위를 문지르며 마른 한숨을 내쉬었다.

"그래, 알았어. 그러자."

무릎에 편히 올렸던 발목을 내린 지운은 민아를 보며 억지로 입꼬리를 올렸다.

"데려다줄게."

그러곤 차 키를 챙겨 들며 자리에서 드르륵 일어났다.

"일어나. 가자, 민아."

흥. 콧소리와 함께 민아가 따라 일어났다.

"나 가방만 가지고 나올 테니까. 딱 기다려."

"알았다."

"먼저 가면 주욱어."

답도 하기 귀찮다는 듯 지운은 허공에 손을 대충 휘저었다. 민아가 클럽의 지하로 자취를 감췄다. 주차장 쪽으로 걸어간 지운은 운전석에 올라타 시트에 몸을 편히 기댔다.

'첫사랑은 무슨.'

사실 그딴 건 지워버린 지 오래다. 그저 적당한 핑계가 필요했을 뿐. 다만 궁금하긴 하다. 어떻게 지낼까. 잘 지내고 있으려나. 살며 한 번씩 문득 떠오르는 궁금증.

"하아."

핸들에 무릎을 올린 그는 지루한 시선으로 밖을 보았다. 빼곡히 들어찬 사람 떼가 개미 떼와도 같다. 길가 곳곳엔 술에 취해 너부러진 사람들이 눈에 띄게 보였다. 쯔, 혀를 찬 그는 높은 건물 위 전광판에 뜨는 영상을 보았다. 그의 동생 지민의 광고. 몇 시간 전만 해도 제 욕을 하며 바닥 걸레질을 하던 모습이 생생한데 이렇게 보니 또 다른 것 같기도 하다.

"쟤가 언제 저렇게 컸지."

아직도 머릿속엔 찡찡거리던 코흘리개 모습이 선명한데. 큭큭, 그는 낮게 웃었다. 한국에 다시 온 지 삼 개월. 3년 만에 본 부모님은 여전히 사이가 좋았다. 그냥 사이가 좋다 하기엔 아쉬울 만큼.

'그래, 아들. 네 엄마는 여전히 아름답지?'

팔불출도 그런 팔불출이 없지. 어릴 적에도 아버지는 어머니라고 하면 꼼짝 못 하고는 했다. 어머니 말 한마디에 죽는시늉까지 할 정도의 양반이었으니. 머리가 커갈수록 그런 모습을 보는 게 괴롭기도 했으나…… 그게 나쁘지는 않았다. 나쁠 수가 없지 않나. 픽 웃은 그는 민아가 사라진 건물로 시선을 돌렸다.

"얘는 왜 안 나오는 거야."

예상컨대 고주망태가 된 놈들에게 붙잡혀 술을 들이켜고 있을 것이다.

"질린다. 질려."

미리 차 키를 챙겨 나왔기에 망정이지. 아마 그 역시 짐을 가지러 다시 돌아갔다면 최소한 한 시간은 붙잡혔을 테지.

"하아."

한국에 온 뒤로 여기저기 끌려다녔더니 피곤이 한 번에 몰려왔다.

'금방 나오진 않을 것 같고.'

눈이라도 잠깐 붙일까 싶은 순간 그의 시야 앞으로 기분 나쁜 그림자가 가려왔다.

"……?"

고개를 돌리니 선팅이 진하게 된 지운의 차를 거울 삼아 립스틱을 제 입술에 문대고 있었다.

"뭐야."

창문을 내리려는 찰나였다. 앞쪽에서 스쿠터가 여자의 옆을 아슬아슬하게 지나가면서 경적을 빵, 울렸다. 화들짝 놀란 여자가 지운의 차 창문에 입술을 꾹 누르며 넘어졌다. 입술 모양으로 립스틱이 지운의 차 창문에 그대로 얼룩졌다.

"……."

한일자의 실금이 그의 미간에 깊게 패었다. 창문을 열려던 손을 멈춘 그는 운전석 문을 열고 내렸다.

"아이 씨. 운전으을……!"

저도 짜증이 났던 건지 뒤를 돈 여자가 씩씩거리고 있었다. 여자의 어깨에 지운의 손가락이 툭툭 닿았다.

"저기요."

"아이 씨. 왜!"

가관이다. 지운이 제일 처음 한 생각이었다.

"앗……."

이건 동물원에 있는 판다도 아니고, 눈두덩이는 숯덩이처럼 얼룩져서는.

"그…… 차 주인 분이세여? 사알짝 제가 부딪쳤네요. 흐흐."

여자는 제 몸조차 가누지 못할 정도로 비틀거렸다. 헤헤 웃은 여자가 지운에게 연신 허리를 굽실거렸다.

"죄송합니다아. 죄송합니다."

"……."

말을 할 때마다 고약하게 풍겨오는 술 냄새에 절로 표정이 구겨졌다.

"하."

코 밑에 손을 갖다 댄 그는 제 차의 창문을 툭 쳤다.

"남의 차에 아주 입술 도장 제대로 찍으셨네요."

눈을 가늘게 뜬 여자가 제 입술 자국이 남아있는 차 문을 보았다. 정말 그의 말대로 입술 도장을 선명하게 박아놨다.

"아 그르네요? 이야, 베엔츠으. 벤츠남이시네. 벤츠남!"

벤츠남은 또 뭐야. 술에 취해 완전히 으깨진 발음은 들어 먹지 못할 정도였다.

"잠시만여. 제가 지워드릴게여?"

코를 쿨쩍거리며 여자의 손바닥이 립스틱 자국의 위로 닿았다. 기름진 립스틱이 창문에 주욱 그어졌다.

"······."

지운의 눈썹이 삐딱하게 올라가기 시작했다.

"어마나 세상에? 이게 왜 이르지."

"하."

"아이고. 자꾸 번지네에?"

지운의 기다란 손가락이 매끈하게 잘 뻗은 콧잔등 위에 닿았다.

"그만하시죠."

"아이구 죄송합니다. 제가 이걸 어떻게, 세차를. 제가 지금 카드 밖에 없어서······ 혹시, 그 페이 되나요?"

말이나 똑바로 하든지. 그 전에 입을 열 때마다 진하게 풍겨오는 술 냄새에 짜증이 슬슬 차오르기 시작했다.

"됐습니다."

"그럼 안 되는데······ 잠시만요. 일단 이거라도. 여기로 연락 주십셔."

가방을 뒤적거리던 여자가 그에게 네모난 무언가를 건넸다. 흰색의 깔끔한 명함.

"그쪽 명함을 나한테 왜 주는 겁니까?"

"거기 번호로 연락 주시라고요. 죄송합니다."

긴 머리칼이 흘러내려 와 여자의 시야를 가렸다. 답답했던 건지 머리칼을 귀 뒤로 연신 쓸어 넘긴 여자가 지운을 보며 흐흐, 바보 같은 웃음을 흘렸다.

"됐고, 가져가세요. 어지간히 취하신 거 같은데 얼른 집에 들어 가시고."

"정말요? 감사합니다아……. 근데…… 디게 잘생기셨네요. 요 정같이……."

"……."

"저기, 혹시 요정 아니세여? 흐흐."

그는 지끈거리는 관자놀이를 짚었다.

"네, 사람입니다."

완전히 맛이 갔다. 이건 도저히 말이 통할 상대가 아니었다. 고 개를 설레설레 내저은 지운이 여자에게 명함을 다시 건넸다.

"가져가시고."

"아핫…… 이래도 되는 건가. 흐흐. 죄송합니다아."

막 손을 놓으려던 순간, 명함에 그려진 로고에 지운의 시선이 박혔다.

'……?'

인상을 내리쓴 그는 명함을 제대로 쥐어 들었다. 대한그룹의 로 고 위로 그의 손가락이 닿았다.

"여기 다닙니까?"

"예에?"

지운의 눈동자가 아래로 향했다.

"DH 신기술개발센터."

중얼거리던 그는 일순간 입을 꾹 닫았다.

[책임연구원 한 가 을]

"한, 가을?"

"강지운!"

지운과 민아의 목소리가 엇갈렸다.

"지운아! 오래 기다렸어?"

막 뛰어온 민아가 지운의 팔에 매달렸다. 민아는 여자를 경계하 듯이 차림새를 위아래로 훑었다.

"뭔데?"

"아이쿠. 여친 분이 오셨네. 죄송합니다. 그럼 안녕히 계세여."

가을은 재빠르게 명함을 낚아채 제 가방 안으로 쑤셔 넣었다. 그러곤 다시 한 번 꾸벅 인사를 한 후 도망치듯 인파 속으로 걸 음을 옮겼다.

"야 한가을! 너 어디 갔었어!"

"기지배 미쳤어, 진짜. 취해 가지고 어떻게 가려고!"

비틀거리는 걸음이 이내 얼마 안 가 제 지인들을 만난 건지 무리 속에 섞여들었다. 지운은 그 자리에 서 고개를 비스듬히 틀며 가 을의 뒷모습을 바라보았다.

"뭔데, 누군데. 아는 사람이야?"

"……."

"야. 강지운."

"……."

"강지운!"

민아가 빽 소리를 내지르고 나서야 지운은 어? 어. 바보 같은 탄성을 내며 정신을 차렸다. 지운의 머릿속에 떠오르던 옛 기억 하나가 금세 사라졌다.

"아 뭐냐구! 이건 뭐야?"

허리를 굽힌 민아는 바닥에 떨어진 파란색 줄을 집어 들었다. 줄을 따라 달랑거리는 건 플라스틱 케이스 안에 든 사원증이었다.

"……."

아까 가방을 뒤적거릴 때 떨어뜨린 건가. 정말 가지가지 한다.

"저 여자 거야? 너네 회사네?"

사원증을 이리저리 보는 민아에게로, 지운이 손을 뻗었다.

"줘. 내일 갖다 주게."

"아 뭔데 버려."

"그걸 왜 버려."

"아니, 네가 왜 갖다 주는데?"

"피곤하게 그러지 말자. 그냥 줘."

낚아채듯 사원증을 빼앗은 지운은, 입술이 댓 발 나온 민아의 뺨을 툭툭 쳤다.

"삐치지 말고. 얼른 타."

센서 등이 환하게 켜졌다. 현관과 복도를 지나자 깔끔하게 정리된 거실이 보였다. 나간다고 하더니 두 사람은 정말 집만 치우고

바로 나간 듯싶다.

"기자들 깔렸다고 징징거리더니."

한두 번도 아니고. 사실 집에 계속 있어도 상관없는데, 아까 심하게 나무랐던 것이 마음에 걸렸다. 그래도 하나밖에 없는 동생이지 않나.

"……."

전화를 건 그는 통화연결음을 들으며 침실로 향했다. 꽤 오래 통화연결음이 흘렀지만 지민은 전화를 받지 않았다.

"뭔 일 있나."

걱정되다가도 금세 생각을 접었다. 가빈이랑 같이 있으니 괜찮겠지.

카디건과 핸드폰을 차례로 침대 위로 던진 그는, 팔을 엑스자로 겹쳐 티셔츠마저 벗어젖혔다. 곧바로 욕실로 향하는 걸음이 무거웠다.

'피곤하다.'

정말 피곤한 하루였다. 인맥도 힘이라는 아버지의 꼰대 같은 조언에 멍청한 놈들이랑 어울리는 것도 지겹고, 앞으로 아버지에게 불려 다니며 참석해야 할 모임들도 벌써 갑갑했다. 부스스해진 머리칼을 마구 턴 그는 샤워 부스 안으로 들어서 물을 틀었다. 쏴아아. 샤워기 헤드에서 찬물이 쏟아져 나왔다. 양손으로 얼굴을 비빈 그는 머리끝까지 손을 넘겼다.

'아이구 죄송합니다. 제가 이걸 어떻게, 세차를. 제가 지금 카드밖에 없어서…… 혹시, 그 페이 되나요?'

머릿속에 아까 만난 여자가 떠올랐다. 아침부터 세차를 하러 가야 한다는 짜증과 동시에.

'한가을이라. 한가을.'

그 이름에 괜히 마음 한구석이 동요됐다. 아주 어릴 적 영재원에 다닐 당시 좋아했던 여자아이. 끝내 제대로 된 말 한마디 건네지 못했던.

"……"

혹시 하는 생각에 그의 눈썹이 구겨졌다. 판다가 따로 없던 몰골, 밤늦게까지 술에 취해 비틀거리며 진상을 부리던 모습.

"……"

구겨진 눈썹이 이내 자리로 돌아왔다. 헛웃음을 터뜨린 지운은 고개를 마구 저었다.

'설마. 그런 여자일 리가 없지.'

아직 다 꺼내놓지 못한 박스들 사이로 슬리퍼가 끌렸다. 무언가를 찾는 듯 동공이 이리저리 굴렀다. 빨간색 박스에 멈춘 시선이 반짝였다. 뒤꿈치를 살짝 올린 지운은 박스를 꺼내 다시 거실로 나왔다.

소파 밑 러그에 앉은 그는 미리 꺼내놓은 캔맥주를 땄다. 탄산이 올라오는 소리를 들으며 그는 박스 뚜껑을 열었다. 꽤 오래 묵혀둔 탓에 메케한 먼지가 흩날렸다.

"으."

인상을 쓴 그는 쿨럭이며 박스 안을 뒤적거렸다. 가장 아래에 있는 두꺼운 앨범을 꺼낸 그는 앞장에 끼워 넣은 폴라로이드 사진을 쥐어 들었다. 뻣뻣하게 굳은 어린 날의 지운과 해맑게 웃고 있는 여자아이.

492

[지운, 가을. **올림피아드 끝난 뒤^^]

네임펜으로 써진 글자.

"……."

많이 흐려진 사진을 보며 지운은 기억 속 첫사랑의 얼굴을 다시 그렸다. 쏙 패던 보조개와 눈 밑에 작은 점. 또…….

"하."

이젠 잘 기억도 나지 않는 흐릿한 그 얼굴에 괜한 아쉬움이 들었다.

"보관 좀 잘해놓을걸."

그는 사진을 다시 앨범에 잘 끼워 넣었다.

첫사랑이라기엔 미성숙하고 유치찬란했던 그 시절의 감정. 기억이 드문드문 남아 있을 무렵.

'안녕? 넌 이름이 뭐야? 난 한가을. 잘 부탁해.'

같은 시기에 영재원에 입학했던 또래 여자아이. 양 갈래로 땋은 머리. 분홍색 원피스를 곱게 차려입은 아이가 눈부신 햇살을 등진 채로 물어오는데, 볼을 찌르면 복숭아 향기 같은 게 날 거 같았다.

'난 가을이라고 해. 한가을!'

눈웃음을 지을 때 같이 밀리는 눈 밑의 점도 예뻤고,

'앞으로 잘 지내자, 우리!'

웃을 때 쏙 들어가는 보조개가 참 어여뻤다.

'난 강지운이야.'

수줍게 내밀어지는 손을 잡는데 말랑하고 보드라운 게 신기했다.

'나도 잘 부탁해.'

아마 그게 끝이었을 거다. 첫사랑이라고 말하는 존재와 제대로 이야기를 한 것이. 후로 쑥스러워 말 한마디 제대로 못 건네봤으니. 그렇다고 딱히 어릴 적 성격이 내성적이었다거나 그런 건 아니었다. 교우 관계는 원만했고, 두루두루 형 누나들과도 잘 지냈다. 단지 그 애 앞에만 가면 입이 얼어버렸다는 게 문제였지. 2년 정도 혼자 속앓이를 했었나. 그 애가 먼저 외국에 있는 학교로 진학을 한다고 들었다. 아마, 그때 눈물이 찔끔 나왔던 거 같기도 하다.

'멋진 남자가 돼서 찾아갈게. 기다려줘.'

아니, 사실 엉엉 울면서 처음이자 마지막 고백을 했었다. 정말 바보같이.

Rrrrrr. Rrrrrr.

시끄러운 모닝콜 소리에 가을의 반듯한 미간이 구겨졌다. 더듬더듬 손을 뻗은 손가락이 알람시계의 버튼을 틱 눌렀다. 퉁퉁 부어버린 눈두덩이가 무겁다. 딱 5분만 더 잘까.

'아. 피곤해.'

투루루루. 허공에 투레질한 가을은 간신히 눈꺼풀을 치켜떴다. 흰 천장을 바라보며 그녀는 눈을 끔벅거렸다.

"어제 어떻게 들어왔더라."

스르르 고개를 돌리자, 침대 밑 막 벗어놓은 옷가지들과 가방, 소지품이 굴러다니고 있었다.

"갓쉬……."

깨질 것 같은 머리를 움켜쥐며 자리에서 일어난 가을은 손거울을 집어 들었다.

"이야…… 얼굴 장난 아이네."

거울 속 반사되는 몰골은 정말 가관이었다.

"하……."

취해서 몸도 제대로 못 가누었던 주제에 그래도 피부 걱정은 됐던 건지 대충 클렌징 티슈로 닦은 티가 났다.

"한가을 대단하다, 대단해."

클렌징 티슈를 몇 개 더 뽑은 가을은 검은색으로 물든 눈두덩이를 박박 문질렀다. 대충 휴지통에 티슈를 박고 난 후 그녀는 초록색 유리병을 쥐었다. 만취한 와중에도 숙취해소 음료는 또 꼬박꼬박 사 왔다.

"정신력 하나는 칭찬한다, 한가을."

꿀떡꿀떡 숙취해소 음료를 들이켠 그녀는 핸드폰을 쥐어 들었다. 핸드폰을 열자 친구들의 문자가 줄을 이었다.

[가을아 집에 잘 들어간 거 맞지?]

[도착하면 연락해ㅠㅠ]

다들 하나같이 자신의 귀가를 걱정하는 문자들이었다. 대충 하나하나 답을 해주며 핸드폰을 내려놓았다. 대체 얼마나 퍼마셨던 건지 기억도 나지 않는다.

'그쪽 명함을 나한테 왜 주는 겁니까?'

'거기 번호로 연락 주시라고요. 죄송합니다.'

그 와중에 뜨문뜨문 나는 기억 중 하나가 머릿속을 괴롭혔다. 모르는 사람 차에 대고 입술 박치기를 하고 명함을 주며 추태를 부렸던 어제의 한가을.

"와……."

걸쭉한 탄성이 흘러나왔다.

'됐고, 가져가세요. 어지간히 취하신 거 같은데 얼른 집에 들어가시고.'

'근데…… 디게 잘생기셨네요. 요정같이……. 혹시 요정 아니세여? 흐흐.'

진상도 정말 그런 진상이 없다.

"나가 죽어, 그냥."

가을은 머리칼 깊숙이 손가락을 끼워 넣었다. 그러곤 마구잡이로 쥐어뜯으며 자책을 시작했다.

"왜 살아. 한가을. 왜. 왜."

한참 혼자 자책을 하던 가을은 간신히 현실로 돌아와 자리에서 일어났다. 땅이 꺼질 듯한 한숨이 푹푹 내쉬어졌다. 그래, 이제 와 뭐 어쩔 건가. 다시 볼 사이도 아니고.

"지금 내가 누굴 걱정할 팔자냐."

가을의 시선이 좁은 탁자 위 액자에 닿았다. 대학교 졸업식. 무려 8년 동안 짝사랑하던 선배와의 사진.

'선배 결혼 축하드려요. 행복하게 사셔야 해요!'

바로 어제 가을은 8년간의 짝사랑을 끝냈다. 턱시도를 멋들어지게 차려입은 짝사랑 상대는 마지막까지 가을에게 다정했다.

'고마워, 가을아. 너도 얼른 좋은 남자 만나야지.'

타들어 가는 제 속도 모르고 얼른 좋은 남자 만나라며 웃던 선배의 얼굴이 잊히지 않는다.

"버려야지."

이제 완벽하게 남의 남자가 된 사람이다. 미련을 갖는다는 건 누군가에겐 죄가 되는 일일 것이다. 액자를 쥐어 든 가을은 사진을 툭 빼 쓰레기통에 구겨 던져 넣었다. 그러곤 무릎을 끌어안아 그 사이로 얼굴을 파묻었다. 감정도 같이 버려야 하는데.

"고백이라도 한번 해볼걸."

역시 사람 마음이란 건 쉽지 않나 보다.

뜨거운 물에 몸을 지지고 나오자 그제야 혈액순환이 좀 되는 거 같다. 숙취에 깨질 거 같은 머리는 여전했지만. 기초화장만 마친 가을은 편한 옷을 입고 거실로 나왔다.

"언니 굿모닝."

여민은 가을에게 간단한 아침 인사를 전했다. 서울의 미친 집값을 감당할 수 없어 만난 하우스메이트이자, 벌써 1년째 동거 중인 절친.

"우리 힐링이도 굿모닝."

힐링. 일주일 전 여민이 사 온 반려 식물의 이름이었다. 거실 한 구석에 쪼그려 앉아 화분에 물을 주고 있는 모습에 가을은 혀를 찼다. 이틀 전에도 저러고 앉아 물 주고 있는 걸 봤는데…….

"여민아, 스투키 그렇게 물 많이 주면 죽어……."

"뭐래. 언니나 술 작작 드셔."

조언을 해줘도 지랄이다.

"그으래. 알았다……."

평소 성격을 아는 가을은 그녀를 지나쳐 주방의 찬장을 활짝 열었다. 인스턴트 음식들이 즐비한 곳 위로 손가락이 쭈욱 쓸어졌다.

'해장엔 북엇국만 한 게 없지.'

인스턴트 북엇국을 꺼낸 가을은 전자레인지용 용기에 내용물을 털어 넣었다. 그러곤 생수병을 따 커피포트 안에 콸콸 쏟아 넣었다. 버튼을 누른 가을은 바 의자에 힘없이 앉았다. 그녀의 앞으로 여민이 자리했다.

"얼씨구. 완전 넋 났네."

탁한 동공 위로 여민이 몇 번 손을 흔들었다. 눈 하나 깜박 안 한다. 영혼이라도 나간 사람처럼.

'하긴 8년이라고 했지.'

8년이란 시간을 내내 좋아한 사람의 결혼식이라니. 꽤나 충격이 컸을 만도 싶다.

"가을 언니. 세상에 좋은 남자는 많아."

"알지. 나한테 좋은 남자가 동현 선배뿐이었으니까 문제지."

"그래서 뭐, 결혼한 남자 뺏어오기라도 할 거야?"

탁했던 동공이 금세 선명해졌다.

"미친 소리 하지 마. 그건 범죄야."

"그럼 마음 접어."

"청첩장 받을 때 이미 접었거든?"

그래 마음은 이미 접었다. 그렇게 세뇌를 하는 것일지도 모르겠지만, 절대 가정을 이룬 사람에게 뭘 한다거나 할 생각은 없다. 그래서도 안 되는 거고.

"그냥 마음이 공허해서 그래."

단지 그냥 마음이 텅 빈 것처럼 공허할 뿐이다. 미련 또한 8년간의 짝사랑 상대에게 남은 게 아니다. 긴 시간 지고지순했던 내 마음에 대한 미련이지.

커피포트의 물이 보글보글 끓었다. 탁 버튼이 풀리고, 여민은 가을을 대신해 용기 위에 물을 부었다.

"이제야 말하는데. 솔직히 언니가 아깝지. 잘 안 된 게 천만다행이라니까?"

"흠. 그르냐."

"당연하지. 언니 얼굴에, 언니 스펙이면 결혼 시장에 나가도 안 꿀린다. 아냐?"

크흐흠.

"응. 계속해 봐."

픽 웃은 여민은 북엇국이 잘 풀어지도록 수저를 저으며 말을 이어갔다.

"솔직히 그래. 내가 언니였잖아? 남자 골라서 사귀었다니까? 아니 그냥 가지고 놀았지. 얼굴 예뻐, 똑똑해, 돈도 웬만한 남자보다 훨씬 잘 벌어. 야, 또 집안도 나쁘지 않은 편이지! 이걸로 그냥 끝난 거라고. 끝!"

여민은 부러 크게 크게 제스처를 취하며 말을 이어갔다. 가을의 입꼬리가 스리슬쩍 올라가기 시작했다. 터질 듯한 광대를 꾹 누른 가을은 용기를 여민 쪽으로 밀었다.

"너 먹을래?"

"됐어. 그러니까 기운 빠져 있지 말라고."

여민은 다시 가을에게 북엇국을 밀어주며 스마트폰을 쥐었다. 히 하고 웃은 가을은 수저를 들어 국을 호로롭 마셨다.

"언니 생일 몇 월 며칠이었지. 내가 어플로 운세 봐줄게."

"운세는 뭔 운세여. 8월 19일."

큭큭 웃은 여민은 빠르게 그녀의 생일을 입력했다. 오오, 탄성을 쏟은 그녀는 가을의 앞에 스마트폰 액정을 들이밀었다.

"이거 봐. 언니! 애정운 백 프로라는데?"

애정운 백 프로는 무슨, 구시렁거리며 가을은 흘긋 화면을 보았다.

[당신의 오늘 운세! 영화 같은 만남이 시작될 수 있습니다. 애정운 백 프로의 당신을 응원합니다.]

북엇국을 후루룹 들이켠 가을은 고개를 저었다.

"개소리네."

"생각이라도 긍정적으로 가지라는 거지!"

"그래."

영혼 없는 웃음을 흘린 가을은 수저를 내려놓았다.

"언니."

걱정 서린 시선이 가을을 향했다.

"고맙다, 여민아."

괜찮다는 듯 웃어 보인 가을은 차 키를 챙기며 손을 흔들었다.
"먼저 출근한다."

✳

'아……. 바퀴가 왜 터졌을까나.'

아침부터 운수가 안 좋아도 이렇게 안 좋다. 회사에 전화를 걸어 반차를 낼까. 그럼 오 부장이 또 꼰대질을 시작하겠지. 결국 가을은 걸음을 돌려, 지하철역을 향해 걸었다. 애정운 백 프로는 무슨, 아침부터 운수 더럽게 없고만. 그냥 택시 타고 교통비로 청구할까, 하다가 그 역시 오 부장이 한 소리를 해올 거 같아 참았다.

'이참에 차를 바꿀까.'

그럴 돈이 또 어디 있나. 완전한 독립을 하고 나서부터는 지원이 딱 끊긴 탓에 먹고 죽으려 해도 목구멍이 포도청이었다. 돈이나 좀 모아둘걸. 버는 대로 놀러 다니기 바빴던 과거를 후회해 봤자 남는 건 없다.

'젊을 때 고생은 사서도 한다는데.'

헬게이트라 불리는 출근길 2호선. 구시렁거리며 가을은 몸을 실었다.

'아 낑긴다. 낑겨.'

지옥철이란 말에 걸맞게 사람이 빼곡했다. 사당. 강남. 그리고 역삼…… 최종 목적지를 머릿속으로 되뇌며 가을은 노약자석 근처에 자리를 잡고 손잡이에 몸을 맡겼다.

'이맘때쯤이면 대출 끼더라도 내 집 하나는 마련할 줄 알았는

데.'

역시 현실과 이상의 괴리는 크다. 반씩 부담을 하고 있다 해도 미친 월세와 차 할부금이니, 유지비니, 생활비니 뭐 다 빠져나가고 나니 손에 남는 건 쥐뿔 없다.

'어떻게 그 많은 아파트 중에 내 거 하나 없을까.'

영혼 없는 동공은 허공을 배회했다.

'이따 로또라도 하나 살까. 애정운 백 프로는 아니라도 혹시 재물운일지도 몰라. 1등 되면 뭐부터 하지…….'

출근길 동무들과 한곳에 끼어 가을은 뜬금없는 다짐을 하며 실실 웃었다.

지이이잉. 지이이잉. 가방 안에 넣어 둔 핸드폰의 진동이 울렸다. 이러지도 저러지도 못한 채 겨우 손끝만 간당간당 움직인 가을은 핸드폰을 꺼내 들었다.

[대박사건]

모지연. 대한그룹 비서실에서 근무하는 동기의 문자.

[회장 아들 오늘부터 출근한대]

"호오."

회장 아들. 강지운. 대중들에게 있어 '대한그룹 회장 아들'보다 '주예일의 아들'이 더 익숙한 이름. 어릴 적 티브이에 몇 번 출연한 이후로 언론에 얼굴을 아예 보이지 않는 베일에 싸인 인물. 종종 한 번씩 파파라치 같은 것에 찍히긴 한 것 같은데 그마저도 며칠이 지나면 지워지곤 했다. 아무래도 유명인과 재벌 후계자의 외아들이었으니, 여러 위험에 노출될 위험이 있어 보호한답시고 그랬을 거라 가을은 예상했다.

[우리랑 동갑. 완전 잘생겼대]

연달아 문자가 다시 한 번 울렸다.

그렇겠지, 잘생겼겠지. 여전히 청순의 대명사라 불리는 주예일 외모에, 강도훈 회장 얼굴이라…… 두 사람 사이에서 나온 얼굴이 못생기면 그건 말이 안 되지 않나.

[글쿤ㅎㅎ]

그러거나 말거나. 가을은 심드렁히 제 입장을 표하며 답장을 보냈다.

[반응이 왜 그따위임ㅠㅠ?]

그럼 어떻게 반응을 해야 하나.

[저랑 상관없는 일입니다만]

[에이 혹시 알아? 우리 중 누군가 재벌 2세와 핑크빛 로맨스가 생길지. 그게 나일 수도 있고ㅎ]

꿈도 참 크다. 아서라, 중생이여.

[열심히 해보십쇼 선생님 저는 지하철이라서 이따 통화합시다 ^^]

대충 대화를 끝낸 가을은 핸드폰을 가방에 다시 욱여넣었다.

"……"

재벌 2세와 일반인의 로맨스라. 그딴 이야기는 티브이 드라마 속에서나 나오는 이야기다. 미쳤다고 재벌가 자제가 일개 사원하고 핑크빛 로맨스를 만들겠나. 잠깐 썸 같은 거라면 몰라도 말이다. 그나저나 강지운이라…….

'난 가을이라고 해. 한가을!'

가을은 어릴 적 흐릿한 기억 하나를 머릿속에 그렸다.

'난 강지운이야.'

같은 영재원에 다녔던 남자아이. 처음엔 몰랐지. 같은 반 친구가 그 유명한 배우의 아들이었을 거라고는. 유독 눈에 띄는 얼굴, 수재들 사이에서도 독보적으로 뛰어났던 머리. 유명 배우의 아들이자 재벌 2세. 어린 나이에도 알았던 거 같다. 저 애랑 나는 사는 세계가 다르구나. 딱히 그렇다고 그런 모종의 이유로 그 아이와 친하게 지내고 싶었던 건 아니었다. 두루두루 잘 지내고 싶었을 뿐.

'안녕, 지운아?'

'어……'

단지 그 애가 날 싫어했다는 게 문제였지. 아니, 분명 날 싫어하는구나 싶었다. 인사만 하면 표정을 굳히고 단답을 하거나, 얼굴만 마주쳐도 아예 쌩하고 무시하기 일쑤였으니. 웃긴 건 그러면서도 다른 주변 아이들에게는 친절했다는 거다.

'쟤는 날 싫어하나?'

그래서 단순히 그렇게 생각했다. 싫다는데 굳이 더 다가갈 마음도 없었고. 그 애는 항상 주변 아이들에게 둘러싸여 있었는데, 때문에 더 거리가 느껴졌던 것 같다.

'저기, 이거.'

근데 또 웃긴 건 한 번씩 뭔가를 가져다주곤 했는데, 그건 마카롱 같은 간식. 혹은 리본 모양 머리띠 같은 선물이었다.

'이걸 왜 주는 건데……?'

물을 때마다 얼굴이 시뻘게져선 뒤돌아 도망가 버리는데 어린 날엔 그 이유를 알지 못했다. 그러다 주재원으로 발령 난 아버지 때문에 온 가족이 외국에 나가게 됐는데. 그때 그 애의 얼굴이 잊히지 않는다.

'가을아.'

눈가를 잔뜩 붉게 물들인 채 이름을 부르는데, 그땐 나도 괜히 울컥했던 거 같다.

'멋진 남자가 돼서 찾아갈게.'

아마 그때 그런 말을 했었다.

'기다려줘.'

닭똥 같은 눈물을 후드득 쏟으면서도, 잡은 손을 꼭 쥐고 놓지 않았었지.

'꼭 찾아갈게.'

그 말을 끝으로 그 앤 목을 놓고 펑펑 울었다.

"……."

여하튼 이런 일화는 누구에게 말한다 해도 안 믿을 것이다. 아마 그 회장 아들인 강지운조차 기억 못 할지도 모른다. 본인조차도 기억이 흐릿한데 기억할 리가 있나……. 헛생각을 하는 사이 가을이 곧 내려야 할 종착지가 다가왔다. 사람들 사이를 비집고 출입구로 막 가는 찰나.

퍼억!

무언가 가을의 얼굴을 무겁게 강타했다.

"악!"

단말마와 함께 가을은 얼굴을 감싸 쥐었다.

"에구머니나! 아가씨 미안해!"

커다란 등산 가방을 멘 중년 남성이 몸을 돌려 가을을 마주 보았다. 아마 그녀의 얼굴을 강타한 건 남자의 등산 가방에 꽂힌 지

팡이인 듯싶었다.

"어, 어. 아가씨 코, 코피나 코피!"

남자는 가을보다 더 호들갑을 떨며 등산 가방을 이리저리 휘둘렀다. 그 덕분에 지하철 안 모든 시선이 가을을 향해 쏠렸다.

"아니, 괜찮습니다. 괜찮아요."

"아이고. 이거 어쩌나! 아가씨 괜찮아?"

"아 네. 괜찮습니다."

가을은 손수건을 찾기 위해 가방에 허겁지겁 손을 넣었다.

[이번 역은 서호. 서호 역입니다.]

지하철 안내 음성이 흘러나왔다. 얼른 코를 틀어막은 가을은 지하철에서 내렸다. 사람들 틈에 끼어 간신히 개찰구를 통과하고 나서야 가을은 제대로 손수건으로 코를 닦을 수 있었다. 아까 쏟아낸 코피가 하얀 블라우스 위에 보기 좋게 흩뿌려져 있었다.

"피는 잘 닦이지도 않는데."

하필 오늘 같은 날에 흰색 블라우스를 입고 나올 건 뭐람. 곧바로 역 화장실로 총총 뛰어간 가을은 블라우스를 벗어 핏자국 위로 비누를 살살 문질렀다.

'이쯤 하면 됐나.'

대충 흐려진 핏자국에 만족한 가을은 핸드 드라이기에 옷을 말린 후 터덜터덜 역 화장실을 빠져나왔다.

"하."

손에 쥐어진 피 묻은 손수건이 마치 그녀를 위로해주는 것 같았다. 아침부터 단단히 뭔가 틀어진 게 분명했다. 그냥 반차를 쓸걸. 지금이라도 전화할까. 그럼 개 같은 오 부장이 개같이 날 쪼

아대겠지.

'빌어먹을 자본주의 세상아.'

속으로 한탄을 하며 가을은 오늘 아침 여민이 보여준 자신의 운세를 상기했다.

[영화 같은 만남이 시작될 수 있습니다. 애정운 백 프로의 당신을 응원합니다.]

진짜 영화 같은 만남은 개뿔이다.

대한그룹 50층.

리듬감 있는 발걸음이 엘리베이터를 내려 긴 복도를 가볍게 걸었다. 회장실로 가는 길 오른편 창으로 보이는 서울의 경치는 정말이지 최악이었다. 이게 사람 사는 곳인지, 회색의 빌딩 숲들이 여기저기 우뚝 솟은 모습이 영 탐탁지 않다.

"이러니까 서울공화국 소리를 듣지."

답답한 광경에서 시선을 돌린 지운은 반가운 얼굴을 보며 씩 미소 지었다. 낯익은 인영이 빠른 걸음으로 다가와 그에게 허리를 굽혔다.

"도련님, 오셨어요."

대한그룹 총 비서실장 김은구. 지운의 눈매가 기분 좋은 듯 크게 휘어졌다. 팔을 벌린 지운은 저보다 조금 작은 키의 은구를 와락 껴안았다.

"김 실장 아저씨."

"아이고 도련님."

"잘 지내셨죠. 한번 찾아뵌다는 게 연락도 제대로 못 드렸네요."

김 실장은 손을 올려 지운의 등을 도닥거렸다.

"괜찮습니다, 도련님."

도닥이는 손길이 떨어지고, 김 실장은 지운을 제대로 마주하고 섰다. 젊었을 적 강도훈 회장을 쏙 빼닮은 얼굴.

"……."

주름진 눈가가 희미하게 휘었다. 지운 역시 따라 미소 지었다. 어릴 적, 종종 저를 한 팔로 안고 대한그룹을 구경시켜주던 젊은 날의 김 비서가 눈앞에 아른거렸다. 젊은 날의 청년은 사라지고 세월의 흔적이 고스란히 담긴 얼굴에 어쩐지 가슴이 시큰거려왔다.

"도련님. 어떻게 첫 출근 기분은 어떠세요."

"그냥. 아직 얼떨떨해요. 아, 실장님 이따 저녁에 시간 괜찮으세요? 저녁 식사 같이해요."

"예, 당연히 되지요. 일단 도련님, 회장님께서 기다리고 계십니다."

김 실장은 앞서 걸어 회장실의 앞에 섰다. 반쯤 마신 테이크아웃 잔을 비서진에게 건넨 지운 역시 슈트의 깃을 정리했다. 똑똑. 노크 소리와 함께 김 실장이 문을 열었다.

"도련님 왔습니다, 회장님."

"그래, 김 실장. 들어와."

비서진과 김 비서의 안내를 받은 지운은 강 회장이 있는 회장실로 들어섰다. 머리만 가볍게 숙인 김 실장이 물러났다. 세습경영을 뻥 차버리고 온전히 자신의 능력으로 불혹의 나이에 회장에 오른 인물. 상석에 앉은 강 회장은 여전히 젠틀하고 세련된 얼굴을 그대로 간직하고 있었다. 중후한 멋까지 더해진 그에게선 여유로움이 한껏 묻어났다.

"저 왔습니다."

그와 꼭 닮은 지운은 입가 가득 미소를 지었다.

"아버지."

〈DH신기술개발센터〉

대한 전자의 핵심이 되는 연구 센터.

"하아. 하아."

돔 모양의 건물 앞으로 헉헉이는 숨이 가쁘게 차올랐다. 역 화장실에서 시간을 버린 탓에 출근 시간이 간당간당했다.

'지각은 아니고.'

안도의 숨을 뱉은 가을은 센터 로비로 들어섰다.

"안녕하세요, 실장님."

경비원에게 인사를 건넨 가을은 출입 게이트 앞에서 가방을 뒤적거렸다. 핸드폰, 파우치, 그 외 잡다한 물건들 사이로 잡히는 사원증이 없다.

"음?"

설마 하는 마음에 가을은 가방을 확 열어젖혔다. 뒤적거리는 손길이 빨라졌다. 아무리 뒤져도 보이지 않고, 뒷골이 싸르르 울렸다.

'설마. 소매치기?'

그러기엔 지갑은 멀쩡했다. 아무래도 지하철에서 손수건을 찾을 때 떨어뜨린 듯싶다. 가을의 손바닥이 이마에 척 감겼다.

"환장하겠네, 진짜."

로비에 걸린 시계는 정확히 출근 시간 5분 전을 가리키고 있었다. 가을은 다급히 전화를 꺼내 들어 팀 선배에게 전화를 걸었다.

– 어, 가을아.

"선배니임."

울상을 지은 가을은 한숨을 푹푹 쉬며 입을 열었다.

"죄송한데 제가 사원증을…… 잃어버려서."

정말 되는 일 하나 없는 하루다.

대한그룹 경영관리본부.

"자자. 주목!"

경영관리본부 장 부장의 목소리가 크게 울렸다. 쩍쩍 무식하게 쳐지는 박수 소리에 여기저기 파티션 위로 직원들이 미어캣처럼 고개를 빼꼼 내밀었다.

"어, 회장 아들 왔나 보다."

"대박. 박 대리 일어나 봐."

직원들 사이로 여러 수군거림이 지나갔다. 개중엔 주예일 아들이라든지, 강지민 오빠라는 단어들도 심심치 않게 들렸다. 모이라는 장 부장의 손짓에 여기저기서 일어난 직원들이 모여들었다. 장동식 부장 뒤로 보이는 키가 큰 사내. 뒷짐을 지고 있던 지운은 앞으로 한 걸음 나섰다.

"반갑습니다. 강지운입니다."

깔끔하고 간결한 멘트.

"아직 부족한 게 많습니다. 잘 부탁드립니다."

정중하게 허리를 굽히는 모습에 직원들은 서로 눈치를 보았다.

"자자, 뭐 해!"

장 부장은 나서서 박수를 뻑뻑 쳤다. 뒤늦게야 직원들 역시 손뼉을 치며 그를 환영했다. 멋쩍은 듯 코 밑을 쓴 지운은 어색한 웃음과 함께 첫인사를 마무리했다.

직원들과의 첫 만남 후, 상무실로 가는 길. 장 부장은 지운과 어색하게 눈을 마주쳤다. 뭔가 할 말이 있는 듯.

"저…… 강 상무님. 제가 드릴 말씀이……."

걸음을 멈춘 지운은 장 부장을 향해 몸을 돌렸다. 그러곤 빙긋이 미소 지었다.

"편히 대해 주세요, 장 부장님."

"아 하하…… 예예. 천천히 하겠습니다."

긴장감이 역력한 얼굴이 남몰래 이마에 땀을 슥 훔쳤다.

"업무 이야기도 할 겸 제 방에서 차라도 한잔하시겠습니까?"

차라……. 이 능구렁이 같은 남자의 속셈이야 안 봐도 뻔했다. 벌써 줄을 서려는 건가. 이건 뭐 비선 실세라도 된 것 같다.

"음."

그는 콧잔등을 문지르며 곤란한 듯 입을 열었다.

"제가 지금 할 일이 있어서. 오늘 말고, 다음에 제가 찾아가겠습니다."

미리 선을 그어 놓지 않으면, 앞으로도 이런 불편한 일이 계속

될 것이다.

"죄송합니다. 다음에 뵙죠."

그는 젠틀하게 말을 끝마치며 씩 미소 지었다. 순간 그에게서 강도훈 회장이 보이는 것 같은 착각이 들었다. 이마에 서린 땀을 훔치며 장 부장은 허리를 굽혔다.

"아, 예에. 예. 그럼 다음에."

"예. 그럼. 들어가 보세요."

사람 좋은 웃음과 함께 지운은 바지 속 사원증을 만지작거렸다.

각진 플라스틱 재질의 사원증을 보며 지운은 고민했다.

[DH신기술개발센터]
혁신기술연구원 / 한가을

DH신기술개발센터. 정해진 업무도, 제한도 없는 "너 하고 싶은 거 다 해."라는 취지로 설립. 현재는 외국계 석, 박사들에게 꿈의 직장이라 불리는 대한그룹의 대표 연구소.

"……."

혹시나 하는 마음이 들었다. 제 첫사랑 역시 그대로 컸다면, 아마 이런 쪽으로 진로를 잡았을 테니.

그의 손가락이 빈 공간을 톡톡 건드렸다. 원래대로라면 사진이 있어야 할 부분은 여백으로 비어 있었다. 그룹에 속한 센터들은 사진이 들어가지 않는다고 얼핏 들은 바가 있다.

"흐음."

뭐 얼굴은 이미 알고 있다. 대충 판다 같은. 혹시나 하는 생각을 지운 그는 고민했다. 직접 갈 필요는 없고, 연락을 넣을까. 비서진에게 맡길까. 마우스를 딸깍이며 고민하던 그는 사내 인사시스템에 접속했다. 기다란 손가락이 키보드를 두드렸다. 한가을 이름 석 자를 치자 바로 그에 대한 이력이 떴다.

"……."

그는 턱을 괸 채 스크롤을 쭉쭉 내렸다.

한국대학교 기계항공공학 학사

Massachusetts Institute of Technology 기계공학 석사

전) 대한 자동차 전자통합제어개발팀 책임연구원

현) DH 신기술개발센터 혁신기술연구원

"대한 자동차에 있었구나."

그는 스크롤을 다시 제일 위로 올리며 수화기를 들었다.

– 예. 상무님.

곧바로 비서진이 전화를 받았다.

"회사 앞에서 사원증을 하나 주웠는데. 주인이 신기술개발센터네요. 어떻게 전해주면 됩니까?"

말을 마치며 화면을 끄려던 그의 시선이 한곳에 박혔다. 입사 당시의 가을의 증명사진.

"……."

그의 눈동자가 눈에 보이게 흔들렸다.

– 전해 주시면, 제가…….

수화기 건너편 비서진의 목소리도 제대로 들리지 않았다.

"아니, 잠시만요."

급히 수화기를 내려놓은 그는 사진 위로 커서를 놓고 크게 확대했다. 외꺼풀 눈매 아래 작은 점, 웃고 있는 얼굴 양쪽에 잘 팬 보조개.

"……."

그는 마른침을 삼키며, 어제 마주쳤던 가을의 얼굴을 다시금 상기했다. 언뜻 겹치는 인영 위로 어릴 적, 첫눈에 반한 그 얼굴이 떠올랐다.

"한가을?"

심장이 쿵쿵 울리기 시작했다. 지이이잉, 진동이 오는 핸드폰을 쥐어 든 그는 시선을 떼지 못한 채 전화를 받았다.

– 지운아, 출근 잘했어?

"민아야. 내가 어제 운명론 믿는다고 했지."

– 뜬금없이 뭔 소리인데, 또?

"아니, 아니. 끊어 봐."

전화를 급히 끊은 그는 사진 속 얼굴을 보며 비실비실 웃음을 흘렸다.

"미치겠네. 와!"

몸을 뒤로 확 기댄 그는 양 손바닥으로 얼굴을 마구 비볐다.

'이야 벤츠남이시네. 벤츠남!'

어제 그 판다가 제가 아는 한가을이라 생각하니 그것마저도 귀여운 것 같다. 이럴 시간이 없지. 그는 곧바로 일어나 상무실을 나섰다. 벌떡 일어난 비서진을 향해 그는 입술을 쓸었다.

"그…… 나 잠깐만 나갔다 올게요."

"예? 어디를……."

자꾸만 올라가는 입꼬리를 간신히 누르며 그는 손을 흔들어 보였다.

"이거 전해주러."

그의 손에 걸린 사원증이 즐겁게 흔들렸다.

"어디서 잃어버린 거지. 진짜 미치겠네."

사원증을 새로 발급받으려면 본사로 가야 했다. 차로 10분 거리. 그리 멀지 않은 거리지만, 여간 귀찮은 게 아니다. 왕복 20분 치고, 본인 확인하고 새로 발급받는 데까지 걸리는 시간 대충 20분 치면 점심시간 한 시간 중 40분은 허공에 날리는 거 아닌가.

'아까워라.'

터벅터벅 힘없는 걸음이 연구실을 나와 로비 임직원 카페타운으로 향했다.

"아이스 아메리카노 하나 주세요."

주문대 앞에 선 가을은 점원에게 카드를 건넸다. 주문을 마친 후 픽업 바에 기댄 그녀는 지하철에서 부딪친 콧잔등을 슬슬 문질렀다. 알싸한 아픔이 몰려왔다.

'진짜 운수 한번.'

어제는 오랜 짝사랑이 결혼해. 오늘은 지하철에서 얼굴 강타당
해. 사원증도 잃어버려. 땅이 꺼져라 한숨을 푹 쉰 그녀의 앞으로
테이크아웃 잔이 내밀어졌다.

"아이스 아메리카노 나왔습니다."

"감사합니다."

꾸벅 인사를 한 가을은 스트로 비닐을 뜯어 플라스틱 잔에 꽂
았다. 쪼옥. 한입 가득 시원한 커피를 들이켜자 정신이 번쩍 든다.
아 죽인다, 죽여.

"안녕히 계세요."

한 손에 커피를 든 가을은 좀비 같은 걸음으로 추적추적 카페
타운을 나섰다.

'딱 십 분만 산책하고 들어와야지.'

아무래도 오늘은 몸을 사려야지 싶다. 집에 갈 땐 택시 타고 가
야지. 굳은 다짐을 하며 막 그녀가 정문을 나서려는 찰나였다. 바
닥의 턱에 걸린 가을의 몸이 슬쩍 기울었다.

"어어!"

턱. 발이 꼬인 탓에 비틀거리던 가을의 팔목을 누군가 확 쥐어
잡았다.

"괜찮으세요?"

"아, 감사합⋯⋯."

말이 끊겼고, 벙긋거리던 입 근육이 그대로 멈췄다.

"⋯⋯."

이게 사람인가. 한가을 인생 28년에 또 이렇게 잘생긴 사람은
처음이었다.

"……"

가을과 시선을 맞춘 지운의 입꼬리에 비죽이는 미소가 걸렸다.

'뭐지. 어딘가 묘하게 낯익게 생긴 것 같기도 하고……'

지운의 얼굴을 찬찬히 뜯던 가을은 고개를 갸웃거리며 슬쩍 팔을 뺐다.

"감사합니다."

인사를 건네며 막 지나치려는 찰나 다시 옷자락이 쥐어 잡혔다.

"저기요. 잠시만요."

"네?"

"그쪽 나 알죠."

"네?"

"나 몰라요?"

"네. 처음…… 보는데요."

"아닌데. 나 알 텐데."

의미 없는 설전이 이어졌다. 길거리에서 이게 뭐 하는 짓인가 싶은 가을이 아직 잡혀있는 제 옷자락을 향해 턱짓했다.

"좀 놔주시고요."

아. 탄성과 함께 지운의 손이 떨어졌다.

"진짜 나 몰라요?"

자꾸만 눈썹을 문대며 이죽이는 얼굴이 자꾸만 낯이 익다. 기억이 날 듯 말 듯 답답한 것 같기도 하고.

"모른다고요."

"음. 그래?"

피식 웃는 입술 사이로 비치는 덧니가 귀엽다. 근데 언제 봤다고 반말인 거지? 빈정 상하게. 씨 소리를 낸 가을은 그를 지나쳤다. 바로 따라붙은 지운이 가을의 앞을 가로막았다.

"아 뭔데요."

"생각 좀 해 봐요."

"뭘요."

"나."

"모른다고."

씩씩이며 볼을 부풀린 얼굴에 지운은 비실비실 웃음을 터뜨렸다.

"허. 참. 왜 웃어요?"

"좋아서요."

콧잔등을 문지르며 자꾸 실실거리는데 여간 짜증이 났다. 분명 짜증은 나는데 왜 자신도 자꾸 웃음이 나오려는지. 언젠간 여민이 잘생긴 게 제일 재밌는 거라며 연예인 덕질을 하던 모습이 스쳐 지나갔다.

"……."

약간 이런 기분이었으려나.

"아 웃지 말라니까."

따라 올라가는 입꼬리를 내린 가을은 시선을 피했다. 괜히 말리는 거 같아서.

"비켜요!"

그를 막 지나치려는 순간 가을의 앞으로 무언가가 흔들거렸다.

"한가을 씨."

그녀가 잃어버렸을 거라고 생각했던 사원증이었다. 이걸 어떻게? 다시 올라온 시선이 지운과 마주했다. 생긋 웃는 입매 사이로 덧니가 보였다.

"차 한잔할까요, 우리?"

영화 같은 만남이 시작될 수 있습니다.
애정운 백 프로의 당신을 응원합니다.

〈End〉